마음의 감옥 ｜
히로시마의 불꽃 외

김원일 소설전집 23

마음의 감옥 | 히로시마의 불꽃 외
1판 1쇄 발행　｜　2012년 4월 13일

지은이　　｜　김원일
펴낸이　　｜　정홍수
편집　　　｜　김현숙 김정현
펴낸곳　　｜　(주)도서출판 강
출판등록　｜　2000년 8월 9일(제2000-185호)

주소　　　｜　서울시 마포구 서교동 460-45(우 121-842)
전화　　　｜　325-9566~7, 070-7566-8496
팩시밀리　｜　325-8486
전자우편　｜　gangpub@hanmail.net

값 13,000원
ISBN　978-89-8218-171-9　　04810
　　　978-89-8218-133-7(세트)

이 도서의 국립중앙도서관 출판시도서목록(CIP)은 e-CIP 홈페이지(http://www.nl.go.kr/ecip)와 국가자료
공동목록시스템(http://www.nl.go.kr/kolisnet)에서 이용하실 수 있습니다.(CIP 제어번호:CIP2012001496)

김 원 일
소　　설
전 23 집

김원일 중편소설집

마음의 감옥 |
히로시마의 불꽃 외

일러두기

1. 이 소설전집의 맞춤법 및 외래어 표기는 현행 맞춤법통일안에 따랐다.

2. 수록된 모든 작품은 최종적인 개고와 수정을 거쳤다.

3. 권별 장편소설 배열과 중단편소설집 배열은 발표 순서에 따르는 것을 원칙으로 하였으나, 여러 권짜리 소설『늘푸른 소나무』와『불의 제전』은 장편소설 끝자리에 배치하였고, 연작소설은 별도로 묶었다.

김 원 일
소　　설
전 23 집

차　　례

깨끗한 몸

깨
끗
한

몸

그 시절의 기억 몇 가지는 왜 분명하지 않고 흐릿한 부분이 많은지 모르겠다. 전쟁이 난 이태 뒤인 1952년으로, 초등학교 오학년 때이다. 만 여섯 살에 학교에 입학했으므로 오학년 끝 무렵이라면 열한 살이었다. 나이 열한 살이면 철이 들어도 제법 들었을 터였다. 양력으로는 해가 바뀐 2월이었지만 음력 섣달그믐 세밑에 나는 어머니 손에 끌려 읍내에서는 하나밖에 없던 목욕탕에 가게 되었다.

  전쟁 전후 우리 가족은 서울 남산 밑 묵정동에 일 년 반 정도 살았으므로 그 동네에도 목욕탕은 있었을 터였다. 물론 그때는 아버지가 가장으로 가족을 건사했기에 목욕탕에 갔다면 아버지와 함께 갔을 것이다. 아니, 곰곰이 생각해보니 목욕탕에는 숫제 가지 않았을는지 모른다. 왜냐하면 그런 기억이 남아 있지 않다. 서울살이 때 내가 다닌 영희초등학교의 하얀 시멘트 사층 건물,

그 옆 컴컴하고 질척한 화원시장의 저잣길, 당시 국무총리였던 이범석 씨 사택이 있던 남산 오르막 골목길, 흰 가운을 입은 의사 차림의 면도사가 면도칼을 얼굴에 들이대던 이발관, 두부 사러 다녔던 함석집 두부공장의 콩 불린 비릿한 내음까지 떠오르는데, 목욕탕 위치만은 감조차 잡히지 않는다. 아니다. 아버지의 벌거숭이 몸은 목욕탕과 관계없이 더러 떠오르기도 한다. 아버지는 키가 작았고 살갗이 깜조록했다. 몸이 홀쭉하고 날렵했다. 나는 아버지의 민듯한 아랫배 아래 거웃이 시커멓게 나 있는 걸 보고, 어른들은 수염이 나다 못해 왜 거기에까지 털이 날까 하고 궁금하게 여긴 기억이 남아 있기 때문이다. 어쩌면 그 기억 속의 아버지는 다른 어른이었을는지도 모른다. 어린 시절 목욕탕에서 다른 어른 거웃을 본 게 아버지도 으레 그러려니 하는 연상을 낳게 되고, 그 연상이 머릿속에 자리잡아 사실로 굳어져버린 것일 수도 있으니깐. 그래서 서울살이 때 내 목욕은 대체로 부엌 뒷문 밖 좁장한 담벽 아래 물을 담은 큰 나무통을 놓고, 그 속에 내가 비좁게 들어앉으면 어머니가 열심히 몸을 씻겨주던 장면이 떠오른다. 겨울철에는 어떻게 목욕했는지 잘 생각나지 않지만 여름 한철은 저녁 무렵 아우와 주로 그렇게 목욕했다. 찬물이 아니라 반드시 물을 데워 했던 기억이 난다. 어쨌든 목욕탕 하면, 열한 살 그때, 어머니 손에 끌려 가슴 두근거리며 따라갔던 읍내 목욕탕 기억이 내게는 첫 경험으로 남아 있는 셈이다.

인민군에게 내어준 서울을 국군이 되찾기 직전이었으니, 아마 구월 하순이었을 것이다. 며칠 만에 집에 들른 아버지는 짐꾼 편에 지게에 지고온 쌀 한 가마를 마당에 부려놓곤, 당분간 보기 힘들게 될 거라며 황망히 집을 떠났는데, 그때 모택동 복장에 납작모자를 쓴 아버지 모습을 본 게 마지막이었다. 세상이 바뀌었지만 어디서든 살아만 있다면 돌아오겠거니 하며 아버지를 기다리기 두 달, 우리 가족은 돈이 될 만한 물건은 다 팔아치운 뒤라 더어떻게 서울 생활을 버텨내기가 힘에 부쳤다. 네 아버지는 개미한 마리 마음대로 못 죽이는 위인이라 죄 짓고 다닐 사람이 아니다. 어머니가 이렇게 우겼으나 알 수 없는 일이었다. 퇴각하던 저들을 따라 이북으로 넘어가버렸는지, 탈환하고 후퇴하는 그 갈림길의 아수라판에 비명횡사했는지, 우리 가족은 아버지 소식을 알수 없었다. 양식이 떨어져 끼니를 거르면서도 겉으로는 느긋했으나 밤마다 대문에 귀 기울이던 어머니도 끝내 아버지를 단념하는 눈치였다. 언제인가 전쟁이 멎는 그날, 아버지가 살아만 있다면 서울 바닥에서 우리 가족을 찾을 수 없더라도 고향으로 소식이 오겠거니 하며, 어머니는 십일월의 첫 추위가 닥쳐올 무렵 우리 네 형제와 함께 서울역에서 석탄 따위를 실어 나르는 무개차를 타고 피난길에 올랐다. 다른 피난민처럼 고향을 등진 게 아니라 버렸던 고향을 찾아 알거지가 되어 돌아왔다. 우리 가족이 고향을 등지고 서울로 이사를 갈 때는 세 칸 초가와·가재도구가 모두였던 그 알량한 가산이나마 죄 정리하여 단출하게 떠났기에 다시 고향으로 내려오자 앞으로 살길이 막연했다. 그래서 어머니는 이웃사촌으로 지냈던 읍내 장터마당에 살던 울산댁에게, 중노미 하나 둔 셈치고 당분간 심부름시키며 거둬달라고 어거지로 나를 떠맡겼다. 울산댁은 내 할머니 나이뻘로, 내외가 장터마당 입구에서 주막을 열고 있었다. 울산댁 서방 이인택 씨는 외가 먼 사돈뻘이기도 했다. 그런 뒤, 어머니는 세 형제를 달고 이모님 댁이 있던 대구로 올라가 그곳에서 살길을 찾았다. 나만 가족과 떨어진 셈이었다. 어머니는 서너 달에 한 번쯤 나를 보러 대구에서 기차를 갈아타고 경전선 역이 있는 내가 태어난 진영으로 찾아오곤 했다.

어머니와 세 형제가 낯선 타향 땅 대구에 처음 발을 디뎌 삶을 꾸린 생활은 내가 훗날 듣게 되었지만, 그 정황이 눈에 선하다. 대구에 막상 정착했으나 전쟁 와중의 난리북새통 세월이라 어머니는 이모님 댁에 늘 얹혀 지낼 수만은 없었다. 외가 쪽 몇 친척집을 동냥하듯 떠돌던 끝에 따로 사글세방을 한 칸 얻게 되었다. 그러나 하루 끼니조차 제대로 잇지 못하여 자식들과 함께 굶기도 잦았던 모양이었다. 외조부 대에서 철저히 몰락하고 말았지만 어머니는 울산 땅의 문벌 있는 유생 집안 출신이었다. 그렇지만 당장 호구가 급한 판이라 식모로, 직물공장 잡역부로, 닥치는 대로 막일에 나섰다. 그래서 고향으로 내려와 나를 목욕탕으로 데리고 가게 된, 전쟁 터진 이듬해 섣달 그믐께에는 그럭저럭 한 가지 일감을 잡았으니, 그 일이 삯바느질이었다. 지아비 없는 아녀자로서 입에 풀칠할 수 있는 마땅한 일감을 갖게 되긴 했으나 두 평 남짓한 남의 집 문간방 사글세 신세에 봉지쌀을 팔아먹던 처지라 나를 데리고 갈 형편이 못 되었다. 자식이 없던 울산댁 내외가 어머니를 중신한 죄밑 탓인지 나를 친손자같이 보살펴주는데다, 읍내에서 십 리 밖 뜸마을 농사꾼에게 시집간 고모네가 학비를 대어 읍내 학교까지 다니게 해주었으니, 어머니는 맏이를 대구로 데려가야지 하고 벼르면서도 입 하나 던다는 계산에서인지 일 년이 넘도록 어물쩍 세월을 벌고 있었다.

읍내 목욕탕은 역에서 장터마당으로 올라가는 길목에 있었다. 네모난 단층 시멘트 건물로 일제 때 일본 사람이 지은 목욕탕이었다. 두 개 낡은 쪽문 위에 달린 곰보유리창에는 붓글씨로 '男'과 '女'라 쓴 마름모꼴의 창호지가 붙어 있었다.

내 고향은 왜정 초기 일본인들에 의해 읍내 꼴을 갖추게 된 마산과 가까운 지방인데다, 북으로 훤히 트인 오천 정보의 드넓은 평야를 안고 있었다. 왜정 때는 그 들판 대부분이 일본인 대지주 하사마가 전장인 '하사마 농장' 소유였다. 그래서 한일 강제합병 이후 일본인 농사꾼까지 떼거리로 몰려나와 읍내에 일본인 자녀만을 위한 심상소학교까지 세워졌을 정도였다. 그러므로 목욕탕 역시 일본인이 지어 그들이 주로 이용했다. 우기 잦고 습기 많은 섬나라에서 나온 그들은 목욕을 유독 즐겼던 것이다. 팔일오해방으로 일본인이 모두 떠난 뒤, 목욕탕은 한동안 문을 닫았다. 목욕탕은 보수를 하지 않아 시멘트 벽이 헐어져 내리고 문짝도 썩어, 해마다 낡아갔다. "쪽발이놈들 목간 한분 좋아하데." 사람들은 볼썽사나운 목욕탕 앞을 지나치며 한마디씩 빈정거렸다. 그러던 어느 해인가, 객지에서 흘러들어온 돈푼깨나 있던 사람이 목욕탕을 사서 얼치기로 개수를 하더니, 겨울 한철만 문을 열어 손님을 받았다.

그해 여름 설밑 단대목에 어머니는 머리가 짜부라져라 능금을 한 보퉁이 이고 고향으로 내려왔다. 물론 그 능금은 본고장 대구 청과물 도매시장에서 싸게 사들여 고향 장터에 팔기 위한 상품이었다. 명절 아침 제사상 차리는 데 빨간 능금은 반드시 필요한 실과였고, 어머니는 그 이문으로 차삯과 찬값이라도 뽑자는 심산이었다. 어머니는 울산댁 내외에게 선물할 버선 한 벌씩과, 바느질감에서 자투리로 남은 헝겊으로 만든 꽃주머니 두 개를 만들어 왔다. 물론 내 메리야스 속옷 한 벌과 학용품도 능금 보퉁이 사이에 끼워가지고 왔다.

어머니가 나를 만나러 그렇게 내려올 때, 나는 반가운 마음은 잠시이고 늘 두려움에 떨었다. 전쟁이 어머니 성정을 그런 쪽으로 돌려세웠겠지만, 전쟁 전에도 어머니는 자식에게 위엄을 단단히 세워 내게는 참으로 무서운 분이었다. 고향으로 내려오면 어머니는 그동안 내 행실과 학교 공부 정도를 울산댁과 이웃 사람들에게 염탐하고선 반드시 무슨 이유든 끌어대어 매질로 당조짐을 놓곤 대구로 떠났다. 밤늦게까지 공부는 뒷전이고 장터마당을 싸돌거나 극장 앞을 기웃거린다. 시골에서도 학교 성적이 늘 중간밖에 못하는 너를 장자로 믿고 이 어미가 어떻게 살겠느냐, 구슬치기를 얼마나 했기에 손이 까마귀발처럼 새까맣냐, 제 몸조차 깨끗이 씻지 않는다는 그런 결점을 잡아, 거기에 박복한 당신의 설움까지 덤으로 얹어 곡지통을 터뜨리며 무슨 분풀이하듯 매질을 했다. 매질도 남이 보는 데가 아니라 울산댁네 돼지우리 뒤꼍이나 장터마당을 벗어나 선달바위산으로 오르는 대밭을 택했다.

너는 이제 아비 없는 집안의 장남이라는 말이 매질 사이사이에 자주 되풀이되었다. 그래서 내게 어머니의 나타남이란 곧 매질로 연상될 수밖에 없었다.

어머니가 새벽 첫 기차를 타고 대구에서 내려온 그날은 마침 대목 장날이라 이고 온 능금은 장이 서기도 전에 중간상인에게 모두 팔렸다.

어머니는 마치 그 일감 하나 때문에 고향으로 내려온 듯 나를 알몸으로 홀랑 벗겼다. 방바닥에 허연 비듬이 등겨 가루같이 떨어져 내렸고, 떨어진 비듬 사이로 굵은 이가 스멀거렸다.

"아이구, 누룽지로 긁어내도 한 냄비는 되겠데이." 어머니가 버썩 마른 내 몸을 훑어보며 말했다.

제 똥오줌에 뒹구는 돼지처럼 내 온몸은 덖은 때투성이일 수밖에 없었다. 울산댁 할머니가 나를 먹이고 재워준다지만, 남의집 살이하는 내 꼴이 깎은 알밤 같을 리 만무했다. 장터마당이란 데가 원래 제 앞 닦기에도 바쁜 뜨내기 장사치들이 꾀는 곳이라 그들의 규모 없는 살림살이는 물론, 자식들 간수가 귀살쩍을 수밖에 없었다. 들개처럼 내놓아 기르는 아이들의 거친 말투며, 거지 꼬락서니 입성은 너나없이 모두가 한통속이라, 내 덖은 때는 비단 부모 손 떠나 자란 탓만도 아니었다. 그 시절은 전쟁 중이었고, 겨울철이라도 양말이나 버섯을 신지 않은 아이가 태반이었다. 그들이 여름철을 빼곤 때를 씻으려 따로 목욕을 할 리 없었다. 먹고 무신 펜 까마귀 같은 내 발은 그렇다 치고 손등은 때가 덕지로 앉았고 킬로 벤 듯 살라져 피까지 비쳤다. 여름 나고부터 고양이 낯짝 물 바르듯 세수만 했지 목욕을 하지 않아 내가 보아도 부끄러울 정도로 온몸이 뱀 허물 벗는 꼴이었다. 다행히 머리만은 멀끔했다. 이틀 전 이발기계와 도마의자만 들고 다니는 난들 이발사에게 울산댁 할머니가 머리칼을 깎게 해주어 까까중이었다.

"오늘 목간통이 문을 열었다 카이, 그늠으 때 벳기는 값에 천금이 들더라도 목간통에 가야겠다."

어머니가 벗어놓은 참기름병 마개 같은 내 옷을 마치 터지지 않은 폭약이라도 만지듯 팔을 뻗어 들고 나갔다. 자린고비 어머니가 돈을 들여 목욕탕에 간다니 의아스러웠으나, 어린 내 소견으로도 능금 판 이문이 생각했던 액수보다 많이 떨어졌으리라 짐작되었다.

내가 난생처음으로 목욕탕에 가게 된 날이어서 그런지 그날 기억만은 지금도 오롯이 남아 있다. 그날은 일요일이었고 섣달그믐 땜을 하는지 날씨가 아주 추웠다. 당시 이승만 대통령은 음력설을 철저하게 못 쉬게 했으므로 우리는 설날에도 책보를 끼고 학교로 갔고, 그날은 방학 때를 넘긴 이월 초순이었다.

알몸이 된 채 건넌방에서 이불을 쓰고 앉은 나는 온몸을 긁어대기 시작했다. 긁는 쾌감이란, 모르고 싸맬 때는 가렵지 않다가 한번 긁어 그 맛을 들이면 살갗이 마치 벌떼처럼 아우성을 지르며, 여기저기 손톱 오기를 기다려 열 개 손가락이 모자라게 바쁠 지경이 된다. 나는 한동안 정신없이 온몸을 피가 맺히게 긁어댔다. 그 기분이야말로 훗날 몽정과 수음을 처음 알았을 때의 쾌감과 비슷했다.

몸 긁기도 긁힌 살갗이 쓰라리자 대충 마칠 수밖에 없었다. 방바닥에 기는 이를 손바닥에 올려놓고 동무 삼아 놀기도 잠시, 그짓에 싫증이 나자 나는 방문 손잡이 옆에 붙은 손바닥만한 유리를 통해 바깥을 내다보았다. 몸뻬를 입은 어머니가 수쳇가에 큰 엉덩이를 접고 앉아 내 겉옷을 빨래방망이로 기운차게 내리치고 있었다.

대목장이 아니더라도 장날이면 장터마당을 싸돌고 싶은 참에 이불을 쓰고 냉방에 웅크려 있자니 좀이 쑤실 노릇이었다. 장터마당 아이들이, "길남아, 약장수패 왔데이. 놀러가자아" 하며 나를 부르러 왔으나 벗어 내어놓은 겉옷이 단벌이라 '나무꾼과 선녀'의 옷 잃은 선녀 신세와 다를 바 없었다. 나는 응답을 못했다.

어머니는 단대목이라 바느질감이 밀렸다며 저녁차 편으로 다시 대구로 올라가야 한다고 했다. 그래서 낮 짧은 겨울 햇발에 아들의 옷을 벗겨놓고 떠날 수 없다고 생각했던지 가겟방 국밥 끓이는 가마솥 아궁이 옆에 쪼그려 앉아 불도 보아줄 겸해서 한 시간 동안 빨아놓은 내 겉옷을 대충 말렸다.

작은장터 극장에서는 스피커를 통해 낮부터 유행가를 틀어대었고, 약장수패 꿩과리 치는 소리가 방 안까지 들려왔다. 장사꾼의 외침 소리, 왁자지껄한 웃음소리, 엿장수 가위질 소리도 시끄러웠다. 나는 그 판을 기웃거릴 수 없는 데 안달이 났으나 그렇다고 알몸으로 뛰쳐나갈 수도 없었다. 속이 상해 부아를 끓이기 한참, 나는 겉절이한 푸새처럼 기운이 빠졌고 차츰 두려움에 잠겼다. 추위만도 아닌데 온몸이 떨렸다.

목욕을 마치면 어머니는 틀림없이 내 손을 잡아채어 나를 울산 댁네 돼지우리 뒤꼍 채마밭 귀퉁이로 데리고 갈 터였다. 이유를 붙여댄다면 매 맞을 감이야 한두 가지가 아니므로 어머니는 닥치는 대로 종아리며 등줄기를 사정없이 매질할 것이다. 어머니는 그렇게 매를 들고, 아비 없는 자식이니 집안을 떠맡을 기둥이니 하며 지청구를 떨 게 분명했다. 그 치도곤은 두려움에 떤다고 끝장을 볼 성질이 아니었다. 어머니가 저녁 통근차를 타러 역으로 떠나야만 겨우 안심을 할 수 있었다. 지난번 가을 햇곡머리에 어머니가 내려왔을 때처럼, 앞으로는 착한 아들이 되겠다고 눈물 콧물로 범벅이 된 채 비손하는 방법밖에 다른 묘책이 없었다. 그 두려움을 자포자기 상태로 삭여내자, 이제는 어머니가 내 몸 씻기는 고역을 참아낼 일이 아득하게 여겨졌다.

어머니의 청결벽은 병적이라고 말해야 옳았다. 고향에 살 때나 서울에 살 적에 어머니는 방·옷가지·살림도구, 심지어 간장 종지 하나에 이르기까지 그 모든 것을 쓸고 깨끗이 하는 데 하루 해를 보낸다 해도 빈말이 아니었다. 서울 묵정동에서 살 때, 우리 집은 전기회사 공장 창고에 달린 방 한 칸을 세들어 살았다. 대문이 따로 없었고 부엌 쪽문을 밀고 나가면 창고 마당이었다. 그런데 어머니는 날마다 우리 집도 아닌데 그 지저분한 창고 마당까지 깨끗하게 비질을 했다. 방 안 창문은 물론 창틀에 앉은 먼지마저 하루 한두 차례 닦아냈다. 몇 개 안 되는 자잘한 장독, 사과 궤짝 세 개를 포개어놓았던 찬장도 분통 같게 길을 들였다. 제사가 그렇게 잦냐고 이웃 아주머니들이 물었지만, 어머니는 그저 빙긋 웃으며 놋그릇도 사흘들이 아궁이 재로 닦았다. 그러므로 우리 식구가 밥상을 받았을 때 철부지 동생의 밥풀 흘리는 것은 보아 넘겨도, 나와 누나가 받들한 상 위에 밥풀이나 찬을 흘리면 금세 어머니 불호령이 떨어졌다. 집에서는 도무지 말이 없던 아버지가 밥상머리에서 역정내는 그런 어머니를 늘 못마땅하게 여겨 눈살을 찌푸렸다. 밥 먹기 전 세수할 때와 잠들기 전에는 반드시 소금으로 양치질을 해야 했다. 잠시 골목길에서 놀다 와도 손발을 씻어야 했고, 잠자기 전에 펴놓은 하얀 이불 겉싸개라도 밟으면 어김없이 잔소리가 따랐다. 어느 집이나 겨울철이면 아랫목에 방이불을 깔아놓는데, 이불을 깔아놓으면 눕고 싶어 게으름뱅이가 된다 하여 이불을 깔지 않았다. 어쩌면 어머니는 그 이불을 밟고 다니거나 더럽히는 것이 싫었는지도 몰랐다. 사실 겨울철 이불과 요 겉싸개만은 강풀을 하지 않은 폭삭한 질감이 좋으련만 어머니는 눈이 부실 정도로 빳빳하게 풀을 먹여 잠자리에 들 때면 몸의 온도로 이불과 요를 녹이는 데 한참을 떨어야 했다. 또한 어머니가 가위로 내 손톱과 발톱을 깎을 때면 뿌리까지 바짝 깎는 통에 사흘 정도는 반드시 그 부분이 아렸다. 그러다 보니 우리 형제가 입는 옷은 너무 자주 빨아 금방 해질 정도로 말끔했다. 나일론 계통의 섬유가 나오기 전이라 빨수록 닳아짐은 당연한 이치였다. 빨아서 삶고, 풀하고, 물을 뿜어 오랫동안 밟고, 그것을 다림질하는 과정에서 어머니가 보이는 정성 또한 여간이 아니었다. 빨랫감이 많은 여름 한철이면 저녁밥 짓기 전 한 시간 정도 누나와 나는 번갈아가며 물 축여 차곡차곡 접은 옷을 밟는 일과 숯불다리

미로 다림질할 때 맞잡아주는 일로 보내야 했다. 어머니가 밀어대는 불이 벌겋게 핀 숯불다리미가 이불 호청이나 옷의 귀를 잡은 손끝까지 미끄러져 올 때 마치 손을 델 것 같은 조마조마함을 늘 참아내야 한다는 게 얼마나 힘들었던지 누나는, 오늘도 비밀일기장에 그걸 썼데이 하고 내게 여러 차례 말했을 정도였다. 열에 단 다리미가 손끝을 지지더라도 쥐고 있던 천자락을 놓아버리면 숯불이 온통 다림질하는 천에 쏟아지므로, 용을 써서 잡은 천을 당기는 힘도 힘이지만 그 조마조마함이란 무엇보다 참기 힘든 고역이었다. 빨랫감이 많은 여름철에 주방 쪽에서 탈탈탈 세탁기 돌아가는 소리가 들리면 나는 지금도 그 시절을 뒤돌아보며 잠시 진땀 흐르던 옛 생각에 잠기곤 한다. 강원도 어떤 탄광의 서울 사무소에서 회계일을 보던 아버지는 무슨 일이 그렇게 바쁜지 늘 자정께에 들어오거나 뻔질나게 집을 비웠다. 저녁밥을 먹고 나면 어머니는 삼십 촉 전등 아래 바느질감을 차지하고 앉았다. 그러면 아버지가 돌아올 그 긴 시간까지 꼼짝을 않고 이 옷 저 옷을 깁고, 일주일 남짓된 이불 겉싸개의 깃을 새로이 갈곤 했다. 잠을 자다 오줌이 마려워 눈을 떠보면 어머니는 여전히 바느질일에 골몰하고 있었다. "아부지 안죽 안 왔습니껴?" "몇 십니껴?" 내가 물을라치면 어머니는, "한시다" "오늘은 바쁜 일이 있어 못 돌아오시는 모양이다" 하고 냉랭하게 대답했다. 그런 어머니다 보니 당신의 자식 몸 씻기기는 누구의 비유인지 모르지만, 문둥이가 제 자식 씻겨 죽인다는 말을 들었을 때, 얼마나 적절한 비유인지 몰라 절로 머리가 끄덕여졌다. 울산댁 할머니의 말을 빌린다면,

"강정댁이 지 새끼 몸 씻기는 거 보모 사람을 쥑이드키 하는 기라. 털 뽑은 달구 새끼가 따로 읎구로 얼매나 쌔기 씻기는지 아아 새끼를 빨갛게 맹글어놓는다 카이" 하고 말할 정도로, 어머니의 자식 몸 씻기기는 어떤 면에서 일종의 고문이었다.

해질 무렵이 되어 어머니가 진영을 떠날 때까지 내가 어머니로 부터 당해내야 할 두 가지 일건으로 나는 이래저래 풀이 죽어 그 두려움으로 떨고 있었다. 마 칵 죽어뿄으모, 할 정도로 살기가 싫어져 멍청하게 앉아 있자니 불난 데 부채질하는 꼴로 오줌까지 마려웠다. 방 안에는 요강이 없었고 벗고 앉은 몸이라 참고 견딜 수밖에 없었다. 그럴 때면 무슨 재미있는 궁리를 생각해내야 할 텐데 떠오르는 감도 없었다. 한참을 무료하게 앉아 있다 겨우 짜내게 된 생각이, 바로 읍내에 하나밖에 없는, 내가 곧 끌려가게 될 목욕탕이었다.

나는 한 차례도 들어가본 적 없는 목욕탕 안 구조부터 떠올려보았다. 언뜻 생각나는 게 바로 한 반 애인 찬호네 집 목욕탕이었다. 찬호네 집은 일제 때 우체국 앞에서 잡화상을 열었던 일본인 모리 씨가 살던 적산가옥이었다. 적산가옥 구조가 그렇듯 다다미방이 몇 개 붙어 있었고, 삐걱이는 골마루를 따라 컴컴한 뒤쪽으로 돌아가면 마루청에 붙어 변소가 있었고, 변소 옆이 목욕탕이었다. 목욕탕은 바닥과 벽을 시멘트로 발랐는데, 그때로서는 허드레 물건을 넣어두는 고방으로 쓰고 있었다. "여게 목간통이 있었데이, 군인이 쓰는 철모 있제이, 그 데스까부도 같은 엄청나게 큰 솥이 어게 걸려 있있는 기라. 그 데스까부도에 물을 열 지게쯤

붓고 밑에다 장작불을 막 때모 물이 끓는 기라." 불에 그을린 채
빠끔하게 뚫려 솥 걸었던 자리만 보이는 컴컴한 데를 찬호가 가
리키며 하던 말이었다. 그 큰 놋쇠솥은 일제 말기 집집마다 성전
(聖戰) 헌납 명목으로 놋숟가락까지 거두어갈 때 공출당했으므로
남아 있을 리 없었다. 철모보다 수백 배나 클 게 분명한 목욕통
을 떠올리자 나는 제풀에 놀라 진저리쳤다. 생각해보면 그 솥 아
래 전봇대만한 장작불을 지펴 물을 끓일 터였다. 그 속에 사람이
알몸으로 들어가서 앉는다면 얼마나 뜨거울지 상상하자 온몸이
불에 데기라도 한 듯 따가워 진저리쳤다. 물론 철모처럼 아래는
둥그스럼한 바닥에 살평상같이 얼금얼금한 나무판을 깔아놓았
을 것이다. 나는 그때까지 물을 따로 끓여 찬물과 섞어 수도꼭지
를 통해 욕조에 더운물을 흘려넣는다는 생각을 못했다. 전쟁 전
서울 생활 때 수도꼭지를 보았지만 그건 어디까지나 차가운 물이
졸졸 나오는 꼭지였다.

　대구에서 사온 새 속옷을 입히자니 내 몸꼴이 말이 아닌지라,
어머니는 가겟방 아궁이에서 채 덜 말린 윗도리와 바지를 나에게
입으라 했다.

　"이가 붙었을지 모른께 몸을 싹싹 훑고 입거라."

　나는 마른 때와 함께 떨어지는 비듬을 대충 털고 옷을 입었다.
시간은 정오가 되었는데 옷은 그때까지 꿉꿉했고 솔기 부분은 물
기가 그대로 남아 있었다. 해마다 키는 멋대로 자라는데 옷은 매
양 그 품이라 윗옷은 강동소매에 바지는 발목이 훤히 드러났다.
팔꿈치와 무릎께는 구멍이 났으나 그것을 제때 곰바지런하게 기

위줄 사람이 없어 살이 훤히 들여다보였다. 목욕을 갔다 오면 어머니가 그 구멍을 메워주고 떠날 터였다. 늘 달고 다니는 누런 풀코를 소매끝으로 닦아보니 그 부분은 마치 절어빠진 가죽같이 늘 반질거렸는데, 어머니가 잘 빨아 깨끗했다.

"어서 목간통에 가자." 어머니가 즐겁게 말했다.

내가 중학교에 다니던 대구 시절 일이다. 옆방 새댁이 아기 똥 기저귀 빨기가 무엇보다 싫고 귀찮다 말했을 때, 어머니가 이런 말을 한 적 있었다. "인자 우리 아이들은 다 컸지만 시골 살 적에 내사 아아 똥 싼 기저귀를 거랑(냇물)에 헹구모 노르께한 똥이 물에 동동 풀려나가는 기 와 그래 재미있고 우습던지. 하얗게 빨아 말린 폭신한 기저귀를 차곡차곡 접는 일도 즐겁고……" 어머니는 그렇게 무엇이든 깨끗이 하는 데는 이골이 난 분이었다. 그러니 그런 즐거운 일감 중에 하나로 온몸에 덕지덕지 때를 바르고 있는 자식을 데리고 목욕탕으로 가는 발걸음이 가벼울 수밖에 없었다. 설령 돈이 얼마쯤 들게 되더라도.

빨랫감이 든 함석대야를 능금 싸왔던 보자기에 싸서 들고 어머니는 내 손을 낚아챘다. 장날이기에 가겟방에서 더운 국밥이라도 한 그릇 얻어먹고 갔으면 싶은데, 어머니는 오히려 가겟방 서말치 솥 앞에 앉은 울산댁 눈에 띌세라 재빨리 삽짝을 나섰다. 낮시간이라 가겟방이 손들로 북적댔고, 울산댁 할머니는 우리 모자가 집을 벗어나 장꾼들 사이에 섞여드는 모습을 보지 못했다. 점심 때인지라 마음 씀씀이 넉넉한 울산댁 할머니가 우리 모자를 봤다면 그냥 둘 리 없었다. 내가 가겟방 쪽을 힐끔거리자, 그런 내 마음을 알아챈 듯 어머니가 윽박질렀다.

"대구에서는 우리 식구 모두 점심을 굶는다. 니 누부도 벤또 안 싸가지고 학교 가고, 그 대신 저녁밥을 빨리 해묵제."

햇발은 있었으나 날씨가 춥고 바람이 세차게 불었다. 덜 마른 겉옷을 입고 걷자니 아르르한 느낌도 그랬지만 곧 옷이 얼마르기 시작했으므로 뻣뻣해졌다. 뻣뻣한 솔기에 스친 살이, 여름철 강풀한 셔츠를 입을 때 목덜미에 닿는 느낌만큼 따가웠다. 걷기 싫은 걸음이 더욱 더디어 마치 도살장에 끌려가는 소가 이런 심정이리란 생각까지 들었다.

대목장이라 왁시글덕시글한 장터마당을 벗어나 역으로 내려가는 길을 걷자, 저만큼 아래 목욕탕 벽돌 굴뚝이 보였다. 그을음을 탄 높은 굴뚝에서 피어난 연기가 바람에 싸안겨 흩어졌다.

목욕탕을 십 미터쯤 앞둔 데까지 오자 나는 무엇에 놀란 듯 멈추어 섰다. 참고 있던 오줌까지 흘리고 말았다. 목욕탕 쪽문 두 개를 보자 그제서야 어머니가 나를 여탕으로 데리고 들어갈 작정임을 불현듯 깨달았던 것이다. 건넌방에서 이불을 싸고 앉았을 때, 어머니와 함께 목욕탕에 간다면 여탕에 가게 된다는 그 뻔한 이치를 왜 미처 깨닫지 못했는지 한심한 생각조차 들었다. 목욕탕 안 광경을 연상했을 때 나는 자연스럽게 남자들 알몸만 떠올렸을 뿐이었다. 이제 곧 육학년이 될 텐데 이렇게 다 큰 몸으로 여탕에 들어간다고 생각하자 내 얼굴은 숯불이 되었다. 가슴까지 활랑거렸다. 매를 얼마만큼 맞게 될지 모르지만 나는 매를 맞는 쪽을 택했지 여탕에만은 들어갈 수 없다고 단단히 결심했다.

"어무이. 나는 목간 안할랍니더." 더듬는 말로, 그러나 단호하게 내가 말했다. 한 발자국도 움직이지 않으리라, 나는 발끝에 힘을 주었다.

"몸이 까마구 같은데 목간 안할라 카다이." 별소리를 다 듣겠다는 듯 어머니가 내 얼굴을 내려다보았다.

"나는 여자만 목간하는 덴 안 드갈랍니더. 여자만 빨가벗고 있을 낀데 우째 들어갑니꺼. 절대로 나는 몬합니더." 내 눈앞에 오학년 여자반 계집애들의 단발머리 얼굴이 모아놓은 구슬처럼 떠올랐다. 틀림없이 여자반 계집애가 한둘쯤 여탕에 있을 거였다. 내가 알몸으로, 역시 알몸인 그 계집애들을 절대 마주볼 수는 없다고 다짐했다. 계집애들은 나를 보고 비명을 지르며 사추리 사이를 손으로 가리고 몸을 돌릴 터였다. 내가 여탕에서 목욕했다는 소문은 장터마당 주위에 금방 퍼질 터였다. 학교에까지 알려지기는 시간문제였다.

도망치려는 내 뒷덜미를 어머니가 낚아챘다. 어머니가 주먹으로 내 머리통을 쥐어박았다. 눈앞에 불이 켜지는 아픔보다도, 여탕에 들어갈 수 없다는 강한 반발심에서 나는 큰소리로 울음을 터뜨렸다.

"꼴값하는구나. 길남아 바라, 때 씻는 기 머가 그래 부끄럽노. 니 나이 몇 살인데 벌써러 여자 목간통에 못 들어가겠다는 기고. 아닌 말로 니 거게 털이라도 났나? 사내사 도둑질 안한 다음에사 이 세상에 부끄러운 기 없는 기라. 잘 묵고 잘사는 사람들이나 그런 제면 따지제, 지금 우리 처지에 체면 따질 기 머가 있다고. 앞

깨끗한 몸 25

으로 니가 집안을 떠맡을 기둥인데 사내자슥이 그래 부끄럼 타서야 눈뜨고 코 베어갈 세상에 장차 무신 일을 하겠노 말이다." 어머니가 내 머리통에 꿀밤부터 먹이고 허리춤을 단단히 쥔 채 목욕탕 쪽으로 마구 끌고 갔다. 키가 크고 몸집이 우람하여 여장부로 통하던 어머니는 그 억센 힘으로 나를 사정없이 끌어당겼다. 아무리 뻗대어도 말라깽이 나로서는 어머니 힘을 당해낼 수 없었다. 나는 소리 내어 울었다. 내 허리춤을 잡았던 어머니 주먹이 두 차례나 더 머리통에 알밤을 먹였다. 나는 이제 아픔이나 부끄러움도 잊었고 모든 게 그저 서럽기만 했다.

"바라, 니만한 아이도 저게 여자 목간통으로 안 드가나. 사내자슥이 머가 그래 부끄럽다고. 그라모 내가 목간 가자 칼 때 니 호문차 남탕에 보낼 줄 알고 따라나섰나? 이런 얼삐(얼간이)를 믿고 내가 죽을 동 살 동 눈 팔아 바느질하모 머하겠노."

어머니 말에 나는 눈물을 닦던 손을 떼고 목욕탕 쪽을 보았다. 나 정도는 아니지만 초등학교 삼학년쯤 되어 보이는 사내애가 제 엄마 손에 끌려 여탕 안으로 들어서고 있었다. 그런데 그 사내애 역시 나처럼 울음을 빼어물고 여탕에 들어가지 않겠다고 앙버팀을 해댔다. 내가 잠시 목욕탕을 바라보는 사이 어머니는 그 기회를 잡아 쫓음걸음을 놓듯 나를 이끌었다. 나는 이제 부끄러워 학교도 다니지 못하게 되리라. 차라리 죽어버리는 게 낫지 않을까. 나는 그렇게 방정맞은 생각까지 하며 울음을 짰다.

큰소리로 울며 들어가지 않겠다고 버티는 나를 어머니는 여탕 쪽 문 앞에 세웠다. 어머니가 숨을 고르며 그윽한 눈길로 나를 내려다보았다.

"길남아, 작년 늦가실, 지붕 읎는 고빼차 타고 피난민 떼거리에 섞여 서울서 내려올 때 부모 읎이 굶고 떠도는 아아들을 니도 많게 봤잖나? 니만한 아아 시체 또한 한두 번 봤나. 그래 고아 거러지(거지) 되고 폭격 맞아 죽었으모 목간인들 우째 하게 되겠노. 아부지사 잃었지마는 그래도 니한테는 이 에미가 있잖나. 에미가 어데 자슥한테 하모 안 될 일, 나쁜 일을 억지로 시키겠나. 이 세상 살아갈라 카모 니도 앙심 단단히 묵어야 되는 기라. 사내사 도둑질 말고는 부끄러버할 꺼 아무것도 읎는 기라. 게을러빠지지 말고, 거짓말 안 하고, 그 세 가지마 잠들모사 몰라도 눈뜨고 있을 때 명심하모 되는 기라."

어머니 목소리는 어느덧 축축하게 젖었다. 그랬다. 어머니 말이 맞았다. 뚜껑 없는 무개차간에 앉아 사흘 밤 사흘 낮이 걸려 서울에서 삼랑진까지 내려왔을 때, 나는 많은 고아와 시체를 보았다. 역마다 깡통 든 걸레 입성에 몸이 까마귀 같은 아이들이 먹을 걸 달라고 애걸했다. 논두렁에, 또는 산자락에 내던져진 시체에는 어김없이 솔개나 까마귀가 달려들고 있었다. 나는 내 또래 시체의 뼈 앙상한 가슴팍을 차고 앉아 눈인지 코인지 쪼던 수리 한 마리를 본 적도 있었다. 만약 나 역시 그렇게 고아가 되거나 죽고 말았다면 이 땅에 살아 있지 않기에 부끄러워할 그 어떤 것도 없을 터였다.

어머니에게 떼밀리기도 했지만, 나는 이빨을 앙다물고 목욕탕 안으로 성큼 들어섰다. 신발 벗는 좁은 공간과 안쪽 마루청 사이에는 검정색 가리개천이 드리워져 있었다. 돈을 받는 창문 앞에 살찐 아주머니 한 분이 앉아 있었다. 서 있는 어른조차 내려다볼 수 있는 위치였다. 아주머니는 마침 남탕 쪽으로 난 창을 통해 어떤 남자 어른에게 거스름돈을 내어주고 있었다. 조금 전에 울며 들어간 사내아이는 보이지 않았다.

"다리를 쪼매 꼬부리라. 몇 살이고 물으모 아홉 살, 삼학년이라 캐라." 어머니가 귀엣말로 말했다.

나는 무릎관절을 조금 접었다. 삼학년은 무엇하지만 사학년쯤으로는 보일 것 같았다. 목욕탕 안에서도 이렇게 꼬부장하게 행동한다면 그렇게 어린애로 보아줄는지 모른다는 생각이 들었다. 나는 벌 서는 아이처럼 아주머니와 눈을 마주치지 않으려 머리를 숙였다.

"어른 하나, 아아 하나." 어머니가 말했다. 어머니는 스웨터 주머니에서 돈을 꺼내어 아주머니에게 셈을 치렀다.

"쟈는 어른표 끊어야 함더." "쟈는 남탕에 들어가야지 여탕에는 안 됨더." 이런 말이 아주머니 입에서 떨어질까봐 나는 조릿조릿한 마음으로 떨고 있었다. 그러나 아주머니 쪽에서는 아무 말도 들리지 않았다. 목욕탕도 대목장 날을 맞아 한창 성시를 이루어, 아주머니가 정신을 못 차리고 있는지 몰랐다. 문이 열리고 썰렁한 바람과 함께 네댓 살 된 계집애를 데리고 젊은 여자가 목욕탕 안으로 들어왔다.

"빨랫감을 그래 많이 들고 오모 됩니꺼. 몸 씻을 물도 모자라는 판인데." 목욕탕 아주머니가 등을 돌리는 어머니에게 말했다.

"통만 컸지 머가 있다고. 보소, 여게 아아 내복 하나밖에 더 있는교?" 어머니가 함석대야 싼 보자기를 뒤집어 보이며 대꾸했다.

나는 고양이 앞의 쥐처럼 어머니 옆에 붙어 서 있었다. 목욕탕 아주머니는 나를 두곤 이렇다 할 말이 없었다.

"들어가자" 하며 어머니는 가리개천을 젖히고 마루청으로 올라갔다. 고무신을 챙겨들며 곱송거린 채 서 있는 내 어깻죽지를 어머니가 당겼다.

예닐곱 평 됨직한 옷 벗고 입는 마루청은 북새통을 이루었다. 눈앞에 갑자기 뭉글뭉글하고 번들거리는 살덩이들이 일렁였다. 여자 알몸 중 큼지막한 젖퉁이와 엉덩판의 움직임이 내 눈에는 엄청난 크기로 다가들었다. 여자 그 부분이 그렇게 큰 줄, 옷 입고 있을 때는 몰랐다 벗은 몸을 보고서야 나는 처음으로 남자들과는 판이하게 다른 여자 몸 구조를 알게 되었다. 나는 숨조차 제대로 쉴 수 없었다. 학교 계집애들이 나를 보면 어쩔까 하는 부끄러움으로 얼굴을 숙인 채 어머니 버선발만 놓치지 않겠다고 따라붙었다. 어머니가 가리개천을 열어젖혔을 때 얼핏 내 또래 계집애들도 눈에 띄었던 것이다. 냉랭한 공기 속에 비누 냄새와 후텁지근한 습기가 코끝에 묻었다.

"와따, 목간하는 사람도 많네. 옷 넣을 장도 읎구마는." 어머니가 혼잣말을 했다.

옷장 앞에서 한참을 서성이던 어머니가 막 옷을 챙겨입고 빠져나가는 아낙네가 썼던 장 하나를 차지하게 되었다. 옷을 벗으라고 어머니가 말헸지만 나는 한참을 꾸물거렸다. 굴뚝을 빠져나온 듯 닦은 때를 남에게 보이기 부끄러웠고, 어머니 벗은 몸을 보아내야 할 내 마음 또한 난감하게 여겨졌다. 나는 옷장 정면으로 바짝 붙어 섰다. "아이구 오메, 길남이 쟈가 여게 들어왔네." 계집애 입에서 터져나올 이런 비명은 끝내 들리지 않았다. 생각해보면 부끄러워 몸을 감추기는 그쪽이나 내 쪽이나 별 차이가 없으리라 여겨지기도 했다. 아니, 계집애 쪽에서 먼저 나를 보자마자 너무 부끄러워 몸을 숨길는지도 몰랐다.

"니는 옷 안 벗고 머하노."

어머니 채근에 나는 얼마른 윗도리부터 벗었다. 옷이래야 벗을 것도 많지 않았다. 윗도리 벗고 허리띠 매지 않은 바지만 까내리면 되었다. 내가 허리를 접은 채 옷을 벗었으므로 등뒤에서 누가 나를 보고 있을는지 알 수 없었다. 그러나, 저런 큰 머슴애를 여탕으로 데리고 들어온 여편네가 도대체 누구냐는 핀잔말은 귀를 곤두세웠으나 들리지 않았다.

물론 내 뜻으로 구경하게 된 건 아니지만, 지금도 여탕에 들어갔던 그때를 생각하면 눈앞이 아찔해진다. 사춘기 시절, 한 반 동무가 학교에 몰래 숨겨온 미국 대중잡지에서 도색적인 서양 여자 알몸을 처음 보았을 때, 나는 고향에서 여탕에 들어갔던 기억을 떠올리기도 했다. 그러나 이상하게도 목욕탕 연상이 성욕과 결부되지는 않았다. 능청이 아닌 솔직한 고백으로, 그때 고향 목욕탕에서 본 고향 여자들의 알몸을 두고 그 당시는 물론 그 뒤에도 상상으로나마 탐했던 기억은 없다. 쓸쓸하고 아련한 추억 속, 가난하고 슬픈 육체의 여인 군상으로만 떠올랐다. 그 시절로 돌아가,

열한 살 나이에 여자 알몸을 보았다면 무엇을 느꼈으리오. 신문 해외토픽을 보면 유럽 어느 해안 지방에는 나체촌이 있다는 소식도 실리고, 일본은 개화되기 전까지 웬만한 시골로 들어가도 남녀 혼탕이 있었고, 독일은 지금도 혼탕이 있다는 사실로 미루어 볼 때, 한 소년이 여탕에 들어갔다는 게 무슨 대단한 일일 수는 없다. 또한 당시는 전국토가 전쟁의 아수라에 휘말려 하루하루의 삶이 명줄잇기의 고단한 세월이었다. 어머니 말처럼, 요컨대 체면이 밥 먹여주는 세월이 아니었다. 그러나 그런 방면의 염치를 유독 '남녀칠세부동석'이란 말로 따져온 우리나라로서는 어머니 처사를 흉으로 잡아 하릴없는 사람들의 이야깃감은 될 법했고, 나로서는 사실 적잖게 충격적인 '사건'이었다. 그렇지만 그 사건이 어떤 호기심과 연루된 기대감으로는 전혀 작용하지 않았다.

어머니의 엉덩판은 큰 박통 두 쪽을 엎어놓은 듯했다. 그것은 마치 푹 쪄놓은 호박이듯 이미 탄력을 잃고 있었다. 나는 주름 잡힌 어머니의 펑퍼짐한 그 엉덩판에 붙어 서서 샅 사이를 손으로 가린 채 한껏 몸을 움츠려 목욕탕 안으로 들어갔다. 물기에 불어 터진 나무문짝을 당기고 탕 안으로 들어서자 확 끼얹어오는 더운 습기가, 그렇잖아도 괴로운 숨길을 막았다. 목욕탕 안은 계단을 하나 내려가게 되어 있었는데 그 계단을 미처 발견하지 못한 나는 어머니 허리를 잡지 않았다면 앞으로 고꾸라질 뻔했다.

목욕탕 안이 증기로 꽉 차 있는데다 귀를 멍멍하게 할 정도로 시끄럽고 혼란스러운 점이 내게는 큰 위안이 되었다. 증기가 얼마나 찼던지 몇 발 앞 사람조차 구별할 수 없었고, 목욕탕 안은 한마디로 아비규환이었다. 아무도 내게 관심을 갖지 않고 자욱한 증기가 내 몸을 숨겨준다는 게 천만다행이었다. 물을 퍼내거나 좌르르 붓는 소리, 아이들 울음소리, 나무통이 부딪치는 소리, 더운물을 더 넣어달라고 손뼉치며 왜자기는 앙칼진 고함도 들렸다. 그렇게 만원인데도 출입문은 계속 여닫히며 사람들이 드나들었다. 나는 문득 지옥을 연상하지 않을 수 없었다. 지옥은 전생에 죄지은 사람들이 벌거숭이로 빼곡히 들어차 유황불과 유황물 세례를 받으며 고통에 찬 비명을 지르는 곳이라고 선생님이 말했던 것이다.

작년 여름, 더위가 푹푹 찔 무렵이었다. 내가 근무하는 월부판매 출판사의 영업부장직에서 퇴사한 뒤 도서판매센터를 독자적으로 경영하여 기반을 다진 백정구 씨가 점심시간에 때맞추어 내가 책임자로 일하는 편집실에 들렀다. 백씨는 식사도 할 겸 어디 시원한 데 쉬러 가자 하여 나는 그가 운전하는 차에 올랐다. 백정구 씨는 한남대교를 넘어 영동으로 차를 몰았다. 차를 댄 곳이 역삼동 '큐피터 사우나클럽'이었다. 그 일대는 여관과 호텔이 즐비했고 대형 사우나탕과 헬스클럽도 여러 개 있었다. 팔층짜리 현대식 건물의 큐피터 사우나클럽은 건물 전체가 통째 사우나탕이었다. 미끈한 외제 대리석으로 바닥과 벽을 치장한 현관으로 들어서니 제복을 입은 젊은이가 우리를 엘리베이터로 안내했다. 엘리베이터를 타자 팔등신으로 쭉 빠진 아가씨가, 객실은 오층까지 이미 만 원이라며 우리를 육층에 내려주었다. 엘리베이터에서 나오자 널찍한 공간에 하늘색 제복을 입은 싱싱한 여종업원이 열

넘게 대기하고 있다 일제히, 어서 오세요 하고 공손한 절로 우리를 맞았다. 백정구 씨는 젠체 어깨를 으쓱했으나 그런 대형 사우나탕에 처음 들어온 나로서는 촌닭처럼 주위를 두리번거리며 그저 백정구 씨를 따라 하는 수밖에 없었다. 왼쪽 턱에 점이 있는 귀염성스런 여종업원이 차곡차곡 접은 가운과 열쇠를 들고 우리를 앞서서 안쪽 객실로 안내했다. 붉은 카펫이 깔린 복도를 기역자로 굽어 돌며 뒤따라 들어가자, 틈이 보이는 객실 안에서 화투장 두들기는 소리가 들렸다. "터져봐야 삼점 아냐, 투 고다." 고스톱을 치고 있는 모양이었다. 몇 시부터 와서 놀이판을 벌이는지 모르지만 객실마다 화투장 치는 소리가 들렸다. 스무 살쯤 되었을까, 우리를 안내하는 여종업원은 원피스 아랫단이 허벅지가 훤히 보이게 짧아 도톰한 엉덩이의 흔들거림이 꽤 도발적이었다. 빈 객실 안으로 들어서자, "에어컨을 켜둘까요" 하고 여종업원이 물었다. "낮잠 잘 시간이 어딨어. 먹고살기에도 바쁜데." 백정구 씨가 여종업원 엉덩판을 치며 시큰둥 말했다. 그는 옷을 훌훌 벗었다. 여종업원이 벗은 옷을 받아 옷장 옷걸이에 걸었다. 나도 돌아서서 옷을 벗었다. 러닝셔츠를 벗을 때면 나가려니 했으나 여종업원은 백정구 씨가 팬티를 까내릴 때까지 바짝 뒤에 서 있었다. 이 정도쯤이야 늘 보는 것 아니에요, 하듯 여종업원은 스스럼없이 백정구 씨의 알몸이 된 등뒤에 가운을 걸쳐주었다. 러닝셔츠를 벗은 나는 돌아서서 가운을 걸치고 가운 안에서 팬티를 벗었다. 우리는 다시 엘리베이터를 타고 욕장이 있는 이층으로 내려갔다. 엘리베이터에서 내리자 초대형 고급 샹들리에 조명등 아래 반나

(半裸) 여인 석상 넷이 있는 출입구에 이르렀다. 이백 개 가까운 고급목재 라커가 놓인 탈의실에서 가운을 벗고 욕장 안으로 들어서니 저쪽 벽이 까맣게 보일 만큼 실내가 넓었다. "동현사우나 가봤어요? 거긴 여기보다 규모가 더 크지요. 십이층이 모두 사우나 탕이니깐." 백정구 씨 말이었다. 백오십 평 넘음직한 욕장은 온통 조각품으로 장식되어 있었다. 온탕 중앙에 설치된 대형 남녀 어린이 조각 군상, 벽면 기둥을 이룬 남녀 석상들, 정교한 고대 고리스 양식 기둥조각, 돔식 천장에 아기 천사상, 한쪽 벽에는 열대어와 비단잉어가 노니는 수족관이 설치되어 있었다. 한쪽 벽면을 보니 라돈자력실·열증기실·원적외선실·고온실·표준실 따위의 한증실과, 냉탕·냉안개실까지 갖춰져 있었다. 피둥피둥 살이 찐 목욕객이 서른 명 정도 욕장을 채우고 있었다. 나는 어안이 벙벙했다. 영화를 누렸던 옛 로마 목욕탕도 이쯤이면 무색하리라는 생각과 더불어, 나는 문득 어머니 손에 끌려갔던 고향 목욕탕을 떠올렸다. 그곳의 첫 느낌이 지옥이었다면 이곳은 천당일까. 사우나탕이 어쩌면 살아서 누릴 수 있는 천당을 흉내 낸지도 모른다는 생각이 들었다. 샤워기를 틀어 샴푸로 머리부터 감을 때, 백정구 씨가 말했다. "이 사우나탕을 만들려 사장이 직접 외국을 돌며 자료를 수집했대요. 돔식 천장은 프랑스 베르사이유 궁전을 본뜬 것이고, 장식비만도 십억 원이나 들었다지 뭡니까." 내가 더 놀란 것은 녹용과 여러 종류의 약초를 매달아 그 증기를 쐬는 한방약초실에 들어가 땀을 뺄 때 들려준, 백정구 씨 말이었다. 객실에서 여종업원에게 안마를 받고 섹스를 즐기는 데 이만 원이

34

면 족하다는 것이었다. "그래요? 그렇담 여기가 고급 매음장 아니오?" 내가 놀라자, 백정구 씨는 샌님이 따로 없다는 듯 한술 더 떠서 말했다. 먹고 놀자 판에 섹스가 해결 안 되는 곳이 어디 있으며, 이 사우나탕에 여종업원으로 취직하려 해도 쭉 빠진 계집애들이 이력서를 들이밀고 대기 상태에 있다고 했다. 그래서 보증금이 오백만 원에서 이제 칠백만 원으로 뛰었다는 것이다. "안 쓰고 착실히 버는 애들은 한 달 수입이 백오십에서 이백이랍니다. 그렇게 이삼 년만 일하면 작은 아파트 한 채를 사거나 조그만 카페를 자영할 수 있다는 계산 아니오." 나는 백정구 씨 말을 들으며, 한때 물의를 일으켰던 외국인 섹스 관광을 떠올렸다. 발바닥부터 시작하여 똥구멍까지 혀로 핥아준다는 그 짓거리를 누구한텐가 들었을 때 치미는 구역질을 애써 참았는데, 지금도 서울 어디에서 이 백주에 그 짓거리가 자행되고 있을 터였다. 순진한 소녀를 꾀어 그런 죄악의 구렁텅이에 팁이란 미끼를 던져 수치심을 마모시켜 끌어들이는 이게 바로 자본주의의 말세적 작태인가, 아니면 황금알을 낳는 식의 자본주의의 꽃인가. 내가 이런 생각에 잠겨 있을 때 백정구 씨가 물었다. "이형은 마사지실에 들어가 본 적 있나요?" "아니, 없습니다. 별난 데란 말은 들었지만." "미녀들 서비스가 대단하지요. 아주 끝내줍니다. 사실 한순간에 끝나버리는 떡치기야 그게 뭐 재미가 있나요. 그러나 보디마사지를 한번 받아보면 섹스 테크닉의 참맛을 알게 되지요. 고자라도 스케줄 끝까지 참아내기가 힘들 정돕니다. 조루증은 아예 처음에 힝복해버리고, 노련한 녀석도 중간쯤에서 녹아떨어져 버리고 말지요" 하더니, 그는 자랑스럽게 이 바닥 실정 한 자락을 주워섬겼다. "영동에는 여성 전용 대형 사우나탕도 여러 개 있지요. 보배 사우나탕은 육층 건물인데 특수 설계한 인공폭포가 볼 만하대요. 일억 원 이상 들여 수입한 살빼기와 몸을 날씬하게 가꾸는 운동기구가 갖추어져 있고, 미제·일제 제품의 효소·미네랄 발생기가 욕조에 설치되어 있답니다. 미네랄탕에는 수입 향수를 혼합한 인공 온천수도 있고요. 물론 특실 우유탕도 있지요." 나는 백정구 씨 말을 건성으로 들었다. 향락과 사치가 그 방면으로 치달으면 어디 그 정도에서 그치랴 싶었다. 인간이 누릴 수 있는 육체적 쾌락은 끝없이 개발될 것이다. 서울 바닥에서 어느 한 부류에게는 이제 목욕이 단순하게 때를 씻는 곳이라는 상식에서 졸업한 터였다. 목욕탕은 살을 부드럽게, 그 어떤 식물성 섬유보다 더 부드럽게 풀어놓음으로써 긴장의 느즈러짐에 따른 쾌감을 즐기는 곳으로 변용되고 말았다. 백정구 씨와 나는 한방약초실에서 나왔다. 일본 북해도 온천 지방에서 개발했다는 일제 라돈 발생기는 수입 가격만도 사억 원이 넘는다 했다. 본전을 뽑으려면 반드시 그 라돈 발생기를 이용해야 한다는 백정구 씨 말을 좇아 나 역시 그 엄청난 돈의 시설물로 살을 부드럽게 풀었다. 냉탕·온탕을 한 차례씩 들랑거린 뒤 면도기로 수염을 대충 밀고, 휴대용 칫솔과 치약이 있었으나 사용을 생략한 채, 우리는 욕장에서 나왔다. 삼층에는 칠십 평 정도의 극장식 휴게실이 있었다. 에어컨이 시원하게 작동되었고, 푹신한 소파들 앞쪽 레이저빔 영사 시설을 갖춘 대형 스크린에서 총잡이들이 설쳐대는 미국 서부영화가 상영되고 있었다. 우리는 극장휴게실 옆 식당으로 들어갔다. 백정구 씨는 꼬리곰탕을 시켰고, 나는 냉면을 먹었다. 가운을 걸친 스무 명 정도의 혈색 좋은 중년 사내들이 한창 먹기에 열중하고 있었다. 대부분 꼬리곰탕이나 도가니탕에, 입가심으로 시원한 맥주를 곁들이고 있었다. 한증탕에서 체중을 뺀 만큼 돌아서서 영양을 보충하고 있는 셈이었다. 삼층 일부는 수면휴게실, 자동안마기를 갖춘 건강휴게실, 맹인 안마휴게실, 마사지실, 터키탕이 있다고 백정구 씨가 꼬리뼈에 붙은 살을 이빨로 찢으며 말했다. "이렇게 실컷 땀 빼고 먹고 만오천 원 정도라면 싸지 않아요? 소주 한 병 마시려 해도 그 돈은 드는데 말입니다. 오후에 일터에서 돌아온 사원들 붙잡고 입씨름하려면 이 정도 체력은 보강해놓아야 해요." 백정구 씨가 사우나탕을 나서며 말했다. 그는 일시적 기분 전환을 위해 살을 부드럽게 푸는 사우나탕 출입을 두고 체력 보강이란 말을 썼다. 그의 말을 듣자 나는 왠지 부끄러웠다. 그 부끄러움은 가난한 내 어린 시절과 이제 이 땅에 숨 쉬고 있지 않은 어머니가 떠올랐기 때문이었다.

어머니는 사람들 틈을 비집고 곰보유리창이 있는 벽을 따라 안쪽으로 들어갔다. 창으로 부윰한 빛살이 밀려들었다. 나는 어머니 엉덩판에 바짝 붙어 서서 원숭이 꼬락서니로 뒤를 따랐다. 목욕탕 가운데에 평상 크기의 욕조가 있었다. 욕조는 내가 추측했던 철모와 같은 둥근 놋쇠가 아니었고, 무릎 높이로 벽을 세운 네모진 시멘트 구조물이었다. 그 욕조를 둘러싸고 머리칼을 감거나 때를 씻는 여자들이 촘촘히 붙어 앉아 있었다. 더운 김이 푸짐하게 오르는 욕조 속에도 여자들의 술 취한 듯한 붉은 얼굴이 와글 거렸다. 더러 머리칼을 물에 풀어 흩뜨린 여자의 모습은 달밤에 나타남직한 귀신 꼴이었다.

지옥이다, 지옥. 나는 속으로 그렇게 중얼거리며, 저 끓는 물속에 여낙낙하게 들어앉은 여자들이야말로 그 어떤 건강한 농사꾼이나 군인들보다 용감하다고 감탄했다. 욕조 속에서 내 또래 계집애 하나가 힐끔 내게 눈을 주었다. 단발머리에 턱이 뾰족한 계집애였다. 아랫장터 극장 어귀에서 독장수를 하는 한첨지 막내딸로, 이름은 알 수 없었으나 오학년 여자반 아이가 틀림없었다. 나는 제풀에 놀라 얼른 외면했으나 얼굴이 숯덩이처럼 화끈했다. 이제 내 정체가 들통나고 만 셈이었다. 될 대로 되라는 자포자기의 마음밖에 들지 않았다. 여탕이 남탕과 붙었는지 창문과 반대쪽 위가 트인 벽 건너편에서 남자들 목소리와 물 붓는 소리가 들려왔다. 벽이 담장보다 높아 타넘어갈 수 없다는 게 아쉬웠다.

"아지매요, 쪼매 찡기 앉읍시더. 단대목이라고 우째 사람이 이래 많은지. 일 년 묵은 때를 몽땅 다 벳기는 거 같심더." 어머니가 꼬부장한 할머니에게 양해를 구하곤 욕조 벽 앞 함석 대야 놓을 만한 바닥에 비비대고 앉았다.

"난 누구라고, 강정댁이네. 대구 산다 카더마는 제사 지내로 왔나?" 할머니가 자리를 내주며 반갑게 말했다. 머리에 젖은 수건을 싸매고 있어 내가 미처 알아보지 못했는데 도랑골 술이 할머니였다.

"제사는 대구서 지냅니더. 볼일이 있어 댕기로 왔심더."

할아버지와 아버지가 내리 독자였으므로 우리 집은 제사를 모실 큰집이 없었다.

"참, 그렇제. 제사는 강정댁이가 지내겠구마는. 그래, 그후로 이서방 소식은 읎나?"

"서방요? 잊아뿔고 자식하고 살랍니더. 전쟁통에 죽은 남정네가 어데 한둘입니꺼" 하더니 어머니가, "앉제, 머하고 섰노?" 하고 나에게 분풀이나 하듯 쏘아 말했다.

"이래 좁은데 우째 앉습니꺼."

도대체 앉을 만한 자리가 없었다. 내가 끼어 앉을까 싶은지 옆 여자가 내 쪽으로 엉덩판을 밀어붙여 빠끔하던 자리나마 발 딛고 설 틈밖에 없었다. 마려운 오줌을 참으며 나는 손으로 샅을 가린 채 주위를 두리번거리며 우물쭈물했다.

"아무데나 찡기 앉는 기제. 누가 목간통 자리 돈 주고 샀나." 어머니가 버럭 역정을 냈다.

내 마음 같아선 발가벗은 채 달아나고 싶었으나, 행동만은 엉뚱하게 그 자리에 퍼더버리고 앉았다. 옆 여자의 미끈거리는 물컹한 살이 닿자 쥐구멍에라도 숨고 싶은 심정이었다. 그런데 이치가 묘했으니, 분명 발 디딜 틈밖에 없었는데 자리를 차지해 앉아버리자 엉덩이를 붙인 터가 저절로 마련된 셈이었다.

"아이구, 이렇게 질대 같은 머슴아를 여탕에 델고 들어오모 우짜는교. 남사시럽지도 않는가베." 내게 자리를 밀채인 아주머니가 돌아보며 쏘아붙였다.

그 말은 내가 여탕에 들어와서 남한테 당한 첫 수치였다. 나는 세운 무릎 사이에 얼굴을 틀어박았다. 초등학교에 다닌 여섯 해를 통틀어 가장 부끄럽던 기억 중 하나가 그때 아주머니의 그 말이었다. 일학년 때 나는 학교에서 바지에 오줌 싼 경험이 있었고, 생쌀 씹는 맛에 장날이면 싸전에서 빗면으로 깎은 대통을 쌀가마니에 찔러 쌀을 훔치다 싸전 주인에게 들켜 혼구멍이 났고, 참외나 감 서리를 하다 붙잡혀 두 시간이나 뙤약볕 아래 꿇어앉는 경을 치렀지만, 그때 아주머니의 그 말만큼 나로 하여금 부끄러움을 느끼게 해주지는 않았다. 전쟁과 아버지와의 이별, 그로 하여겪게 된 가난이 어머니를 그렇게 만들었겠지만, 우선 수치를 당한 나로선 여탕으로 기어코 끌어들인 어머니의 뻔뻔스러움과 몰염치가 미웠다. 울산할아버지와 함께 설밑에 반드시 남탕에서 목욕을 하게 될 거라고 어머니에게 말하지 못했던 불찰이 큰 후회로 가슴을 쳤다. 그러나 내가 할아버지와 목욕탕에 갈 거라고 말했더라도, 먹이고 재워줌도 고마운데 그런 신세까지 져서야 되냐고 어머니가 몰아세웠을 게 분명했다. 청결벽과 더불어 결벽증 또한 알아줄 만하여 어머니는 그 가난 속에서도 남에게 진 신세를 외면하지 않고 어떡하든 갚으려 노력하는 분이었다.

내가 고향에서 초등학교를 졸업하고 대구로 올라가 우리 식구와 합류한 뒤에, 세 끼 밥 걱정을 면했을 때부터 어머니는 사 년 동안 나를 키워준 울산댁 내외의 신세를 두고두고 갚았던 것이다. 우리가 잘살기 때문에, 아니면 울산댁 노친네 내외가 갑자기 살기가 힘들어져 그랬던 게 아닌데, 어머니는 대구에서 고향으로 내려갈 때마다 양주의 새 옷이나 속옷·버선 따위를 마련해 갔고,

고깃근을 사다주었고, 올라올 때는 쌀을 댓 말쯤 팔아주고 왔다. "니가 커서 성공할 때까지 그 노친네 양주가 살아 계신다면 예전 그 은공을 잊으모 사람 새끼가 아이다. 내 눈에 피눈물 날 때 피붙이조차 외면했지만 그 노친네는 혈연이 아니면서도 니를 친손자같이 키아주신 분이다. 편안하게 살 때 서로 도와주는 기사 누구나 할 수 있지만 내 굶을 때 더운 밥 한 끼 믹이주는 사람은 마음에 깊이 새겨두어야 하느니라." 훗날 어머니는 내게 그런 말을 자주 했다. 그러나 울산할아버지는 어머니와 함께 목욕 갔던 그 이듬해 갑작스레 별세했고, 내가 결혼한 직후 아직 생활의 터를 확실하게 잡기 전 울산댁 할머니마저 별세함으로써 나는 어머니의 말을 실천할 기회를 영영 놓치고 말았던 것이다. 한편, 어쩜 어머니는 대구에서 내려올 때부터, 길남이 몸을 푸른 대추처럼 씻겨놓고 떠나야지 하는 즐거움에 들떠 있었는지도 몰랐다. 곧 알게 된 일이지만 어머니는 정말 그런 분이었다.

어머니는 아주머니의 쏘아붙인 말이 돼먹잖은 강짜라는 듯 들은 척도 않았다. 함석대야에 담아온 내 빨랫감을 집어내어 옆에 놓고, 대야를 싸왔던 수건으로 당신 허리 아래를 덮었다. 나도 얼른 빨랫감 하나를 주워 아랫도리를 가렸다. 어머니가 쓰고 왔던 머릿수건이었다. 나는 이제 더 참을 수 없었다. 어차피 지옥에 떨어진 몸, 될 대로 되라는 식으로 참았던 오줌을 뉘버렸다. 시원하기야 그지없었지만 주위에서 뜨뜻한 오줌 벼락을 맞고 지청구를 떨까봐 수꿀하기도 했다. 때맞춰 어머니는 대야로 탕 속 물을 가득 퍼내더니 그 물을 내 머리통에 좌르르 부었다. 화끈한 뜨거

움이 전기처럼 온몸을 저렸으나 씻겨 내려갈 오줌을 생각하니 견
딜 만한 뜨거움이었다. 입속으로 흘러드는 물을 푸푸 뿜으며 나
는 손으로 얼굴을 훑어내렸다. 탕 속 물이 생각했던 만큼 뜨겁지
는 않았다. 나는 눈을 비비고 눈썹에 맺힌 물기를 털어내느라 깜
박이던 눈을 떴다. 그제서야 나는 눈앞에 늘어진 어머니 젖퉁이
를 똑똑히 볼 수 있었다. 울산댁 할머니 젖처럼 쭈글쭈글하지 않
았지만 오뉴월 쇠불알처럼 늘어진 볼품없게 말라버린 젖이었다.
전쟁이 났던 해 사월, 막내아우가 태어났을 때, 나는 아우에게 젖
꼭지를 물린 어머니 젖을 자주 보았다. 그때만 해도 정말 만져보
고 싶도록 탱탱하게 솟은 탐스러운 큰 젖이었다. 그 젖을 혼자 차
지하여 쪼물락거리는 막내아우를 보면 은근히 부아가 끓어오르
기도 했다. 파란 힘줄이 휜 젖퉁이에 얼비치던 불룩한 젖이 일 년
도 채 지나지 않은 사이 홀쭉 마른 채 주름진 뱃가죽 양쪽에 늘
어져 있었다. 새알심처럼 젖꼭지만 큰 늘어진 젖을 보자 나도 젖
먹이 때 저 젖을 빨며 자랐으리라 여겨지지 않았다. 공연히 콧마
루가 시큰해지고 어머니가 가엾다는 생각이 들었다. 내 책갈피에
보관된 누나 편지가 떠올랐다. 두 달 전, 누나가 내게 편지를 보
낸 적이 있었다. 나는 그 편지를 읽고 울었다.

　―길남아, 우리 형편에 어디 우표 살 돈이 있겠니. 학교에서 전
방 국군아저씨에게 위문편지를 쓰다 옆짝이 내게 우표 한 장을
공짜로 주었단다. 누구에게 편지를 보낼까 곰곰이 생각하다 마땅
히 편지 보낼 곳이 없던 참에 길남이 너 생각이 났지. 여기 외가
친척은 우리 처지에 계집애를 중학교에 보냈다고 어머니를 모두

비웃지만, 어머니는 굶어도 배워야 한다며 나를 학교에 넣어주셨단다. 어머니는 자정이 넘게까지 바느질 일을 하시지. 그러면 나는 그 옆쪽 책상(사실 우리 식구의 밥상이란다)에 붙어 앉아 공부를 한단다. 재봉틀을 박을 때 옷감을 당겨주거나 바늘귀도 꿰어주면서. 그래서 지난 첫 시험에는 전교에서 둘째를 했지. 우리집이 아직도 한 말 쌀을 팔아두고 먹을 처지는 못 되지만 이제 방세만은 제때에 꼬박꼬박 내니깐 쫓겨날 걱정은 안해도 돼. 하루두 끼, 반찬이래야 간장에 허연 김치 한 가지로 때우지만 이모님 집에 양식 얻으러 다닐 때보단 얼마나 떳떳하냐. 길남이 너도 공부 열심히 하거라. 어머니는 눈만 뜨면 길남이 너 얘기를 하신단다. 부모형제 떨어져 얼마나 서럽겠냐면서. 아버지를 합쳐 우리 식구가 언제 배부르게 한솥밥을 먹게 되는지. 그날이 오기까지 열심히 공부하거라.

내가 누나 편지를 받고 울었던 건 대구 식구들에 비해 내 생활이 너무 자족하여 부끄러웠기 때문이다. 울산댁 국밥집에서 나는 세끼 밥을 눈치 안 보고 먹었으며 닷새장마다 쇠고기국밥까지 포식했다. 그뿐만 아니라 내가 어지럼병이 있다 하여 울산댁 내외는 도살장에서 갓 잡은 소 생지라와 생간을 얻어와 참기름소금에 찍어 먹게 했다. 나는 누구의 간섭도 받지 않는 망나니로 장터마당 주위 아이들과 어울려 저녁 마을도 자유로이 싸다녔다. 그러다 보니 공부는 뒷전이라 학교가 파한 뒤에는 책 한번 펼쳐보는 짬 없어 석차를 중간이나마 유지하는 게 가상타 할 정도였다.

나는 소금 측은한 마음이 되어 어머니의 처진 젖을 보고 있었다. 어머니도 여느 아주머니들처럼 저렇게 시들어가는구나, 하는 생각이 들었다. 어머니는 서른 중반, 그 나이쯤 여자들이 보여주는 따뜻한 모성애, 너그럽고 풍만한 아름다움을 잃어가고 있었다. 당시 어머니는 아버지가 없는 우리 집안의 생계를 떠맡아 애옥살이 고생에 시달리느라 행복과 먼 거리에 있기도 했다. 자식을 안 굶기고 먹이려 당신은 하도 굶어 매운 성깔만 남았을 뿐, 몸은 이미 부대자루처럼 늙은이가 되어가고 있었던 것이다. 뒷날, 어머니는 그 시절을 뒤돌아보며 말했다. "그때 내 심정은 악으로만 꽉 차 있었데이. 사는 게 무언지 돌아볼 짬이 읎었고, 그저 어떡하모 너그들 밥 안 굶기고 공부시킬꼬, 그 일념밖에 읎었느니라." 그런 경황에서도 고향으로 내려올 때 이미 내 몸을 씻겨주기로 작정하고 있었으니, 어머니의 청결벽은 갸륵하다 할 만했다.

어머니는 내 몸에 몇 차례 뜨거운 물을 끼얹었다. 나는 몸을 움츠리고 있었다. 까맣게 덮은 때를 누가 볼까봐 창피했다. 사실 요즘 그런 몸으로 목욕탕에 간다면 모두 한마디씩 입을 대거나 눈 흘김을 보내겠지만, 그 시절이야말로 도회지 사람인들 한 달에 한 번 목욕탕 가면 제격이었다. 여름철 목욕탕 행차는 사치였고 모두 그렇게 홑옷 한 벌 입은 셈치고 때를 끼고 살았던 것이다.

"이래서야 욕묵을까바 어데 탕에 들어가겠나."

어머니는 오른손 엄지로 내 몸의 겉때를 벗기기 시작했다. 슬슬 문지르는데도 밀려 떨어지는 까만 때가 마치 수채에서 기어나온 구더기 같았다. 내 팔다리·등짝·가슴팍·목의 겉때를 물을 끼얹어가며 대충 벗겨내자, 어머니가 말했다.

"인자 탕에 들어가서 앉거라. 뜨신 물에 우묵이 되도록 몸을 푹 불가라."

내가 수건으로 아랫도리를 가리고 일어서자 어머니가 그 수건을 낚아챘다. 탕 안에는 열댓 명 정도의 여자들이 들어차 살을 익히고 있었으나 내 한 몸 끼워넣을 틈은 충분했다. 나는 한 손으로 고추와 불알을 가리고 몸을 옹송그린 채 욕조 낮은 벽을 타넘었다. 두 발부터 물속에 담갔다. 발끝에서부터 신경을 타고 뜨거움이 찌르듯 몸으로 번져왔다. 물속에는 벽을 따라 앉기 좋은 계단이 한 칸 있었다. 계단 아래 바닥에 발을 딛고 정강이 위까지 물에 담그자 잠긴 부분의 살갗이 가렵고 따가웠다. 더 이상 탕 속에 들어가 윗몸까지 물에 담글 용기가 나지 않는데, 물은 자꾸 더 뜨거워졌다. 흘끗 보니 틀어놓은 수도꼭지에서 더운물이 쏟아지고 있었다.

"니 몇 살인데 누구하고 여게 들어왔노?" 앞에 앉았던, 앞니 빠진 할머니가 나를 보고 물었다.

장터마당에서 더러 본 듯한 얼굴인데 잘 모르는 할머니였다.

"쟈가 장텃걸 울산때기 집에 얹혀 지내는 길남이 아인가. 그런데 쟈가 누구하고 여탕에 들어왔을꼬. 장날이라 울산때기는 장사하고 있을 낀데." 할머니 옆에 머리만 내놓고 있던 식이 엄마 말이었다. 영식이는 삼학년으로 식이 아버지는 읍사무소 서기였다.

"저래 큰 머슴아를 여탕에 델고 들어오모 되는강.˙ 델고 온 사람도 문제지마는 돈만 알고 저런 아아를 여탕에 딜이보낸 주인도 문제가 있는 기라." 낯선 아주머니의 구시렁거리는 말이었다.

나는 여러 사람의 지청구가 듣기 싫어 얼굴이 빨갛게 되어 몸을 바깥쪽으로 돌리고 말았다. 마치 그런 지청구에 복수라도 하듯 눈을 감고 유황불 지옥 속에 팽개치듯 몸을 뜨거운 물에 풍덩 담갔다. 사내자슥은 도둑질 아이모 부끄러운 기 없는 기라. 어머니 말을 이제 내가 되뇌었다. 그러나 물이 엄청 뜨거워 다시 불끈 일어서자, 언제 알아차렸던지 어머니 손이 내 여윈 어깻죽지를 꾹 눌렀다.

"애비 읎는 설움이 어데 한두 가진가. 참아야 한다. 훗날 웃으면서 이런 말 할라 카모 다 참고 이겨야 한다." 욕조 안에 있는 여자들이 들으란 듯 어머니가 큰소리로 말했다.

내게는 형이 없었다. 형만 있어도 형과 함께 남탕에 갈 수 있을 텐데, 분한 마음을 삭이며 나는 살갗을 찌르는 뜨거움을 애써 참았다. 가쁘던 숨길이 차츰 진정되자 아늑하고 혼곤한 느낌이 살갗을 천천히 풀어갔다. 어떤 나쁜 환경이라도 더 나쁜 환경과 견주어 견디다 보면 자기 환경에 차츰 익숙해져 처음 불편을 잊어버린다는 원리가 탕 속에 처음 들어갈 경우임을, 그 평범한 진리를 나는 그 뒤 목욕할 때마다 깨닫곤 했다. 여름에도 찬물로 등물을 못하는 체질인 내가 결혼 뒤부터 목욕탕에 가면 냉탕에 들어갈 수 있게 되기까지 나는 늘, 처음을 견디면 된다며 용기를 냈고, 그때마다 고향에서 어머니와 함께 여탕에 갔을 때를 회상해 보곤 했다.

탕물은 더러웠다. 바닥이 보이지 않을 만큼 물이 뿌옇게 흐렸다. 햇살에 떠도는 먼지처럼 불순물이 들끓었고 때가 버캐같이 거품을 이루어 떠다녔다. 머리카락도 섞여 있었다. 그러나 아녀자들은, 어 시원타, 조옹구나 하며 욕조의 뜨거움과 더러움을 함께 즐겼다. 석탄 백탄 타는데 연기만 퐁퐁 나구려, 하며 타령을 읊거나, 하나에 둘이요 둘에 셋이요 셋에 넷이요, 하며 뜻없는 셈을 구시렁거리는 늙은이도 있었다. 욕조 안에서 바깥을 살펴보니 삼면 벽의 낮은 위치에 수도꼭지들이 붙어 있었다. 그러나 찬물만 나오고 더운물은 나오지 않는지 모두 욕조 물을 퍼내어 썼다.

머리카락을 감고 있는 어머니에게, "인자 나가도 됩니꺼" 하고 내가 두 차례나 물었으나 어머니는 대답이 없었다. 한참 뒤 다시 물으니, 꼼짝 말고 더 있으라고 말했다. 어머니는 지겹지도 않은지 빨랫비누로 머리카락을 네 차례나 감으며 참빗으로 긴 머리채를 긁어내렸다. 내 얼굴이 술 취한 듯 달아오르고 어지럼증으로 눈앞이 핑그르르 돌 때야 어머니의, 나와도 좋다는 허락이 떨어졌다. 욕탕에서 나오자 내 손바닥과 발바닥이 지도 등고선을 그렸다. 뜨거운 물에 불리면 손가락과 손바닥이 오돌오돌해지는 변화를 자주 보아왔지만, 볼 때마다 신기했다. 뜨거운 물에 오래 담갔다 꺼내면 왜 그렇게 되는지, 그 뒤 누구에게 물어도 확실하게 대답해준 사람은 없었다. 거짓말을 하거나 죄를 지었을 때도 한동안은 없어지지 않는 표적이 그렇게 남는다면 하고 생각하자, 그렇게 되었으면 좋겠다는 느낌보다 두려운 마음이 더 앞섰다.

어머니의 때 씻기는 일에는 반드시 일정한 차례가 있었다. 먼저 수건을 빨아 불끈 짜선 그것을 마치 두루미 알처럼 손아귀에 넣기 좋게 둥글게 뭉쳤다. 뭉친 수건에 때밀이수건을 한 겹 쌌다.

지금은 손에 끼워서 때밀이에 쓰는 수세미같이 빳빳한 때밀이수건이 따로 있어 힘 덜 들이고 한결 수월하게 때를 밀어내지만, 그때만 해도 때밀이수건은 물론 감촉 좋은 보풀한 타월조차 구경하기 힘들었다. 수건이라면 대체로 무명이라 머리에 쓰거나 땀을 닦았고, 밥술 걱정을 놓은 사람이래야 겹으로 짠 무명수건이 고작이었다. 그러나 어머니는 늘 때밀이로 쓰는 수건을 따로 준비해두었는데, 그날도 예외는 아니어서 약탕관 약 짜는 데 쓰기에 알맞은 손수건만한 거친 삼베수건을 가지고 왔던 것이다. 그 수건은 고향 바닥에서 당장 준비할 수 없었으므로 대구에서 가져온 게 틀림없었다. 어머니는 고향 목욕탕이 문을 여는지 어쩐지 몰랐겠지만, 물을 데워 울산댁 뒤꼍에서라도 내 몸을 씻겨주려고 대구에서부터 단단히 벼르고 내려왔음을 나는 그 수건을 보고서야 알아차렸다. 서울에서도 어머니는 우리 형제를 목욕시킬 때 꼭 삼베 때밀이수건을 따로 두고 썼다.

내가 고향 울산댁 국밥집을 떠나 대구로 올라가기는 초등학교를 졸업한 해 사월이었다. 그때는 이미 입학 시기가 끝나서 나는 이듬해가 되어서야 신설된 공립중학교에 입학하게 되었다. 학생 수는 마흔 명 남짓했고, 선생이라곤 교장을 합하여 다섯 명이 관련이 있는 여러 과목을 섞어 가르쳤다. 대구 생활이란 놓아먹이던 망아지와 같았던 고향 생활의 청산을 뜻했고, 그때부터 어머니의 엄격한 통제 아래 철저하게 규칙적인 생활을 하게 되었다. 나는 대구로 올라간 해 신문팔이를 거쳐 석간신문 배달 일자리를 구했으므로 학교 생활과 오후 한때 바깥으로 나도는 시간을 빼곤 사사건건 어머니 잔소리와 간섭을 받았다. 남의 집이므로 큰소리로 웃어선 안 된다, 발소리 죽여 마당 출입하거라, 대문은 꼭 잠그고 다녀라, 밤 열한시 전에는 잠잘 생각을 말라는 따위에서부터, 세든 사람들이 쓰는 변소 사용 방법, 밥 먹는 버릇, 앉음새, 코 풀 때 아껴 써야 하는 휴지 문제에 이르기까지 간섭을 받게 되었다. 그래서 고향 울산댁 주막에서 자유스럽게 지냈던 생활이 절로 떠올라 그쪽 하늘을 보며 눈물 글썽인 적도 한두 번이 아니었다. 특히 그 시절 잊지 못할 추억이 한 가지 있었다. 건식이네 집에 우리 식구가 세들었던 건넌방은 함석처마가 길게 나왔고, 한켠이 노천 부엌이었다. 어느 여름날 낮, 어머니가 실과 동정 따위의 바느질 부속감을 사러 시장으로 나가고 없었다. 때마침 소낙비가 쏟아져 함석처마 때리는 빗소리가 시끄러웠다. 누나와 나는 주인이 사는 안채에까지 들리지 않겠지 하며, '바우고개'니 '켄터키 옛집'이니 하는 노래를 목청 돋워 불렀다. 그때 그 노래가 뒷날까지 두고두고 잊히지 않았다. 어머니에게 매인 그런 생활이다 보니 목욕 문제만 해도 더위가 쪄오는 유월에서부터 찬바람이 소슬한 구월까지는 밤중에 부엌 앞에서 목욕을 했지만, 나머지 추운 계절은 공동 목욕탕을 이용할 수밖에 없었는데, 나는 한 달에 한 번씩 길중이를 데리고 큰길에 있는 목욕탕으로 갔다. 그때까지 막내아우 길수는 학교에 입학하기 전이었기에 어머니가 여탕에 데리고 다녔다. 우리 형제가 목욕탕에 가는 날은 정해져 있었다. 한 달 마지막 주 일요일 새벽이었다. 깨끗한 첫 물에 목욕해야 좋다며, 잠자리에서 일어나 이불을 개고 나면 어머니가 목욕

수건과 비누를 챙겨주었다. 타월 한 장, 예의 때밀이에 쓰는 손수건만한 삼베수건, 빨랫비누, 그리고 미제 아이보리 비누였다. 평생 옷 한 벌 마음놓고 해입지 않았고 늘 먹고 싶어하던 돼지고기 한 근 들퍽지게 포식 못한 어머니가 그때로서는 과분하다 할 만큼 세숫비누는 반드시 미제 아이보리를 썼던 것은 지금 생각해도 묘한 느낌이 든다. 국산 세숫비누 질이 좋지 않을 때이기도 했지만, 미제 아이보리 비누는 잘 닳지 않고 거품이 잘 나며 우선 크기가 마음에 든다고 어머니가 말했다. 그 비누는 빨랫비누만큼 컸으므로 늘 두 도막을 내어 한쪽은 은박지를 붙였고, 닳아져 딱지만큼 납작해지면 새 비누에 붙여서 썼다. 어머니는 목욕탕에 가는 나를 붙잡아 세우곤 분이 섞인 목소리로 늘 판에 박힌 말을 했다. 내가 너를 따라 남탕에 못 가니 내가 너 씻겨줄 때처럼 목욕탕값 아깝지 않게 철저히 때를 씻고 와야 한다. 너는 물론이고 동생 때를 씻겨줄 때도 마찬가지다. 두 시간 반 이내 돌아올 생각 말아라. 목욕 갔다 오면 시간을 따져보고 얼마나 잘 씻었는지 몸 검사를 하겠다. 때를 밀기 전 탕 속에 십오 분은 들어앉아 몸을 푹 불려야 한다. 머리는 네 번 감고, 특히 사추리 사이를 잘 씻어라. 비누는 쓰고 난 뒤 물에 젖지 않도록 반드시 마른 데 두고, 세숫비누는 아껴 써야 하니 낯 씻을 때 이외에 써선 안 된다. 낯을 씻을 때도 세숫비누를 손바닥에 풀어 거품을 내지 말고 반드시 불끈 짠 수건에 비누를 칠해 낯빤대기를 빡빡 문질러라…… 나와 아우는 어머니의 이런 당부말을 듣고 집을 나섰다. 그러나 목욕탕까지 가는 시간과 오는 시간을 빼고 두 시간 삼십 분 정도를 목욕탕에서 보내기란 참으로 고역이어서, 탕에서 한 시간쯤 지나면 할 일이 없었다. 그래서 나는 아우와 욕탕 안에서 장난질로 시간을 보내며 탈의장 벽시계를 자주 훔쳐보곤 했다. 어머니와 약속한 시간을 겨우 맞추어 허기진 배를 안고 집으로 돌아오면, 어머니는 그 특유의 감사나운 눈길로 나와 아우 몸을 꼼꼼하게 살폈다. 한번은 귓바퀴에 비눗물을 그대로 묻히고 돌아와 숯포대 회초리로 종아리까지 맞은 적이 있었다. 그러나 겉살갗은 물론 위장 또한 깡그리 빈 상태에서 개운한 기분으로 늦은 아침밥을 먹을 때의 상쾌감은 지금도 잊히지 않는 추억으로 남아 있다.

어머니는 두루미 알처럼 둥글게 뭉친 수건 겉면에 역시 물기 적게 불끈 짠 때밀이 삼베수건을 덧씌웠다. 그렇게 준비를 마친 뒤 왼손으로 내 오른손 손가락 끝을 잡고 엄지부터 때를 밀어내기 시작했다. 다섯 개 손가락을 판장이가 판다리에 옻칠 올리듯 한 차례가 아니고 두세 차례에 걸쳐 꼼꼼하게 때를 밀곤 다음 차례 손가락 사이와 손바닥으로 옮아갔다. 손바닥에도 묵은 때가 앉을 틈이 있는지 모르지만 어머니는 반드시 손바닥까지 씻어주었고 발바닥은 간지러움으로 몸을 비트는 나를 꾸짖어가며 목욕탕 바닥에 굴러다니는 구멍 숭숭한 돌을 찾아 박박 밀어주었다. 그렇게 하여 양쪽 팔이 모두 끝나면 머리 · 목 · 겨드랑이 · 가슴 · 등 · 엉덩이 · 허벅지 · 다리로 차례에 따라 꼼꼼하게, 지극한 정성을 들여 때를 밀었다. 때밀이할 때 어머니의 표정이나 그 힘쓰는 공력은 마치 불공대천 원수를 만난 듯 피를 말리는 싸움을 방불케 했다. 아니면 살갗의 일룩섬까지 지워내겠다는 가증스런 모질음이었다. 이 말은 과장이 아니라, 나는 어머니의 때밀이 때 그 용쓰는 행동거지를 그렇게 표현할 수밖에 없었다. 자식들 몸을 씻기고 났을 때 당신 스스로 탈진이 될 정도였으니 늘 하는 말처럼, 너들 씻기고 나모 널치(어원을 알 수 없지만 경상도 남부 지방 사투리로, 기력이 다하여 넋이 빠질 정도라는 뜻)가 난다는 말이 제격이었다. 새같이 마른 자식 몸에 때가 붙었다면 그 때가 얼마만큼 덮었기에 어머니는 뭉쳐 싼 삼베수건이 해져라 뼈가 아릴 정도로 살갗을 그렇게 학대했는지, 구천의 넋이 된 당신을 두고 지금도 그 공력을 헤아려보면 나는 이상한 감회에 잠긴다. 겨울철에도 냉수마찰하는 사람처럼 살갗을 튼튼하게 해주기 위해서? 지나친 청결벽? 이렇게 두 가지로 어머니의 때 씻기기를 따져보면 처음은 아예 해당이 되지 않고, 두번째가 그런대로 적중한 해석이다. 거기에 덧붙인다면, 잠잘 때 외에는 쉬어본 적 그 '부지런함'과, 그런 방법으로라도 '자식을 강하게 키워야 한다'는 답을 끌어댈 수 있을 것이다.

어머니 때밀이는 살갗이 발갛게 부풀어오르고 붉은 실핏줄이 비칠 때까지 계속되니, 그 고문을 당하는 입장에서는 절로 신음이 터지게 마련이었다. 비죽거리거나 비명을 지르면 어머니는 어김없이 내 팔과 허벅지를 꼬집었다. 그래서 나는 어머니가 이렇게까지 모질게 때를 씻기는 걸 보면 무엇인가 맺혔을 당신의 원한을 엉뚱하게도 자식에게 풀고 있는 게 아닐까 하는 의구심마저 들었다.

어머니에게 들은 이야기지만 유아 때부터 나는 누구든 머리에 손을 대는 걸 싫어했다 한다. 머리를 감길 때면 숨넘어가듯 파랗게 자지러지므로 마치 터지려는 풍선 다루듯 조심하지 않으면 안 되었다는 것이다. 사물을 기억할 나이가 되고도 누구든 내 머리에 손을 대는 것을 나는 싫어했다. 심지어 어른들이 사랑스럽다는 뜻으로 머리를 쓰다듬어주려 할 때도 손부터 얼른 머리꼭지에 얹어 어른 손을 피하는 버릇이 있었다. 그러나 목욕탕에서 어머니가 내 머리를 감겨줄 때는 그 엄살이 통할 리가 없었다. 어머니 손톱이 마귀할멈 그것처럼 머리통을 피가 날 정도로 사정없이 박박 긁어대면 코가 아리다 못해 콧물과 눈물까지 쏟아졌다. 입 밖으로 표현이야 못했지만 '좆도, 씨팔' 소리를 어금니로 짓씹어도 분이 풀리지 않았다. 사실 어머니가 그렇게 머리통을 씻기고 나면 나는 얼굴을 찡그리는 데도 그쪽 살갗이 당기는지 머리통이 따끔따끔 아팠고, 어떤 때는 골속으로 바람소리가 들리며 어지럼증마저 찾아오곤 했다. 그런데 그만한 고역이 또 있었으니 살갗 중에 부드러운 부분, 이를테면 목덜미와 겨드랑이, 허벅지 안쪽의 때를 삼베수건으로 밀 때, 그 쓰라림이란 견디기 힘든 고통이었다. 어머니는 귀 하나를 씻길 때도 삼베수건을 집게손가락에 돌돌 말아 귓바퀴의 미로를 몇 차례나 닦아내었고 귓구멍은 손가락을 돌려가며 송곳으로 파듯 쑤셔댔다. 그래서 한쪽 귀를 닦아내는 데도 일 분 넘게 시간을 잡아먹었다.

나는 터지려는 비명과 울음을 어금니로 깨물며 고문에 못지않은 어머니 때밀이를 참아냈다. 적게 잡아도 사십 분은 넘게 걸렸을 그 때밀이가 내게는 한 시간도 넘게 지루했다. 어머니 손길이 가슴팍에서 이제 배 쪽으로 넘어가려니 하고 졸갑증을 내면, 웬걸 그 손은 다시 가슴팍을 세 차례째 되풀이하여 밀어대곤 했다. 무르팍과 팔꿈치처럼 살갗 주름이 많고 때를 잘 타는 부분은 속새로 나무결을 곱게 다듬듯 삼배수건을 제자리에서 돌려가며 문질러댔다. 과장을 보탠다면 그 때밀이야말로 대패질로 살 깎아내기에 다름 아니었다.

그렇게 털 뽑은 닭처럼 살갗에 피멍이 들도록 때를 씻긴 뒤에는 어머니도 기진해져, 탕 속에 들어가라는 허락이 떨어졌다. 그제서야 나는 마치 지옥 굴에서 빠져나온 듯 안도의 큰숨을 내쉬었다. 뜨거운 물이 살갗에 닿으면 더 쓰라릴 것 같았으나 어머니가 또 붙잡고 늘어져 혹시 놓친 부분, 미진한 부분을 다시 씻길까봐, 다른 한편으로는 알몸을 감추기 위해 얼른 탕 속으로 들어가 몸을 감추었다. 탕 안에 있는 여자들 보기가 민망하여 나는 벽으로 몸을 돌렸다. 불에 달구는 듯 온몸이 뜨겁고 쓰라렸다. 거기에다 머릿속에 돌개바람이라도 몰아치는 듯한 어지럼증으로 나는 탕 벽에 이마를 기대고 눈을 감았다. 알 수 없는 고통과 슬픔이 기운이 빠져버린 온몸의 숨구멍을 죄어오고, 차라리 고아가 되었으면 좋겠다는 자포자기의 상태에서, 나는 잠시 동안 콧숨으로 흐느꼈다.

내 나이 삼십대 중반이었으니 자식 둘이 있을 때였다. 그때만 해도 자정이면 사이렌이 부는 통행금지가 있었다. 자정 가까이 술에 취한 채 한길을 건너다 과속으로 달려오던 택시에 치어 나는 팔과 다리뼈를 부러뜨리는 중상을 당했다. 그 무덥던 여름 한철을 회사 근무도 쉬며 두 달 동안 꼼짝없이 병상에 누워 지내는 신세가 되었다. 퇴원한 뒤에도 한 달 동안은 통원치료를 받았다. 깁스를 풀고 목욕탕에 갔을 때는 실로 석 달 만이었다. 병원에 있을 때나 통원치료를 받을 때 얼굴과 목과 가슴은 부분적으로 닦아내었으나 온몸을 씻기는 그때가 석 달 만에 처음이었다. 목욕탕에서 때밀이에게 뚱뚱한 몸을 맡기고 간이침상이나 의자에 늘어진 사람을 볼 때, 튼튼한 제 팔과 손을 두고 자기 몸을 남에게 맡기는 그 흉측한 꼴을 나는 절대 저지르지 않으리라 결심했고, 그때까지 목욕탕에 가면 내 몸은 내가 씻었다. 때밀이 청년에게 자신의 몸을 맡긴 채 널브러져 있는 사람을 보면 나는 늘 화집에서 본 폼페이 벽화를 연상했다. 제정로마 초기, 영화의 극치를 누렸던 폼페이는 베수비오 화산의 대폭발로 땅속에 묻히고 말았지만, 한마디로 그 대참사는 인간의 쾌락 추구에 따른 하늘의 징벌이었고, 그 쾌락은 바로 남녀가 진수성찬으로 먹고 마시고 알몸으로 함께 희롱한 '목욕탕 문화'라고 일컬어도 좋을 타락의 한 표본이었다. 그래서 나는 석 달 동안 쓰지 않았던 오른팔이었지만 내 힘으로 때를 씻기로 마음먹었다. 여름 한철 동안 목욕을 못한 탓인지 밀어도 밀어도 때는 나오는데, 오른팔이 힘에 부쳤다. 온몸에 진땀이 흐르고 기운이 빠져 한쪽 팔과 다리를 씻는 데도 나는 지쳤다. 어떡할까, 나는 잠시 망설였다. 그러나 나는 곧 내가 병자라는 사실에 억지 이유를 붙였다. 때밀이 젊은이에게 몸을 맡기기로 결정을 본 것이다. 막상 내 몸을 남에게 맡기고 나자, 소년 시절 고향 복욕탕에서 어머니가 때를 씻어준 뒤 탕에 들어갔을 때 그 알 수 없던 고통과 슬픔이 온몸의 숨구멍을 죄어왔던 경험을 다시 느끼게 되었다. 교통사고를 당했던 그즈음, 어머니를 내가 모시고 있었다. 집으로 돌아가면 나는 어머니 얼굴을 바로 볼 수 없다는 생각이 들었다. 어머니에게 죄를 짓는다는 아픔이 때를 열심히 미는 남의 손을 통해 살갗을 훑었고, 나는 콧숨으로 흐느끼며 어머니 손길이 아닌 남의 손을 밀쳐내지 못하는 내 자신이 부끄러웠다. 나는 때밀이를 돈을 주고 샀다는 사실을 어머니에게 고백할 수 없음은 물론, 이제 다시 폼페이의 벽화를 욕질할 수 없는 입장임을 깨달았던 것이다.

'널치'가 나도록 나를 씻겨놓은 어머니는 이제 당신 몸을 씻기 시작했다. 그 시간의 소비란 몸 체격과 비례하므로 실히 내 몸 두 배는 넘음직한 어머니는 한 시간 넘게 공력을 썼다. 이미 술이 할머니는 나가버려 없었기에 어머니는 그 자리를 차지하고 앉은 옆 아주머니와 말을 터 서로 등의 때를 품앗이로 밀어주었고, 대야에 담아온 내 속옷까지 죄 빨았다. 빨랫감은 비단 어머니만 가져온 게 아니었다. 목욕값 밑천을 뽑겠다고 다른 여자들도 한 통씩 빨랫감을 가지고 와서 더운물에 흥청망청 빨래를 하고 있었다. 겉옷 입은 중씰한 여자가 들어와 물을 아껴 써라, 빨래를 그렇게 많이 하면 안 된다고 잔소리를 했지만 미안쩍어하는 사람은 없었다. 다들 돈 내고 들어왔는데 무슨 말인가 하듯 그 여자를 곱지 않은 눈길로 흘끗거렸다.

어머니가 당신 몸을 씻을 동안 내게는 지루한 시간이었지만 어머니 손에서 놓여난 기분을 즐기며 목욕탕 안을 두루 구경하는

짬을 낼 수 있었다. 그동안 사람이 조금 빠져나가 목욕탕은 들어
올 때만큼 붐비지 않았다. 이제는 나와 비슷한 또래의 계집애를
보아도 철면피가 되어 무덤덤히 바라보았다. 네가 학교에서 소문
을 낸다면 나도 소문을 내리라는 알량한 뱃심으로 바라볼 양이면
저쪽에서 오히려 눈길을 피해버렸다.

아무리 설밑이라지만 목욕탕에 올 만한 읍내 사람은 그래도 생
활 정도가 나은 편이었다. 그러나 대부분 여자들 몸꼴이야말로
말이 아니었다. 내 나이 아래 계집애들은 그렇다 치더라도 어른
들마저 팔과 다리는 보습의 성에처럼 홀쭉 말라 꺼칠했고 어깨뼈
가 옷가락 같게 드러나 있었다. 밋밋한 가슴팍에 젖은 축 늘어져
달렸고, 갈비뼈는 숭숭한데 필요없게 퍼져내린 굵은 허리통에 엉
덩판만은 널찍이 자리 잡고 있었다. 주름살로 늘어진 쭈글쭈글한
배 아래 거웃 사이를 열심히 씻는 아낙네를 보자 추하다는 느낌
마저 들었다. 특히 허리가 꼬부장한 늙은이들 몸이란 좁장한 등
판까지 겹주름이 져 그 긴 세월의 살아냄이 나무의 나이테처럼,
결과적으로 주름살을 만드는 과정으로 여겨졌다. 그 나이 때만도
나는 늙어감이나 늙음 끝에 닿게 되는 죽음에 대해 생각해본 적
이 없었다. 사람이 스물 전후의 꽃다운 나이를 넘기면 성장에 따
른 활동을 멈추고 늙기 시작한다는 육체의 퇴화 과정을, 나 역시
그 장거리 경주를 열심히 뛰고 있다고 깨닫게 되기는 내 나이 서
른여덟 살, 어머니가 고혈압으로 쓰러져 의식불명의 상태로 보름
동안 중환자실에 입원해 있을 때였다. 나는 그때서야 식물인간으
로 누워 있는 어머니를 통하여 비로소 죽음에 이르게 되는 그 실

체를 보았던 것이다. 나도 언제인가 저렇게 죽게 되려니, 하는 두려움이 온몸으로 엄습해 왔다.

더러운 옷이지만 옷을 입고 있을 때보다 그 옷을 홀랑 벗어버릴 때 사람이란 이렇게 추한 몰골이구나. 나는 그런 생각을 하며 목욕탕 안의 볼품없는 여자들 알몸을 흘낏거리며 관찰하고 있었다. 그런데 내 그런 생각을 바꾸어놓을 만큼 아주 특별한 여자를 보게 되었다. 젖은 머리칼을 틀어올려 수건으로 동여맨 스무 살 정도의 처녀였다. 마침 그 여자는 탕 속에 앉아 있다 돌연 나타난 선녀처럼 불쑥 일어서더니 허리를 굽혀 욕조 벽을 타넘곤 내가 바라보는 맞은쪽 자리로 옮겨갔다. 유난히 희고 미끄러운 살결이 내 눈을 끌었는데, 그 여자는 마른 몸이 아니었고 그렇다고 살이 찐 몸도 아니었다. 한마디로 곱게 빠진 예쁜 몸이었다. 몸 어디에도 주름이 없었고, 각진 데가 없었다. 어깨에서 허리로, 허리에서 다리로 흘러내린 선이 부드러운 곡선을 이루었고 알맞게 찐 살이 뼈를 잘 감추고 있었다. 잘 익은 수밀도처럼 볼록한 젖과 탄탄한 엉덩판도 아름다웠다. 한마디로 그 여자의 살결은 성당 뒤뜰 선교사 사택 담장을 따라 핀 분홍 장미같이 신선하게 고왔고, 물에 탄 구호품 분유처럼 농밀한 부드러움을 지니고 있었다. 이 시골에도 저렇게 고운 살결의 여자가 있었던가. 나는 입까지 벌린 채 감탄했다. 그 감탄은 내가 좋아하는 여선생이 나만을 바라볼 때의 가슴 뛰는 황홀함과 같은 성질이었지, 성적 충동 같은 어떤 다른 뜻을 포함하고 있지 않았다. 아니, 무의식이나 잠재의식 속에 그런 욕구가 가냘프게 가쁜 숨을 쉬고 있었는지 몰랐다. 훗날 그

58

어둡고 축축한 사춘기를 보내며 몽정과 수음을 체험했을 때, 내 머릿속에 처음 자리 잡은 성적 상상력의 대상이 바로 그때 본 그 여자의 아름다운 알몸이었기 때문이다. 사춘기 적 나는 처음으로 그 여자를 통해 부드럽고 아름다운, 내가 소유하고 싶은 확연한 실체를 눈앞에 그려보게 되었던 것이다. 그전까지 부드러움이란 늘 물이나 바람과 같은 무형의 형태라 생각했다. 물과 바람은 잘 만져지지 않는데도 부드러움을 무엇보다도 뚜렷하게 실감시켜준다. 그러나 물이나 바람은 무한대의 체적만 있지 형태가 없다. 컴퍼스로 그리는 곡선은 형태가 있으나 체적이 나타나지 않는다. 거기에 한술 더 떠서 부드러움에 아름다움까지 결부시킨다면 그 실체는 더욱 잘 떠오르지 않는다. 기껏해야 바람결에 나부끼는 꽃을 통해 바람과 꽃을 연결짓는 인상 정도이다. 그런데 내 사춘기 적 아련하게 떠오르는 그 여자의 몸이야말로 그 두 낱말이 그대로 어울려 만들어낸 완벽한 작품이었던 셈이다. 인간이 아닌 신이 만든 작품, 그렇지만 내 사춘기 때에 그 처녀는 이미 아이를 낳고 아낙네가 되었을 수도 있을, 멀리 떠나버린 기억 속의 여자였기에, 더욱 가슴을 애달프게 하는 구원의 그리움이었다.

"인자 나오너라. 비누칠하고 가야지러." 멍해져 있는 내 귀에 어머니 말소리가 들렸다.

빨랫비누칠한 수건으로 몸을 닦아줄 때도 어머니는 여느 사람의 경우와 달랐다. 물론 비누칠할 때만은 삼베수건을 쓰지 않았다. 두루미 알처럼 뭉쳤던 무명수건에 비누칠을 했다. 어머니는 비누를 아끼느라 불끈 짠 수건을 엄지를 뺀 네 개 손가락의 친친 감은 부분에만 비누칠을 했다. 먼저 몸의 가장 윗부분인 이마부터 다식판에 떡 누르듯 힘을 주었다. 어머니가 방바닥에 걸레질을 할 때는 뽀드득 소리가 날 만큼 힘을 주어 문질렀는데, 한 손으로 머리 뒤를 받치고 이마를 문지를 때도 마찬가지였다. 이마에서 코로, 코밑으로, 뺨으로 숨쉴 짬도 주지 않고 힘을 주어 문질러대면 내 얼굴판이 절로 뒤틀렸다. 내가 숨을 쉴 짬은 어머니가 수건에 비누칠을 다시 할 때뿐이었다. 귀를 씻어줄 때는 역시 집게손가락에 붕대 감듯 수건을 말아 귓바퀴 미로에 빠뜨리는 구석이라도 있을세라 홈마다 후벼팠다. 어머니가 그렇게 한참 귀를 문질러대면 열이 날 수밖에 없어 귓바퀴가 화끈거리고 얼얼할 정도였다. 특히 비누칠한 수건으로 팔을 씻길 때는 당신 손아귀에 수건을 감고 뼈를 추려낼 듯이 밀어대는데, 어머니 아귀힘이 얼마나 센지 뼈가 아렸다. 비누칠하여 빡빡머리를 감겨줄 때도 세 차례나 되풀이했고 손톱으로 바닥을 사정없이 박박 긁었다. 손톱 길게 기르고 다니는 여자 꼴은 천하에 못 봐낸다는 당신의 버릇말처럼, 어머니 손톱이 몽그라졌기에 망정이지 손톱이 길었다면 내 머리통은 밭고랑이 되어 줄줄이 피를 흘렸을 터였다. 포경이었던 내 고추를 홀랑 까서 비누수건으로 여러 차례 씻어내고, 사람 몸 중에 가장 깨끗하게 간수해야 할 부분이라며 목욕탕 벽에 붙은 수도마개를 틀어 맑은 찬물을 받아와 씻기고 또 씻겨줄 때, 항문 쪽으로 뻗친 오줌줄기까지 쌔끔쌔끔해지고 고추 끝이 끊어져라 쓰리게 아팠던 기억은 지금 뒤돌아보아도 찬물을 끼얹듯 으스스해진다.

"이라다간 차시간 늦겠데이. 니 옷도 깁어놓고 가야 할 낀데 말이다." 비누칠을 마친 어머니가 이 말을 했을 때는 짧은 겨울해가 설핏 기울어 곰보유리창에 그늘이 드리워졌을 때였다.

목욕탕 안은 사람이 절반으로 줄어버렸고, 욕조의 더운물도 더 공급되지 않아 내가 그 속에 들어앉더라도 어깨를 채 못 가릴 정도였다. 욕조 안으로 뜨거운 물을 공급하는 수도꼭지는 하나뿐이었다.

"몸을 헹궈야 할 낀데……"

어머니가 말하며 앉은걸음으로 그쪽으로 가서 수도꼭지를 틀었으나 이미 물은 끊어져 있었다. 어머니가 더운물을 넣어달라고 몇 차례 고함을 지르고 손뼉까지 쳤으나 바깥에서는 아무 대답이 없었다. 자리로 돌아온 어머니는 욕조 안의 물을 들여다보더니 난감한 표정이 되었다. 내가 보아도 그 물은 너무 더러웠다. 물속에 엉겨 다니는 때가 장구벌레처럼 눈에 들어왔다.

"이 더러분 물로 우째 헹구제." 어머니가 무슨 결심을 한 모양이었다. 벽에 붙은 수도마개를 틀어 함석대야에 찬물을 받았다. 비누칠했던 수건을 대야 찬물이 깨끗해질 때까지 여러 차례 빨았다. 그리곤 대야 가득 물을 받아 내 옆으로 왔다.

"찬물로예?"

나는 몸부터 떨었다.

"쪼매 찹더라도 참아라. 한겨울에 바깥에서 냉수마찰하는 사람도 있는데 사내자석이 이쭘도 몬 참아서야 되겠나. 일사후퇴 피난 내려온 사람들 이바구로는, 그 추운 한뎃바람을 맞으며 목에까지 잠기는 얼음물에 피난짐을 이고 지고 강을 건넜다 카더라."

말은 그렇게 했지만 어머니는 대야 찬물을 내 머리꼭지에 좌르르 붓지 않았다. 머리를 감기곤 찬물에 빤 수건으로 내 몸을 닦아 내렸다. 온몸에 소름이 돋고 수건이 살갗을 스칠 때마다 따가웠으나, 이제 나는 목욕이 끝났다는 기쁨으로 참아냈다. 그런데 물에 뛰어들기 전 준비운동처럼 내 몸을 얼추 식힌 어머니는 아니나 다를까, 찬물을 새로 받아 내 몸에 좌르르 부었다. 찬물이 튀자 내 옆에 앉은 아낙네가, "그라다가 아아 감기 들겠심더" 하고 말했으나, 당신 자식이나 감기 조심시키란 듯 어머니는 대꾸하지 않았다. 어머니가 저녁차 편에 바삐 떠나자면 나에게 매질로 당조짐할 시간이 없겠거니, 하는 기쁨으로 나는 턱까지 떨며 어머니가 퍼붓는 찬물 세례를 이겨냈다.

"밖에서 기다리거라. 내 얼른 비누칠하고 나가꾸마." 비틀어 짠 수건으로 내 몸에 묻은 물기를 샅샅이 닦아주곤 어머니가 말했다.

드디어 나는 어머니로부터 해방되었다. 샅을 가려야 한다는 염치를 차릴 겨를도 없이 나는 불알을 덜렁이며 목욕탕을 빠져나왔다. 눈여겨보아 두었던 23번 장을 열고 바지부터 입었다. 탕 안에 있을 때보다 밖으로 나오니 추위가 한결 심해 나는 와들와들 떨며 옷을 입었다. 이제 여자 탈의장에서 어머니를 기다려야 할 이유가 없었다. 고무신을 챙겨 신고 나는 재빨리 목욕탕을 나섰다.

한길로 나오니 어느덧 해는 중앙산 쪽으로 설핏 기울어져 있었다. 바람이 스산하게 불어 흙먼지가 날리는 속에 설 쇨 장을 보고 돌아가는 먼 마을 사람들이 목욕탕 앞길을 메워 지나가고 있었다. 설빔의 자기 몫으로 먹고무신이라도 한 켤레 샀는지 부모한테서 떨어질세라 앙감질걸음을 바삐 놀려 따라붙는 아이들도 있었다. 나는 몸이 날아갈 듯 개운하여 청노루마냥 바람을 가르며 어디로든 내닫고 싶었다. 그러나 그 많은 때와 함께 기운조차 다 빠져나간 듯 몸이 나른했고 배가 고팠다. 울산댁 주막으로 달려가 국밥이라도 한 그릇 얻어먹을까 했으나 밖에서 기다리라던 어머니 말을 생각하고 나는 방금 남탕에서 나오기라도 했다는 듯 남탕 앞 바람막이 된 문간에 서 있었다. 어머니는 저녁 통근열차 편에 삼랑진으로 올라갈 터였다. 마산에서 출발하여 삼랑진으로 돌아 종착점 부산까지 가는 통근열차가 진영역을 거치기는 오후 다섯시 전후였다. 기운 해를 가늠하자 세시 반은 되었을 것 같았다. 나는 그 자리에 쪼그려 앉아 귀가길을 재촉하는 장꾼들을 구경했다. 중부전선에서는 전쟁이 계속되고 있었지만 닥쳐올 설은 역시 설이었기에 장꾼은 장 본 물건을 머리에 이고 손에 들고 바삐 걸었다. 장꾼들은 활발히 걸음을 떼놓으며 장 시세를 두고, 군에 간 자식에 대해 동행과 이야기를 나누며 내 앞을 지나쳤다. 험한 입성에 때에 덖은 몰골이지만 따라붙는 코흘리개 아이들의 표정이 한결같이 밝았다. 나는 불현듯 설날 아침에 대구에서 지내는 제사에 끼일 수 없는 처지임을 깨달았다.

"길남아, 길남이 어딨노?" 어머니가 주위를 두리번거리며 나를 불렀다.

"여깃심더" 하고 대답하며 나는 어머니 곁으로 다가갔다. 쪼그려 앉아 있었던 탓인지 양말도 신지 않은 발가락이 쥐까지 나서 나는 절뚝걸음을 걸었다.

"와 그라노?"

"쥐가 났나봅니더."

"목간하이까 깨분하제?" 꽃물 들인 듯 활짝 핀 붉은 얼굴에 따뜻한 미소를 보이며 어머니가 내게 물었다. 정다운 목소리였다.

"깨분합니더." 나는 정말 새처럼 몸이 가벼웠고 날아갈 듯 개운했다.

"가자, 어서 가야제. 내복도 안 입어 춥겠다."

어머니가 내 손을 잡고 장터 쪽으로 걸음을 옮겼다. 어머니 큰 손을 통하여 따뜻한 느낌이 내 손으로 전해왔다.

"더러운 세월 만나 애비 읎는 설움으로 니가 비록 남으 집에 얹혀 얻어묵고 있지마는 씻은 몸처럼 늘 마음도 깨끗하게 지녀야 하니라. 깨끗한 몸맨쿠로 정직한 마음으로 어른이 돼서……" 어머니가 잠시 말을 끊고 물코를 들이켰다. "길남아, 우리 식구가 한 지붕 아래 몬 살미, 이 고생하고 살았을 때를 먼 뒷날 웃으며 이바구할라 카모 니가 우째 마음 결심하고 살아야 되는 줄 알고 있제?"

어머니 그 목소리가 어느 때보다 엄숙했으나 물기를 머금어 간곡한 호소를 담고 있었다. 나는 대답 않고 묵묵히 걸었다. 나는 어머니가 할 다음 말을 이미 알고 있었다. 매질 뒤에는 어김없이 그 말이 따랐기 때문이었다. 그 말을 옹골차게 실천할 자신감이 없었으므로 꺾인 내 고개가 들려지지 않았고, 나는 어머니를 마주볼 수 없었다. 겨드랑이에서 돋아나려던 뻣뻣한 날개가 갑자기 소금에 절인 푸새처럼 힘없이 처져내림을 느꼈다.

"우짜든동 니가 열심히 공부해서 훌륭한 사람이 되는 길밖에 없데이."

(『현대문학』1987년 1월호)

마음의 감옥

마음의 감옥

금년으로 일곱번째 맞은 '모스크바 국제도서박람회'에 한국이 처음으로 오백칠십여 종의 도서를 출품하게 되었다. 그 사무를 주관할 대한출판문화협회는 도서박람회의 참관과 소련 시찰을 목적으로 모스크바 파견 대표단을 모집한 결과, 스물두 개 회원 출판사 대표가 참가신청서를 내었다. 나도 그 일원으로 지원했다. 모스크바에서의 도서박람회 개최 기간은 일주일이었으나 한국 대표단의 일정에 따라 나 역시 레닌그라드와 키예프를 둘러보는 열이틀 동안의 소련 여행을 마치고 돌아왔다. 김포공항으로 마중을 나온 아내가 안부말 끝에 현구 소식을 알려주었다.

  "그쪽은 국제전화도 힘들고, 공연히 걱정만 안고 다니실 것 같아 당신이 레닌그라드에선가 전화했을 때 그 말은 하지 않았어요. 근데, 일주일 전에 삼촌이 경북대 의대 부속병원에 입원했어요."

  현구의 병에 따른 감정유치(鑑定留置) 명령이 드디어 법원으로

부터 떨어진 모양이었다. 나는 아내 말에서 아우 병이 전문의의 지속적인 관찰이 요구될 만큼 나빠졌음을 짐작할 수 있었다. 현구는 일심 공판에서 징역 일 년 육 개월이 선고되어 고법에 항소 계류 중에 있었다. 그러나 감정유치가 너무 늦은 감이 있어 나는 법원의 그 조치를 선의로만 해석할 수 없었다. 십 년 전 아우는 간염을 앓은 적이 있었다. 1979년 그해, 일 년 팔 개월 형을 살고 형집행정지로 석방된 직후였다. 눈 흰자위에 노르끄레한 황달 증세가 나타났으나, 누이 집에서 쉬며 가까운 개인병원 통원치료로 쉽게 회복되었다. 아우의 허우대가 건장하다 할 수는 없지만 그렇다고 허약 체질도 아니었기에 그 뒤 그는 별 탈 없이 바쁘게 그의 삶을 살아왔던 셈이다. 그런데 이번 사건으로 구속된 뒤, 경찰에서 검찰로 넘어가고부터 그는 그 알량한 그곳 식사조차 제대로 소화를 못해 늘 속이 쓰리고 기운이 없어 앉아 있기조차 힘들다고 면회자에게 호소했던 터였다. 첫 장마절기에 들어 날마다 비가 뿌리던 칠월 초순 어느 날, 내가 대구로 내려가서 면회를 통해 아우 얼굴을 보자, 그를 못 본 지 불과 한 달 사이에 보기 딱할 정도로 야위었고 혈색 또한 좋지 않았다. 얼굴색이 검누렇게 찌든 데다 광대뼈가 도드라져, 다시 단식이라도 시작한 듯 영양실조증이 완연했다. 다섯 해 전 아우가 안동교도소에 수감되어 있을 때, 교도소 당국의 양심범 가혹행위에 항의하여 일주일 동안 물만 먹고 단식한다기에, 내가 그를 면회 갔을 때가 꼭 그랬다. 그때는 얼굴색이 창백했지 검누렇지는 않았다. 일거리도 없을 이 장맛비에 주민들은 뭘 먹고 지낼까 걱정을 하다 보면 잠이 오지 않았는데 마치 꿈이나 꾸듯, 내가 석방되어 산동네로 막 뛰어올라가고 있잖아요. 그 말을 하며 아우는 나이에 어울리지 않게 수줍은 미소를 머금었다. 그의 표정 중 한 특징이라 말해야 할 그런 미소를 지을 때, 입가에 메마른 살갗이 겹주름까지 져서 서른아홉 살의 한창 나이인 그가 마치 늙은이 같아 보였다. 아무래도 위장이나 간장에 문제가 있는 것 같다며 진찰을 받았느냐고 내가 묻자, 아우는 소화제를 타먹는다며, 달리 아픈 데는 없으니 곧 낫겠지요 하고 힘담 없게 대답했다. 나는 아우 담당 변호사 주영준을 만나, 현구가 병이 있으니 병원 감정유치를 청구하여 종합병원에서 진찰과 치료를 받게 해달라고 부탁하곤 상경했다. 내가 소련으로 떠날 때까지 현구의 감정유치 허가는 떨어지지 않았다.

공항을 떠나 집으로 돌아오는 차 안에서 아내는, 그저께 당일치기로 대구에 다녀왔다며, 현구 종합검진이 진행 중이더라고 말했다. 의사 말로는 병이 위가 아니라 간 쪽이며, 자기가 보기에도 상태가 아주 좋지 않더라는 것이다.

"복수(腹水)가 심해 배에 찬 물부터 뽑았는데, 체중이 한꺼번에 육 킬로나 빠졌대요. 차마 마주볼 수 없을 정도로 여위었어요. 검사를 받느라 미음조차 먹지 못하니…… 간병하시는 어머님이 몸져누우실까 걱정됩니다. 그렇다고 애들 때문에 내가 내려가 있을 수도 없잖아요. 아무리 바쁘더라도 당신이 속히 한번 다녀와야겠어요" 하며 손수건으로 눈을 훔치던 아내가 문득 생각이 났는지, "지난번 것하고, 이번 힘써준 사례비며 변호사 비용 백만 원은 대구 아가씨가 냈어요" 하고 말했다.

차창 밖으로 팔월 중순의 불볕더위가 끓고 있었다. 가로수 잎이 후줄근히 늘어졌고 멀리 보이는 아파트 단지는 증발하는 증기로 무너져내릴 듯 흐물거렸다. 그 흐물거리는 뒤쪽, 현구의 여읜 모습이 물 아래 가라앉은 탈색한 가랑잎이듯 얼비쳐 보였다. 아우와 나는 여덟 살 나이 차이로 속 깊은 대화는 나누어보지 못한 채, 여지껏 떨어져 살아온 세월이 더 길었다. 그와 함께 생활하기는 내가 고등학교를 졸업할 때까지였다. 그가 중학교에 다닐 때 나는 서울에서 대학을 다녔고, 그가 고등학교에 다닐 때 나는 입대했으며, 그가 대구에서 대학에 다닐 때 나는 이미 사회인이 되어 서울에서 직장 생활을 하고 있었다.

이튿날 아침, 아파트 주차장에 보름째 덮개를 쓰고 있는 자가용을 그대로 두고 나는 좌석버스 편으로 출근했다. 회사에 나오자 나는 국외 여행으로 자리를 비운 동안의 판매 실적 장부부터 살폈다. 모두 산과 바다를 찾아 빠져나갔을 지난 두 주일, 따분한 읽을거리가 잘 팔릴 리 없었다. 가을 출간을 목표로 진행하던 신간 세 권의 편집 진행 현황도 살폈다. 그리고 모스크바에서 가져온, 초판이 현지 시중에 나온 지 불과 달포밖에 되지 않은 아나톨리 리바코프의 소설 『1935년과 그 이후』 첫째 권 번역을 서둘러 착수해야 했기에, 『아르바트의 아이들』을 번역했던 러시아어과 교수를 만났다. 『1935년과 그 이후』는, 고르바초프의 페레스트로이카 정책에 힘입어 소련에서 출간되자마자 곧 서방세계 여러 나라 말로 번역되어 세계적인 명성을 획득한 리바코프 만년의 대작 『아르바트의 아이들』 제2부 첫 권에 해당되는 소설이었다. 삼백여 쪽 분량의 원서를 두 달 안으로 번역을 마쳐달라는 내 부탁에, 교수는 더위를 핑계로 난색을 표명했다. 조급한 마음 같아선 우리보다 한발 앞서 이미 시판되고 있을지 모를 일어판을 구해 서너 토막으로 나누어 여럿에게 중역을 의뢰했으면 싶었으나 내 출판 기본방침이 그러하지 않았기에 제1부 역자와 밀고 당기는 설득전을 벌일 수밖에 없었다. 그의 꼼꼼한 번역은 믿을 만했다. 인원 아홉 명을 거느린 내가 경영하는 소규모 단행본 출판사는 그동안 팔십여 종의 책을 출간했으나 작년 이후로 내세울 만한 상품이 없어 현상 유지가 빠듯했던 게 사실이었다. 그 점에는 영업부장의 은근한 투정도 있었듯, 시류에 영합하는 청소년 취향의 감상적인 읽을거리를 출판에서 배제한 내 출판 방침에도 원인이 있었다. 그런데 리바코프의 『아르바트의 아이들』 세 권이 근래 도하 신문 외신란과 특집란을 거의 덮다시피 하는 소련의 민주화 개혁정치 소개 기사에 힘입어 사 개월 만에 총 구만여 권의 판매 실적을 올려, 운영 자금에 큰 도움을 받고 있었다. 마침 소련에서 열린 국제도서박람회에 내가 선뜻 나서게 된 것도 '소련작가동맹' 산하 '소련저작권협회'와의 사무 협의와 리바코프 면담에 주 목적이 있었다. 한편, 문화 해빙기를 맞아 재평가를 받는 스탈린 치하 강제수용소 실태를 고발한 샬라모프 소설 『콜리마 이야기』의 원전을 입수해 오기도 했다. 그래서 저녁 시간에는 다른 러시아어과 교수를 만나 샬라모프 소설 번역을 교섭하느라 식사와 곁들여 맥주도 마셨다. 아침에 집을 나설 때 이미 아내에게 말해두었기에, 나는 떠난다는 전화 한 통만 집에 걸고 대구로 가는 밤기차를 탔다.

　동대구역에 도착하니 짧은 여름밤이 지나고 역 광장이 희뿌옇
게 트여왔다. 손가방을 든 나는 빈 택시에 올라, 기사에게 대학병
원으로 가자고 말했다. 이제 대구에도 의과대학이 여러 개 생겨
대학병원이라면 어느 의과대학 부속병원을 가리키는지 혼동되겠
지만, 대구에 오래 터를 잡은 사람에게 대학병원은 으레 시 중심
부 삼덕동에 있는 경북대학교 의과대학 부속병원을 가리키기 마
련이었다. 길 하나를 사이에 두고 넓게 터를 잡아 마주보는 의과
대학과 부속병원은 대구에서 이제 몇 남지 않은 연조 깊은 서양
식 벽돌건물이었다. 동대구역에서 대학병원까지는 기본요금 거
리였다.

　택시에서 내리자, 미명 속에 의과대학과 부속병원 사이의 좁장
한 한길은 한적했다. 불현듯 중학 시절이 생각났다. 중앙지 조간
신문을 배달할 때, 내 구역이 삼덕동과 동인동 일대였다. 길은 물
론 주위의 풍경까지 그때와 변한 데가 없었으나, 그 시절은 사차
선 팔차선 도로가 없던 때여선지 널찍한 큰길이었다. 나는 사람
자취가 없는 휑한 이 길로 신문 덩이를 끼고 새벽별 보며 종종걸
음 쳤다. 의과대학에서 신문 여섯 부, 부속병원에서 일곱 부를 구
독했는데, 양쪽 수위실에 신문 열세 장을 문틈에 밀어넣고 나면
마치 배달을 절반쯤 마친 듯 끼고 있는 신문 덩이가 가뿐했다. 그
시절이 1955년이던가. 아우가 사변둥이이니 다섯 살이었으리라.
어머니가 양키시장에서 미제 물건을 팔아 삼남매를 키웠고, 다른
피난민들도 그렇게 힘들게 살았듯 우리 역시 전후 애옥살이한 시

절이었다.

안이 훤하게 들여다보이는 낮은 벽돌담 안 양쪽 구내는 예전 그대로 넓은 뜰에 숲이 울창했다. 한길을 지붕으로 덮다시피 한 무성한 플라타너스 가로수는 새벽 이슬에 젖어 있었다. 기차 안에서 숙면을 못한 탓인지 골이 패었고 피곤으로 발걸음이 휘뚝거렸다. 따지고 보면 모스크바와 서울의 일곱 시간 시차를 극복하기에는 그 날수가 이틀이 채 되지 않기도 했다.

병원 정문 안쪽 수위실에는 파리한 형광등 불빛 아래 제모 쓴 수위가 고갯방아를 찧으며 졸고 있었다. 그에게 현구가 입원한 병동 위치를 물으려다 그만두고, 저만큼 육중하게 버틴 일제 때 지은 우중충한 본관 건물을 향해 숲 사이로 난 아스팔트 길을 걸었다. 새벽의 신선한 공기가 콧속으로 스며들었다. 아우를 만날 생각으로 마음이 무거워, 골치를 무릅쓰고 담배를 피워 물었다. 한쪽 숲속 어디에서인가 깊이 가라앉은 정적을 흩뜨리며 잠을 턴 새가 날카로운 소리로 울었다.

아내가 일러준 현구가 입원한 병동은 다른 병동과 뚝 떨어진, 담쟁이 덩굴로 벽면이 덮인 뒷담장과 붙은 후미진 데 있었다. 마지못해 그를 감정유치로 옥에서 내주며 유폐된 정신병동에 처넣어버린 느낌이었다. 단층 병동으로 들어서자 컴컴하고 긴 통로가 나를 맞았다. 멀리 보이는 복도 끝 뒷문 채광창 두 개가 안경같이 뽀윰하게 트여 있었다. 아우가 제집처럼 들랑거린 옥사로 들어선 듯 으스스했다. 다섯 걸음 정도마다 창을 낸 앞쪽은 숲이 짙은 널 쩡한 뜰이었고 뒷담장 쪽은 칸칸으로 나누어진 병실이었다. 칠팔

십 년을 견디어낸 건물이라 회칠한 천장과 벽은 그을음과 먼지에 절었고 시멘트 바닥도 여러 차례 땜질해서 누더기가 된 형편이었다. 병원 특유의 크레졸 냄새에 눅눅한 곰팡이 내음이 섞여 있었다. 뿌연 형광등이 이따금 걸린 어둑신한 복도를 걸으며 나는 아우 병실을 찾았다. 문짝에 바짝 붙어 서서 병실 호수를 읽어야 했기에 복도를 헤매는 내 발소리가 유독 크게 울렸다. 더위 때문인지 어느 병실은 문을 반쯤 열어놓아, 안에서 통증을 호소하는 환자의 여린 신음이 새어나오기도 했다. 그 소리가 깊은 지하에서 솟아오르는 절망의 하소연 같아, 내 어두운 마음을 더 무겁게 눌렀다. 복도 벽에 붙여놓은 긴 의자에는 더러 환자 가족이 아무것도 덮지 않고 새우잠에 들어 있었다. 처음에는 그들 중에 어머니나 동수 엄마가 있나 싶어 나는 잠든 사람 얼굴을 가까이에서 들여다보기도 했다. 두 사람째 그렇게 눈여겨보다, 아내 말이 아우 병실은 특실이라 했기에 그럴 리 없다 싶어 더 살피지 않았다.

"큰애 오는구나. 에미다."

얼굴을 구별하기 힘든 침침한 회색 공간임에도 어머니는 모성 특유의 감각으로 멀리서 걸어오는 나를 알아보았다. 복도 의자에 한쪽 무릎을 세워 꼬부장히 앉은 어머니의 표정은 볼 수 없었고 쉰 목소리만 들렸다.

먼 길을 잘 다녀왔느냐는 어머니 안부말이 있고, 왜 밖에 앉아 계시냐고 내가 물었다. 어머니는 병실 쪽을 흘끗 돌아보며, 꼴 보기 싫은 자가 버티고 있어 여기서 잠시 눈을 붙였다고 대답했다. 아우가 주거 제한 감정유치 허가를 받은 미결수이기에 입원실은 간수가 지키고 있음을 알았다.

"윤구야, 어찌 뭔가 잘못 돌아가는 것 같으다. 감정유치 명령이 뭔가 모르지만, 관할서에서 높은 양반이 와서 입원비와 치료비는 걱정 말라더라. 나라에서 다 부담한다구. 사람을 큰 쇠판에 십자가처럼 매달아 붙여선 빙빙 돌리는 그런 고문 같은 종합검사도 끝난 모양인데, 담당의사는 함구만 하구…… 모두들 간경변증인가 경화증인가 그렇다지만 어쩐지……" 무엇인가 목울대를 치받는지 어머니는 말을 잇지 못했다.

그렇다면 암이냐고 나 역시 물을 수 없었다. 나는 어머니 옆에 앉았다. 지금 시간, 잠들어 있기 십상인 아우를 위해 특별한 대책을 세워오지도 않은 형으로서 그를 서둘러 깨울 이유가 없었다.

"너 대학병원에 동기생 의사 있지?" 어머니가 물었다.

"예, 다들 서울로 올라와버렸으나 한 친구가 있어요." 고등학교 졸업반 때 우리 반만 해도 경북대학교 의과대학에 진학한 급우가 다섯이었다. 그동안 넷은 서울로 올라와 종합병원 과장급이 되었고 개인병원을 개업하기도 했다. 함근조만은 스무 해째 아직 여기 병원 임상병리과에 남아 있었다.

"설마 네 불알친구까지 속이랴. 너가 한번 그 친구를 만나봐야겠다. 그런데 만약 그 입에서……"

어머니는 작은 몸을 더욱 움츠려, 회한이 사무치는지 울음을 삼켰다. 하얗게 센 앞 머리카락이 형광등 희뿌연 빛에 반사되어 잘게 떨렸다.

평안북도에서도 오지에 속하는 희천, 거기에서도 오십여 리 산골에 들어앉은 사십여 호 한재 마을에서 개척교회를 열었던 아버지가 종교의 자유를 찾아 직계가족만 데리고 월남하여 서울에 정착하기는 내가 초등학교에 입학하기 전해인 1947년 가을이었다. 삼 년 뒤에 전쟁이 터지자, 당시 서울 시민 모두가 그랬듯 우리 가족도 피난을 못 갔고, 아버지는 내무서에 연행당했다. 구이팔 서울수복 직전, 아버지가 퇴각하는 인민군에 끌려 북행하자, 어머니는 북진하는 국군을 뒤따라 만삭의 몸으로 어린 두 자식을 달고 아버지가 간 길을 뒤쫓았다. 황해도 사리원을 못미처, 아버지와 함께 납치되어 끌려갔던 일행 중 용케 탈출에 성공하여 서울로 되돌아오던 몇 사람을 만날 수 있었다. 그중 한 사람이, 경기도 연천 어름에서 박목사를 비롯한 스무여남은 명이 미군기 폭격으로 사망했다는 소식을 들려주었다. 잘못 보았을 수도 있어 어머니는 그 말을 곧이곧대로 믿지 않아 발길을 연천으로 되돌렸고, 기어코 아버지 죽음을 확인했다. 어머니는 그곳에서 피난을 떠나 빈집으로 남은 토방에서 유복자를 낳았다. 바로 현구였다. 어떻게 목숨이 붙었는지 모른 채 가위눌려 남북으로 동분서주했던 그해 1950년, 어머니는 젊디젊은 스물아홉 살에 청상이 되셨다. 중공군의 참전으로 국군이 다시 밀리기까지 어머니가 겪어야 했던 수난은 훗날 당신 말로, 필설로써 어찌 다 기록할 수 있냐고 했다. 엄동의 혹한이 몰아치는데 삼남매를 이끌고 물 설고 낯선 대구까지 흘러 내려왔으니, 당시 초등학교 삼학년이던 내 기억에도 추위와 굶주림과, 끝없는 보행과, 발가락이 떨어져나갈 듯 아프던 그 쓰라림만은 지금도 또렷하게 남아 있다. 어떤 경우에는 여자가 남자보다 강기 있다는 말처럼, 불평 없이 옹골지게 따라 붙던 어린 숙영이의 다부진 모습 또한 눈에 선하다.

피붙이라곤 남한 땅에 남은 세 자식을 오로지 기둥 삼아 오늘에 이르기까지의 홀어미 생애를, 나는 내 나이 마흔일곱이니 이제 넉넉한 마음으로 짐작할 수 있다. 그렇게 키운 세 자식 중 하나를 어쩌면 애물로 저세상에 보내지 않을까 하는 벼랑에 선 모정을, 나는 넋 놓고 앉은 당신의 주름 많은 어두운 모습에서 읽을 수 있었다. 내가 이렇게 울어서는 안 되는데, 하며 혼잣말을 하던 어머니 눈에 먼빛이 그 물기에만 강하게 응집되어 번쩍임을 볼 수 있었다. 세 자식을 보듬고 타관의 모진 세파를 이겨올 동안 모질음으로 쌓아올린 그 강인한 성채도 어느 순간 저렇게 머릿돌부터 흔들리는구나, 하고 나는 생각했다. 아니, 당신은 한시절, 육순을 넘긴 연세에도 아랑곳 않고 갇힌 아우를 구해내겠다며 머리와 어깨에 띠를 두르고 '민가협' 모임에도 부지런히 나다니는 열성을 보였다. 유복자로 태어난 현구였기에 어머니는, 서로 몸뚱이는 다르지만 저 막내만은 자나깨나 지아비와 함께 내 몸속에 있다는 말버릇처럼, 감옥이 아닌 바깥세상에서도 당신은 현구가 들어앉은 감옥 한 칸을 마음에 마련해두었던 것이다.

"현구와 내가 스물아홉 나이 차라, 작년에 남들이 말하는 그 험한 아홉수를 서로가 그런대로 넘긴다 싶더니……" 어머니가 맞은편 창밖을 바라보며 중언부언했다.

어머니가 셈하는 아홉수는 전래의 우리식 나이 계산법이었다. 얼마나 속울음을 지우셨는지 꺽센 가라앉은 그 목소리에서, 열렬한 사랑이 쏟는 만큼 반비례로 돌아오는 허탈감을 읽을 수 있었다. 나는 할말을 잃고 어머니의 눈길을 좇았다. 히말라야시다의 넓게 벌린 가지와 넓은 뜰 건너, 뚝 떨어진 앞 병동의 이층 벽돌건물 사이로, 조각져 보이는 하늘을 바라보았다. 새들 울음이 빛살처럼 뿌려지는 새벽하늘이 맑게 트여왔다. 이 병동 안에 한 생명의 불꽃이 지금 사그라지고 있는데도 저 땅 끝에서부터 해는 늘 그렇게 무심히 떠오르고 있었다.

나는 가방을 들고 말없이 일어났다. 병실 문에는 '관계자 외 일절 출입금지'라는 큼지막한 팻말이 걸려 있었다. 나는 병실 안으로 들어섰다. 침대 발치에 걸어놓은 '절대 안정'이란 또 다른 팻말이 먼저 눈에 들어왔다. 현구는 링거 주사기를 팔에 꽂은 채 눈을 감고 있었다. 병실 중앙에는 탁자를 가운데 두고 비닐로 씌운 철제 응접의자가 셋이었다. 한쪽 벽에 켜진 반투명 전등 불빛이 창으로 밀려드는 빛살에 사위어갔다.

긴 의자에서 신을 신고 잠을 자던 제복 입은 젊은이가 잠귀도 밝게 벌떡 일어나 앉으며, 돌연한 침입자를 쏘아보았다. 허리에 수갑과 방망이를 차고 있었다.

"현구 형 됩니다." 내가 목소리를 낮추어 말했다.

나는 가방을 빈 의자에 놓고 침대로 다가갔다. 아우는 팔뚝에 꽂힌 주사바늘에 묶여 있기라도 하듯 갈고리같이 마른 손을 홑이불 밖에 얌전하게 포개어 얹고 잠들어 있었다. 땀으로 찌든 긴 머리카락 아래 겅성드뭇이 자란 수염 자리가 안쓰러웠다. 더 깎았다간 뼈를 다칠 듯, 얼굴은 나무로 빚은 모습이었다. 환자복 사이로 보이는 빗장뼈도 집어낼 만큼 돌기졌다. 육질이 제거된 그의 흉상이 내게는 탈속한 경건함까지 느끼게 했다. 대구 중심부 장관동 단칸셋방에 살며 현구와 내가 집과 가까운 '제일교회'에 다닐 때, 아우는 초등반이었고 나는 고등반이었다. 부끄럼 잘 타는 현구가 기도할 때만은, 우리 어머니 우리 어머니 하며 어찌나 잘 읊는지 신통하더라는 초등반 교사 말을 들은 적 있었다. 어릴 적에 그는 나이답잖게 어머니를 끔찍이 섬겼고, 그래서 위로 우리 남매보다 당신의 사랑을 더 도탑게 받았다. 땅거미가 낄 때쯤 일 마치고 돌아오는 어머니와 함께 저녁밥을 먹겠다며 한길로 나가 장맞이도 곧잘 하던 그였다. 우리 막내 효자가 엄마하고 밥 먹겠다고 여지껏 기다렸다 안 그러나, 하며 어머니는 현구 손을 잡고 대문을 들어서곤 했다. 잠에 든 아우의 평화로운 얼굴을 보자 마음이 착한 자는 나이가 들어도 그 얼굴에 소년티의 순진성이 남아 있듯, 어릴 적 그의 모습이 떠올랐다.

잠이 든 현구를 깨울 수 없어 나는 빈 의자에 앉았다. 어느새 어머니가 병실 안으로 들어와 있었다. 상고머리에 얼굴이 각진 젊은이가 자기소개를 했다. 간수 최는 방명록에 내 이름·주소·전화번호를 기록하곤, 이것저것 여러 말을 물었으나 심심풀이 질문이라 나는 건성으로 대답했다.

병실 문이 소리 없이 열리고 머릿수건 쓴 아낙네가 플라스틱 물통을 들고 조심스럽게 들어왔다. 소매를 걷은 군복 윗도리에 몸뻬 차림이었다.

"상주댁이구려. 일찍도 나왔네." 어머니가 반갑게 그네를 맞았다.

"일곱시 반부터 일을 시작해요." 볕에 까맣게 그을린 상주댁이 죄지은 사람처럼 조그맣게 대답했다.

상주댁은 뒷산 약수터에서 갓 받아온 생수라며 물통을 한켠에 놓았다. 그네는 잠이 든 현구 모습을 멀찌감치에서 바라보다 조심스럽게 의자에 앉았다. 권사님, 기도하세요 하고 상주댁이 말하곤 손을 여며 잡았다. 어머니가 그네와 머리를 마주 대어, 현구를 살려달라는 간곡한 기도를 했다. 상주댁은 십 분 정도 병실에 머물다 발소리 죽여 돌아갔다. 그동안 간수 최는 밖으로 나가 세수를 하고 왔다.

"너도 현구 공판 때 상주댁을 봤을걸. 상주댁이 사글세 든 집을 철거반원들이 허물 때 그 사단이 벌어졌으니, 저 여편네가 저렇게 정성으로 마음을 쓰는구나. 세 자식과 거동 불편한 시어머니를 거느리구 살다 보니 신새벽에 공사장에 나가, 삼층 사층까지 엉성한 철다리를 밟고 모래와 벽돌을 져다 올려." 어머니가 상주댁이 가져온 물통을 현구가 누운 침대 밑에 옮겨놓으며 말했다.

현구가 잠에서 깨어나기는 삼십 분쯤 뒤로, 복도에 발소리가 분주하게 들릴 때였다.

"형님, 언제 귀국했어요?"

아우가 말문을 떼곤 내게 나직나직 여러 말을 물었다. 이십세기 마지막 대결단이라 일컬어지는 소련의 민주화 개혁 추진, 칠십 년간 소련을 장악해온 볼셰비키 보수파에 의해 실각이 우려된다고 보도되는 고르바초프의 현지 지지도, 무너져버린 동서독 장

벽과 동구 여러 나라의 탈이념 조치에 따른 소련의 반응 따위였다. 탁자의 전화기와 성경책 옆에 신문이 여러 장 있어 외신을 통해 들어와 날마다 실리는 그런 기사를 그가 읽었을 텐데도 내 입으로 직접 목격담이 듣고 싶은 모양이었다. 아니면 진보도 보수도 아닌 회색 중산층 지식인의 반응이 궁금했는지도 몰랐다. 이념을 절대가치로 앞세운 패권주의를 청산하고 소련은 지금 탈사회주의화로 과감하게 수정하고 있으며 고르바초프 인기가 대단하더라고 대답하기에는 나 자신도 그 단정이 성급할 수 있었다. 또한 그런 쪽 문제를 남한의 현실과 결부하여 스무 해 가까이 실천운동으로써 그 해답을 얻겠다고 고군분투해온 아우에게 주마간산 격이었던 내 관찰이 섣부른 판단으로 들릴 수 있었다. 그래서 나는, 사회주의가 인민의 삶을 좀더 향상시키기 위해 지금껏 굳혀온 교조주의적 체질을 바꾸고 있는 갈등의 현장을 보았다고, 애매모호한 표현으로 뭉뚱그려 대답했다. 생필품의 부족 현상으로 모스크바는 물론, 레닌그라드도 백화점이든 상점이든 장사진을 이룬 구매자의 긴 행렬 따위는 언급하고 싶지 않았다. 신문에 이미 보도된 소련의 그런 현상을 두고, 정치의 일방통행식 관료주의 체질, 모든 생산 공장의 국영화에 따른 경쟁 없는 사회가 안고 있는 제품의 형편없는 수준, 생산과 수요의 차질, 균등한 배급제에 따른 노동자의 타성적인 근무 태도를 장황한 설명으로 보충해야 했기 때문이었다. 아우는, 절대 수정될 것 같지 않던 마르크스 경제이론도 그렇게 수정되는데, 어찌 우리나라만이 남북 어느 쪽도 기득권을 빼앗길세라 한 치의 양보도 없는지 모르겠다며 힘없이 머리를 저었다. 링거 속에 진통제가 주입되어 있는지, 간은 자각 증상이 없어서 그런지, 아우는 말을 하면서도 고통은 느끼지 않아 보였고, 목소리는 기가 빠졌으나 표정은 밝았다.

"모스크바의 교외에 작가동맹 주택단지가 있더군. 고리키가 레닌에게 부탁하여 천구백삼십삼년에 건설한 문학가들의 이상촌이지. 소련 펜클럽 회장인 노작가 리바코프가 거기에 살아. 별장식이라 뜰은 넓은데, 낡은 목조 가옥에는 방이 두 개밖에 없어. 하나는 침실이요 하나는 집필실이라, 거실 겸 식당에서 대화를 나누었어. 소련 인민의 가정이 다 그렇겠지만 노대가 집도 검소함이 한눈에 보이더라. 한국에서도 선생님 소설이 많이 읽힌다고 말하니 기뻐하더군. 일흔일곱 살의 노익장인데, 목소리가 힘이 있고 안광이 빛나. 그러니 『아르바트의 아이들』 같은 대작을 써낼 수 있었겠지. 그는 다른 지식인과 마찬가지로 고르바초프를 열렬히 지지하더군. 고르바초프는 전 인민에게 제한 없는 여행의 자유와 말할 권리를 주었고, 예술가들에게도 무한대의 표현의 자유를 주었다면서 말이야. 사실 『아르바트의 아이들』이 스탈린 시대 일인독재 공포정치를 고발한 내용인데, 그런 내용이 빛을 보는 시대가 됐으니 그럴 수밖에 없겠지. 그분 말로는, 스탈린 독재 치하 스물두 해 동안 지식인을 포함해서 칠천만 명이나 처형되고 유배되었다더군. 그래도 우리는 살아남았다, 아랍 민족과 몽골로부터 침탈당했을 때의 이삼백 년 노예 생활을 묵묵히 견디어왔듯, 슬라브 민족은 참고 견디는 데는 어느 민족보다 강하다, 하며 열변을 토하더군. 그분이 왜 그런 말을 했냐 하면, 지금 소련에서 벌어지는 페레스트로이카는 결국 슬라브인의 그런 인내심이 수십 년 만에 피워낸 꽃이란 뜻이겠지."

귀국을 갓 한 탓인지 해외 여행담을 늘어놓다 보니 내 말이 길어졌다.

"형님이 차입해준 『아르바트의 아이들』세 권을 읽었죠. 러시아 문학의 스케일은 역시 다릅디다. 그런데 그 책에 실린 리바코프의 약력을 보았더니, 스탈린 시대 대학 재학 중 삼 년간 시베리아 유형에 처해진 적은 있으나 그 뒤부터는 체제순응자가 되어 스탈린이 죽기 직전 '스탈린상'도 수상했더군요. 그로부터 삼십여 년 동안 이렇다 할 작품도 쓰지 않고 보신책으로 긴 침묵 끝에, 표현의 자유시대가 도래하자 드디어 필을 들어 스탈린을 공격한다! 이게 뭡니까? 만약 그가 이런 대변혁이 오기 전, 칠 년 전쯤 칠십 세로 사망했다면 어찌 되었을까요?"

현구가 리바코프를 신랄하게 공격했다. 내가 그렇게 말한다면 부르주아 지식인의 탁상공론이란 비난깨나 받겠으나, 아우로서는 그렇게 말할 자격이 충분했다.

"그래서 작가는 시대를 타고난다는 말도 있지." 궁색해진 내 답변을 묵살하며, 현구가 화제를 바꾸었다.

"사회주의 이념은 원래 도덕적 정의에 기초를 두잖습니까. 레닌이 볼셰비키 혁명에 성공하자 공정한 분배를 원칙으로 계급 평등부터 실현했잖아요. 고르바초프는 정치·경제의 다원주의를 도입하여 그 기반 위에 삶의 질을 서유럽 수준으로 높여보자고 글라스노스트와 페레스트로이카를 실천하고 있는 줄 아는데요?"

"볼셰비키 혁명에 성공한 천구백십칠년 시점에서는 사회주의 경제이론이 맞아떨어졌지만, 이제는 그 한계에 봉착한 셈이지. 국영 백화점에 그 흔한 전자계산기 하나 없이 판매원은 아직도 수판으로 셈을 하고 있는 실정이니깐."

"거기 사람들은 어때요?"

"자본주의 관점에서 보자면 대체로 가난해. 백화점에 있는 상품 질은 우리나라 육십년대 중반쯤 될까. 그러나 사회복지가 잘돼 있고 기본적인 의식주 걱정은 없는 것 같애. 그 사회의 장점이라면, 네 말처럼 윤리적·도덕적 측면에서 청결하다는 점일 게야. 그쪽 사람들은 정직하고 순박할 수밖에 없지. 당 고위층은 모르지만, 부정부패가 없고, 거짓말·사기·폭력·쟁의 따위가 안 통하는 세상이니깐."

"문제는 바로 거기에 있어요. 소련이 서구 선진국보다 생활수준 면에선 이삼십 년 뒤떨어졌다 하더라도, 삶의 질에서는 평균화가 이루어져 있잖아요. 설령 더디더라도 그 평균화된 질을 한 단계씩 높이는 일이 중요하지, 우리나라처럼 소수 독점자본가와 권력자, 거기에 기생하는 소수 유한계층 질만 높이면 뭘 합니까. 우리 현실을 보세요. 가진 자는 너무 가져 불로소득으로 호의호식하고 빈민층은 지하실 단칸 셋방에서 일고여덟 명이 복작대며 살고 있으니, 지옥과 천당이 따로 없지요. 제가 말하는 것은 사회주의를 이 땅에 꼭 실현하자는 강경론이 아닙니다. 사회주의 국가가 정치적으로는 독재요, 문화적으로는 획일적이요, 경제적으로는 낙후성을 면치 못하는 단점을 저도 인정합니다. 그러나 우리 현실을 직시할 때, 당장 눈앞에 벌어지는 이 악순환만은 빨리 시정되어야 해요. 우리 사회도 이제 성장 초입에 들어섰으니, 삼백오십만 정도로 추산되는 소외계층인 빈민층에 따뜻한 눈길을 돌려야 해요. 이 시점에선 성장이나 수출이 더 급한 게 아니라 분배 정의부터 제 궤도에 올려놓아야 한다는 말입니다. 그러자면 사회주의와 자본주의가 만나는 꼭지점이 있을 겝니다……" 말하기도 힘든지 현구가 헐떡거렸다.

"얘야, 그만 하거라. 흥분하면 몸에 좋지 않으니 그만큼 해둬. 네가 하는 그런 말도 이천 년 전 말씀이신 성경에 이미 다 기록되어 있지 않더냐. 부자가 천국에 가기는 낙타가 바늘구멍으로 들어가기보다 힘들다 했으니, 주님이 먼저 다 알고 계신다." 듣고만 있던 어머니가 말참견을 했다.

나도 그 문제에 대해서는 더 하고 싶은 말이 없었다. 현실 속으로 들어가 몸소 싸우는 자 앞에 나는 방관자밖에 되지 못했다.

"좋은 세월입니다. 형님이 국외 첫 나들이로 사회주의 종주국부터 다녀오게 됐으니……" 현구가 지친 목소리로 말끝을 흐렸다.

현구는 자신의 일로 하여 형인 내가 당한 고통을 잘 알고 있었다. 그가 감옥에 있지 않은 도피 시절에는 나 역시 당국으로부터 늘 감시 대상이었고, 경찰서 정보과로 잡혀가 아우의 거처를 대라며 저들로부터 폭행을 당한 적도 두 차례 있었다.

현구가 대구에서 대학에 입학하여 서클 활동으로 처음 나선 일이 '기독교학생연맹'이었다. 이는 아버지가 목사였으므로 우리 삼남매가 유아세례를 받고 어릴 적부터 교회에 나가게 된 이력이 먼 인연이라 할 수 있었다. 그는 곧 기독교의 현실대응 논리를 '민중적 해방신학' 쪽에서 그 답을 얻었고, '억압과 가난'으로부터 민중의 해방을 위해 반정부 집회와 시위에 참가하기 시작했다. 내성적이며 착하기만 하던 그가 그렇게 변할 줄은 어머니를 비롯한 주위의 누구도 짐작조차 못했다. 그러나 궤변론자 말을 빌리지 않더라도 내성적이기 때문에 그렇게 변할 수 있다는, 뒤집어 생각해보기에 일리가 있는 변화였다. 아우는 몇 차례 수배를 당하고 구류를 산 뒤에, 삼학년 때 강제징집 당해 입대했다. 최전방 특수부대에서 냉대를 톡톡히 당한 끝에 만기 제대하고, 일 년 뒤였다. 졸업을 앞둔 1976년, 아우는 서슬 푸른 긴급조치 9호 위반으로 수배되자 도피 생활을 하던 중, 이듬해 대구 근교 경산읍 건축공사 현장에서 날품을 팔다 체포되었다. 징역 이 년 자격정지 사 년을 선고받고 복역을 시작한 지 일 년 팔 개월 만에 그는 형집행정지로 석방되었다. 그 뒤부터 그는 노동운동판에 뛰어들었다. 졸업은 포기한 채 학력을 낮추어 대구 비산동에 있는 염색공단 '동영염직' 양성공을 출발로, 그는 식구에게 거주지도 알리지 않고 노동자로, 노동야학 교사로, 빈민운동가로, 대구 검단공단·제3공단·비산동 염색공단·성서공단·월배공단에서 동가식서가숙했다. 나 역시 1980년 그해 해직기자가 되어 사 년 뒤 출판사를 시작할 때까지 생계에 타격이 컸으나, 그 당시는 물론 그 뒤에도 현구 소재를 파악하려는 수사기관의 출입이 내 서울 집과 출판사로 간단없이 이어졌다. 박현구가 있는 곳에는 반드시 쟁의와 파업과 생계대책 빈민 시위가 뒤따른다는 출입 형사의 말이었다.

그동안 그는 두 차례 옥고를 겪었고, 그가 옥에 갇힘으로써 활동할 수 없을 때만은 우리 집에도 수사기관의 출입이 끊어졌다. 그가 마지막으로 투옥되기는 금년 봄 대구 비산동 달동네 재개발지 철거 과정에서, 철거반원과 주민 사이의 분쟁에 뛰어든 결과였다. 그는 아내와 함께 그 달동네에서 빈민운동에 헌신하고 있었는데, 철거반원 중 한 명의 중상과 또 한 명의 경상에 따른 피의자 고발로 구속되었던 것이다. 당국에서는 그를 대구 지방 대표적인 문제인물로 파악하고 있었으나, 내게는 현구의 폭행이 사실로 믿어지지 않았다. 내가 보아온 아우는 외유내강의 한 전형으로, 누구에게나 늘 겸손했다. 그는 내게 빈민운동의 마음가짐을 이야기하며 봉사·헌신·사랑을 늘 강조했다. 그런 그가 철거반원의 쇠지레를 빼앗아 그들에게 휘둘렀다는 사실은 믿을 수 없었으나 증인도 인정했고, 법정에서 아우도 시인했다.

작년 유월 중순이던가, 자기 체면도 조금은 살려달라는 숙영이의 두 차례에 걸친 장거리 전화질에 못 이겨, 나는 누이 막내시동생 결혼식에 참석차 대구로 내려간 적이 있었다. 현구로 하여 김서방까지 자주 경찰서로 불려 다니는 누이로서 시가 쪽에 유일하게 내세울 점이라면, 오빠는 그래도 서울에서 사장 소리를 들으며 모범적 시민으로 살고 있다는 자랑이었다. 나는 어머니와 함께 결혼식에 참석하고, 어머니 뜻을 좇아 현구가 빈민운동에 헌신하는 달성공원 뒤쪽 비산동 산동네로 나섰다. 오후 두시쯤이었다. 택시를 타자는 내 말에, 어머니는 어림없는 소리라며 한사코 버스를 고집했다. 나는 조카 동수에게 줄 선물로 제과점에서

케이크를 하나 샀다. 버스에서 내린 비산동 산동네 입구는 개천을 복개한 길이었다. 인도는 사람이 다닐 수 없을 정도로 노점 행상이 전자리를 벌이고 있었다. 싸구려 옷장수를 비롯하여 과일장수·풀빵장수·장난감장수·나물을 파는 아낙네, 플라스틱 가정용품을 늘어놓은 젊은이 외에도, 온갖 잡동사니를 벌여놓은 장수들 호객 소리에 귀가 따가울 정도였다. 토정비결과 손금 그림판을 펼쳐놓은 점쟁이도 있었고, 면봉·이쑤시개·때밀이수건·고무장갑을 파는 양다리 없는 불구자, 코흘리개를 앞에 앉혀두고 누운 채 까만 손바닥을 편 동냥꾼도 한몫을 차지했다. 좋게 말한다면 활달한 생존경쟁 현장을 보는 셈이고, 그렇지 않은 관점으로는 호구가 무엇인지 살아남기 위한 비탄의 아우성을 듣는 셈이었다. 어머니를 따라 골목길로 들어서서 부동산 소개소·약국·여인숙·미장원 간판이 붙은 가게와 상점을 지나자, 빈민촌이 시작되는 언덕길이 나섰다. 뒤에서 밀어주어야 할 리어카나 지겟짐 이외에는 아무 차도 올라갈 수 없게 비탈이 삼십 도는 될 듯했다. 기왓장과 시멘트 골판을 지붕으로 덮은 집들이 주위로 촘촘하게 들어찼고, 두 사람이 비켜갈 수 있는 좁은 골목길이 옆으로 가지를 쳤다. 골목길에는 쓰레기통은 물론, 작은 단지와 무엇이 들었는지 사과궤짝 같은 살림도구까지 내다놓은 집도 있었다. 그런 좁은 골목에도 러닝셔츠와 팬티만 입은 여윈 아이들이 맑은 웃음을 떠뜨리며 싸대었고, 골목 담장 그늘에는 노친네들이 앉아 한담을 나누고 있었다. 거기서부터 나는 빈민들의 생활을 후각으로 먼저 느꼈다. 수채 내음이 섞였고, 지린내가 섞였고, 털을 태우는 노린내도 섞인 듯한, 그런 모든 냄새가 함께 버무려진 역한 내음이 초여름의 후텁지근한 공기 속에 녹아 있었다. 초년병 사회부 기자 시절 나는 상계동 난민촌이며, 사당동 산동네에도 취재를 다녔는데, 강남 중산층 아파트로 옮겨 살게 된 지 오륙 년 사이에 까맣게 잊어온, 이제 낯이 선 철저히 소외된 지역이었다. 길은 차츰 좁아지고 굽이로 휘돌았는데, 비탈이 갑자기 사십오 도는 되게 가팔라졌다. 수도관이 급한 비탈을 타고 올라가는지, 쓰레기와 변소 오물은 어떻게 처리하는지, 하수물은 어디를 통해 빠져 내려가는지 알 수 없었다.

　—큰애야. 여기 사는 사람들 직업을 따지면 공장 직공·미장이·목수는 그래도 반반한 축들이지. 막노동·행상꾼·무직자가 육 할이 넘는단다. 나머지는 뭔지 아냐? 다쳤거나 몸이 아파 일을 할 수 없는 병자들이지. 성경에도 보면 그렇지 않더냐. 가난한 마을에 병자와 병신이 많이 살듯, 여기도 그렇게 영육의 괴로움으로 신음하는 사람들만 모여 산단다. 그러나 주님은 언제나 그렇듯, 부자를 보지 않고 불쌍한 이웃들을 지켜보고 계시지.

　어머니가 무릎에 손을 짚고 꼬부장히 한 발 두 발 내디디며, 헉헉 내쉬는 숨길 사이로 뱉는 말이었다. 어머니는 가압장이 설치된 공동 수도장에서, 잠시 다리쉼을 하자며 걸음을 멈추었다. 수돗물을 받으려는 물통이 골목길 가장자리로 오십 미터는 좋이 늘어섰고 물통 임자들이 뙤약볕 아래 줄을 서서, 멀끔한 차림의 내 모습보다 손에 들린 케이크 통을 내려다보았다. 부스럼딱지 같은 층층의 지붕들 사이로 발쫌한 구석마다 널어놓은 빨래가 시골 초등학교 운동회의 만국기같이 걸려 있었다. 더운 볕살이 그 위로 자글자글 끓었다. 어머니가 손수건으로 땀을 닦으며 내게 말했다.

—큰애야. 새벽부터 일터 나가는 사람이 도시락 싸들고 이 골목길을 메워 걸어 내려오는 것도 볼 만하지만, 해질 무렵에 집으로 돌아오는 사람들과 밤일 나가는 사람들을 여기에 앉아 보고 있으면, 왜 그렇게 눈물이 나는지…… 밀가루 한 봉지나 쌀 한 봉지 사들고, 또는 연탄 서너 장 새끼에 꿰어들고 올라오는 사람들의 그 허기진 휑한 눈이란 배부른 사람은 이해하지 못할 거다. 야근 나가는 젊은 애들이며, 화장 짙게 하고 술집에 나가는 처녀애들은, 언덕길 허덕대며 올라오는 사람들에게 비켜서서 길을 내어준단다. 그게 여기 사람들 인사법이지.

현구 집과 탁아소가 아직 멀었냐고 내가 물었다. 어머니가 웃으며, 하늘나라와 가장 가까운 곳이 이 세상에서 가장 가난한 사람이 사는 곳이야, 하고 말했다. 어머니는 산마루를 올려다보았다. 그 위로 게딱지 같은 집들이 층을 이루며 다닥다닥 이어져 있었다. 어머니와 나는 물지게 지고 땀 흘리며 오르는 아낙네들을 비켜가며 다시 비탈길을 올랐다. 가압장 아래쪽은 한 집 평수가 삼십 평은 넘어 보였는데, 그 위쪽부터는 대체로 이십여 평 정도여서 마당이래야 고작 처마 밑에 신발 벗어놓을 터밖에 없었다. 어머니 말로는, 그래도 한 가구에 일곱 자 정도 크기지만 방이 세 개는 된다고 했다. 두 개는 주인이 쓰고 하나는 세를 놓거나, 주인이 한 칸만 쓰고 방 두 개를 세로 놓고 있다는 것이다. 현구가 사는 방은 물론 사글세방이었다. 처마 밑에 쪽마루가 있고, 쪽마루 한

쪽에 간이 찬장과 개수통이 있었다. 그 옆이 연탄아궁이로, 부엌이 따로 없었다. 방 안에 아무도 없음을 알고 있었던지 어머니가 방문을 열었다. 컴컴한 방 안에는 낡은 서랍장 하나, 가방이 세 개, 서랍장 위에 이불이 얹혀 있었다. 그리고 앉은뱅이책상이 고작이었다. 그 방에서 그래도 값이 될 만한 물건은 방구석에 켜켜이 쌓인 책 더미였다. 살림살이래야 리어카 하나로 실어내면 족할 분량이었다. 그나마 나머지 발쪽한 공간은 어른 셋이 누우면 꽉 찰 크기였다.

　─현구네는 이렇게 산단다. 그애가 자청하여 이렇게 사는데 뭘 도와주랴. 숙영이가 텔레비전이라도 한 대 사줄까 했으나, 현구 말이 그걸 볼 시간조차 없다며 거절했단다. 가진 것이 없으니 마음이 홀가분하다니, 그애야말로 이 세상 사람이 아니지.

　어머니는 방문을 닫고, 동수 보러 빨리 가야겠다며 탁아소로 걸음을 옮겼다. 탁아소는 소나무와 잡목이 듬성듬성 섰는 산꼭대기에 있었다. 한때는 넝마주이들이 움집을 엮고 살다 그들이 떠난 뒤 쓰레기장이 되었는데, 이태 전 쓰레기장을 흙으로 묻고 현구가 천막으로 시작했다는 탁아소였다. 블록으로 벽을 쌓고 시멘트 골판으로 지붕을 덮은, 그래도 번듯하게 큰 건물이었다. 아이들의 재잘거림이 바깥까지 왁자하게 들렸다. 교실 두 개가 각 열 평씩, 마당이 스무 평 정도 되었다. 마당은 물론, 교실도 아이들로 초만원이었다. 보모 셋이 그 아이들 시중을 들고 있었다. 자원봉사 여대생들이 교대로 동수 엄마를 돕는다는 말을 들었기에 그녀들이겠거니 여겨졌다. 아이구, 아주버님까지 오셨네 하며, 교실에서 나온 동수 엄마가 우리를 맞았다. 마당에서 뛰놀던 아이들이 케이크 상자 주위로 몰려들었다. 어머니는 방 안을 기웃거리다 고만고만한 아이들 속에서 동수를 찾아내었다. 제 할머니 품에 안겨드는 동수에게 나는 케이크 상자를 넘겼다. 동수 엄마 말로는, 이 산동네에 살며 '동협제작소'에 나가는 견습공이 성형 연마기에 왼손 손가락 두 개가 절단되어 현구는 산재보험 문제로 아침 일찍 나갔다 했다. 그래서 결혼식에도 참석 못했다는 것이다. 전국민 의료보험화가 되기 전 언제인가, 서울로 올라와 내게 삼십만 원을 마련해달라던 끝에 현구가 했던 말이 그때 문득 생각났다.

─형님, 가난한 사람들이라고 다 선량하지만은 않습니다. 때로는 그들을 철부지 어린아이나 노망 든 노인이나 정신병자로 생각해야 할 때도 있어요. 경우에 없는 생떼를 쓰고, 걸핏하면 싸우고, 거짓말하고, 심지어 도둑질까지 하지요. 살아가는 데 너무 지쳐 마음마저 그렇게 황폐해져버린 겁니다. 그 어리광과 투정과 사나움을 탓하기에 앞서, 그 괴로운 삶만큼 나도 그들과 함께 아파하지 않으면 그들을 진정 이해할 수 없습니다. 어머니가 살인한 자식조차 조건 없이 사랑하듯, 그런 마음을 가지지 않곤 하루인들 여기서 배겨내지 못해요. 그러니 처음은 벗에게 봉사한다는 정신에서 출발하여, 한몸이 되어 함께 뒹굴며 희생하다 보면, 대가를 바라지 않는 사랑의 실천과 종된 자로서의 겸손이 최상임을 깨닫게 되지요. 여기로 들어올 때 전 자존심 따위는 아주 버렸어요. 안사람한테도 내가 그 점을 늘 강조하지요. 조금 다른 이야

기지만 며칠 전, 선생님이 무조건 살려주셔야 한다며 골수암으로 죽어가는 소년을 업고 달려온 어머니가 있었습니다. 그 어머니와 함께 이틀 동안 내가 소년을 업고 병원을 여덟 군데나 뛰었습니다. 한결같이 입원 보증금이 없다고 퇴짜를 놓더군요. 이틀째 저녁 무렵, 소년은 끝내 내 등판에서 숨을 거뒀어요. 막막한 분노로 그 엄마와 나는 큰길에 주저앉아 목놓아 울었습니다. 이번에도 그런 처지에 놓인 딱한 가정이 있어서 한 아이를 꼭 살려내야겠기에, 이렇게 형님을 찾아와 손 벌리게 됐습니다……

그때의 현구 말을 떠올리며, 탁아소 안을 둘러보던 내 눈에 올망졸망한 아이들 모습이 멀어지고, 핑글 눈물이 돌았다. 빈민촌 탁아소에서 동수 엄마도 현구만큼 힘든 일을 하고 있음이 한눈에 들어왔던 것이다. 탁아소 건물 옆에 가건물 한 동이 있기에 열린 창문 안을 들여다보니 아녀자들이 스무 명 정도 늘어앉아 한쪽에서는 조화를 만드는 참이었고, 한쪽에서는 싸구려 목걸이 구슬 꿰기에 열중하고 있었다. 빈민촌 아녀자가 일용직 막노동이나 파출부나 행상으로 나서지 않으면 들어앉아 할 수 있는 부업이란 스웨터 뜨기, 봉투 붙이기, 조화 만들기, 목걸이 구슬 꿰기 정도였다.

여덟시 반이 되어서야 동수 엄마가 동수를 탁아소에 두었는지, 음식 싼 보자기를 들고 병실로 들어왔다. 눈 아래 주근깨 많은 깜조록히 탄 얼굴에 생머리를 뒤로 빗어 핀으로 질끈 묶었고, 헐렁한 무명셔츠 윗도리는 소매를 걷어붙였다. 여름이어서 그런지 그동안 내가 보았을 때마다 줄기차게 입고 다니던 청바지가 아닌 무릎 덮은 통치마 차림이었다.

동수 엄마는 제 서방에게, 잘 주무셨느냐, 밤새 어디 불편한 데
는 없었느냐고 사근사근 묻곤, 내게 인사 삼아 말했다.

"아주버님은 노독도 안 풀리고 회사일로 바쁘실 텐데 이렇게
와주시니 자꾸 빚만 느는군요. 고삼 엄마는 일 년 동안 피가 마
른다던데, 중삼에 고삼이 겹쳤으니 서울 형님 고생이 오죽하겠어
요."

동수 엄마는 그동안 서방 옥바라지와 그네가 꾸려가는 탁아소
일로 바쁘기가 다른 여자 서너 배는 될 터인데, 언제 보아도 표정
이 밝았고 몸놀림이 가벼웠다. 악의는 없지만 말을 덜렁덜렁 함
부로 하여 어머니 빈축을 사는 점 또한 그네의 스스럼없는 성격
탓이었다.

—탁아소만 해도 그렇지. 온갖 병균과 악취가 진동하는 빈민촌
에, 그 부모가 어디 자식인들 제대로 챙기겠냐. 밥벌이로 모두 일
터에 나가면 그애들을 받아 씻기고, 먹이고, 글 가르치고, 병원
에 데려가고…… 어디 동수 엄마가 그 일뿐이냐. 탁아소를 중심
삼아 빈민촌 부녀운동도 하고 있잖아. 취업 상담에서부터 사글세
방값 문제까지, 저렇게 발 벗고 나서서 뛰니 내가 보아도 테레사
든가, 그 수녀가 따로 없어. 저 애라고 어디 몸이 무쇠인가. 저러
다 쓰러지면 어떡할는지 모르겠어.

어머니가 동수 엄마를 두고 작년에 서울에 와서 계실 때 내게
들려준 말이었다.

대구 노원동 제3공단에서 현구가 노동야학을 열고 있을 무렵,

동수 엄마는 시골 종합고등학교를 졸업하고 그곳 안경테 만드는 공장 총무부에 근무하며 야학 일을 돕다 아우와 사귀게 되었음을 나는 알고 있었다. 그렇게 만났음인지 아우와 나이 차이가 아홉 살이나 졌다. 원형섭 목사 주례로 노곡동 산동네 교회에서 결혼식이 있던 날이 떠올랐다. 결혼식에는 노동야학에 다니던 공원들과 빈민촌 주민들이 하객으로 참석했다. 결혼식 날 당사자의 가슴 두근거리는 기쁨이야 누구나 마찬가지겠지만, 그날 신부 얼굴은 시종 미소 띤 밝은 표정이었다. 어른들 말로 혼례식 날 신부가 웃으면 흉으로 잡힌다 했는데, 그네는 서른 살을 훨씬 넘긴 나이든 신랑을 맞으면서도 기쁨을 감추지 않았다.

젊은 간수 최가 나이 지긋한 간수 홍과 교대하고, 곧 전문의와 인턴들이 뭉쳐 다니는 오전 회진이 있었다. 잘 깎은 밤처럼 깔끔하게 생긴 현구 담당의인 마흔 중반의 민박사는 환자 상태를 잠시 관찰하더니, 인턴과 저희들이 쓰는 의학 전문용어를 몇 마디 주고받은 뒤 병실을 떠났다. 내가 뒤쫓아나가 민박사에게 현구의 종합검진 결과를 물었다. 민박사는, 결과를 종합하여 분석 중이라고만 대답했다. 동수 엄마가 민박사에게, 집에서 마련해온 묽은 녹두죽을 환자에게 간식으로 먹여도 되냐고 물었다. 민박사는, 필요한 영양제를 공급하고 있으며 병원측 식단도 그렇게 짜여 있으니 무엇이든 사식은 안 된다며, 심지어 일정량의 보리차 외에 주스류도 먹여서는 안 된다는 주의를 주었다. 그들은 우르르 옆 병실로 옮겨갔다. 잠시 뒤, 간호팀이 회진을 돌 때도 담당 간호사는 민박사의 주의를 다시 환기시켰다.

"어머니, 아침밥 잡수셔야지요. 저와 잠시 나갔다 오시죠."

내가 권했으나 어머니는 아침밥 한 끼니를 금식한 지가 오래되었다며 거절했다. 병원 밖으로 나가더라도 아침식사가 되는 음식점을 찾아야 했기에 나 역시 한 끼를 건너뛰기로 했다.

나는 고등학교 동기생 함근조를 만나려 임상병리실을 찾았다. 그곳은 본관과 가까운 다른 병동이었다.

"아, 박윤구 아닌가. 전화도 없이 아침부터 불쑥 자네가 웬일이야. 지방 병원에 처박혔다구 사람 아주 무시하기니. 그래, 출판사 일은 어때? 책 잘 팔려?"

근조가 나를 반갑게 맞았다. 그를 만난 지 이 년이 넘은 것 같았다. 우리는 본관 건물에 달린 구내 휴게실로 옮겨 앉아, 그는 생강차를 나는 우유를 마시며, 동기생들 근황을 두고 한동안 잡담을 나누었다. 티케이로 알려진 지방 명문고 출신이라 동기생들 중에는 정계와 재계에서 출세한 자가 많았다. 해직기자 생활을 거친 뒤 재경동기회에 잘 나가지 않았던 터라 그들과 교우가 없었으나, 근조는 서울에 있는 출세한 동기생 근황을 훤히 꿰뚫고 있었다. 해직기자도 복직하거나 창간된 신문사에 흡수되던데 너는 조그만 출판사에 매달려 도대체 뭘 꼼지락거리냐며 근조가 진담 반 농담 반 말했다. 지난번 역시 현구 일로 내려와 대구 동기생 몇을 만났을 때도 그가 비슷한 말을 했던 기억이 났다. 해직기자도 곧잘 정당 쪽에 붙거나 투사가 되더라만, 너는 출신이 티케이라 반정부투사 쪽은 글렀고 전공이 사회학이니 여당 쪽은 어떠냐고 내게 물었던 것이다. 네가 뜻만 있다면 그쪽에서 붙여줄 친

구들이 많지 않느냐고 말하기도 했다. 삶의 길이 그런 공명심의
충족에만 있지 않다고 근조에게 대답하기에는 내가 세상 물정을
너무 모르는 맹한 사람으로 취급당하기 알맞아, 나는 멋쩍게 웃
기만 했다.

내가 해직기자의 추레한 모양새로 그 협의회 모임에 나다니며
농성으로 더러 외박도 할 무렵, 어머니는 아예 대구 생활을 작파
하고 서울 내 집에서 기거했다. 저렇게 남다른 길을 걷는 현구를
보나, 피난 내려와 너희들만 믿고 살아온 이 어미를 보더라도 장
자인 너만은 제발 험한 길 스스로 찾아 나서지 말라는 당신의 간
곡한 호소를 이틀이 멀다 하고 듣고 살았다.

— 내 살아생전 통일될 그날, 이 어미 등에 업고 봄철이면 진달
래 지천으로 피는 고향산천을 꼭 구경시켜주겠다고 너 대학 들어
갈 때 굳은 약속 하지 않았느냐. 어미는 너가 돈 많이 버는 일도,
남처럼 높은 사람 되어 낮은 사람 시기 사는 것도 원치 않는다.
너가 그저 부부 금슬 좋게 오순도순 다숩게 살며 자식 건사 잘하
고 건강만 하다면야 그 이상 소원이 없다고 나는 늘 하나님께 기
도한단다.

어머니는 그런 말도 했다. 어머니가 철야기도에 금식까지 단행
하며, 장자인 내가 제발 가정적인 안정을 찾게 되기를 기원드릴
때, 나는 다른 어머니들과 구별해야 직성이 풀리는 그 모성애와
현실 사이에서 갈등도 적잖이 겪었고, 주량이 약한 나로서 소주
도 꽤나 마셨다. 제5공화국이 들어선 직후던가, 현구가 '대구 지
방 노동운동 실태와 현장 사례'라는 제목의 원고 묶음을 들고 나

를 찾아와 출판 문제를 상의했을 때, 내가 거절한 것도 아우가 부탁한 책을 형 출판사에서 낸다는 계면쩍은 점보다, 아우가 관계하며 원고의 편자로 되어 있는 '대구 지방 민주노조'의 그 활동이 당시의 시국과 견줄 때 다분히 문제시될 수 있다는 염려가 더 강하게 작용했다. 그 원고는 대구의 경제 변천 과정, 산업구조, 제조업 현황, 노동계급 실태에 절반을 할애하고, 나머지는 열악한 노동현장에서 일하는 저임금 노동자들의 눈물겨운 생존권 투쟁을 기록한 것이었다. 당국의 방해로 대부분의 중소 공장들이 노동조합을 결성하지 못한 상태에서, 친목회 단위로 사용자 측을 상대하여 노동자들이 공동투쟁에 임한 일지(日誌)식 사례가 공장 단위별로 분류되어 있었다. 신문사 통폐합에 따른 관제 언론화의 획책에 맞서서 내가 솔선하여 그 투쟁에 나섰다기보다, 나는 내 양심의 뜻에 좇아 해직기자의 길로 나섰던 셈이다. 그런 나의 전력으로 보아도 비록 내 출판사가 진보적인 사회과학서를 십여 종 출판하긴 했으나, 역시 노동 현실을 다룬 책은 그런 종류의 책을 전문적으로 내는 출판사라야 동류항으로서 성격이 부각되게 마련이었다. 그러나 나로서는 현구에게 출판사를 천거할 입장이 아니었다. 나는 당시의 경색된 시국 전반을 들먹이며 아우에게 출판을 보류하라고 강력하게 권고했다. 아우는 어느 쪽으로도 자기의 마음을 보이지 않았고, 바쁜 형님 시간 빼앗았다며 예의 그 수줍은 미소를 보이곤 원고를 찾아갔다. 그 원고는 석 달 만에 책이 되어 나왔고, 보란 듯 내게 한 권이 우송되었다. 역시 내 예상대로 그 책은 발매와 동시에 당국에 전량이 압수되는 수난을 겪었다.

아우는 물론, 출판사 대표와 편집 책임자가 보름 동안 구류를 살고 나왔다.

"윤구야, 너 이진서 소식 들었냐? 건설업 하는 뚱뚱한 친구 말이야. 진서가 죽었어." 근조가 말했다.

"그 친구가 갑자기 왜?"

"과로로 인한 심장마비야."

이진서는 고등학교 삼학년 때 급우였다. 나 역시 그가 그렇게 쉬 죽으리라곤 전혀 생각지 못했다. 문득 1960년 그해 2월 28일이 떠올랐다. 당시 야당인 민주당 선거강연회에 고교생이 참석할까봐 당국이 학교 측에 일요일 등교를 종용했다. 그 발상법조차 우스꽝스러운, 영화 관람이 미끼였다. 우리들은 일요 등교에 항의하여 고등학교로는 전국 처음인 가두시위를 벌였다. 오후 한시 오분, 삼학년이 주동이 되어 수백 명이 교문을 빠져나와 어깨를 겯고 반월당 네거리에 이르는 대구 중심 관통로를 내달았다. "학생들 인권을 옹호하라!" "민주주의를 소생시켜라!" "우리는 학원에 개입하는 정치권력에 반대한다!" "우리는 비굴하지 않다!" 우리는 이런 구호를 외치며 주먹을 내둘렀다. 대학 입시에 매달렸던 나는 그 시위를 촉발시킨 주동자 중 하나는 아니었다. 그러나 나 역시 장기집권을 음모하는 이승만 정권의 비민주적인 작태에 의분을 느끼고 있었다. 개체에서 공동체 운명으로 결속되자 모두 힘에 넘쳤다. 우리는 계속 산발적인 구호를 외치며 중앙통을 거쳐 도청광장을 향해 질주했다. 그때 나와 어깨 겯었던 동무가 진서였다. 물론 근조도 동참했다. 진서를 마지막으로 본 지가 벌써 삼 년이 넘었다. 그는 소규모 건축업자답게 사십대에 들자 몸이 났고, 말끝마다 바빠서 미치겠다는 푸념이었다. 집에서는 식구로부터 하숙생으로 내몰리고, 낮이면 현장에서 뛰고, 밤이면 그 스트레스를 푸느라 술판 앞에 앉게 된다는 것이다. 그렇게 몸을 돌보지 않고 뛰니 주택 경기가 좋은 시절이라 그가 짓는 다세대 연립주택이 잘 팔렸다.

　—세끼 밥 먹기는 마찬가진데 돈 몇 푼 더 벌겠다고 내가 꼭 이렇게 미친놈 널뛰듯 허둥대야 하냐? 난 정말 속물이 다 되어버렸어. 윤구, 우리 그 시절 좋았잖아. 도청 앞까지 진출했을 때 말이야. 그때 대구경찰서로 무더기 연행당해 꽤나 얻어터졌지. 사일구혁명은 우리가 그렇게 도화선에 불을 붙였는데, 길 닦는 놈은 따로 있고 세단 타고 지나가는 놈 따로 있으니 젠장. 이상은 멀고 현실은 가까워. 출세하구, 잘 먹구 잘살라지. 지금 우리는 뭐냐. 난 집장수가 되고, 넌 그래도 식자 소리 듣는 출판쟁이가 됐으니 나보다는 낫다. 자, 마시자구. 먹는 게 남는 거 아냐.

　진서가 맥주 잔을 들며 떠들던 불쾌한 모습이 떠올랐다. 나 역시 사일구 세대의 일원으로 대학 일학년 그해, 학우들과 함께 경무대 앞까지 진출했다. 그러나 사일구의 순수한 의미는 그 뒤 계속된 군사정권에 의해 퇴색되었다. 이 땅에 참다운 민주주의의 소생을 바라며 소박한 정의감만으로 뛰쳐나갔다 총탄에 쓰러진 백팔십오 명의 영령은 역사의 뒷장으로 물러나 수유리에 밀폐되었다. 그 '미완의 혁명'을 열심히 들먹이던 우리 세대의 일부는 혁명 주역으로 자처하며 정권에 유착되어 영달에 급급했고, 사일구 이름을 욕되게 하는 자도 계속 생겨났다. 그러나 사일구가 순수하고 정직한 젊은이들의 의분만으로 사령탑의 전략 전술 없이 시작되었고 끝났기에, 참여자 대부분은 본래의 자기 직분으로 돌아갈 수밖에 없었다. 나 역시 사일구 정신을 계승하려는 그 어떤 노력에도 몸 바치지 않은 채, 결혼하여 가정에 안주해버림으로써 봉급쟁이 기자로 평범하게 살아간 나날이었다. 후진국의 종속적 정치 행태를 탓하며 나까지 혁명을 팔아먹기에는 자신이 너무 초라하게 느껴져, 나는 여지껏 어느 자리든 사일구 세대로 떳떳하게 자처한 적이 없었다.

사십대 사망률이 세계 일위라는 말끝에 근조는 한국인의 지나친 성취욕구, 물신숭배의 이기심, 거기에 따른 맹렬한 저돌성과 조급증을 통박했다.

"한창 일할 나이인 사십대에 쓰러진다고 생각해봐. 자식이 뭔지, 이제부터 시집 장가 보낼 때까지 돈이 다발로 들어가는 나이야. 일할 나이만 믿고 천방지축 뛰다 진서도 그렇게 쓰러진 게야. 예전에는 삼시 세끼만 먹어도 족했는데, 먹고살 만하게 되니 모두들 왜 이러는지 모르겠어. 잘사는 놈들은 제 배 터지는 줄 모르고 돈과 땅에만 혈안이지만, 반대쪽에 선 학생놈들과 노동자들은 또 어떤가. 그렇게 폭력을 앞세워 죽자살자 나선다구, 제 배부른 자들이 나누어 먹자며 백기 들고 나서겠어? 이 정경유착의 방만한 시대에 말이야. 혼란만 오구, 경제나 망치는 게지. 노동자가 파업투생해서 임금 쬐금 올려놓으면 정부가 그 노동파업에 신경 쓰는 사이 물가가 더 뛰어 노동자 가계를 덜미 잡는 것, 그들이

그걸 모르니 탈이란 말이야. 지엔피 만 달러까지만 좀 참으면 안
되나……"

논리가 서지 않는 근조의 주절거림은 끝없이 이어졌다. 그는
다시 진서 죽음으로 말머리를 돌리더니, 고삼인 딸애가 서울대학
교를 목표로 피아노를 배우는데 일주일에 두 번씩 비행기로 왕복
하며 서울의 모 유명 교수 밑에서 두 시간씩 개인교습을 받는다
고 했다. 그 수업료가 자그만치 매달 큰 것 한 장이니 밑 빠진 독
에 물 붓기라고, 그는 오늘의 교육제도까지 마구잡이로 헐뜯었
다. 상류층 속물로 주저앉아버린 근조를 두고 사일구 세대라면,
그의 말은 꼴사나운 작태가 아닐 수 없었다. 다만 그가 남들처럼
티케이를 앞세워 세속적 욕망으로 뭉쳐진 서울 바닥에 껴붙지 않
고 고향에 남아 있다는 점은 신통했다. 어쩌면 그 끼어들지 못함
의 화풀이를 그렇게 짓찧는지 몰랐다. 그의 말을 들을 만큼 들어
주었다 싶어 내가 말을 꺼냈다.

"너도 알고 있지. 내 동생 말이야. 현구 여기 입원했어."

근조는, 그 문제 많은 동생? 하며 떨떠름한 표정이었다. 언젠
가 지방신문에서 법정에 선 현구를 사진으로 보았다고 그가 말했
다. 아마 비산동 재개발지역 철거민들이 몰려와 법정 소란을 벌
였던 아우의 이심 공판을 두고 하는 말 같았다.

"구속 중인 줄 아는데, 어디가 안 좋아?"

나는 현구 병력을 설명했다. 종합검진이 끝난 모양인데 지금
상태가 어느 정도인지, 앞으로 병원 측에서 어떤 조치가 있을는
지 알아봐달라고 부탁했다. 그는 잠시 뜸을 들이다, 그렇게 해보

마고 시무룩이 대답했다.

"점심이나 같이하지. 내가 입원실로 찾아가마."

나는 그의 말을, 그때까지 현구에 대해 알아오겠다는 뜻으로 받아들였다.

현구 병동으로 돌아오니 입원실 복도에 아낙네 다섯이 의자에 앉거나 쪼그려 앉아 동수 엄마와 무슨 이야기인가 나누고 있었다. 모두 표정이 어두웠다.

"친구분 만나셨어요?" 동수 엄마가 내게 물었다.

"점심시간에 이쪽으로 오기로 했어요. 그때 무슨 소식이든 알 아오겠지요."

"아주버님, 그럼 그 시간에 제가 여기로 전화하겠어요. 만약 외 출하신담 어머님께 귀띔해주세요."

동수 엄마가 내게 말하곤 입원실로 들어갔다 나오더니, 일터는 어찌하고 이렇게 몰려오면 어떡하냐며, 그들과 함께 바삐 병동을 떠났다. 복도를 걸으며 아우 병실 쪽을 돌아보던 한 아낙네가, 선 생님이 어서 회복되시고 풀려나야 될 텐데 하며 손등으로 눈꼬리 를 훔쳤다. 아낙네들은 동수 엄마가 운영하는 빈민촌 탁아소 어 머니들임에 틀림없었다. 하나같이 까맣게 그을린 얼굴에 주름살 이 고랑으로 패어 있었다. 상주댁처럼 몸뻬 차림에 흙가루 뒤발 한 남자용 작업복을 입어, 공사판 일용직에 나섰음이 한눈에 짚 여졌다.

내가 복도 의자에 앉아 딤배를 피우며 찐득하게 괴는 목덜미의 땀을 손수건으로 훔칠 때, 저만큼에서 숙영이 양산을 접으며 걸어왔다. 누이는 초급대학 시절 그런대로 반반한 외모와 활발한 성정 덕인지 약학대학에 다니던 시골 출신 김서방과 연애를 하더니, 졸업 뒤 곧 결혼했다. 지금은 세 아이를 두었고, 시 외곽 아파트 단지에서 약국을 열고 있었다. 일 년으로 쳐서 어머니가 서울 내 집에서 두세 달을 보낸다면 대구에서는 주로 숙영이네 살림집에 기거하며, 현구네가 사는 비산동 산동네로 그 노구를 이끌고 마치 등산이나 하듯 반찬거리를 싸들고 다녔다. 어머니는 내 집으로 올라와 열흘쯤 계시면, 아파트 생활이 닭장 같고 감옥 같다며 푸념하기가 일쑤였다. 그럴 때쯤이면 어김없이 누이로부터, 서울에 웬만큼 계셨으니 어머니를 보내달라는 장거리전화가 걸려왔다. 김서방이 약국을 비우면 누이가 개인주택 살림집과 삼백 미터쯤 떨어진 약국으로 나가 대신 자리를 지킬 때가 잦으니, 학교에서 돌아온 아이들 밥을 챙겨 먹이랴, 잡다한 집안살림을 맡아줄 사람이 필요했다. 한편, 장사로 서른 해 가까이 시장바닥에서 보낸 바지런한 '니북녀자'인 어머니로선, 비록 타관이긴 하지만 오래 정이 들었던 대구요, 아직도 교동시장(예전의 양키시장)에는 벗들도 있었고, 늘 위태로워 보이는 막내아들 생활이 마음에 걸려 서둘러 서울을 떠났다. 홀어머니는 죽 쑤어 먹을 처지라도 되면 맏이 집에 살아야 한다던데 내가 이 무슨 주책인고 하시면서, 출근길에 내가 승용차 편으로 고속터미널까지 모셔다드릴 때는, 그 자그마한 몸집에 떠나는 발걸음이 가벼웠다. 그러나 현구가 다시 구속된 뒤로는 아주 대구어 주질러앉아 버리셨다. 아우 옥바라지가 어머니 몫이었던 것이다.

"오빠, 김서방이 여기 아는 의사가 있어 알아봤는데, 상태가 좋지 않은 것 같다고만 말하지 구체적인 답은 회피한대." 숙영이 들고 있던 양산 날개를 모두어 똑딱단추로 채우곤 말했다. 밝은 성격처럼 그 목소리에는 늘 그늘이 없었다.

"이제 와서야 보석을 허가해줄 정도니 그렇다고 봐야지. 시국사범으로 몰아붙이면 사람 목숨 하나야 사육하는 가축쯤으로 아는 세상 아냐."

"오빠도 알지? 간질환이 일단 경화로 넘어가면 양의로서는 치료제가 없다잖아. 잘 먹고 푹 쉬고…… 그래도 위와 신장 기능이 자꾸 떨어져 소화도 안 되구 소변이 시원치 않게 되면……"

간장약은 잘 팔면서 약사 아내가 아는 지식이나 내가 알고 있는 상식에는 별 차이가 없었다. 내가 말이 없자 숙영이, 엄마 안에 계시지 하며 입원실로 걸음을 돌렸다. 나는 누이를 불러세웠다.

"지난번에 고마웠어."

나는 지갑에서 접은 봉투를 꺼냈다.

"뭔데?"

"너가 대납한 현구 변호사 비용이야."

"뭘 그런 걸 다 돌려주고 그래. 우리가 어디 남이야." 숙영이 정색하며 내 손을 밀쳤다. 순간적으로, 우리는 정말 남다른 동기간이구나 하는 정감이 내 가슴을 뿌듯이 채웠다.

현구의 감정유치가 결정되었을 때, 나는 소련에 나가 있었다. 내가 집에 들여놓는 월 구·십만 원으로 가계를 꾸려가는 아내로선 백만 원을 자기 통장에서 현찰로 선뜻 찾아낼 여축금이 없었다.

출판사 경리 최양에게 어떻게 돈을 변통하려고 회사에 전화를 하는 사이, 대구에서 누이가 백만 원을 내놓은 모양이었다. 그러며 올케에게 전화로, 출판사가 다들 어렵다는데 오빠가 귀국하더라도 그 돈 걱정은 말라는 단서까지 달았다고 아내가 말했다. 그러나 그 문제의 해결이야말로 출가외인인 누이 몫이 아니었기에 나는 대구로 내려오며 당좌수표 한 장을 가져왔던 것이다.

숙영이는 한사코 봉투를 받지 않겠다고 우겼다. 자기야말로 여지껏 시가와 친정을 따로 저울질해본 적이 없으며, 시집은 갔지만 그만한 돈은 낼 능력이 있다고 말했다. 잠시 실랑이 끝에, 나는 누이가 팔에 걸고 있는 마로 짠 손가방에 봉투를 쑤셔넣고 병실로 돌아섰다.

정오를 조금 넘겨 위생복을 벗은 함근조가 왔다. 그는 내가 궁금하게 여긴 현구 문제는 언급 않고, 모처럼 만났는데 괜찮은 데로 안내하겠다며 나를 이끌었다. 어머니는 동수 엄마가 가져온 밥과 빨리 먹지 않으면 쉬어버릴 녹두죽이 있어 병실에서 누이와 함께 식사하겠다 하기에, 나는 근조를 따라나섰다. 건물 안에 있을 때는 눅눅했던 더위가, 볕살 아래 나서자 금세 살갗 땀구멍마다 물기를 자아내었다. 해는 머리맡에서 작열했다. 말복을 넘겼는데도 알아줄 만한 대구 불볕더위였다.

"너 개 먹지?" 근조가 자기 승용차에 나를 태우고 시동을 걸며 물었다.

"물론이지."

근조는 경산읍으로 빠지는 외곽도로로 차를 몰았다. 대구도 변두리로 계속 고층아파트가 늘어나고 있었다. 한낮의 더위 탓도 있겠지만 이제 시내고 시 외곽이고 구별이 없는 서울에 비한다면 대구는 그런대로 교통소통이 원활했다. 근조는 여름 한철만의 보양이 아니라 중년 나이에 왜 개고기가 좋은지에 대해 들은풍월을 읊었다. 그는 자기들이 안 먹는다고 우리를 야만인 취급하는 서양인의 오만한 편견을 성토하며, 각 민족의 고유한 음식 관습과 식성은 존중되어야 마땅한 기본적 향유권이라고 주장했다. 근조는 병원에도 사십대가 중심이 된 동우회 '멍멍회'가 있는데 그 먹자판 모임에는 결석자가 없으며, 자신이 그 회 간사라고 자랑스레 말했다.

대구와 경산 접경지대 야산 숲속에는 보신탕과 염소탕을 전문으로 하는 대형 식당이 드문드문했다. 승용차들이 넓은 주차장에 들어찼고, 옥내 옥외 가릴 것 없이 넥타이 풀어헤친 우리 나이 또래의 식도락 패가 땀을 흘리며 열심히 젓가락질을 하고 있었다. 갈대를 지붕으로 얹은 평상 한 귀퉁이에 자리 잡자, 근조는 주인과 잘 아는 사이인지 '목살' 세 근을 전골로 주문했다.

"내과 쪽에서 뭐라 그래?" 전골냄비에서 야채와 고기가 익을 동안 내가 물었다.

"글쎄 말이야. 경화가 심하다면서도 모두 쉬쉬하대. 그게 단순한 폭행사건이 아닌데다 재판에 계류 중이라……" 근조가 꼬리를 빼다 말을 이었다. "내가 후배 한 놈을 다잡았지. 간경화라면 뻔한 병 아냐. 그렇다면 재수감은 불가하고 장기요양 조치가 필요하잖냐고 말이야. 그러자 후배 녀석이, 가족 승낙이 있어야겠지만, 담당 의사들이 수술을 권유하는 쪽으로 의견을 모으고 있다나……"

"그렇다면?" 나는 숨을 죽였다.

"수술이람 캔서로 봐야지. 종양 크기가 벌써 사 센티쯤 된다나 어쩐다나……"

현구가 간암이라니! 발달한 현대의학도 간암 완치까지는 이르지 못했고, 간암 진단을 받은 환자가 일 년 이상 수명을 연장하는 경우가 흔치 않음을 나는 알고 있었다. 그들은 병원으로부터 가정 요양을 권고 받았고, 그럴 경우 서너 달이 마지막 고비였다. 아니면 수술 도중, 또는 수술 직후 합병증으로 사망하기 예사였다. 내 나이 또래의 사망 소식을 전화로 접할 때, 교통사고가 아니면 간질환이 많았다. 나는 상갓집에서, 간염의 시작에서부터 죽음에 이르는 과정을 여러 차례 이야기 들은 적이 있었다. 그 임상강의를 새겨듣다 보면, 한국인에게 사십대 후반에 주로 발생하는 간질환이야말로 아닌 밤중에 불시로 달려드는 흉악범의 비수와 같았다. 간은 자각 증상이 없으므로 아무런 동통을 수반하지 않은 채 잠복하다, 어느 날 느닷없이 '급성간경화'란 계고장으로 날아들었다. 죽음을 남의 일로 여기고 열심히 사회활동 하는 자에게 날아드는 사형집행 예고장과 다를 바 없었다. 그래서 내 상식으로 간질환이야말로, 반드시 내가 죽고 너도 죽이겠다는 맹독성이 간을 터 삼아 자생력을 기르다, 결정적 시한에 당도하면 스스로 폭발해버림으로써, 간은 물론 주위의 장기까지 일시에 파괴시켜 몸뚱이를 통째 휴지(休止)화시키는 정예 결사대로 여겨졌다.

"만약에 수술한다면?"

"가능성도 많지. 물론 조기 발견일수록 성공률이 높지만, 내가 알기로 수술 후 삼사 년 버틴 사람도 있고 아주 정상인으로 산 사람도 있으니깐. 간은 그 무게가 일점 사 킬로나 되는 가장 큰 장기 아냐. 그러니 자생력이 강하고, 간이 삼분의 일만 기능을 해줘도 정상인과 다름없이 활동할 수 있으니깐." 찬 물수건으로 땀을 닦던 근조의 무심한 대답이었다.

"그렇다면 현구도 수술을 받아야 할까?"

"메스를 대지 않는다면 식이요법과 휴식밖에 더 있겠어?"

"수술해야 할 만큼 악화되었다는 거냐?" 쓸데없는 질문인 줄 알면서 나는 어눌한 목소리로 자꾸 물었다. 미끄러운 나무줄기에 매달려 한사코 떨어지지 않으려 버둥거리는 나를 보는 듯했다.

"네 동생이 재판에 계류 중이라 그 점에서 선뜻 단안을 못 내리는 눈치라. 사실 간질환도 조기 발견만 하면 완치가 가능하지만, 병원을 찾을 땐 이미 한발 늦은 뒤거든. 그러므로 꼭 교도소 당국을 탓할 수만도 없지. 어제까지 멀쩡한 사람이, 요즘 과로로 피곤하다며 종합검진이나 한번 받겠다고 병원에 왔다가 간경변이란 진단을 덜컥 받게 되는 게 보통이니깐. 그리고 삼사 개월, 길면 일이 년 이내 끝장을 보게 되지……"

근조 말이 내 귀에 들어오지 않았다. 몸과 마음이 촛농으로 녹아내리듯 기운이 빠졌고 주위의 사물이 눈앞에서 멀어졌다. 충분한 보양만이 강수의 지름길이듯 이열치열의 화식(火食)을 즐기는 식도락 패도, 그들의 지껄임도 내 눈과 귀에 닿지 않았다. 사망을 남의 일로 알고 병상에 누워 수줍은 미소를 짓고 있던 현구의 마르고 찌든 얼굴만이 떠올랐다. 아니, 나는 그의 모습에서 어쩌면 이런 상태가 되기까지 아주 무관하다고만 볼 수 없는 그의 유년 시절 한 토막을 회상할 수 있었다.

우리네 식구가 1950년부터 이듬해에 걸쳐, 겨울의 눈보라를 가르고 동두천에서 서울을 거쳐 천안·오산으로 정처 없는 남행길을 재촉할 때, 숙영이와 나조차 영양실조로 꼬치꼬치 말라가던 처지인데, 어머니야말로 제대로 입에 들어갈 건더기가 없었다. 현구를 산파의 도움 없이 낳았으나 젖이 말라 젖통이는 늘어진 빈 주머니였다. 아직 핏덩이와 다름없던 현구는 오디 같은 어머니 젖꼭지를 피멍 들게 빨았으나 젖이 나올 리 없었다. 누이와 나는 꽁꽁 언 버려진 밭을 헤매며 서리 앉아 얼어붙은 누런 배춧잎도 소중히 거두어 삭정이를 지핀 불에 데쳐 허기를 끌 때, 어머니는 밀고 내려오는 중공군 공세에 쫓겨 다시 피난 짐을 싸던 가가호호를 방문하여 아우의 애처로운 모습을 팔아 동냥죽을 구걸해야 했다. 동냥젖이 아니라 죽이었고, 끼니때에 앞서 만나 좁쌀죽마저 제대로 못 얻어먹일 때는 잦아지는 죽물을 얻어 어린 목숨을 연명시켰다. 생명력이란 모질었다. 어머니가 이삼십 리쯤 걷다, 등짝에 온기가 느껴지지 않는다며 내게 포대기를 들쳐보라 했을 때, 꺼지지 않는 불씨로 한 생명이 거기에 아슬아슬하게 붙어 있었다. 현구는 그렇게 여린 숨줄을 이어 대구까지, 마치 혹처럼 붙어 달려올 수 있었다. 대구에 도착하여 피난민 수용소에서 겨울을 넘기고 신암동 산비탈에 거적집을 짓자, 어머니는 양키시장으

112

로 싸돌며 양담배와 미제 비누 따위를 팔았다. 나는 방과 후면 탈지분유나 옥수숫가루 한 봉지를 얻으려 코쟁이가 운영하던 구호급식소에서 늘 줄을 서야 했다. 헛걸음치는 날도 있었지만 서너 시간 기다려 얻어오는 그 구호물자 한 봉지는 현구에게 요긴한 양식이었다. 아우에게 이상한 증세가 나타나기 시작하기는 그의 나이 세 살 때였다. 그즈음에는 행상이 아니라 양키시장 골목길 모퉁이에 좌판을 펴놓고 장사를 벌이던 어머니는 일터로 나갈 때 현구를 늘 데리고 다녔다. 그러나 하루 종일 발목을 잡아 매어둘 수 없다 보니 어머니가 물건을 팔 때나 잠시 다른 데 눈을 돌리면 현구가 없어지곤 했다. 아우는 어느새 안짱다리 걸음으로 골목길 쓰레기통을 뒤지고 있었다. 마치 신생아 때 굵은 벌충이라도 하듯, 여름철이면 길바닥에 버려진 수박이나 참외 껍질을 닥치는 대로 주워 먹었다. 그러므로 현구의 몸에 나타난 헛배 부른 증상은 이상한 게 아니라 충분히 그럴 소지가 있었다. 현구 배는 올챙이처럼 탱탱하게 부풀었고 푸른 심줄이 요철처럼 도드라졌다. 어머니는 그제서야 아우를 데리고 위생병원으로 갔다. 유동식으로 식사량을 줄이고 규칙적인 식사를 해야 한다는 의사의 말과 함께 산토닌 몇 알을 얻어왔을 뿐 달리 조치는 없었다. 아우는 산토닌을 먹자 엄청난 양의 회충을 설사로 쏟아내었다. 밑을 닦아주니 실지렁이 같은 회충이 까맣게 묻어 나왔다고 어머니가 말했다. 그로부터 아우의 배는 차츰 꺼졌다. 노랗던 얼굴도 핏기가 돌았다. 그러나 유아기 선강이 여든까지 간다는 말을 어느 책에서 읽었듯, 아우는 유아 때의 굶주림으로 오장육부가 발육 단계부터 부실할 수밖에 없었음이 자명한 이치였다.

낮술이라 무엇하지만 보신탕에는 소주로 입을 헹궈야 한다며 근조는 오이채를 섞은 소주 한 병을 주문했다. 그는 넥타이를 느긋이 풀고 끓는 탕에서 고기를 건져 갖은양념으로 버무린 접시에 열심히 찍어 먹었다.

"간병에는 고단백질의 충분한 공급이 급선무인데, 개고기가 바로 불포화성 고단백 덩어리 아닌가. 그런데 경화로 진행되어 간이 굳기 시작하면 육질은 소화를 못 시켜 단백질 분해 능력이 떨어지는 게 탈이란 말이야." 근조가 말했다.

근조는 목뼈 한 토막을 냄비에서 건져내어 젓가락으로 게살 파먹듯 뼈에 붙은 살을 발기어 먹었다. 나는 아침밥을 걸렀는데도 입 안이 썼고, 식욕이 동하지 않았다. 아직은 간에 별다른 이상이 없음을 알고 있지만 그 간을 보호하겠다고 고단백질을 밝히는 내 식탐이 간질환을 앓는 현구에게 죄를 짓는 마음도 들었다. 고기 몇 점을 먹고 국물을 안주로, 나는 평소 낮술을 하지 않았으나 소주를 석 잔이나 마셨다.

현구가 있는 병동으로 돌아오니 병동 현관 앞에는 뙤약볕 아래 대학생인지 공원인지 얼핏 구별이 가지 않는 젊은이 여덟 명이 이열종대로 줄지어 서 있었다. 그들 중에는 여자도 둘 끼였다. 한 젊은이의 선창에 따라 다른 젊은이들이 후렴 구호를 외쳐댔다. 구호를 외칠 땐 불끈 쥔 오른손을 힘차게 앞으로 뻗었다.

"박현구 선생을 살려내라!"

"살려내라, 살려내라!"

"박현구 선생을 당장 석방하라!"

"당장 석방하라, 석방하라!"

"당국은 빈민촌 철거민 대책을 조속히 세워라!"

"조속히 세워라, 세워라!"

나는 주위에 모여 구경하는 사람들과 함께 농성에 나선 그 젊은이들의 외침을 잠시 구경했다. 현구의 나이 어린 동지들을 보며 나는 묘한 감정에 사로잡혔다. 사일구 때 내 모습도 저렇게 용감했을까, 문득 그런 생각이 들었다.

복도로 들어서자 전투경찰대원 셋이 나를 막았다. 무전기를 든 상급자가 내게 신분증 제시를 요구했다. 나는 주민등록증을 보이며 박현구 형이라고 말했다. 그는 내 통과를 허락하더니 무선전화기로 어디론가 바삐 연락했다. 전투경찰대원 둘이 병실 앞을 지켰다.

병실에는 천장에 붙은 선풍기가 소리를 내며 돌아갔다. 하사관생 같던 간수 최에 비해 사람이 물러 보이는 나이 든 간수 홍은 열린 창밖을 무료하게 내다보다 나를 맞았다. 흰 노타이에 감색 바지 차림의, 머리를 치켜 깎은 뚱뚱한 사내가 의자에 다리를 꼬고 앉아 신문을 보다 내게 감사나운 눈길을 던졌다.

"누구시오?" 신문을 보던 사내가 수사관 말투로 물었다.

"현구 형 됩니다."

내 말에 그는 잠자코 신문에 다시 눈을 옮겼다.

어머니와 숙영이, 그리고 소매 짧은 여름용 점퍼에 이마가 벗겨진 사내는 현구가 누운 침대 쪽에 몰려 있었다. 마침 이마 벗겨진 사내가 기도를 하던 참이었다.

"……하나님께서 말씀하시지 않으셨습니까. 저희는 하나님의 백성이 되고 하나님은 친히 저희와 함께 계셔서 모든 눈물을 그 눈에서 씻기시매 다시 사망이 없고 애통하는 것이나 곡하는 것이나 아픈 것이 다시 있지 아니하다 하셨으니, 우리 형제의 이 아픔과 눈물을 씻겨주옵소서. 보라, 내가 만물을 새롭게 하노라 하셨듯, 능멸한 것은 치시고, 썩을 것은 땅속에 묻으시고, 선하고 힘없는 사람은 새롭게 태어나게 하소서……"

성경책을 두 손에 받쳐든 어머니가 기도 중간에 간절하게 아멘을 애소했다.

흰한 정수리에 몇 가닥 머리카락이 푸스스하게 엉킨 낡은 점퍼 차림의 그는 원형섭 목사였다. 현구가 빈민촌 개척교회로 뛰어들게 만든 장본인으로 현구 결혼식에 주례를 섰던 그는, 대구 노곡동 산동네에 교회를 열고 있었다. 아우가 대학교 다닐 때 공판정 피고석에 아우와 나란히 앉아 있던 당시 원형섭 전도사를 본 게 그와의 첫 만남이었다. 불온 유인물 소지죄로 잡혀 들어간 기독교학생연맹 소속 대학생 셋과 원전도사는 그 재판에서 실형 이년을 선고받았지만 집행유예로 석방되었다. 당시 민완기자 소리를 들으며 시건방도 곧잘 떨었던 나는 다방에서 원전도사와 몇마디 이야기를 나눈 적이 있었다. 지금도 일요일 낮 예배는 아내와 함께 빠지지 않지만, 나는 내가 생각해도 독실한 신자로 자부할 입장은 못 되었다. 그즈음에는 지금만큼도 교회에 열성을 보이지 않을 때였다. 다방에서 나는, 원형은 예수님의 부활을 믿습니까 하고 당돌한 질문을 던졌다. 그런 종류의 질문은 누가 내게 던졌을 때 그 답변이 가장 궁한, 두려운 질문이기도 했다. 원전도사는 별 어려움 없이 그 대답을 풀어나갔다.

—부활을 믿지 않고 어떻게 목회자의 길을 한평생 걸을 수 있겠습니까. 예수님이 십자가에 못박혀 죽으시고 장사한 지 사흘 만에 살아나신 사건은 사실입니다. 그분 주위에 있던 여러 추종자들이 살아나신 예수님을 똑똑히 보았다고 증거했지요. 제자 도마만은, 십자가에 못박힌 예수님의 그 못 자국을 직접 손으로 만져보지 않고는 그분의 부활을 못 믿겠다고 말했지요. 냉철한 이성과 과학을 앞세우는 오늘의 현대인도 도마와 같은 그런 의심을 마음속에 품고 있을 겁니다. 예수님이 친히 도마 앞에 나타나서, 내 손을 만져보고 네 손을 내 옆구리에 넣어보아라, 그래서 의심을 떨치고 믿음을 가져라, 하고 말씀했지요. 도마가 그제서야, 나의 주님, 나의 하나님! 하고 대답했습니다. 그러나 저는 지금 도마가 살았던 그 시대에 살고 있지 않으므로 그분의 피 묻은 못 자국 흉터를 직접 볼 수는 없지요. 훗날 나 같은 사람을 위해 주님은 도마를 통해서 말씀하셨습니다. "너는 나를 보았으므로 믿느냐? 나를 보지 않고도 믿는 사람이 복이 있다."

원전도사의 다음 말은 그 비약이 심했음에도, 나의 폐부를 강하게 찔렀다.

—저는 예수님의 못박힌 그 핏자국을 가난한 자의 신음과 그들이 흘리는 눈물을 통해 지금도 보고 있습니다. 예수님은 이 지상의 고통받는 자들 속에서 다시 부활하신 겁니다. 너희들을 대속

하여 내가 십자가에 달려 죽을 때의 모습이 이러하다고, 예수님은 많은 빈자와 사망에 이른 병자들의 모습으로 지금도 부활하여 도마 앞에 보여주듯 우리에게, 너희들이 나를 위해 할 일이 무엇이냐고 물으십니다……

기도를 마치자 눈을 뜬 네 사람이 나를 보았다. 원목사와 나는 인사를 나누었다. 악수를 할 때 상대방 손을 쥐지 않고 맡기는 그의 버릇은 여전했다. 원목사는 언제 보아도 그 복장이 노동자나 지게꾼 같았다. 후줄그레한 바지에 싸구려 운동화를 신고 있었다.

"민박사가 보호자를 찾기에, 너가 오면 함께 가기로 했다. 그래, 친구가 뭐라든?" 어머니가 눈물 괸 겹주름진 눈꺼풀을 슴벅이며 물었다.

"그 친구도 잘 알지 못하고…… 나중에 말씀드리지요."

나는 현구에게 눈을 돌렸다. 복수를 뽑았다는데도 홑이불 아래 그의 배가 마른 몸만큼 꺼져 있지 않았다. 아우가 나와 눈을 맞추며 미소를 띠었다. 선풍기가 돌아가고 있음에도 병실이 무더운 탓인지 그의 얼굴과 목에는 찐득한 땀이 번질거렸다. 나는 보조탁자에 놓인 젖은 수건으로 그의 이마와 목을 닦아주었다.

"어디 불편한 데는 없고?"

"여기로 오기 전에는 코피가 자주 났지만 그건 그쳤는데, 허리가 계속 결려요."

"내가 좀 주물러주랴?"

"어머니가 해주셨어요."

매미 울음소리를 가르며 바깥에서 외치는 구호가 조금 더 크게 들렸다. 그쪽에 신경 쓰던 뚱뚱한 사내가, "저 새끼들……" 하고 이빨 사이에 욕설을 으깨며 병실 밖으로 뛰쳐나갔다.

"내가 나가 저애들을 돌려보냈으면 좋겠는데, 병실 밖으로는 허가 없이 나갈 수 없다니……"

현구가 말하자, 그 말에 이어 원목사가 내게 보충설명을 했다.

"조금 전에 한바탕 소동이 났습니다. 학생 둘과 공원 하나가 병실을 노크하며 현구 씨 면회를 요청했지요. 간수 저이가 안 된다며 병실 문을 잠가버렸습니다. 그리곤 어디로 전화를 걸자 전경대원들이 나타나고, 퇴짜 맞은 학생들은 자기 패를 불러모으고……"

"나 때문에 주위에서 이렇게 걱정하니 미안해서…… 어서 회복되어야 할 텐데…… 뭐 살 가망이 없다 해도 순종해야지, 그런 생각도 하지요. 그동안 열심히 살았고, 제가 했던 일을 후회하진 않으니깐요. 이 나라 이 땅에 다시 태어난다 해도 현실이 지금 상태에서 개선되어 있지 않다면 역시 제 할 일은 이 일이겠거니, 그런 마음밖에 들잖아요."

현구 말이 꼭 유언처럼 들려 마음이 아팠다. 그의 말에는, 태어날 때부터 마음 한 귀퉁이에 자기가 들어앉을 감옥 한 칸을 마련해놓고 살아온 듯한 달관이 느껴지기도 했다. 후회 없는 삶은 아름답지만, 현구의 경우는 아름다운 만큼 안타까움도 더했다.

"얘야, 그런 말 말아라, 넌 이 어미보다 스물아홉 해는 더 살 거다. 너는 명줄을 길게 타고났으니깐. 큰애들은 그때 나이가 어려 잘 모를 거다. 현구가 유아세례를 받을 때 제일교회 이목사님이,

박목사님을 하늘나라로 데려가시며 이렇게 한 생명을 대신 주셨으니 이는 아브라함의 자손처럼 아버지 몫까지 살아 대대로 번창할 거라고 하시지 않았겠냐. 나는 지금도 그 말씀을 똑똑히 외고 있단다. 연전에 팔순을 넘기신 이목사님을 병문안 가서 예전 그말을 했더니 문권사님은 기억력도 좋다며 웃으시더라." 어머니가 말했다.

현구의 유아세례 이야기는 여러 차례 들은 말이었다. 어머니는 그 말을 스스로에게 최면이라도 건 듯 철저히 믿었고, 지금도 말을 할 때 그 목소리가 확신에 차 있었다. 그 누구도 나로부터 현구만은 빼앗거나 떼어놓을 수 없다는 신념은 절대적 신앙만큼이나 옹골차, 아들이 옥에 갇혔을 때나 수배당할 때, 민가협 모임에서도 어머니는 누구보다 강단 있고 당당하게 대처했다. 꼭 그런 결과의 답은 아니겠지만, 어머니는 끝내 아들을 당신 품으로 돌려받았다.

"어머니, 그럼 민박사 뵈러 갑시다." 내가 말하자, 현구가 일어나려는 몸짓을 했다.

"형님, 소변이……"

나는 현구를 부축하여 일으켜 앉혔다. 주삿바늘이 팔목과 연결된 링거병을 들고 그를 부축하여 실내 화장실로 데리고 갔다. 아우는 주삿바늘이 꽂히지 않은 손으로 환자복 오줌 구멍을 더듬어 시든 연장을 꺼내었다. 그가 용을 썼으나 오줌이 쉬 나오지 않았다. 요기가 있는데도 늘 이렇다니깐 하고 그는 중얼거리며, 다리를 떨고 한동안 서 있었다. 불룩한 배가 가쁜 숨길 탓으로 경련을 일으켰다. 한참 만에야 뜨물이듯 고름이듯 몇 방울 탁한 오줌이 변기에 떨어졌다. 이뇨제를 쓰고 있을 텐데 신장 기능이 그 도움 조차 받아들일 수 없다면? 수술로써 그가 회복되리라는 한 가닥 기대마저 내 마음에서 무너짐을 어쩔 수 없었다. 나는 어머니처럼 신념화되지 못했으나, 현구가 여기에서 생을 고별한다곤 믿어지지 않았다. 그는 숱한 역경에도 굴하지 않고 몸과 마음을 튼튼하게 버티어왔다. 또한 그는 이 땅에 사는 어느 누구보다 그 쓰임새에서 소중한 머릿돌이었다. 그는 서울올림픽 이후, 노동운동에선 한발 물러서서 빈민운동 쪽에 열성을 쏟아왔다.

— 노동자들은 그래도 좋은 세상 만나 이제 자기네 스스로 조합을 만들어 공동투쟁으로 대처하는데, 일용직이 대부분인 빈민들이야말로 일정한 봉급을 받나요, 조합을 만들 수 있나요. 거기에다 빈민들 가족 구성을 보면 결손가정이 아니면 한둘씩 병자나 노약자가 있기 마련이거든요. 정박아나 지체부자유아, 그 외 심신장애도 빈민층에 집중되어 있습니다. 이제 나는 평생 그들을 위해 살기로 했어요.

현구가 내게 했던 말처럼, 그의 그 '가난한 자를 위한 사랑의 실천운동'이야말로 하나님이 누구보다도 귀히 여기고 있을 것임에 틀림없었다. 한마디로 그는 소명(召命)을 받은 자였다.

침대에 다시 뉘어놓은 현구를 숙영이와 원목사에게 맡겨두고, 나는 어머니와 함께 민박사를 만나러 갔다.

우리가 긴 복도를 질러가자, 현관 입구에서 전투경찰대원들과 두 노인이 실랑이를 하고 있었다. 들어가겠다, 못 들어간다는 말씨름이었다. 밀짚모자 쓴 콧수염 기른 노인이 어머니를 알아보곤, 문권사님 안녕하세요 하고 인사를 했다. 창길이 할아버지시구먼요, 하고 어머니가 알은체 절을 하며 반겼다. 현구 주위 사람들이 다 그렇듯 외양을 보니 산동네 비산동 주민인 듯했다.

"아, 글쎄 박선생 면회가 안 된다잖아요. 젊은이들은 그렇다 치구, 노인들 문병까지 왜 막습니까. 면회도 못할 만큼 박선생이 그렇게 위독한가요?"

"이 사람들이 안 된다면 난들 어쩌겠어요. 위독하다는 말은 거짓말입니다. 현구는 절대 위독하지 않아요." 어머니가 또렷하게 말했다.

"어머니, 가세요."

나는 어머니 팔을 끌었다. 구호가 끊긴 바깥으로 나서니 학생들은 뙤약볕 아래, 겉옷이 땀에 흠뻑 젖은 채 가부좌 틀고 앉아 있었다. 침묵시위를 벌이는지 말없이 앉아 있는 그들의 땀에 젖은 모습이, 마치 선정(禪定)에 임한 고행하는 승려들 같았다.

"너들 중에 학생도 있는 것 같구나. 지성인이라 자부한다면 다른 환자들도 생각해야 할 게 아냐. 여기가 어디 시장바닥인가. 또한 현구 씨도 지금 몸 상태가 아주 나빠. 직계가족 이외 일절 접견을 금지하라는 의사의 엄명인데, 이렇게 고함까지 질러대면 그분이 심리적으로 안정이 되겠어? 만약 또 구호를 외쳤다간 모조리 연행할 테니 그리 알아!" 뚱뚱한 수사관이 훈계하곤 병동 안으로 걸음을 돌렸다.

본관 건물로 걸을 때야 나는 근조가 들려준 말을 어머니에게 옮겼다. 신앙으로 다져진 신념이 어머니를 굳게 붙들고 있는 이상, 뒤에 받게 될는지 모를 큰 충격을 나눈다는 뜻에서 사실대로 들려줌이 좋을 것 같았다. 경화에 종양까지 발견된 상태라는 내 말에 어머니는, 하나님 맙소사 하고 신음을 흘렸다. 어머니는 쪼그라진 입을 굳게 다물고 다른 말을 더 묻지 않았다. 무엇인가 곰곰이 생각하는 냉정한 모습이라 나 역시 말을 붙일 수 없었다. 어머니는 부지런히 걸음을 옮겼으나 옮겨 딛는 고무신 코끝이 떨렸다.

나는 내과 안내실에서 민종학 박사를 찾았다. 간호사는 '내과 3'을 찾아가라고 일러주었다. 민박사가 자리를 비우고 없었다. 바깥 외출이 아니고 병원 안에 있다기에 어머니와 나는 진찰실 안쪽 개인 방에서 그를 기다렸다. 에어컨이 가동되어 실내가 시원했다. 이십 분이 지나서야 민박사가 나타났다. 그는 가족을 위로시킬 속셈인지, 앞으로 지게 될 부담을 덜려는지, 난치병으로서의 간질환을 자상하게 설명했다. 현구를 지목하진 않았으나, '치명적'이라는 용어를 사용하는 그 빈도만큼, 위협적인 내용이었다. 어머니가 암이냐고 대놓고 물었다. 민박사는 상냥하게, 굳어진 부분에 더욱 굳은 팥알 크기가 발견되었다고 완곡하게 표현했다.

"……우리의 소견으로 최선의 방법은, 수술과 방사선 치료를 병행해야 한다는 데 일차 합의를 보았습니다. 물론 확률은 절반이지요. 만약 당사자나 가족 측이 동의하지 않는다면 인슐린 요법과 식이요법에 의지하는 수밖에 없긴 합니다만……"

"박사님." 나는 민박사 말을 잘랐다. "방사선 치료라면, 종양이 다른 부위까지 퍼졌다는 말입니까?"

"그렇게 악화된 상태라면 수술을 종용하지 않고, 차라리 자가 요양의 퇴원을 권고하겠습니다."

"검찰 쪽에도 병원 측 복안을 통보했습니까?"

"우리는 검진 결과에 따른 후속조치로서 의견만 밝혔습니다."

민박사 표현은 사무적이었으나, 여유가 있었고 목소리는 부드러웠다. 나는 어머니 얼굴을 보았다. 어머니는 뚫어지게 민박사를 쏘아보았다. 에어컨 바람을 타는지 하얀 머리카락 몇 올이 주름진 이마 앞에서 나풀거렸다.

"수술은 안 돼요. 현구 몸에 칼을 댈 수 없어요. 칼을 대느니 차라리 안수로 그 간을 정케 하겠어요. 누가 뭐래도 하나님은 우리 아이 편이니깐요!" 어머니가 갑자기 소리쳤다.

어머니가 튕기듯 의자에서 일어섰다. 조그마한 몸이지만 넘어질 듯하여 내가 어머니를 부축했다.

"박사님, 일단 변호사를 만나보겠습니다. 당장 수술을 할 만큼 그렇게 위급하진 않지요? 그렇게 위급하다면 지연된 감정유치 허가가 현구 생명을 빼앗은 겁니다." 내가 바삐 말하곤 어머니 허리에 팔을 둘러 진찰실 쪽으로 나섰다.

환자 가족에게 점진적인 충격요법의 일차 단계 통보를 끝냈음인지, 등 뒤에서는 아무 말도 들리지 않았다.

어머니는 현구 병동 쪽으로 걸으며, 막내를 공기 좋은 기도원으로 데리고 가면 어떠냐고 내게 물었다. 안수로 말기암 환자까지 완치시킨 신령한 목사가 있다는 것이다. 간질환에 소양이 있는 교회 권사 한 분이 오늘 저녁 토룡탕 한 병을 가져오기로 했는데 그걸 싸들고 가서 먹이며 주님께 의지하면 현구 병을 깨끗이 완치시킬 수 있다고 장담했다. 어머니는 간질환에 관해 웬만한 식견을 가지고 있었으나 의외로 그 목소리는 카랑카랑했고, 걸음 걸이도 힘이 있었다. 눈물을 비추지 않는 점으로도 어머니는 아우의 병을 애써 절망적으로 생각지 않고 있음이 분명했다. 내 그런 판단은 어머니의 다음 말을 통해 금방 드러났다.

"외국에서 갓 돌아와 너도 바쁠 텐데 여기서 이렇게 어정거려 서야 되겠냐. 올라가서 네 일 보거라. 급한 다른 일이 있으면 또 연락하마. 서울에서 대구까지 오는 데야 네 시간 반밖에 더 걸리느냐. 전에도 동수 엄마와 내가 다 옥바라지했고, 그때마다 현구를 구해냈다. 옥 안이 아니고 병원까지 빼냈는데 설마 기도원이나 집으로 못 데려가려구. 내가 변호사를 만나마. 그 젊은이도 교회 집사고, 내 말을 잘 듣더라."

어머니가 내 걱정까지 했다. 변호사는 내가 만나보겠다고 말했다. 변호사가 수술 가부를 판단해주지는 못할 것이다. 누구보다 현구와 가까운 동수 엄마의 의견이 어떤지 모르지만, 나로서는 수술에 반대하고 싶은 입장이었다. 간 수술은 최후의 수단으로서 마지막 걸게 되는 한 가닥 희망이 아닐 수 없었다. 그러나 내 상식적 판단은 내 자신도 믿을 수 없었기에, 나는 밤기차 편으로 상경하여 내과 전문의 동기생을 만나 다시 자문을 구해보기로 마음먹었다.

나는 법원 앞에 있는 변호사 사무실을 찾아 인권 변호사로 시국사범을 많이 맡아온 주영준을 만났다. 그는 현구 나이 또래였다.

나는 그에게 현구의 종합검진 결과를 알려주었다. 간질환은 서울대학교 부속병원이 권위가 있으니 현구를 그쪽으로 옮기면 어떠냐고 내가 물었다. 내 생각으론 서울대학교 부속병원에서 종합검진을 한 번 더 받고, 수술 문제를 그때 결정할 수도 있었다.

"내가 보기에 여기서의 수술은 이판사판으로 해보자는 거고, 가족이 수술을 거부한다면 시간이나 끌겠다는 배짱 아닙니까. '유치 장소 변경신청서'를 법원에 내겠어요. 서울대학교 부속병원과 비산동 거주지 두 군데로 말입니다. 그러나 법원이 서울대학교 쪽은 모르겠지만 집으로는 허가해주지 않을 겁니다. 비산동 일대 빈민지역과 그 주변 공단은 현구 씨 생활 터전이니깐요. 현구 씨 문제가 밖으로 알려질수록 당국으로선 골치 아픈 문제가 발생할 테니 이로울 게 없지요." 주변호사가 말했다. 그는 내일 아침에 유치 장소 변경신청서를 법원에 청구하겠다고 내게 약속했다.

대학병원으로 돌아오니 어느덧 여름의 긴 해가 기울어 석양에 당도해 있었다. 현관 앞에서 농성을 벌이던 학생들은 돌아가버렸고, 오늘부터 만약의 사태에 대비하여 야간근무까지 설 요량인지 병동 현관과 병실 앞은 여전히 전투경찰대원들이 지키고 있었다.

병실에는 간수가 젊은 최로 다시 교대되었으나, 뚱뚱한 수사관은 없었다. 숙영이와 원목사 역시 돌아갔고, 조카 동수를 데리고 계수씨가 와 있었다. 그네는 침대 뒤로 돌아가 옆으로 누운 아우의 허리를 주먹으로 가볍게 치거나 주물렀다. 아우는 아들을 침대 가장자리에 앉히고 정다운 대화를 나누고 있었다. 동수 엄마는 미소 띤 얼굴로 부자간의 대화를 들었다.

"나는 이담에 의사가 될 테야. 그래야 아빠 병도 고쳐줄 수 있으니깐요." 네 살배기 동수 말이었다.

"아빠 병도 고쳐주어야겠지만 우리 산동네에도 아픈 사람이 많잖아. 그 사람들 병도 고쳐주어야지."

"꼭 의사가 되겠어요. 아빠, 아파서 걸을 수 없으면 택시 타고 집에 가요. 버스 말고 택시. 난 택시 안 타봤거든. 탁아소에 붙은 내 그림도 보여줄 게요." 동수가 혀 짧은 소리로 제 아버지를 조르자 돋보기 끼고 성경을 들치던 어머니가, 조 앙증맞은 것 하며 눈을 흘겼다.

병실 안은 어디에도 죽음의 그림자가 없었다. 저 젊은 아내와 어린것을 두고 현구가 눈을 감는다면…… 쉰을 바라보는 나이인데도 내 마음이 감상에 젖어 코끝이 찡해왔다. 그제서야 가방에 들어 있는 소련에서 사온 선물이 떠올랐다. 어머니, 숙영이, 동수 엄마 몫의 양털로 짠 숄과 동수에게 줄 함석으로 만든 장난감 자동차 두 개였다. 하나는 병원차였고 하나는 소방차였다. 나는 장난감 자동차를 동수 손에 쥐여주었다.

"와, 좋다! 내일 애들한테 자랑해야지. 큰아버지 고맙습니다." 동수가 장난감 자동차를 머리 위로 쳐들고 우쭐거렸다. 기쁨이 얼굴 가득 피어났다.

나는 담배를 피우러 복도로 나왔다. 창밖 뜰에는 해진 뒤의 그늘이 넓게 퍼져 있었다. 나무 사이로 보이는 하늘이 주황빛으로 물들었다. 바람기가 있는지 나뭇잎이 흔들렸다. 넓은 뜰 여기저기에 휠체어를 탄 환자들이 더위가 꺾인 저녁 한때의 시원함을 즐기려 산책 나온 한가로운 모습도 보였다. 가까이에서 도란도란 나누는 이야기 소리가 들렸다. 창틀 옆에 바짝 다가서서 내다보니 바로 창 아래 그늘에 노인 네 사람이 모여 앉아 한담을 나누고 있었다. 두 노인은 어머니와 내가 민박사를 만나러 갈 때 어머니에게 인사했던 낯이 익은 분들이었다.

"……에이지구 철거할 때 말이야. 아 글쎄, 양같이 순한 박선생이 그렇게 화를 내는 걸 처음 봤다니간. 앓는 할머니가 집 안에 있다며 선생이 몇 차례나 엄씨네 집 입구를 막아서서 두 팔 벌렸지. 한 시간만 여유를 달라고 말일세. 그런데 그 무지막지한 철거반원들한테 박선생 호소가 먹혀들 리 있겠어. 공무를 집행한다며 인정사정 볼 게 없다는 태도였지. 철거반원들이 선생을 사납게 밀어뜨리고 함마와 쇠지레로 판자벽을 내리치기 시작하더군. 그러자 안에서 비명이 터지고, 상주댁이 어린 자식을 품에 안고 쪽문으로 뛰어나왔어. 집 안에 어머님이 계시니 잠시만 기다려달라고 상주댁이 외쳤지. 그러나 철거반원들은 들은 척도 않더군. 그때, 함마질에 튕겨나간 판자 조각이 상주댁 어린 자식 이마를 때려버린 거야. 어린것 이마에서 피가 줄줄 흘렀어. 그 광경을 보던 박선생 얼굴이 갑자기 험악해지더군. 내가 옆에서 보니 선생 눈에 불이 번쩍하더라. 이거 무슨 일이 터지겠구나 싶었는데, 아니나 다를까, 박선생이 철거반원에게 달려들어 쇠지레를 빼앗더니 마구 휘두르기 시작했지 뭐냐. 눈물을 철철 흘리며 미친 사람처럼, 너들도 인간이냐며 철거반원을 치지 않았겠어."

"내가 보았대도 가만있잖았겠다. 피도 눈물도 없는 종자들 같으니라구."

"원목사 그 양반도 현장에 있었는데, 박선생이 구속되고 난 뒤, 그때 그 장면을 두고 묘한 말을 하대. 뭐라더라, 그 있잖는가. 예수께서 성전에서 매매하는 자를 내쫓고 돈 바꾸는 자며 비둘기 파는 자들 의자를 둘러엎으셨다는 그 말씀, 바로 그 장면을 보는 듯하더라고 말이야."

"이 시대가 아까운 사람 하나 죽이는군. 이십 년 가까이 감옥이다, 노동운동이다, 빈민운동이다 하며 뛰었으니 어디 세끼 밥인들 제대로 챙겨먹었겠어. 우리 집 애 말로는 박선생이 감방에서 단식도 숱하게 했다더군. 그러니 간이 쪼그라든 게야."

"글쎄, 못 먹고 고생한 사람 간도 멀쩡하기만 하던데, 나이 한창인 젊은이가 그렇게 운이 없을 수 있나."

"박선생이 만약 어찌 된다면 가만있잖겠다고 벼르는 주민들이 많더군. 성인염직에 다니는 공원들하고, 한국경전기에 다니는 여공들 있지? 그애들이 앞장을 서서 치료비 모금운동을 벌일 모양이라……"

나는 노인들 대화를 듣다 담뱃불을 끄고 병실로 들어갔다. 전등불이 들어와 있었다. 나는 동수 엄마를 복도로 불러내어 민박사한테 들은 현구 수술 문제를 두고 의논했다. 동수 엄마도 현구가 간경변증과 암이 병치되어 있음을 이미 알고 있었다. 그네 역시 수술에는 일단 반대 의견을 표시했다. 그렇다고 법원 허가 없이 미결수를 당장 어디로 옮길 수 없으니 며칠 동안 환자의 상태와 경과를 지켜보겠다는 것이었다.

"저도 여러 곳에 알아보고 있습니다. 글피가 주일이니 그때까지 어떤 결정이든 내려야겠지요. 종양이 작을 때는 셀루핀과 같은 얇은 막으로 종양을 밀봉하여 확산을 막는 새로운 치료법도 개발되었다던데, 상경하시면 그 점도 알아봐주세요. 내일 아침 변호사와 함께 법원에 들어가겠어요." 동수 엄마의 담담한 말이었다.

갈라터진 입술을 꼬옥 깨문 동수 엄마의 얼굴이 엄숙하여, 이미 최악의 경우까지 예상하고 있는 듯한 다부진 모습이었다. 그네가 이 위급한 사태에도 흔들리지 않고 이성적으로 대처하고 있음이 다행이었다.

"동수 어머니, 우리들 여기 있어요. 선생님 면회가 안 되면 동수 어머니라도 이리로 나와보세요. 꼭 드릴 말이 있습니다." 동수 엄마 목소리를 들었는지 노인 하나가 창틀에 얼굴을 들이밀고 말했다.

"아직 안 가셨군요. 예, 제가 나갈 게요."

그날, 자정 가까이 출발하는 서울행 새마을호 편으로 나는 동대구역을 떠났다. 출판사 일은 내가 없더라도 잘 돌아가게 아퀴를 짓고, 예정으론 사흘 뒤 다시 내려오리라 작정했다.

서울로 돌아온 이튿날, 나는 출판사 일과 현구 일로 동분서주했다. 대구의 현구 병실과 숙영이네 약국으로 전화를 걸어 그쪽 사정을 문의하기도 했다. 현구 병세는 별 달라진 점이 없으나 소변을 보지 못하고 허리 통증이 더 심해진다고 어머니가 알려주었다. 하루를 그렇게 넘기고 자정 가까이 집으로 돌아온 나는 얼굴과 손발 씻기도 포기한 채 잠에 곯아떨어졌다. 나로서는 보름 넘어 처음으로 맞는 숙면이었다.

숙영이로부터 다급한 장거리전화가 걸려오기는 이튿날 오후 한시 반쯤으로, 내가 서울대학교 부속병원을 막 다녀왔을 때였다.

"오빠, 어쩌면 좋아. 현구가, 현구가 혼수상태로…… 빨리 와 줘야겠어. 날이 새고부터 못 견디겠다며 통증을 호소하더니…… 깨어났다 까무라치던 끝에 끝내……"

또렷하게 들리는 숙영이의 울부짖음인데도 내 귀에는 아득히 먼 메아리로 들렸다. 갑자기 기운이 쭉 빠졌다. 드디어 올 것이 왔는데 어찌해야 하나. 나는 전화기를 던지듯 놓고 망연자실 멍해지고 말았다. 좋잖은 소식이냐고 경리 최양이 조심스럽게 물었으나, 나는 잠시 눈을 감은 채 된숨만 내쉬었다.

"주택은행 통장 있잖아. 어서 가서 잔고 있는 대로 빨리 찾아와. 현찰 오십, 나머지는 수표로." 내가 최양에게 일렀다. 나는 집으로 전화를 걸었다. 아내에게 현구의 상태를 알리고 지금 곧 대구로 내려가겠다고 말했다. 아내는 친정집에 연락하여 친정어머니가 상경하는 즉시 아이들을 맡겨놓고 뒤따라 내려가겠다고 다급하게 대답했다.

"차 몰고 가지 마세요. 꼭 그래야만 돼요. 흥분 상태로 차를 몰면…… 아시죠?" 아내는 몇 차례 다짐하곤 전화를 끊었다. 나는 그 점까지 미처 생각지 못했는데 여자란 역시 세심하고 영악한 데가 있었다.

강남 고속버스터미널보다 서울역이 회사와 가까웠기에 나는 기차를 타기로 했다. 기차가 영등포를 벗어나자, 차창 밖으로 들과 산이 희뜩희뜩 나타났다. 푸나무들은 더운 햇살만으로 푸르게 살아나는데, 죽어가는 사람도 저렇게 싱그럽게 살아날 수 있다면, 문득 그런 생각이 들었다. 온몸이 식은땀에 젖 채 삶과 죽음 사이를 마치 그네 타듯 오락가락하고 있을 현구의 검누런 여윈 모습이 떠올랐다. 허약자에게는 여름 그 자체가 견디기 어려운 고역인데, 한증막 같은 더위가 끝내 현구를 부패시켜버린 것이리라. 냉장고에 돌연 전기가 나가버렸을 때, 아니 전압이 떨어져 냉장고 안이 미적지근하게 되었을 때, 밀폐된 공간의 내용물은 빠르게 부패할 것임에 틀림없었다. 지금 현구 몸을 냉장고로 비유한다면 코드를 뽑았다 끼웠다 하는 상태여서, 몸 안의 내용물인 간은 물론 신장·위장·허파가 그렇게 부패되고 있지 않을까. 생각만 해도 끔찍한 현상이었다. 차라리 나는 현구에 관하여 다른 장면을 떠올리는 편이 나았다. 지금 기차가 달리고 있는 이 방향으로 그해 겨울 우리 가족이 남행을 재촉할 때, 어머니의 등짝에 묻힌 작은 불씨 하나가 그때는 끝내 꺼지지 않았다. 그 시절 살아남음과 서른여덟 해 뒤, 지금의 죽음과는 무슨 차이가 있을까. 자식 하나를 후대에 남겼다 함일까. 아니면 그가 장성하여 벌인 아름다운 일을 하나님이 보고 싶어했을까. 이제 너는 현세에서 네 몫을 다했으니 내 곁으로 오라고 하나님이 그를 불러가려 함일까…… 나는 신의 섭리를 알 수 없었고, 어쩌면 냉혹한 현실은 신의 섭리와 무관하게 진행되고 있었다. 나는 식당차로 옮겨 앉아 점심 대신 맥주 두 병을 비워냈다.

동대구역에 도착하자 오후 여섯시 십분으로 해가 도회 건물 뒤로 기운 저녁 무렵이었다. 나는 택시 편에 서둘러 대학병원으로 향했다. 대학병원 정문은 닫혔고, 정문 옆에는 창문에 철망을 친 전투경찰 수송용 버스 두 대가 대기하고 있었다. 발쭘하게 열린 비상용 쪽문을 전투경찰대원 여럿이 지켰다. 문 앞에 사람들이 줄을 서서 차례를 기다렸다. 전투경찰대원에게 방문 목적을 밝히고 주민등록증을 제시한 뒤 안으로 들어가는 줄이었다. 나도 그 줄 꼬리에 섰다. 병원에 무슨 사고가 났구나 하는 의문보다 직감적으로 현구 때문이겠거니 여겨졌다. 내 차례가 오자, 나는 현구가 입원한 병동과 병실을 밝혔다.

"입원 환자와 어떻게 되는 사입니까?" 내 주민등록증을 보며 전투경찰대원이 물었다.

"현구 형이오. 급히 연락을 받고 서울에서 방금 도착한 참이오."

"그분 들여보내." 수위실 앞에 섰던 자가 전투경찰대원에게 말했다. 그저께 현구 병실에서 보았던 뚱뚱한 수사관이었다.

나는 뛰다시피 걸었다. 본관 모퉁이를 돌자, 현구가 입원한 병동 쪽에서 합창으로 부르는 노랫소리가 땀에 찬 얼굴로 횟횟 끼얹어왔다. 노래에 맞추어 치는 손뼉 소리도 들렸다.

저 들에 푸르른 솔잎을 보라
돌보는 사람도 하나 없는데
비바람 불고 눈보라 쳐도
온누리 끝까지 마음껏 푸르다……

현구가 입원해 있는 병동 앞 넓은 정원에는 볼 만한 광경이 벌어지고 있었다. 완전무장한 전투경찰대원들이 겹겹이 에워싼 가운데, 학생과 노동자, 빈민촌 아주머니들이 쉰 명 정도 줄지어 앉아 손뼉을 치며 노래를 부르고 있었다. 창문에 철망을 씌운 지프 옆에는 경찰 간부인 듯 무선전화기를 든 건장한 중년 남자 둘이 지켰는데, 동수 엄마가 그들에게 손짓해가며 무슨 말인가 열심히 떠들고 있었다. 둘은 농성하는 사람들에게 한눈을 팔 뿐 묵묵부답이었다. 농성 중인 사람들 뒤쪽에 머릿수건 쓴 아낙네 둘이 맞잡아 들고 있는 현수막 글자가 얼핏 눈에 들어왔다. 한 아낙네가 상주댁이었다.

'빈자의 등불, 박현구 선생 만세!'

구경꾼으로 그 대치 광경에만 한눈을 팔 때가 아니었다. 나는 농성 무리들 속에 섞여 앉아 노래를 따라 부르는 원형섭 목사에게 잠시 눈을 주다, 병동 안으로 들어섰다. 병동 현관을 지키는 전투경찰대원과 병실 앞을 지키고 섰는 전투경찰대원에게 나는 현구 형임을 밝혔다. 나는 병실로 뛰어들었다. 병실 안에 있던 여러 눈길이 내게로 쏠렸다. 나는 아무와도 인사를 나누지 않고 현구와 어머니가 있는 침대 앞으로 다가갔다.

"현구야!"

깊은 잠의 수렁에 빠진 듯 현구는 대답이 없었다. 그의 얼굴은 이미 살아 있는 자의 살색이 아니었다. 녹두색이 땀구멍 숭숭한 얼굴 전체에 번져 있었다. 현구는 악몽이 괴로운지 간헐적으로 미간을 찌푸리며 된숨을 몰아쉬었다. 홑이불 아래 불룩하게 솟은 배는 사흘 전과 확연히 다르게, 만삭의 임산부를 방불케 했다. 요독증이 핏줄을 타고 온몸에 번진 증거였다. 나는 아우 손을 잡았다. 축축한 그의 마른 손이 온기를 잃어 서늘했다. 내 얼굴에서 땀인지 눈물인지가 침대보에 떨어졌다. 나는 터져나오는 오열을 가까스로 삼켰다.

"실낱같은 가망도 없나봐. 오늘 밤이 고비래. 이제 그 어느 누구도 이 애를 살릴 수 없다니…… 도무지 믿어지지 않는 의사의 그 말을 이제 믿어야 하다니…… 젊디젊은 너희들 아비를 그렇게 했듯, 하나님이 이 애를 천당에서 더 요긴한 데 쓰시려구 데려가려 하시나봐. 이 불쌍한 늙은 어미를 남겨두고…… 그분이 주장하시는 일은 순종해야겠지만…… 이리도 절통한 사연이 이 세상에 또 어디 있을꼬……" 젖은 수건으로 현구 얼굴을 닦으며 어머니가 말했다. 흘리는 눈물의 양만큼 그 엉절거림은 말이 아니라 차라리 피눈물로 쏟아내는 통곡이었다.

혼수상태로 들어간 현구를 지켜보는 어머니도 이제는, 막내가 당신 몸속에서 함께 산다는 억지를 부리지 않았다. 어머니는 현구가 덮은 홑이불을 허리께까지 걷어내렸다. 환자복 단추를 풀더니 그의 가슴을 열었다. 땀에 젖은 앙상한 갈비뼈가 드러났다. 그 가슴은 흙색으로 검누랬다. 어머니가 수건으로 아우 가슴에 찬 땀을 천천히 닦았다.

"애비도 못 보고 태어나, 이제 그렇게도 그리던 제 애비를 보러 가겠나고 이러나. 서른셋에 죽은 네 애비가 젊디젊은 그때 모습으로 거기 천당에 있나……"

천장에 달린 선풍기가 왱왱 소리를 내며 돌아가는데 땀에 전 현구의 긴 머리카락은 한 올도 움직이지 않았다. 아우는 몸 안의 수분을 다 뱉듯 온몸의 땀구멍마다 식은땀을 쏟아내고 있었다. 잦아져 곧 멈출 것 같던 아우의 숨쉼이 다시 폭발하듯 코 푸는 소리로 다급해졌다. 그럴 때, 아우가 슬며시 눈을 뜨고 예의 그 수줍은 미소를 띠며 천천히 일어나 앉을 것만 같았다. 숨소리는 다시 낮아졌다. 아우의 눈에서 한줄기 눈물이 눈꼬리를 타고 흘러내렸다.

"혼수상태가 언제부터 계속됐나요?" 내가 어머니에게 물었다.

"벌써 반나절이 넘었다. 그 후로는 영 깨어나지 않는구나. 우리 아들을 풀어주지 않으니 기도원 안수도 못 받고…… 내가 달려들어, 우리 아들 풀어달라고 싸우고 애원했지. 맨발로 금호산 기도원까지 내가 이 자식 등에 업고, 피난 올 때처럼 달려가려 했건만…… 나는 그때서야 이 애를 살릴 수 없다고……" 어머니는 손으로 얼굴을 가리고 머리를 흔들었다. "오, 하나님, 이 애를 보세요. 이 세상 못사는 사람들의 근심과 한숨을 다 맡아 떠나자니 저도 힘이 드는지, 이렇게 고된 숨을 쉬며 울고 있잖아요……"

나는 현구 침대 옆에서 물러났다. 그제서야 병실 안을 둘러보니 동수를 무릎에 안고 반쯤 틀어앉은 숙영이가 손수건으로 눈을 가려 어깨를 들먹이며 훌쩍이고 있었다. 내가 준 장난감 자동차를 양손에 쥔 동수가 붉게 충혈된 겁먹은 눈으로 나를 홀끗 곁눈질했다. 나이 든 간수 홍과, 수사관인 듯 여름용 점퍼 차림의 중년 사내가 묵묵히 나의 거동을 지켜보았다.

바깥에서 이제 구호가 터지고 있었다.

"양심수 박현구 선생을 즉각 석방하라!"

"즉각 석방하라, 석방하라!"

"양심수 박현구 선생을 우리에게 돌려달라!"

"우리에게 돌려달라, 돌려달라!"

내가 넋 빠진 사람 같게 멍하니 섰자, 창밖을 내다보던 간수 홍이 손가락질하며 투덜거렸다.

"저, 저 못된 놈들 수작 보더라구, 담을 넘어 들어오다니!"

내가 열린 창밖에 눈을 주니, 담쟁이덩굴이 올라간 담을 대학생인지 노동자인지 여럿이 타넘어오고 있었다. 그 모습을 보던 수사관이 더 참을 수 없다는 듯 밖으로 달려나갔다.

바깥은 구호 소리와 매미 울음으로 시끄러운데, 후텁지근한 더위와 병실의 무거운 침묵에 나는 숨이 막힐 것 같았다. 어머니가 무슨 말인가 현구를 내려다보며 중언부언 읊는 침대 쪽으로 차마 눈길을 줄 수 없었다. 나는 병실에서 빠져나왔다. 담배를 피워 물고 흐린 눈으로 창밖 뜰을 내다보았다.

"일곱시 반까지 해산하지 않으면 모두 연행하겠습니다. 앞으로 이십오 분 내로 모두 돌아가십시오!" 지프 쪽에서 중년 경찰 간부가 확성기를 들고 말했다.

농성하던 사람들이 그 말에, 우우 하며 야유를 보냈다. 그들은 다시 노래를 합창하기 시작했다. 손뼉만 치는 게 아니라 이제 둥둥 북소리까지 들렸다.

전투경찰대원들이 울을 친 뒤쪽에서 동수 엄마가 바삐 걸어왔다. 주위에 젊은이 셋이 그네를 따랐다. 젊은이들을 떨어뜨려놓고 동수 엄마만 병동 안으로 들어섰다. 바깥은 이미 그늘이 짙게 내린 만큼 복도가 어두컴컴했다. 복도를 질러온 동수 엄마가 내 앞에서 걸음을 멈추었다.

"기대를 하지 않았지만, 운명할 때까지 여기에서 한 발짝도 떠날 수 없대요. 주민들은 동수 아빠가 운명하시기 전에 집으로 모셔 산동네 빈민장으로 장례를 치르자고 했으나, 그게 안 되게 됐어요. 무슨 폭동이라도 일어날까봐 저들이 어디 그 조그만 우리들 소망이나마 들어주겠어요. 어쩌면 시신조차 내주지 않고 저들이 마음대로 화장해버릴는지 몰라요." 동수 엄마 말투는, 그네 역시 이제 남편의 소생에 가망이 없음을 인정하고 있었다.

"설마 그럴 리야 있겠어요. 장지 문제는 내가 김서방하고 의논해보리다" 하고 말하자, 이제 현구의 죽음을 기정사실로 받아들여 그 뒤치다꺼리를 읊조리는 나 자신이 서글펐다.

생각에 잠겼던 동수 엄마가 눈빛을 세웠다.

"아주버니, 그래서 우리는 그 어떤 일이 있더라도 동수 아빠를 운명하기 전에 집으로 모셔가려 해요. 오후에 이미 그렇게 하기로 결정을 보았어요." 그네가 주위를 둘러보더니, 내게 조그맣게 말했다.

나는 동수 엄마 말이 무슨 뜻인지 알 수 없어 멍하니 바라보기만 했다. 동수 엄마가 병실로 총총히 걸음을 옮겼다.

어느새 농성하는 사람들이 육십여 명으로 불어났는데, 돌연 새로운 구호가 터져나왔다.

"운명 직전에 있는 박현구 선생을 당장 석방하라!"

"당장 석방하라, 석방하라!"

"빈민장으로 장례를 치를 수 있는 조치를 허가하라!"

"귀가 조치를 허가하라, 허가하라!"

선창을 외치는 자가 조금 전 동수 엄마와 함께 따르던 젊은이였다. 그의 구호는 절규였고, 동수 엄마와 그 어떤 묵계가 된 듯 느껴져, 조금 전 그네의 말과 함께 퍼뜩 짚이는 생각이 있었다. 젊은이 구호가 그만큼 자극적인 탓인지, 앉아 있던 사람들이 모두 일어나 주먹을 내두르며 소리쳤다.

"정말 돌아가시게 됐어?" "이거 어찌 된 거야." "병세가 그렇게까지 악화되다니" 하고, 농성하던 사람들이 쑤군거리며 당황해 하는 모습이 역력했다.

"당국은 박현구 선생 죽음을 책임지라!"

"죽음을 책임지라, 책임지라!"

구호가 더욱 다급해졌다.

농성 무리 앞쪽은 젊은이들이 자리했는데, 그들이 돌연 양팔을 옆사람 목 뒤로 둘러 어깨를 겯기 시작했다. 곧이어 모두 어깨를 겯고 거센 파도를 이루어 앞을 막은 전투경찰대원들의 두꺼운 벽을 뚫을 듯 움직였다. 방패막을 앞세운 전투경찰대원들은 콘크리트 벽이듯 꿈쩍을 않았다.

"해산하지 않으면 연행한다!"

확성기가 숨 가쁘게 외칠 때, 뒤쪽에서 지프를 향해 화염병이 날더니, 펑하고 터졌다. 뒤쪽에서 와와, 어샤어샤 하는 함성이 뒤따랐다. 드디어 어깨를 겯은 사람들이 전투경찰대의 벽을 뚫겠다고 맹렬한 기세로 전진했다.

"폭력은 안 됩니다. 자제해요. 폭력으로 해결될 거라곤 아무것도 없습니다!"

사람 모습은 보이지 않았으나 그 외침은 원목사 목소리가 분명했다.

펑펑, 화염병이 연달아 터졌다. 여기는 거리가 아니고 병원이라고 외치는 원목사 목소리도, 군중들 고함소리도 잦아들었다. 인내에 한계가 있다는 듯, 병원이라는 사실에 아랑곳하지 않고 드디어 최루탄도 퍽퍽 소리를 내며 터졌다.

"모두 연행해!" 확성기를 통해 경찰 간부 명령이 떨어졌다.

벽이듯 움직이지 않던 전투경찰대원들이 한마디 명령에 농성 무리 속으로 밀려들더니 무차별 연행을 시작했다. 고함과 비명소리로 넓은 뜰은 한순간에 아수라장을 이루었다. 병실 앞을 지키던 전투경찰대원들도 요란한 발소리를 울리며 복도를 거쳐 밖으로 뛰어나갔다.

내 코에는 최루탄 내음이 스며들었다. 눈물이 돌고 재채기가 쏟아졌다. 나는 황급히 병실 안으로 들어갔다. 그때였다. 뒤쪽 창문으로 복면을 하고 각목을 든 젊은이가 병실 안으로 뛰어들었다. 한 명이 아니고 네댓 명이었다. 그들은 한꺼번에 몰려들어 각목으로 간수 홍을 내리칠 듯 위협했다. 파랗게 질린 홍이 입을 벙긋 벌린 채 항복하듯 손을 들고 떨었다.

"사모님, 갑시다. 어서 나서요! 병원 후문에 봉고를 대기시켜 놓았어요." 작업복 차림의 젊은이가 동수 엄마에게 외쳤다.

"애들아, 뭐냐? 어, 어디로 가자구?" 다칠세라 현구를 끌어안 듯 팔을 벌려 보호하던 어머니가 어마지두해져 말을 더듬었다.

"어머님, 동수 아빠를 비산동 우리 방에서 돌아가시게 하고 싶 어요. 동수 아빠는 죄인도 아니고, 그러기에 여기에 갇혀 감시받 는 자리에서 돌아가시게 할 수는 없어요!" 동수 엄마가 발통 달 린 침대를 끌어내며 빠르게 말했다. 단속적으로 여린 숨을 내쉬 는 현구를 보는 그네의 눈이 눈물로 빛났다.

"그래, 그래야지. 네 말이 맞다. 현구는 죄인이 아냐. 동수야, 우리가 앞장서자. 너와 내가 앞장서야 해!"

며느리 말에 어머니도 정신이 번쩍 드는 모양이었다. 어머니가 숙영이로부터 동수를 빼앗아 덥석 등에 업었다.

"할머니, 아빠 정말 집으로 가는 거예요?" 동수가 또랑한 목소 리로 물었다.

"그래, 집으로 가는 거다. 이제는 네가 아빠가 되는 거다. 현구 가 못 다한 일을 네가 하는 거야. 네가 이제 이 할미의 막내다!" 어머니가 신들린 듯 외쳤다.

어머니는 그해 겨울 현구를 업고 남행길을 재촉했듯, 꼬부장한 좁은 등판에 김장독 같은 동수를 업고 앞으로 나서며 병실 문을 활짝 열었다. 간수 홍은 어느새 몸을 피하고 없었다.

"오빠, 이래도 되는 거예요?" 얼떨떨한 표정으로 숙영이가 나 를 보고 물었다.

"어쩔 수 없잖아. 상황이 이렇게 된걸. 자, 우리도 같이 나가자."
숙영의 말에 어리벙벙해졌던 나는 홀연히 정신을 차렸다. 나는
누이 등을 밀었다.

"앞쪽은 안 돼요. 뒷문 쪽으로, 어서!" 하더니, 숙영이도 결심
을 한 듯 어머니 뒤를 따랐다.

저물한 속에 복도는 벌써 최루탄 내음으로 매캐했다. 바깥뜰은
매연이 자욱했고 난장판 소요가 계속되고 있었다.

동수 엄마가 침대를 앞으로 당기고, 젊은이들은 침대를 옆에서
당기고 뒤에서 밀었다. 복도로 나서니 어둑발이 내리는 속에 현
구의 모습은 보이지가 않았다. 나는 초조했다. 언뜻 한 가지 결단
이 전류처럼 머리를 때렸다. 이제 현구는 우리 모두의 마음에 자
신이 들어앉아 살아 쉴 감옥 한 칸을 짓기 시작했다는 깨달음
이었다. 나는 비로소 현구를 거주제한구역 안에서 운명하게 해서
는 안 된다는 결론을 내렸다. 폭행죄와 공무집행방해죄로 구속된
이번 사건의 상징성이 말해주듯, 설령 비산동 사글세방까지 현구
를 데려갈 수 없다 하더라도 그가 살아 있는 동안, 자유로운 구역
까지 내보낼 책임이 나에게도 있음을 알았다. 나는 동수 엄마와
나란히 침대머리 손잡이를 힘주어 잡았다.

최루탄 내음이 들어찬 복도로, 침대가 좌르르 굴러갔다. 동수
를 업은 어머니와, 어머니 허리에 팔을 두른 숙영이는 뒷문을 향
해 저만큼 앞장서서 종종걸음 치고 있었다. 그때, 뒷문 밖에서 대
기하고 있었던지 젊은이 몇이 그 문을 활짝 열어젖혔다. 막혔던
통로가 자유를 향한 출구처럼 훤하게 뚫렸다. 어머니와 함께 우
리 오누이 셋이 그해 겨울 그렇게 남행길을 재촉했듯, 우리들은

마치 포연을 뚫고 진군하듯, 최루탄 연기를 헤쳐 침대를 끌고 밭은걸음을 걸었다. 그제서야 사일구 그날, 우리 모두 어깨 겯고 경무대를 향해 내닫던 그 벅찬 흥분이 되살아남을 나는 가슴 뿌듯이 느낄 수 있었다.

(『현대소설』 1990년 봄호. 1990년 제14회 이상문학상 수상작)

히로시마의 불꽃

히
로
시
마
의

불
꽃

1

"묘산 선생님 댁 맞지예?"

나이를 짐작할 수 없는 남도 억양의 쉰 목소리였다.

"누구신데요?"

"묘산 화백 되십니꺼?"

묘산이 그렇다고 대답했다. 해소기 있는, 병든 목소리였다.

"저를 잘 모르실 낍니더. 저는 합천군 묘산면 산제에서 올라온 정순욱이라 합니더만…… 묘산 선생님, 산제 장터에 살던 정서방이라고 기억나시는지예? 동자, 칠자, 이름을 썼던 분입니다. 묘산 선생님보다는 연세가 쪼매 위신데……"

묘산은 향리 읍내 중학교를 졸업하곤 대구시로 나왔기에 고향을 떠난 지가 사십 년에 가까웠다. 그 뒤 더러 고향에 내려가긴 했으나 고향 사람을 잊고 살아온 세월이었다. 그런 마당에 이름자로 옛 얼굴을 떠올리기가 쉽지 않았다. 묘산면 산제리에는 사촌붙이들이 살고 있으나 내왕 없이 지내온 터였다. 묘산은 세월이 흘렀어도 별로 달라진 데 없던 고향 장터 정경을 떠올리곤, 소년 시절 장터 주위에 살았던 얼굴들을 눈앞에 그려보았다.

거실 대형 유리창 밖으로는 눈가루가 푸슬푸슬 흩날리고 있었다.

"해방되던 해부터 산제 장터 육소간(푸줏간) 강소수 어른 댁에서 일해온 분입니더. 성씨는 정간데, 제 아버지 되시고예."

묘산은 그제야 기억의 끄트머리 저쪽, 사람 좋은 동칠형을 떠올렸다. 상대방이 '육소간 동칠씨'라고 말했다면 금방 그분을 기억해냈을 것이다.

정동칠 씨는 나이가 묘산보다 댓 살 위로 푸줏간 칼잡이였다. 장날에만 문을 열던 푸줏간에서 벌건 고깃덩이를 칼질하던 동칠형이 떠올랐다. 누가 말을 붙이면 공연히 부끄러워하며 수줍게 웃기부터 했다. 오른쪽 턱에 종지 크기로 팥죽 같은 반점이 있었다. 동네 사람들은 동칠씨를 똥칠이라고 불렀고, 아이들까지 그렇게 부르며 놀려도 화를 낼 줄 모르던 순량한 사람이었다. 해방되던 해 가을, 푸줏간 주인이던 소수씨가 읍내 합천장에 나갔다 장터를 배회하는 거지 소년을 데려와 거두었다. 푸줏간 일이 천직이라 일꾼을 구해놓으면 한 해를 못 채워 떠나곤 했기에 소수씨가 심부름이나 시킬 마음에 고아를 데려왔던 것이다. 묘산이 산제를 떠난 게 전쟁이 끝난 이듬해인 1954년 봄이었으니, 당시 동칠형은 허우대 멀쑥한 청년이었다.

첩첩한 산으로 둘러싸여 논밭이 적은 합천군 군민 다수는 일제 말에 들어 공출까지 극심하자 초근목피로 연명하다 못해 남부여

대하여 도일(渡日) 길에 나섰는데, 당시 일본 제일의 군수기지창으로 일용직 일꾼을 많이 썼던 히로시마에 많이들 정착했다. 미츠비시중공(三菱重工)의 조선소와 기계제작소로 전시 징용 당해 현해탄을 건너간 합천 출신 장정들도 많았다. 1945년 일본 패망으로 조선인들이 귀향 봇짐을 싸자, 소년 정동칠도 거기에 묻혀 귀국길에 올라 합천읍까지 따라오게 되었던 것이다. 그때 히로시마에서 합천으로 귀향한 사람들이 전한 말로는, 미군의 히로시마 원폭 투하 때 동칠의 가족은 모두 사망했고, 겨우 목숨을 건진 동칠은 그때 당한 부상과 충격으로 맹하게 된 모양이라고 했다. 나이가 열 살쯤 된 동칠은 얼굴 한쪽이 문드러진데다 온몸이 피부병에 시달리고 있었다. 부모 형제가 반도 땅 어디 출신인지, 자기 나이가 몇인지조차 몰랐다. 말을 더듬던 그는 "정동칠, 동칠" 하며, 이름만 겨우 기억하고 있었다. "바보 똥칠이도 장가갈 수 있을란지 모르겠네." "집안이 있나, 사람이 실하나, 좆만 찼다고 딸 줄 집이 있겠나." "소수가 짝을 맞춰줘야 할 낀데 일만 부리묵으이 똥칠이는 숫총각으로 늙을 끼다." "니늠은 오기도 없냐? 새경 대신에 장가나 보내달라고 소수한테 대들어봐라." 동네 사람들이 지청구를 놓아도 대답 없이 웃기만 하던 동칠씨였다. 지금 그의 아들이 사십 년 세월을 건너 서울 묘산 집으로 전화를 해온 참이었다.

묘산은 지난 시절 산제 장터 사람들 얼굴을 다시 뒤졌다. 그러고 보니 큰아버지 부고를 받고 환고향했을 때 들었던 동칠형 후일담이 생각났다. 1992년에 들었으니, 벌써 십오 년쯤 전이다. 안

마당 차일 아래 자리한 문상객들의 음식 심부름을 하던 허리 꾸부정한 중늙은이의 뒷모습을 지켜본 사촌형이 혀를 차며 말했다. "똥칠이 저 사람, 게이코(京子)와 서너 해간 살림 살지 않았나. 게이코가 딸애 낳고 산고로 죽은 후 여태 홀아비로 살고 있으니······" 그 말에 묘산은 적잖이 놀랐다. 자기가 산제를 떠난 뒤 동칠형이 게이코와 살림을 차렸다는 소식은 한마디로 충격이었다. 소년 시절 큰아버지 집과 게이코네 집이 담장 하나를 사이에 두어 가깝게 지냈다. 그래서 묘산은 게이코를 누나라 부르며 따랐다. 동네 사람들은 동그란 이마에 눈이 크고 콧날이 오뚝한 게이코의 용모를 칭찬했다. 일본 여자인 게이코의 엄마가 딸을 게이코라 불러, 동네 사람들은 경자란 이름 대신 일본 이름을 썼는데, 게이코네 식구 역시 해방 후 히로시마에서 귀환한 피폭자(被爆子)였다. 게이코의 아버지 홍서방은 산제 사람이 아니었으나 해방 이듬해부터 산제 장터에 정착하여 소금장수로 생계를 꾸려갔다. 게이코 아래로 일동이란 남동생이 있었으나 산제에 정착한 뒤 마른 풀처럼 시들다 휴전 무렵에 죽었다. 유아기 때 당한 피폭이 원인이었다. 해사한 얼굴의 게이코도 피폭 후유증에 시달리는지라 늘 골골 앓았다. 어쨌든 게이코는 소년 묘산으로 하여금 여성에 처음 눈뜨게 했을 만큼, 시골 소녀치고 얼굴이 예뻤다.

"선생님, 제가 정자, 동자, 칠자 쓰시는 분의 아들 되는, 순욱이라 캅니더." 묘산이 기억을 더듬느라 뜸을 들이는 사이, 채근이 떨어졌다.

"암, 정동칠 씨를 알지요. 그런데 무슨 일로?" 묘산은 동칠형의 옛 모습을 떠올리며 반갑게 물었다. 그에 겹쳐 게이코 누나의 모습도 눈앞에 어른거렸다. 고전적인 동양 여인의 모습을 담은 '미인도'를 그릴 때면 그 누나를 상상 속 모델로 끌어들이기도 했다.

"여기가 강남 고속버스 터미널입니더. 서울에 볼일이 있어 아버지 모시고 올라왔심더. 아버지가 선생님을 꼭 한번 뵀으면 해서예. 선생님 존함이야 고향에 널리 알려졌잖습니꺼. 워낙 유명한 화가라서 말입니더. 그런데 서울에 아는 분이라곤 묘산 선생님밖에 없는 행편이라놔서……"

얼마의 돈을 보태달라는 속셈인지, 아니면 서울 볼일을 끝낼 동안 숙식을 청할 요량인지 묘산은 얼른 판별이 서지 않았다. 동칠형과 이웃하고 지내다 헤어진 지 사십여 년인데 이렇게 불쑥 연락해온 걸 보니 인사나 차리고 돌아갈 것 같지는 않았다.

자주 있는 일은 아니지만 묘산은 합천 출신으로 그림 공부를 한다는 사람들로부터 생면부지의 전화를 받은 적이 있었다. 고향 선배 어른께 인사나 올리고 떠나겠다는 청이 있어 만나보면, 이런저런 허섭스레기 인사치레 끝에 식비와 귀향 여비를 은근하게 요구하는 경우가 없지 않았다. 묘산은 얼마 정도 돈을 주어 돌려보낸 뒤, 방문한 그가 과연 고향 후학인지 그림 공부를 하기나 하는지 긴가민가한 생각이 들어 마음이 개운치 않았다. 화단의 대가일수록 그렇게 당하는 경우가 많았는데, 한 사람이 두세 번씩 같은 요구를 하며 찾아오기도 한다고 했다. 그래서 어떤 원로는 미리 돈봉투를 준비해두었다가 상대의 상투적인 너스레가 더 이어지기 전에 단도직입으로 용건부터 물어 얼른 봉투를 주어 돌려보낸다는 이야기를 묘산도 들은 적이 있었다. 그러나 묘산에게 동칠형이라면 경우가 달랐다. 고향의 절친한 친지라 불러도 무방한 그 부자의 방문을 모른 체할 수는 없었다. 터미널로 차를 보낼까 하는 생각도 들었으나 처가 타고 외출한데다, 설령 차와 기사가 놀고 있다 해도 그런 배려까지 할 필요는 없겠다고 그는 마음을 고쳐먹었다. 상대방 용건이 무엇인지 모르지만 지나치게 친절을 보이면 촌사람들 관례가 그렇듯 떼쓰는 아이처럼 무작정 성가신 부탁을 할는지 몰랐다.

묘산은 정씨 아들에게, 터미널에서 지하철을 이용하여 삼호선 종점인 양재역에서 내려 지상으로 나와선 상업은행 포이동지점을 물어 버스를 타고 와, 상업은행 앞에 하차해서 다시 전화를 달라고 말했다. 두 종류의 버스가 집 부근 큰길로 지나다녔으나 그는 버스를 타본 적이 없었고 늘 무심히 보았으므로 버스 번호를 기억하지 못했다.

"그럼 은행 부근에서 다시 전화 걸지예."

묘산은 송수화기를 내리고 뒷짐을 진 채 거실의 대형 유리창 앞에 섰다. 창을 가득 채워 눈발이 흩날리고 있었다. 연당으로 비스듬히 줄기를 드리운 소나무 위로 눈가루가 내려앉는 모습은 한 폭의 그림이었다. 연당 주위를 감싼 거뭇한 바위와 뒤쪽의 연자맷돌, 멀찍이 기와 올린 반화방 담장 앞의 산죽(山竹)이 좋은 그림 배경을 이루었다.

묘산은 기분이 좋았다. 내리는 눈 때문일까. 평소에도 설경을 좋아했으니 그럴 만도 했다. 그러나 바깥의 눈 경치에 보태어 정순욱이란 청년의 전화가 그의 기분을 고양시킨 것이 분명했다. 정순욱의 전화는 그에게 불현듯 소년 시절을 환기시켜주었다. 골이 지끈지끈 패인다며 머리를 흔들 때를 제외하곤 늘 미소를 달고 있던 순박한 동칠형이었다. 동칠형은 외롭게 크던 그에게 좋은 동무이기도 했다. 어느 해 여름, 손톱에 봉숭아 꽃물을 올린다며 손가락마다 헝겊을 감고 삽짝에 기대어 혀 짧은 소리로「오빠 생각」을 불러쌓던 게이코 누나도 생각났다. 흩날리는 눈송이 저쪽, 산수 좋은 고향 산천 산제가 동양화같이 떠올랐다.

경상남도 거창에서 고령으로 가는 국도와, 합천 읍내로 빠지는 삼거리목에 산제리가 있었다. 산제리는 교통의 요충지로 묘산천을 끼고 앉은 풍광명미한 마을이었다. 동으로는 만대산, 서로는 오도산과 숙성산이 늠름히 솟아 그 산협 분지 사이로 줄기를 이루어 강이 흘렀다. 어느 철이나 묘산천 주변은 풍경이 좋았지만, 겨울에 눈이라도 내리면 그 경치야말로 한 폭의 수묵화였다. 초가와 마른 강줄기와 미루나무, 그 뒤로 흐릿하게 드러나는 웅장한 산세는 그가 초기부터 즐겨 선택했던 화제(畫題)였다. 만약 자신에게 그런 고향 산천이 없었다면 화가로 입신할 수 있었을지 되뇔 때마다 산자수명한 고향의 산수에 감사해했다. 타계한 지 오래인 죽제 스승께서 자신을 제자로 받아 호를 내릴 때도 "묘산면 출신이라, 향촌 이름을 그대로 써도 좋겠구먼" 하셨다. 그러므로 묘산 자신이야말로 고향의 정기를 누구보다 듬뿍 받고 자라 그 정기를 예술로 승화시켰다고 자부할 만했다. 그의 연상은 눈 내리는 고향의 산수에서, 지게 지고 땔나무 하러 오도산으로 오르던 소년 시절로 옮아갔다. 큰아버지 집에 얹혀 지내며 어렵사리 중학 과정을 마칠 동안 겨울철 방학 때면 늘 오도산이나 만대산으로 땔나무를 하러 다녔다. 추위와 주림으로 떨던 그 시절의 외로움과 가난이 오롯이 살아났다. 고아와 다를 바 없었던 당시의 쓰라린 추억도 이제 와서 돌이켜보면 고사(故事)의 고진감래(苦盡甘來) 뜻 그대로 감미롭게 회상되었다.

묘산은 보란 듯 몸을 돌려 넓은 거실을 둘러보았다. 중앙에 일천칠백만 원대를 호가하는 향나무 응접의자와 탁자가 페르시아 융단 위에 자리하고 있었다. 한지로 도배된 벽을 따라 옛 가구들이 즐비했다. 벽에 걸린 액자와 족자도 폭마다 그윽한 고취를 뿜내고 있었다. 삼층 사방탁자에는 조선 중기 경기도 광주요인 보름달 형태의 백자가 얹혀 있었고, 그 왼쪽에 길게 내걸린 조선조 후기 화가 신위(申緯)의 「풍죽도」만도 이제는 가격이 억대로 올라섰을 터였다. 옛 서화와 도자기에 별로 값을 쳐주지 않던 육십년대부터 묘산은 그것들을 귀히 여겨 꾸준히 모아들였고, 이제 그 값어치는 황금알을 낳는 거위처럼 해가 갈수록 천정부지로 뛰고 있었다. 그동안의 집 장만과 집안 살림은 순전히 처의 지참금으로 꾸려왔고 자신은 그림이 팔리는 대로 고서화와 골동을 사서 모았다. 앞으로는 그런 게 큰돈이 되리라고 예견했던 자신의 안목과 무남독녀였던 처의 재력이 맞아떨어졌던 셈이다. 그러나 이만큼 명성과 부를 누리게 된 것도 그 근원을 거슬러올라가면 역시 고향 산천과 닿게 마련이었다.

집 안은 아늑하고 조용했다. 주방 쪽에서 저녁을 준비하는 가

정부 심씨의 도마질 소리가 들렸다. 조금 전까지 이층에서는 막내딸 정혜가 켜놓은 오디오에서 판소리 절창이 자지러졌으나 이제는 그쳤다. 묘산은 응접의자에 몸을 묻고 정순욱의 전화가 오기 전에 보던 석간신문을 집어 들었다. 조금 전까지 어제 주식시황 종가를 훑던 참이어서 다시 눈을 주니, 대형주들은 보합세고 소형주가 조금 머리를 들었으나 금융주가 그만큼 하락하여 전체적으로 약보합권을 형성하고 있었다.

정순욱으로부터 전화가 걸려오기는 한참 뒤였다. 은행 앞에 당도하여 공중전화를 이용하는 모양이었다. 묘산은 은행 옆 골목길로 백 미터 남짓 들어앉은 집 위치를 순욱에게 일러주었다. 정동칠 씨 부자는 오성규란 문패를 보기 전에 기와 올린 화초담장을 쉽게 찾을 터였다.

초인종 소리가 흘러나오자, 주방에서 심씨가 물 묻은 손을 앞치마에 닦으며 거실로 나왔으나 묘산이 손짓으로 물러가게 했다. 비디오폰의 송수화기를 들자 손바닥만한 액정화면에 정순욱으로 짐작되는 정씨 아들 모습이 나타났다. 더부룩한 머리카락에 눈가루를 잔뜩 쓴 젊은이의 안경 쓴 모습에 묘산은 순간적으로 흠칫 놀랐다. 광대뼈가 불거진 홀쭉한 얼굴에 도수 높은 안경알 안쪽의 방울눈 흰자위가 희번덕거렸는데, 풍기가 있는 듯 왼쪽 눈꺼풀을 씰룩댔다. 무전취식자가 아니면 현상수배자쯤으로 분류해야 마땅할 음산한 몰골이었다. 순욱이란 청년은 깃을 세운 커피색 야전 점퍼에 긴 목을 움츠려 넣고 있었다. 그의 쉬어터진 냉랭한 목소리까지 연상되자 조금 전의 감미롭던 회상이 한순간에 달아났다. 순욱이 정동칠 씨와 게이코 누나 사이에서 태어난 자식이라면 히로시마 원폭 피해자 2세인 셈이었다. 부모가 모두 피폭자이니 그가 그 유전인자를 물려받아 후유증을 앓고 있지나 않은지, 묘산은 문득 그런 생각이 들었다. 그 추측은 곧 확신으로 굳어졌다. 틈입자의 외양이 예상 밖이라 묘산은 불길한 예감이 들었고, 무엇이든 손해를 입게 되리란 망상에 사로잡혔다. 그러나 찾아오라고 일렀으니 맞아들일 수밖에 없었다. 이제부턴 돈을 얼마 정도 쥐여주더라도 돌려보낼 궁리를 짜내야 할 형편이었다. 묘산은 대문 자동개폐기의 단추를 누른 뒤 현관을 나섰다.

일행은 두 사람이 아니라 셋이었다. 점퍼를 걸치고 청바지를 입은 순욱이 쭈그러진 비닐가방을 들고 앞장을 섰다. 그 뒤로 새댁인지 처녀인지 분간이 가지 않는 젊은 여자가 꾸부정한 늙은이를 부축하며 뒤따랐다. 낡은 벙거지를 쓰고 털목도리를 두른 두루마기 차림의 늙은이는 눈길에 미끄러질까봐 지칫거리는 걸음을 지팡이에 맡기고 있었다. 끌 듯 떼어놓는 발에 걸친 신발은 가장자리에 인조털을 댄 검정 고무신이었다. 역시 검정 털목도리로 머리통까지 싸맨 젊은 여자는 불에 그슬리기라도 했는지 여기저기 누렇게 탈색된 쥐색 반코트 아래 청바지 차림이었다. 그렇다면 게이코가 저 여자를 낳곤 산고로 죽었단 말이군, 하고 묘산은 추측했다.

"묘산 선생님, 안녕하십니꺼. 아버지 부축한 이 여식아가 제 누이동생입니더." 이어, 순욱이 누이를 보며 큰 소리로 말했다. "수임아, 선생님께 인사드려라."

오라버니 말에 수임은 숙인 머리를 더욱 빠뜨릴 뿐 대답이 없었다. 그들은 한마디로 노숙자 가족이라 불러도 이상하지 않을 만큼 궁상스러워, 묘산은 처도 없는데 세 식구를 어떻게 접대해야 할지 난감한 생각부터 들었다.

"어서들 오세요. 날씨가 굳어 고생이 많았겠습니다." 잔디밭 사이로 난 돌바닥 길로 걸어오는 일행에게 묘산이 건성으로 인사말을 던졌다.

"아침 일찍이 산제를 나, 나섰는데 고속도로로 들어서이 길이 꽉 맥히가꼬…… 이거 면목이 없구만예, 허허."

정동칠 씨가 눈이 소복이 앉은 벙거지를 들썩해 보이며 헛웃음을 웃었다. 아니나 다를까, 그의 아래턱에는 여전히 불그레한 반점이 지도를 그리고 있었다. 묘산이 따져보니 정씨의 연세는 환갑에 가까울 텐데, 기력이 빠진 목소리하며 주름살투성이의 마른 얼굴이 칠순 나이로 보였다.

염치를 차린다고 세 사람은 현관 바닥에서 대충 눈을 털고 거실 현관으로 들어섰다. 응접의자로 안내를 받으며 거실을 둘러보던 정씨 일가는 실내 치장의 호화로움에 놀란 입을 다물지 못했다. 정씨는 너무 늙어버려 예전 모습을 찾을 길이 없었고, 벙거지를 벗은 머리통은 알머리라 할 만큼 하얗게 센 몇 가닥 터럭이 전부였다. 거실 여기저기를 뜯어보는 그의 아들 순욱의 피골이 상접한 모습에는 병색이 완연했다. 온몸을 떨고 있는 핏기 없는 수임의 모습에서 묘산은 예전 게이코 누나를 연상할 수 있었다.

"이거, 예전에사 성규라 캤지만 인자 마 그래 부를 수는 없겠고…… 오선상이라 불러야 되겠구만. 오선상님, 어째 나를 알아보겠능교?" 깊은 기침을 쿨룩이던 정씨가 멋쩍은 웃음을 물었다.

"알다마다요. 제가 성님이라 부르며, 장터걸에 서로 이웃하며 살지 않았습니까. 나무하러 만대산과 오도산을 함께 오르내렸구요. 부모 형제가 없던 저를 두고 같은 처지라고 많이 사랑해주셨지요. 그런데 무슨 일로 이렇게 서울까지?"

묘산이 그렇게 말을 하고 보니 예전 자기를 아껴준 정씨의 도타운 정이 끈끈하게 살아나, 이분이라면 무슨 일이든 도움을 줘야 마땅하다는 충동이 슬며시 끓어올랐다. "성규야, 이거 무, 묵을래? 삶은 고구마 몇 개 가꼬 왔다." 땔나무 하러 주린 배를 달래가며 허기지게 산길을 탈 때 정씨가 조끼 주머니에서 그런 먹을거리를 꺼내주곤 했다. 모자라는 사람이 남에게 베풀기를 잘하듯, 정씨가 그랬다. 그중에도 부모 형제 없는 같은 처지라 해서 유독 성규에게 따뜻한 정을 주었다.

묘산은 객식구 셋 쪽에서 쉰내 섞인 지린내가 은근히 풍겨옴을 느꼈다. 처가 돌아와 셋의 모색을 본다면 의자 더럽힌다며 눈살깨나 찌푸리리라 짐작되었다.

"인자 다, 다 산 목숨이라 그냥 잠 자드키 죽어뿌리도 그만인데, 이 자슥이 자꾸 서울로 한분 올라가보자꼬 캐서…… 안 간다 캐도 자꾸 쫄라대서 말임더……" 기침을 쿨럭이던 정씨가 아들을 건너다보았다. "니, 니가 쌔기 말 좀 해, 해봐라."

"아버지의 병세가 갑자기 심해져 여기 큰 병원에서 어떻게 진찰과 치료를 받아볼까 해서요. 협회에도 들러보고, 탄원할 데도 있고……" 거실을 두리번거리며 살피던 순욱이 예의 쉰 목소리로 말했다.

"협회라면?"

"한국원폭피해자협회가 성북구 돈암동 어디메에 있답디더. 아버지가 거기 등록 회원입니더."

묘산도 매스컴을 통해 한국에도 그런 협회가 있다는 정도는 알고 있었다. 경남 합천군에 유독 원폭 피해자가 많이 거주하고 있어 언제인가 고향 쪽 피폭자 실태를 현지 취재한 텔레비전 프로를 본 적도 있었다.

"오늘은 시간이 늦어서 협회를 방문하기는 힘들겠군." 묘산이 말했다.

조금 있으면 퇴근 시간이요, 그러잖아도 눈이 이렇게 쏟아진다면 시내는 교통마비로 북새통을 이룰 텐데 강남 끝에서 강북 돈암동이라면 그 거리도 수월찮았다. 묘산은 거처를 정했느냐고 물으려다 그만두었다. 서울에는 아는 사람이 없다니 물으나마나 그 대답이 뻔할 터였다. 그는 최근 그만둔 젊은 운전기사가 기거했던 지하실 방을 떠올렸다. 썰렁한 빈방이지만 보일러를 켜면 방바닥이 금방 따뜻해질 것이다.

"고향에서 듣던 소문대로 대단합니다. 묘산면 출신으로는 선생님이 가장 성공한 분이 되겠심더. 정원도 넓은데, 평수가 얼마쯤 됩니꺼?" 순욱이 말길을 돌려 잡았는데 빈정거리는 투가 섞였다.

"대지 이백 평에 지하실 합쳐 건평이 백삼십 평쯤 되나. 십수 년 전 이쪽이 채소밭일 때 싸게 매입해두었다가, 집을 지은 지는 네 해쯤 되나보군. 몇 년 사이 여기 땅값이 엄청 뛰었지."

"방이 모두 몇 갭니꺼?"

"아래층에 화실과 식당을 합쳐 방이 네 개고, 이층에 방이 세 개, 지하실에 차고 달린 방이 하나 있지."

"자제분은 어찌 됩니꺼?" 순욱이 꼬치꼬치 물었다.

"셋인데, 둘은 미국과 프랑스에서 유학 중이고, 막내딸만 여기서 대학을 다녀."

"그렇다면 빈방도 많겠군예?"

"가정부 방까지 네 개를 쓰니 나머지 방은 빈 셈이지. 박사과정에 있는 아들 녀석이 방학이라고 며늘애와 함께 나왔다 일주일 전에 미국으로 다시 들어갔어."

묘산의 아들은 다섯 달 전에 잠시 귀국하여 약학을 전공한 며늘애와 결혼했는데, 신혼여행을 다녀오자 부부가 미국으로 들어가 지금은 필라델피아에서 경영학을 공부하고 있었다. 첫째 딸은 아직 미혼으로 서울에서 대학을 졸업하고 파리로 유학 가서 전공을 살려 산업디자인학을 배우는 중이었다.

"지하방에는 누가 들어 있습니꺼?"

순욱의 질문이 거기에 이르자, 묘산이 그의 의도를 짐작하곤 먼저 손들고 나서지 않을 수 없었다.

"여긴 신흥 동네라 여관 찾기도 쉽지가 않을 테니 오늘 밤은 우리 집에서 쉬도록 하게."

하룻밤 신세를 지겠다는 말을 돌려서 묻는 순욱의 어투가 불쾌했으나 묘산은 쉽게 허락했다. 날도 저물어오는데 중병을 앓듯 보이는 정동칠 씨를 눈구덩이로 내칠 수는 없었다. 지하방이지만 옆 골목으로 창이 나 있어 반지하와 다름이 없었고, 거기에 일행을 쉬게 하면 되겠거니 했다. 묘산이 지하실 방을 염두에 둔 것은 셋의 행색이 너무 남루한데다 순욱이란 젊은이가 왠지 의심쩍어 유학 간 두 애의 이층 방이 비어 있었지만 과년한 딸과 같은 층에 들일 수 없다고 판단한 것이다. 모든 일에 성깔대로 깔끔한 안사람도 이를 허락하지 않을 터였다.

"선생님, 고맙심더. 아버지의 입원이 어떻게 될는지 모르겠으나 사흘간만 묵게 해주시면…… 아침 끼니는 신세를 지더라도 점심과 저녁은 우리가 알아서 해결하겠습니더."

묘산은 순욱의 '사흘간'이란 말에 마음이 영 불편하여 선뜻 승낙의 말이 떨어지지 않았다. 그러자 양쪽 눈치를 살피던 정씨가 아들의 말을 거들고 나섰다.

"아이구, 고맙기도 해라. 선, 선상이 이렇게 은혜를 베푸이 고향 인심이 좋기는 좋군. 욱아, 가져온 선물 어서 디리라. 우리 행편이 그런지라 벤벤치 몬하지마는 그래도 고, 고향 맛인께 잡수어보시게."

숨을 헐떡이며 정씨가 말하자, 순욱이 옆에 놓아둔 비닐가방을 열더니 신문지로 뭉쳐 싼 넓적한 물건을 꺼냈다.

"이거 곶감입니더. 집안 감나무에서 딴 감으로 아버지가 손수 만드셨어예."

"뭐 이런 것까지 다 가져오시구." 묘산이 선물 뭉치를 받아 탁자에 놓곤 화제를 바꾸었다. "제 사촌형님네는 잘 계시지요? 고

향에 내려가본 지가 벌써 삼 년이나 됐군요. 법정리에 사는 사촌
아우네도 다 무고한지 모르겠습니다."

여섯 해 전 묘산은 고령으로 나오는 길목인 주월사란 작은 절
아래 야산 오백 평을 매입하여 아버지 묘를 이장하는 김에 저 남
쪽 땅 갯가 진동의 공동묘지에 묻혀 있던 어머니 유골을 추려와
서 합장했다. 상석도 번듯이 깔고 묘비에다 석등까지 세워, 묘소
치장을 잘해드렸다. 그때, 그 감독차 고향에 서너 차례 오르내린
뒤로는 고향 쪽 발길이 뜸해지고 말았다.

화제가 고향 쪽으로 옮아가자 정동칠 씨가 아는 대로 이 일 저
일 주워섬기고, 순욱이 아버지 말을 거들었다. 묘산 사촌형네는
장터마당에서 아직도 신발가게를 열고 있으며 논이 열댓 마지기
있다 보니 편케 지낸다고 했다. 합천 읍내로 나가는 중간목 법정
리로 세간을 나간 사촌아우네는 창원공단으로 일자리를 얻어 이
사를 갔다는 소식만 들었다고 전했다. 농촌에는 젊은 일손이 다
빠져나가 버려두는 논이며 밭도 널렸고, 이제 산제 장날이래야
무싯날과 별 다름없이 시들하다고 했다. 자연스럽게 순욱의 신상
이야기도 나오게 되어, 그는 읍내 농업고등학교를 졸업하고 한동
안 사에이치클럽 분회 일이며 가톨릭농민회에도 관여했다는 것
이다. 농협에서 융자금을 얻어 양계와 약초 재배에도 손을 대어
보다 건강이 좋지 않아 지금은 쉬고 있다고 했다. 서른두 살인 그
는 아직 미혼이었다. 고개를 빠뜨린 채 내내 말이 없는 수임을 두
고 순욱이, 자기보다 두 살 아래인 누이 역시 혼기를 넘겼으나 몸
이 부실하여 집안 부엌일이나 겨우 하는 형편이라고 대신 말했다.

"그렇다면 가계를 어떻게 꾸려갑니까?"

묘산의 물음에 순욱은 대답하지 않았고 정씨가, 면에서 보태주는 영세민 생계비로 그냥저냥 입에 풀칠이나 한다고 얼버무렸다.

강소수 씨가 죽고 푸줏간도 남의 손에 넘어간 뒤 정동칠 씨는 주인댁 밭을 얼마간 얻는 것으로 오랜 남의집살이를 청산했는데, 그 뒤 이집 저집 허드렛일과 새마을 취로사업으로 살아왔다는 사촌형의 말을 묘산은 떠올렸다. 그러나 그것도 여섯 해 전 소식이었고, 지금의 정씨로서는 밥벌이는커녕 제 몸가축조차 힘들어 보였다. 묘산이 정씨에게 앓고 있는 병의 증세를 물으니, 어디 아프지 않은 데가 없어 이 나이까지 산 것만도 요행이라며 맥없이 웃었다. 그 순박한 웃음에서 묘산은 젊은 시절의 동칠씨 모습을 보았다. 그런 말이 오고갈 동안도 수임은 말이 없었다. 정씨는 기침 중에도 담배 한 개비를 꺼내더니 성냥불을 붙여 물었다. 수전증이 있는지 담배를 쥔 손이 잘게 떨렸다.

묘산의 처 이여사가 귀가하기는 그쯤이었다. 심씨가 현관으로 나가 안주인을 맞았다. 눈 때문에 길이 막혀 한남대교를 넘는 데만도 이십 분이 지체되었다고 투덜거리던 이여사가 응접의자에서 엉거주춤 일어선 정동칠 씨 가족을 보았다. 입성 추레한 낯선 사람들을 보는 그네 미간에 주름이 잡혔다. 묘산이 처에게, 고향에서 올라온 친지들이라며 세 사람을 소개했다. 세 식구의 인사를 받은 이여사가 시퉁한 얼굴로 그들을 훑어보곤, 옷을 갈아입고 나오겠다며 안방으로 사라졌다. 처가 한동안 거실로 나오지 않아 묘산이 안방으로 가니, 처가 전화통 앞에 붙어 앉아 있었다.

이여사는 외당 문하생으로 조직된 '소심회'의 신춘 서예전 준비로 누구에겐가 연락을 하던 참이었다. 그네는 그 서예 모임의 부회장직을 맡고 있어 묘산보다 출타가 잦은 편이었다. 이여사가 애지중지하는 쫑이 경대 앞에 등을 깔고 앉아 잔망스레 앞발로 뱃가죽을 털고 있었다. 암캉아지는 고가의 영국산 애완견 요크셔테리어였다.

묘산은 거실로 나와, 먼 길에 피곤할 테니 우선 쉬시라며 정씨 가족을 지하방으로 안내했다. 난방을 가동시킨 뒤, 함께 내려온 심씨에게 방바닥을 닦게 하고 세 손님의 저녁밥을 준비하라고 일렀다.

저녁식사를 할 때, 묘산은 처와 딸애에게 정동칠 씨 가족의 상경 이유와 그분과의 옛 인연을 설명했다. 이여사는 미역국에 밥을 말아 숟가락질만 할 뿐 서방 말에 이렇다 할 반응을 보이지 않았다.

"피폭자들은 일본과 한국, 어느 쪽으로부터도 보상을 못 받고, 두 나라 모두 별다른 대책도 없다던데 참 안됐네요. 그게 그들 자신의 잘못으로 당한 피해가 아니잖아요." 아버지 말에 정혜가 관심을 보였다.

"내 언젠가 네게 말했지. 합천에 유독 피폭자들이 많이 산다구." 묘산이 말했다.

"정신대 문제며 피폭자 문제가 전후 사십 년이 넘어선 이 마당에 왜 새삼스럽게 제기되는지 알 수 없어요. 일본 측 무성의를 따지기 전에 그동안 우리 정부는 도대체 뭘 했는지 모르겠어요. 물론 민주화가 이만큼이라도 진척되지 않았다면 아직도 은폐됐을 역사적 진실이긴 하지만……"

"누가 역사 전공 아니랄까봐 아는 체하네. 당한 쪽만 서러운 게지. 육이오전쟁 때 얼마나 많은 사람이 억울하게 죽었냐. 그게 다 누구 잘못이게? 역사가 그렇게 된 걸 어디다 대고 따질 수 있어? 다 제 팔자고 운명이야." 이여사가 말했다.

"어쨌든 나로선 잘 대접해서 내려보내야 할 분이셔. 내 어릴 적, 서로가 외롭다 보니 정씨가 나를 그렇게 위해줬는지 모르지만, 이제 와서 늙고 병든 모습을 보니 너무 가련해."

"언제던가, 소련 어디메서 원자로 방사능이 새어나와 사람들이 떼죽음을 당하고 기형아며 기형 가축이 태어났다던데, 원폭병이란 게 전염성은 없답디까?" 이여사가 서방에게 물었다.

"전염성이라니? 엄마도 괜한 걱정이셔." 정혜가 제 엄마를 보고 눈꼬리를 세웠다.

"이것아, 자세히 몰라 묻는데 눈 하얗게 뜨고 보면 어쩔 거야. 감전되어 죽은 사람에게 손을 댔다 따라 죽었다는 신문기사도 못 봤냐? 강한 전류가 죽은 사람 몸에 그대로 남아 있었다는 얘기 아니니. 그 위력이 엄청나다는 방사능도 다 전기와 같은 거야. 아니, 전기보다 엄청 위력이 세겠지. 그러니 그럴 수도 있지 않겠냐이 말이야. 내 말이 틀렸니?"

"저도 확실히는 모르지만 엄마의 그 염려는 틀렸을걸요."

"그래, 너 잘났다" 하곤, 이여사가 서방 쪽으로 눈길을 돌렸다. "아무리 촌구석에 박혔다 나왔기로서니, 원 그 꼴들이 뭐예요. 떼거지들 같아요. 오늘은 그냥 재워주더라도 내일은 협회가 있다는 돈암동 쪽에 여관방이라도 하나 얻어주구려. 차 쓰고 돌려보낼 테니 김기사 편에 그 식구 실려 보내면 자기들이 알아서 볼일 보고 내려갈 테지요." 이여사 목소리가 냉담했다.

"엄마, 너무하잖아. 아빠에게는 은인이라는데 그렇게 짐짝처럼 내쳐도 돼? 피폭자 가족으로, 불쌍한 분들 아니에요. 그런 소외계층을 우리가 나 몰라라 하면 누가 도움을 주겠어요. 아주 모르는 남도 아닌데."

"얘가 말하는 것 봐. 내가 어디 짐짝처럼 동댕이치겠대. 여관으로 모시면 서로가 편하잖아. 아버지가 어디 그분들 빈손으로 내보내시겠냐. 신세진 분이라니 숙식비는 어련히 알아서 챙겨주시잖겠어."

"엄만 매사가 너무 이기적이야. 난 엄마 그 점이 딱 질색이야." 정혜가 젓가락을 식탁에 소리나게 놓곤 식당을 떠났다.

"막내라구 응석둥이로 키웠더니 저게 어디서 배워먹은 버르장머리야. 그럼 네가 원자병인가 뭔가 직접 한번 당해보지 그래? 방사성폐기물 처리장인가, 그 시설 들어서는 걸 막무가내 반대하는 지역주민 데모 소식두 못 들었냐. 난 집 안에 그런 중병환자를 그냥 두고는 못 봐. 이 험한 세상에 우리 가정은 우리가 지켜야 돼. 내가 총대를 메겠어." 이여사가 이층 제 방으로 올라가는 딸에게 고함을 질렀다. 위로 둘은 부모 속 썩이지 않고 자라 제 앞가림을 잘해나가는데 그네에게는 막내가 늘 애물덩어리였다.

"그만 하구려. 정혜가 이제 운동권에서 앞장서지 않는 것만두

다행 아니오."

"소련이며 동구라파가 공산주의로는 도저히 안 되겠다며 제풀에 무너지니 개도 갈 길을 잃은 게지, 어디 스스로 작정해서 주저앉았나요. 대학 운동권도 이제 추풍낙엽이랍디다."

이여사가 심씨에게 쫑 먹일 것을 가져오게 하곤, 식탁 아래서 꼬리 흔드는 강아지를 품에 안았다. 쫑의 식사는 외제 사료 프로틀란과 스테이크였다.

"당신 말대로 내일 아침에 정씨네 숙소를 돈암동으로 옮기도록 합시다. 허긴 그렇게 하면 서로가 마음이 편하겠소."

피폭자의 전염성 여부를 떠나서라도 묘산은 처의 판단이 타당하다고 여겼다. 순욱의 말로는 사흘 숙식이라지만 더 연장될 수도 있었고, 그동안 처량한 모색의 세 식구를 보아내기도 묘산으로서는 여간 마음이 쓰이지 않을 것 같았다. 아니, 마음 한구석에는 그들이 귀찮은 존재라는 부담감도 작용했다. 그는 내일 아침 김기사 편에 세 사람을 돈암동까지 태워주고 협회 부근에 여관방한 칸을 잡아주라고 말하기로 마음의 결정을 내렸다. 그들이 떠날 때 정씨에게 병원비에 보태고 숙식비로 쓰라며 삼십만 원 정도 쥐여주기로 내심 작정하자, 그 정도 선심이라면 큰돈은 아니지만 성의 표시로는 족할 것 같았고, 그들이 산제로 내려가더라도 고향 사람들에게 흉잡힐 소문은 돌지 않으려니 여겨졌다.

어둠이 내린 뒤에야 눈이 그쳤다. 바깥 날씨는 기온이 빠르게 떨어졌다. 쌓인 눈이 그대로 얼어붙는다면 내일 아침 출근 시간 내야말로 한바탕 교통 전쟁을 치러야 할 것 같았다.

심씨가 정동칠 씨 가족을 위해 저녁 밥상을 차려 지하실로 내려갔고, 그릇마다 말끔하게 비워낸 밥상이 되올라오고 한참 시간이 지난 뒤였다.

묘산은 화실에 있었다. 그는 요즘 그리고 있는 일백 호 크기의 산수화에 손대려 접시의 먹물 색을 남색에 섞어 엷게 풀었다. 지난 연말, 일주일을 처와 정혜와 함께 제주도에서 휴양했는데, 그때 밑그림으로 잡아온 성산포에서 본 겨울 우도 풍경이었다. 너울 드센 바다 건너 둥긋이 솟아 앉은 섬의 허리를 두른 해송에 한참 채색을 올리던 그는 붓질을 멈추고 흔들의자에 앉았다. 파이프에 잎담배를 재어 불붙여 물었다. 몇 년 사이 그는 체력이 많이 떨어졌음을 느끼고 있어 나이를 속일 수 없음을 실감했다. 사십대 후반에만 하더라도 붓을 잡으면 서너 시간을 일에 몰두해도 피곤한 줄 몰랐다. 그러나 쉰 살을 넘기고부터 한 시간의 집중조차 힘이 들어 의자에서 쉬는 시간이 잦았다. 그는 담배를 피우며 어릴 적 추억에 잠겨들었다.

묘산의 아버지가 호열자로 별세하기는 해방되던 해였다. 그의 아버지만 아니라 산제리의 많은 어른이 그해 남도 지역에 창궐했던 그 돌림병으로 세상을 떠났다. 큰집과 한 울타리 안에 살던 엄마가 가출하기는 이듬해였다. 집 떠난 엄마가 의창군 진동 땅 갯가에서 배를 타던 남자와 살림을 차렸다는 소문이 산제에까지 흘러들었는데, 묘산이 중학교 일학년 때던가, 병으로 돌아가셨다는 소식이 들렸다. 산제에서 합천 읍내까지는 이십오 리 길로, 그가 읍내 중학교를 새벽밥 먹고 걸어 다니던 시절이었다. 어느 봄날,

하교하여 집으로 돌아오니 이웃 아낙네들이 대청에 앉아 쑥덕대고 있었다. "그년이 초롱 같은 자슥새끼 내삐리고 도망질 가더이 어데 지 명대로 살겠나, 천벌 받아 객사했지러." 큰엄마 말이었다. "그래도 성규 학자금에 보태라미 돈을 쪼매 남겼다이, 에미 자슥 정은 몬 끊는 기라." 이웃집 팽덕어멈이 말을 받았다. 묘산은 그 소식을 듣고도 슬픈 줄 몰랐다. 아버지가 돌아가셨을 때 슬픔으로 목이 멜 정도로 울었으나 엄마가 돌아가셨다는 소식을 들었을 때는 울지 않았다.

묘산은 정씨를 일층으로 불러올려 술 한잔 나누며 외롭던 시절의 고향 이야기나 주고받았으면 싶었다. 그러나 입원을 해야 할 만큼 몸이 좋지 않다니 그럴 처지가 아니었다. 그렇다고 붓을 다시 들고 싶은 마음도 아니었다. 집에서 담근 매실주나 한잔 마시고 일찍 잠자리에 들기로 마음먹곤 화실을 나섰다.

그때였다. 거실에 설치된 자동경보기가 요란하게 울렸고, 정원과 담장 곳곳에 설치된 외등에 불이 환하게 들어왔다. 묘산은 깜짝 놀랐으나 곧 그 원인을 짚어냈다. 순간적인 판단이지만 집 안으로 도적이 들어왔다고 여겨지지는 않았다. 분명 지하방에 기거하는 정씨 가족 중 누군가가 바깥으로 무심히 나섰다 적외선에 감지되었을 것이다. 모처럼 객식구를 들이다 보니 심씨가, 밤에 함부로 정원에 나오면 안 된다는 주의 말을 잊었음이 분명했다. 묘산 자신도 그 당부를 잊었던 것이다.

묘산이 경보용 멈춤 스위치를 누르자 요란한 경적이 한순간에 그쳤다. 경보음에 놀란 식구가 제 방에서 모두 거실로 나왔다. 이여사는 잠옷 차림이었고, 심씨는 스웨터를 걸치고 나섰다. 이층 정혜는 아직 잠자리에 들지 않았던지 저녁식사 때 옷차림 그대로였다. 쫑까지 달려나와 콩콩 짖으며 부산을 떨었다.

"접니더. 순욱임더."

바깥에서 외치는 소리가 들렸다.

"눈 오는 날에는 발자국이 남기에 도적이 못 설친다잖아. 지하방에 든 젊은이야."

묘산이 창밖 정원을 살피며 식구를 안심시키곤, 심씨에게 집안에 경보기가 설치되어 있다는 것을 왜 말하지 않았느냐고 나무랐다. 심씨는 세 식구에게 화장실이 차고 뒤쪽에 있다고만 일러주었다고 말했다.

"또 파출소에서 출동해 야단법석을 피울라. 어서 파출소에 전화부터 걸구려." 쫑을 안아 들고 가쁜 숨을 가누며 이여사가 서방에게 말하곤, 정씨 가족을 두고 험담을 쏟았다. "웬 떼거지가 들이닥쳐 집안에 이 분란을 일으키는지 모르겠어. 아이구 숨차. 청심환이라도 한 알 먹어야 진정되겠어. 심씨, 물 좀 떠오구려."

평소에도 심장이 약한 이여사가 안방으로 들어가 청심환을 가지고 나올 동안, 전화벨이 울렸다. 묘산이 전화를 받으니 짐작대로 관할 파출소 당직 경찰이었다. 묘산은 경보기가 집안 식구 실수로 울렸으니 경찰을 보낼 필요가 없다고 말했다. 묘산의 집과 관할 파출소는 자동경보 연락체제가 이루어져 있었다. 지난 초가을에는 정말 도적이 부엌 쪽 담장을 넘어 들어오다 적외선에 걸려 경찰과 방범대원 여럿이 출동하는 소동을 벌이기도 했다. 도

적은 셋이었는데 발이 느린 한 명만이 붙잡혔다.

"아빠 고향 분이라면 제가 나가보죠." 정혜가 당차게 말하며 현관으로 걸어갔다.

"저 애가 제정신인가. 그만두지 못해. 확인도 않구 나갔다 무슨 혼겁을 당하려구 저래. 심씨가 얼른 나가보구려." 심씨로부터 물 그릇을 받아 청심환을 삼킨 이여사가 말했다.

심씨는 아직도 어마지두에 있었기에 묘산이 현관문을 열고 뜰로 나섰다. 짐작대로 백열등이 환하게 켜진 연못 앞 오솔길에 순욱이 안경알을 번쩍이며 무슨 영문인지 모른 채 우두망찰 서 있었다. 묘산은 그 후줄그레한 모습이 마치 공포영화의 악역처럼 섬뜩했다. 묘산이 순욱에게 집 안에 설치된 경보장치를 설명하자, 그는 비로소 이해가 되는 모양이었다.

"이렇게까지 방범에 신경을 써야 한다니 서울은 정말 무서운 도십니다."

"도적이 많아 그런 장치를 했다기보다, 우리 집은 좀 특수한 경우야. 자네도 보았다시피 거실에 있는 고서화와 골동품만도 모두 값진 미술품이 아닌가. 그러니 사전 예방조치를 철저하게 해둬야 후환이 없지."

"그것도 모르고 소란을 피워 죄송합니다. 사실은 소화제와 소주 한 병을 사올라고 잠시 나갔다 올라 카다가…… 모처럼 좋은 음식을 대접받아 아버지가 과식한 모양입니다."

"그렇다면 다용도실로 통하는 비상계단을 이용했으면 될 텐데. 집 안에 약도 있고 술도 있으니까. 방으로 내려가 있게. 내가 가져감세."

순욱은 지하실로 내려가고, 묘산은 거실로 들어왔다. 식구가
아직도 거실에 머물러 있었다. 묘산은 심씨에게 소화제를 찾아보
고 간단한 술상을 마련하라고 일렀다.

"담가놓은 매실주를 준비하구려."

"누가 마시게요?" 이여사가 물었다.

"정씨 그 양반, 술 생각이 나는가보우. 순욱이가 소화제와 술을
사러 밖으로 나가려다 그랬다네."

"당신도 술 생각이 있구먼?"

"모처럼 대접도 할 겸 나도 한잔해야지. 진작 그럴 마음이었지
만 그분 건강이 좋잖아 술을 못 드시는 줄 알았지."

"절대 술잔은 돌리지 마세요." 이여사의 말에 묘산이 뚱한 얼
굴로 보자, "다 당신을 위해서 하는 소리니 제가 시키는 대로만
해요" 하며 다짐을 놓곤 안방으로 들어갔다.

"엄만 웃겨도 한참 웃겨."

정혜가 응접의자에 앉더니 리모컨으로 텔레비전을 켰다. 아홉
시 뉴스가 진행 중이었다.

묘산이 먼저 지하방으로 내려가자, 심씨가 술상을 보아 뒤따라
내려왔다. 수임은 화장실에 갔는지 보이지 않았다. 그새 난방이
되어 방 안이 후끈하게 더웠다. 정씨 부자는 윗도리를 벗고 있다
가 겉옷을 챙겨 입었다. 묘산이 얼핏 보니 몇 달째 빨아 입지 않
았는지 부자의 내의가 땟물에 절어 있었다.

"이거 폐, 폐가 너무 많습니다. 선상님 덕분에 모처럼 자알 묵

었더마는 뱃속이 여, 영 거북해서예. 팽소에도 소화가 잘 안 되는데, 집에서는 활명수나 쏘주를 한잔하모 속이 까라앉습니더." 정씨는 심씨가 가져온 보리차로 소화제 두 알을 먹곤 겸연쩍은 웃음을 흘렸다.

"건강이 좋지 않으신데 약주를 권해도 되는가 모르겠습니다" 하며 묘산이 정씨 잔에 술을 쳤다.

"인자 증말로 다 산 몸이라 술이 없으모 하룬들 배겨내, 낼 수 없습니더. 술을 쪼매 마셔야 아픈 데도 안 아푸고…… 겨우 잠을 잡니더."

정씨는 묘산이 따라준 술잔을 떨리는 손으로 받아 단숨에 비워냈다. 입술로 흘러내리는 술을 손등으로 닦으며 깊은 기침을 쿨룩였다. 묘산도 자기 잔에 술을 부어 한 모금 마셨다. 순욱은 방문 가까이 책상다리를 하여 꾸부정히 앉아 있었다.

"담배는 몰라도 술은 부자지간이라도 허물이 없다 했어. 자네도 한잔하겠는가?"

묘산이 잔을 권하자 순욱이 선선히 잔을 받곤, 자기가 쳐서 마시겠다며 주전자를 넘겨받았다. 묘산이 순욱에게 막상 술을 권하기는 했으나 으레 사양할 줄 알았는데 그 태도가 건방져 보였다.

"저늠도 신경통이 있어 수, 술이 약이라도 되는지 자주 마시지예. 빈둥거리고 노이까 술이 드가모 주사가 있어 지 동상을 괴롭힘더. 예, 예전에사 그렇잖았는데 아주 망나니가 됐어예."

정씨가 말하자, 때맞춰 수임이 빨래하여 짠 옷가지를 들고 방으로 들어왔다. 그제야 묘산은 정씨가 입고 있는 핫바지가 회색에서 검정색으로 바뀌었음을 알 수 있었다.

"아버지가 실금증이 있어서예. 내일 아침에 협회로 가자면 아무래도……" 술잔을 비워낸 순욱이 변명 삼아 말했다.

수임은 빨래한 핫바지를 펴서 말코지에 걸곤 방구석에 쪼그려 앉더니 오리털 이불로 세운 무릎을 가렸다. 그녀는 눈자위 붉은 눈길을 묘산에게 풀어놓았지만 초점이 잘 맞지 않았다.

"통 말이 없는 따님도 건강이 좋아 보이지 않는데요. 어디가 좋지 않습니까?"

묘산이 수임을 보며 묻자, 정씨가 뒷전에 앉은 딸을 보며 흐물쩍 웃었다.

"쟈는 귀가 어두버 큰 소리로 마, 말하지 않으모 영 말귀를 몬 알아들어예. 그래서 입을 늘 다물고 삽니더. 그러다 보이께 애비 맨쿠로 말도 어눌하지예. 사실은 정신도 쪼매 왔다 갔다 하는 그런 여식입니더. 그게다가 울보 멍청이라, 아까도 쥐어짜다가 지오래비한테 한 대 맞았심더."

정씨가 주전자를 들더니 자기 잔에 술을 쳤다. 바깥에서 인기척이 들려 순욱이 방문을 열었다. 정혜가 소반에 음료수와 귤을 담아 들고 들어왔다.

"웬일로 네가?" 제 엄마가 딸애 짓거리를 보았다면 설레발치며 말렸겠구나 싶어 묘산이 물었다.

"남자분은 술이나 마신다지만 평등 세상에 여자는 뭐해요. 그래서 제가 어르신 따님께 주스라도 권하려 내려왔어요." 정혜가 수임에게 자기 소개를 하곤, 음료 따른 잔을 그녀에게 권했다.

"걔한텐 큰 소리로 말해야 알아듣는답니다." 순욱이 말했다.

정혜는 순욱한테도 주스 한 잔을 따라 넘겼다. 그러곤 정씨를 빤히 건너다보며 진지하게, 히로시마에서 당한 당시의 피폭 상황에 대해 물었다. 술을 두 잔째 비운 정씨가 풀린 눈을 껌벅이며 주섬주섬 말을 꺼냈다.

"인자 와서 따, 따져보모 내가 열, 열한두 살 때였던 모양이라예. 그런데 도통 기억이 아, 안 납니더. 그때가 아침이었나, 갑자기 머시 하늘 먼 데서 꽝 하고 터지는 소리가 들리고 빛이 버, 번쩍하더마는 때 아이게 광풍이 몰아치는데, 내가 종잇장맨쿠로 공중재비로 붕 떠서 날라가설라무네 물에 풍덩 떨어져뿌리씸더. 훗날 생각해보이 나는 정신을 잃아뿌서 전후 사정을 도통 모리겠고, 그때 당한 사람한테 들은 이바구 같기도 하고…… 혼이 아주 날라가서 그때를 생각하모 머가 어째서 그래 됐는지 도통 생각이 안 납니더. 하여간 그때 그 장면은 너무 혼란시럽어서 생각이 잘 안 나예."

정씨의 말이 횡설수설이어서 정혜가 난감한 표정을 짓자, 아버지를 보던 순욱이 말을 받았다.

"제가 말씀드릴께예. 일천구백사십오년 우리나라가 해방을 맞았던 그해 팔월 육일 아침, 출근 시간대에 원자폭탄이 히로시마 상공에서 폭발했심더. 그 시간 이후 아버님은 과거를 잊어버렸습니더. 부모가 누군지, 형제가 몇이었는지, 히로시마 어디에서 살았는지 정확한 기억이 남아 있지 않아예. 집 가까이 도랑물이 흘렀고 그 강둑에서 놀았다는 희미한 기억이 있기사 한데, 어쨌든 이틀 만엔가 혼절 상태에서 깨어나이 임시치료소 같은 데 누워 있더랍니다. 팔이 떨어져나간 아줌마 한 분이 옆 침상에서 고함을 지르다 말고 일본말이 아닌 우리말로, 동칠이 아닌가? 동칠이 너도 살았구나, 하는 말을 들었답니다. 그런데 그 모든 아버지 말씀이 사실인지 아닌지 저로서도 판단 내릴 수 없어예. 왜냐하면 히로시마에서 피폭한 분들 경험담이 대체로 그렇거든예. 체험담이 너무 천편일률이고 보편적이라는 말입니다. 그래서 제 나름대로 추측해보았심더. 일본의 패망으로 히로시마 지방에 살았던 조선인 피폭자들에 섞여 아버지도 현해탄을 건너 귀환하며 배에서 들었던 당시의 끔찍한 정황과, 합천에 정착하여 피폭자 분들로부터 다시 들었던 피폭 당시의 상황담이 아버지 머릿속에 자연스럽게 자리 잡아선 자신이 당한 경험으로 엮어지지 않았냐는 겁니다. 아니면, 아버지가 우기는 대로 원폭 투하 당시 이야기를 들었을 때, 어떤 부분은 그때 당한 기억이 흐릿하게나마 재생되었다고도 볼 수 있겠지예. 끊어진 필름을 다시 붙이는 경우처럼 말입니다. 그러나 분명한 점은, 원폭 투하가 있은 이후 아버지가 과거를 몽땅 잊어버리는 기억상실증에 걸렸다는 겁니다. 부모와 형제를 떠올리지 못하고, 당시 살던 지역을 알지 못합니다. 그런 결정적인 기억도 챙기지 못하니 나머지 다른 기억들은 더욱 신빙성을 의심할 수밖에 없지예. 기억의 재생을 위해 제가 의사분들과도 여러 차례 상의하고 병원에서 정신요법도 시도해보았으나 아무런 효과가 없었심더." 순욱의 설명이 진지했다.

정혜가 경청하는 만큼, 묘산도 새삼스런 눈길로 순욱을 다시 보았다. 껑더리진 피폐한 얼굴에 한쪽 눈꺼풀이 경련을 일으키긴 했지만, 말은 분명했고 조리가 섰다. 사에이치클럽과 가톨릭농민회에도 관여했다니, 농촌운동을 하자면 그 정도 식견과 언변은 갖추어야 하리라고 묘산은 짐작했다.

"저늠아가 또, 또 이 애비를 의심하는구나. 이늠아, 내 말이 트, 틀린 말이 아이라고 골백 분도 더 말했잖았냐." 기침을 쿨룩이며 아들에게 삿대질하던 정씨가 묘산을 보더니 절절한 목소리로 하소연을 늘어놓는다. "오선상, 글쎄 말입니더. 저늠아가 고, 고등 핵교 멫 학년 때던가, 몸이 안 좋아 댕기던 핵교를 쉬게 되었는데, 그때부텀 원자폭탄 맞았으나 안 죽고 살아남은 사람들이 걸린 원자병을 캐고 댕기다가…… 아, 글쎄 말입니더, 하루는 세 식구가 같이 죽어뿌리자미 노, 농약병을 가주고 와설라무네…… 이 애비한테 먼첨 억지로 믹일라 카길래 수임이하고 내가 기겁을 해서 도망질치고…… 그랑께 동네 사람이 쫓아와서 말리고, 나중에는 주재소 순사까지 와서 쟈를 끌고 갔지예. 그때부터 저늠아 대가리가 아주 이상하게 돼뿌리서 지 누이를 개 패듯 패고, 아무한테나 싸움을 걸고…… 쟈가 지정신 차리기는 군에 가는 신체검사에 떨어져뿔고 노, 농민횐가 거기 댕기민서부텀……" 정씨가 입가로 침을 흘리며 울먹였다.

정씨는 매실주 넉 잔에 벌써 혀가 굳어졌다. 그는 잠시 말을 멈추더니 다시 술 한 잔을 손수 부어 입에 털어 넣었다. 그러나 금세 기침이 쏟아져 마신 술을 기침과 함께 토해냈다. 오물이 술상과 묘신 잎싶에 튀었다.

"선생님, 아무래도 안 되겠심더. 아버지를 재워야겠어예." 아버지 넋두리를 지켜보던 순욱이 말했다.

기침과 함께 속엣것을 토해내는 제 아버지를 본 수임이 어찌할 바를 몰라 두 손으로 얼굴을 가리고 흐느꼈다. 정혜가 수임을 상대로 언제부터 귀가 먹게 되었느냐, 어느 부위가 특히 아프냐며 질문을 하다 말고 술상을 한쪽으로 치웠다. 정씨는 저녁으로 먹은 음식물을 악취와 함께 방바닥에 죄 게워냈다. 묘산은 더 앉아있을 수가 없어 코를 싸쥐고 일어섰다. 흐느끼던 수임이 걸레를 찾아들고 방바닥을 훔치기 시작했다.

"이거, 면목이 없습니더. 올라가 주무시이소. 우리가 다 치워놓고 자겠습니더." 순욱이 묘산과 정혜에게 말하곤, "못 그쳐, 그치지 못해!" 하며 멱살이라도 쥘 듯 누이를 윽박질렀다.

"그럼 편히 자도록 하게."

묘산이 딸을 앞세워 서둘러 지하방에서 빠져나왔다. 뒤쪽에서 이제 정씨의 껄덕질 섞인 울음이 질펀하게 깔렸고, 순욱이 누이의 따귀라도 때렸는지 수임의 울음소리가 찢어졌다.

"아빠, 저 불쌍한 식구를 내일 아침 여관으로 쫓을 작정이세요?" 다용도실로 오르는 계단을 밟으며 정혜가 물었다.

"글쎄, 서로를 위해서 그러는 게 좋잖겠어? 네 엄마 생각도 그렇구."

"저분들을 내쫓는다면 아빠도 엄마와 똑같은 사람이에요. 아빠 언제까지 엄마한테 눌려 살 거예요? 양보도 정도의 문제 아니에요? 전 이해할 수가 없어요. 저분들은 아빠 고향 사람이니, 이번 일만은 가장으로서 권위를 세워보세요. 저분들이야말로 우리 모두가 보살펴야 할 분들이잖아요? 그런데 보은은 못할망정 눈구덩이로 내몬다면, 아빠 양심조차 빼놓고 그림을 그리세요?"

자존심이 상한 묘산은 딸의 말을 더 듣고 있을 수 없었다.

"그만 닥치지 못해! 저분들에 관해서는 주제넘게 네가 나설 문제가 아냐."

"내일 아침 아빠 대신 제가 엄마한테 따지겠어요. 엄마가 속물근성 이기주의로 저분들을 내쫓는다면 제가 저분들을 맡겠어요. 이건 동정심의 발로가 아니에요!"

말을 마친 정혜는 빠른 걸음으로 제 방으로 올라갔다.

2

순욱이 눈을 뜨니 지상을 향해 높게 뚫린 창문이 환하게 밝았다. 방바닥이 따뜻해 기분이 좋았다. 오랜만의 숙면 때문인지 머릿속이 개운했다. 자고 나면 늘 그렇듯 관자놀이가 쑤시고 눈앞이 흐릿했는데, 그런 증세가 없었다. 옆자리에는 돌아누운 아버지가 잠결에 앓고 있었다. 수임은 벌써 일어나 어젯밤에 빤 아버지의 핫바지를 방바닥에 펴놓고 말리는 중이었다. 순욱이 안경을 찾아 끼곤 누이에게 세수했냐고 큰 소리로 물었다. 알아들었다는 듯 수임이 머리를 끄덕였다.

"아버지 깨워. 이불 개고."

순욱은 비닐가방에서 수건과 칫솔, 치약을 챙겨들고 세면실로
갔다. 그는 세수를 하고 나자, 날이 밝았으니 경보음 따위는 걱
정하지 않아도 되겠거니 싶어 정원으로 빠져나왔다. 바깥은 눈이
소복하게 쌓여 있었다. 차가운 아침 바람이 얼굴을 쳤다. 기온이
영하 십몇 도는 좋이 내려갔을 추운 날씨였다. 은행나무와 백일
홍나무 높은 가지에 참새들이 나누어 앉더니 수다스럽게 재재거
렸다. 나뭇가지에 앉은 눈이 막 떠오른 햇살에 반짝였다. 따뜻한
방에서 자고 나서 그런지 무릎과 허리 신경통은 그런대로 주저앉
았다. 몸이 무겁지 않아 다행이었다. 갑자기 코끝이 맹하더니 오
른쪽 코에서 흘러내린 피가 눈 위에 떨어졌다. 몸살기가 있거나
과로했을 때면 자주 있는 일이어서 그는 놀라지 않고 고개를 젖
혀 피가 난 콧구멍을 누른 뒤 주머니에서 휴지를 꺼내 콧구멍을
막았다.

"오빠, 밥 와, 왔어." 지하실 입구에서 수임이 소리쳤다.

심씨가 밥상부터 옮겨놓고 소반으로 음식을 날랐다. 미역국에
갈치 도막이 올랐고 볶은 쇠고기며 달걀로 부친 햄이며, 나물 반
찬이 그득했다. 정씨가 만면에 미소를 띠고 밥상을 내려다보았다.

"아침에 사모님과 따님이 한판 붙었어요. 손님네를 여관으로
보내자, 이틀은 더 모시자는 문제로 모녀 간에 언쟁이 있었지요.
따님이 이겨 손님네가 며칠 여기 머물러도 좋게 결판이 났답니다.
잠자코 계시던 선생님도 나중에는, 고향 분들을 그렇게 대접함이
마땅하다며 딸을 거들고 나섰구요." 심씨가 저간의 경위를 설명
했다.

"고맙습니더. 우리 식구 때문에 아주머니 수고가 많으십니더."
순욱이 인사를 차렸다.

정씨는 음식상에 정신이 팔려 입맛을 다시더니 엉뚱하게, 듣기
로서니 이 집 주인장이 종잇장에 황칠만 하는데도 이렇게 잘 먹
고 잘사냐고 심씨에게 물었다. 심씨는 대답 없이 웃기만 했다.

정씨 가족이 아침식사를 마쳤을 때는 아홉시가 넘었다. 순욱은
수임에게, 아버지 옷 입혀 길 나설 차비를 하라고 일렀다. 그는
비상계단을 통해 일층 다용도실로 올라갔다. 그가 거실로 들어서
자, 묘산이 응접의자에서 신문을 보다 찌무룩한 얼굴로 순욱을
맞았다.

"안녕히 주무셨습니꺼. 시내전화 한 통 걸까 하고예."

순욱이 주머니에서 꼬깃꼬깃 접은 종이를 꺼내 전화번호를 확
인했다. 그는 탁자에 놓인 전화기의 숫자판을 눌렀다. 저쪽에서
전화를 받았다.

"실례합니다만, 원폭피해자협회 맞지예? 경남 합천에서 상경
한 정순욱이라 캅니더. 아버지가 협회 회원이신데, 아버지를 모
시고 올라왔심더. 협회를 방문할라 카는데…… 예, 예, 성신여대
역에서 하차해서예, 돈암파출소 뒤쪽이라. 파출소에 물으면 되겠
지예? 그라면 거기 도착해서 찾아뵙겠습니더." 순욱이 전화를 끊
었다.

"지금 나서려는가?" 묘산이 신문에서 눈을 떼며 물었다.

"양재역에서 지하철을 이용하겠습니더. 노선을 봐뒀는데 돈암
동 쪽은 충무로역에서 바꿔 타면 되겠습디더."

순욱이 보건대 아침에 있었다는 언쟁 탓인지 묘산 선생 기분이 좋아 보이지 않았다.

"집에 차가 있긴 해. 그러나 오늘 아침은 지하철을 이용하는 게 좋겠어. 눈 때문에 출근길이 꽉 막혔을 게야. 러시아워엔 서울 길거리가 늘 교통 체증으로 미어터지지만 겨울에 눈이 오면 그야말로 길바닥에서 오도 가도 못해. 눈 온 다음날엔 차 가진 사람도 지하철이나 버스를 이용하지."

"그러면 아버지 모시고 다녀오겠습니더. 병원에도 들러야 할 테이까 아무래도 늦게 들어올 것 같심더."

순욱은 지하방으로 내려왔다. 정씨는 두루마기를 걸치고 벙거지를 썼다. 수임도 목도리로 머리통을 싸매어 길 나설 준비를 마쳤다.

세 사람은 지하실 문을 통해 정원으로 나섰다. 나잇살 먹은 운전기사가 어느새 출근하여 현관에서 대문으로 난 돌바닥 길의 눈을 쓸고 있었다. 바람에 눈가루가 날렸다. 지팡이를 짚은 정씨는 눈에 미끄러질세라 어깃장걸음을 걸었고, 다리를 끌 듯 걷는 수임이 아버지를 부축했다.

"잠잔 방은 뜨시더마는 바깥 나, 날씨 한분 고약하구만. 이늠아, 이런 추부에 다 죽어가는 애비 끌고 올라와서 멀 우, 우짜겠다는 기고?" 정씨가 허연 입김을 뿜으며 아들을 돌아보고 볼멘소리를 했다.

순욱은 대답하지 않았다. 현관문이 열리더니 묘산과 정혜가 나섰다. 묘산은 순욱에게 준비했던 삼만 원을 건네주며, 차비와 점심 요기에 쓰라고 말했다.

"저도 함께 따라가서 도움을 드렸으면 했는데, 오늘 오후에 서클 모임이 있어서요. 잘 다녀오세요."정혜가 순욱에게 말했다.

세 사람이 상업은행 지점 앞 큰길까지 나오자, 버스정류장은 북새통을 이루고 있었다. 출근 시간이 지났는데도 많은 사람이 버스를 타려 몰려 서 있어 줄 서기 따위는 간 곳 없었다. 바퀴 체인 소리도 요란하게 버스가 빙판길을 엉금엉금 달려오자, 사람들은 먼저 타려 문짝 앞으로 몰려갔다. 한길은 체인을 감은 승용차와 버스가 한데 엉켜 소통이 여의치 못했다. 순욱은 병든 아버지를 모시고 버스를 타기가 난감할 수밖에 없어 상경 일자를 잘못 잡았음을 후회했다. 추위는 그렇다 치고 눈까지 올 줄은 예상 밖이었다. 정씨는 온몸을 떨며 연방 불평을 구시렁거렸다.

일행은 십 분을 지체하여 겨우 버스에 올라 기름 짜듯 죄는 승객들 틈바구니에서 곤욕을 치렀다. 순욱은 골이 패어 현기증을 느꼈고, 수임은 앓는 소리를 내던 끝에 구토 증상이 있는지 목도리에 연방 밭은기침을 뱉었다. 정씨는 골골 앓는 소리와 함께 식은땀을 흘렸으나 누구 한 사람 앉을 자리를 양보해주지 않았다. 앉아 있는 사람이 일어나 비켜서기조차 힘들기도 했다. 그런데 지하철역 종점인 양재역에 막상 도착하고 보니 그곳이야말로 입구 계단부터 등 떼밀려 내려갈 정도로 인파가 넘쳤다. 소통이 원활하다면 십 분도 채 걸리지 않을 거리를 이십 분 넘게 걸려 도착하는 형편이다 보니, 다른 승객들도 버스 편에 출근하기를 포기하고 지하철로 몰려든 탓이었다. 정씨가, 나는 도저히 땅속으로 가는 기차는 못 타겠다며 아들에게 통사정했다. 수임마저 버스 안에서 당한 곤욕 탓인지, 서울이란 난생처음 와보는 도시의 인파에 질렸음인지, 겁먹은 얼굴에 눈물까지 질금거렸다. 순욱은 강북 돈암동 원폭피해자협회까지 찾아가기가 난감했으나 자신마저 낙담해서는 안 된다고 마음을 다잡았다.

"우리가 몇 날 며칠 서울에 눌러앉아 버틸 수야 없잖습니꺼. 예정대로 서둘러서 일을 봐야 함더. 서울 사람들이 노상 겪는 출퇴근 전쟁을 우리라고 못 참아낼 이유가 어딨어예. 이렇게 밀려서 가다 보면 지하철을 타게 될 테이 참는 김에 쪼매만 더 참으이소."

순욱의 말이 강압적이지 않았으나 부녀가 따를 수밖에 없었다. 부녀는 오래전부터 그의 말을 거부 못하게 길들여져왔다. 순욱은 가톨릭농민회 일로 두 차례 서울을 다녀간 적이 있었고, 몇 년 전 여의도광장에서 있었던 '추곡수매가 인상 궐기대회'에 합천군 농민 대표의 일원으로 참석해서 낯선 도시가 아니었다.

셋은 인파의 물결에 묻혀 등 떼밀려 지하계단을 밟았다. 우여곡절을 겪은 끝에 셋은 다시 이십 분 정도 걸려 전동차에 오를 수 있었고, 충무로역에서 하차하여 또다시 사람의 홍수에 떼밀리며 사호선 전동차로 옮겨 탔다. 전동차 문이 몇 차례나 닫혔다 열릴 정도로 차 안은 만원이었다. 여기저기 승객들의 비명이 터졌으나, 차는 움직였다. 세 사람이 성신여대역에 내릴 때는 멀쩡한 사람도 큰 숨을 토했는데, 정씨 식구야말로 파김치가 되고 말았다.

"아이구, 나 죽겠데이. 나는 인자 즈, 증말로 더 몬 가겠다. 퍼뜩 산제로 내리가서 거, 거게서 죽을란다. 개, 객지서 이 꼴 당하다 송장 되고 싶지 않테이. 수임이하고 내리갈 테이께 산제 가는 버스만 태아도고. 니 혼자 여게 남았다가 볼일 보고 내리오든동 말든동. 욱아, 제발 그래 해도고." 정씨는 계단을 오르다 주저앉아버렸다.

밀쳐진 승객들이 정씨 두루마기 자락을 밟거나 어깨를 정강이로 치며 지나갔다. 앉아 있을 형편이 못 되어 정씨가 기를 쓰고 일어났다. 그는 이미 전동차 안에서 바지에다 오줌을 싸버렸고 얼굴은 눈물과 콧물로 얼룩졌다.

"오빠, 어딨노?" 전동차에서 내리자마자 아래쪽 철로에다 차멀미로 한껏 토하느라 가족을 놓쳐버린 수임이 오빠를 찾으며 계단으로 올라왔다.

"이제 다 왔어요. 차 탈 일 없으니 천천히 걸어가면 돼요." 순욱이 말했다.

순욱도 골치가 계속 쑤셨다. 멀미 증세에 허리등뼈에 신경통까지 시작되어, 일을 시작도 하기 전에 녹초가 되었다.

일행은 살을 에는 추위 속으로 다시 나섰다. 사람들의 발자국에 눈이 다져진데다 얼어 미끄러워진 길을 셋이 한 묶음이 되어 걸었다. 그들은 모두 무릎과 발목 관절이 시원치 못했고 신경통을 앓고 있었다. 셋은 신설동 쪽 삼거리목에 있다는 돈암파출소를 찾아 어기적거리며 걸음을 옮겼다.

파출소 순경이, 뒤쪽 삼층 복합상가 건물에 그런 협회가 있다고 일러주었다. 복개된 도로 가운데 오래전에 지은 듯 객차처럼 기다란 삼층 건물은 회칠이 벗겨져 남루했다. 일, 이층은 점포와 사무실이었고, 삼층은 칸칸으로 나눠 살림집이 들어 있어 베란다 철책 위 빨랫줄에는 색색의 옷가지가 널려 있었다. 순욱은 잡화점에 물어 협회가 건물 뒤쪽으로 돌아가 일층 중간쯤에 있음을 알았다.

—한국원폭피해자협회 KABCA

바둑판만한 문패가 붙은 문짝 옆 칸은 '카 인테리어'란 큼직한 간판을 달고 있는 자동차 간이 정비소였다. 눈을 치워놓은 주변 도로는 까만 기름때에 절었고 헌 타이어가 켜켜이 쌓여 있었다. 눈사태로 대목을 만난 정비소는 밀려든 승용차로 일손이 바빴다.

순욱은 시골 농협 창고 문만도 못한 엉성한 협회 나무문짝 앞에서 적이 실망했다. 협회가 낡은 건물에 세 들어 있음이 분명한데, 이런 곳에서 피폭자 원호사업을 벌여본들 규모가 어떠하리란 것쯤은 짐작할 수 있었다.

순욱이 문을 열고 협회 안에 얼굴을 내밀었다. 열 평 남짓 될 만한 좁은 공간에 책상 여럿을 마주보게 놓았는데, 여직원을 합쳐 여섯 사람이 사무를 보고 있었다. 남자들은 대체로 나이 든 이들이었다. 입구에는 낡은 응접의자가 놓였고 고물 철제장이 벽을 따라 세워져 있었다. 가운데 놓인 연탄 난로가 달아 실내 공기는 후끈했다.

협회 사무원들은 점심을 뭘로 먹을까를 두고 한담하다 정동칠 씨 가족을 맞았다. 셋은 양재동 묘산 화백 집을 나서서 세 시간 가까이 걸린 끝에 협회를 찾아든 참이었다. 순욱이 아침에 전화를 건 합천에서 상경한 피폭자 가족이라고 사무원들에게 아버지와 누이를 소개했다.

"먼 길에 오느라 수고 많으셨습니다. 앉으십시오." 응접의자 가까이 자리한 남자 사무원 중 쉰 초반의 남자가 그들에게 자리를 권했다.

"나 합천 묘산에 사는 정, 정동칠이라 캅니더. 나 여, 여게 회원이라예. 다 죽어가게 돼서 주, 죽기 전에 통사정이나 한분 해, 해볼라꼬 여게꺼정 왔능기라예." 정씨가 침을 흘리며 말하곤 의자에 주저앉았다.

아버지를 부축하고 섰던 수임이 지팡이를 받아들고 옆자리에 앉았다. 그녀는 묘산 자택에 찾아들었을 때처럼 얼굴을 숙인 채 어깻숨을 쉬었다. 사무원 중에서도 나이가 지긋한 뿔테 안경을 낀 노신사가, 동지를 만나서 반갑다며 정씨의 상담 상대로 나섰다. 그는 여직원에게 합천지부 정동칠 씨 회원 카드를 찾아보라고 말했다.

"여기 상임이사 일을 보는 곽문석입니다."

응접의자에 옮겨 앉는 곽이사는 다리가 불편한지 걸음걸이가 뻣뻣해 그 역시 피폭자임이 분명했다. 곽이사와 정씨 사이에, 몇 살 때 어디서 폭격을 당했느냐는 질문과 답이 오갔다. 순욱이 아버지의 더듬는 말을 거들었다.

"……아버지는 협회 지정병원인 고령 영생병원에서 진찰과 치료를 받았습니다. 사 년 전에는 역시 피폭자 진료기관인 영남대학 부속병원에 일주일 입원도 했고예. 아버지께선 연세도 웬만해서 보통 사람들 같은 건강은 바랄 수 없겠으나 날마다 호소하는 통증이라도 가라앉혀주기를 바랐지예. 그런데 아무런 효과가 없었심더. 요새는 폐인이 되어, 보다시피 이렇게……"

"아들 말이 마, 맞습니더." 정씨가 아들 말을 꺾고 끼어들었다. "내사 다 산 목숨이지마는 그래도 쪼매 덜 아푸다가 죽는 기 소원입니더."

"그렇다고 서울 지정병원에 원폭 특효약이 있다거나 특별한 시술을 하지도 않는데, 덜렁 상경부터 하시면 어떡합니까. 제 말은 협회 방문이 잘못되었다는 뜻은 아닙니다. 협회는 늘 개방되어 있으니 회원 방문이야 언제라도 환영하지요. 어려운 점을 함께 나누며 서로 도와주고 위로하자고 만든 협회 아닙니까." 이런 통사정에는 이골이 났다는 투로 곽이사가 찬찬히 말했다.

사무원들은 식사하고 오겠다며 하나둘 빠져나갔고, 여직원만 남아 싸온 도시락 뚜껑을 열었다. 전화기 신호음이 울리자 여직원이 젓가락을 들다 전화를 받았다.

"이사님, 일산 쪽 양로원에 계시는 황씨 있잖아요. 오늘 아침에 돌아가셨대요." 순욱이 아버지의 병 증세를 설명할 때, 여직원이 말했다.

"황씨도 나가사키 원폭 피해잡니다. 한쪽 눈을 실명했고 한쪽 팔을 못 썼지요. 사고무친에 노년까지 넝마주이로 떠도는 걸 협회 주선으로 시립 양로원에 넣었는데, 끝내 외롭게 돌아가셨군요. 우리 회원은 이제 모두 고령이라 이렇게 하나둘씩 떠나나봅니다. 황씨의 평생 쌓인 원한이야말로 하늘에 닿을 겁니다." 곽이사가 말했다.

"나도 마 자는 잠에 눈감았으모 위, 원이 없겠심더."

정씨가 웅얼거리자, 곽이사가 점심이라도 대접하겠다며 일어 섰다. 점심 먹고 황씨 빈소에 문상을 가야 한다고 말했다. 살아생 전 큰 도움도 못 주었는데 문상이야말로 임원 된 도리라는 것이 었다.

네 사람은 협회를 나섰다. 햇살이 맑아 빙판이 대리석처럼 번 들거렸다. 조심해야겠습니다, 하고 곽이사가 말하며 뻗정다리로 천천히 걸음을 옮겼다. 수임이 아버지를 부축했고, 순욱이 그 뒤 를 따랐다. 곽이사는 상가 건물 건너편에 있는 중국음식점으로 들어갔다. 난로 옆에 자리를 잡자, 곽이사가 자기는 짜장면을 먹 겠다 했고 순욱은 우동 세 그릇을 주문했다.

"정선생도 봤다시피 말이 협회지, 복덕방 정도지요. 협회 재정 이 말이 아니니 사무실 유지도 빠듯한 형편입니다. 독지가 후원 금이 없었다면 벌써 문을 닫았지요. 작년에 우리 대통령이 일본 을 방문했을 때, 일본 정부가 한국인 원폭 피해자들에게 인도적 인 측면에서 사십억 엔을 내놓기로 약속했잖습니까. 그런데 작년 십일월에 십칠억 엔이 일차년도로 들어오곤 아직 소식이 없어요." 곽이사 말이었다.

정씨는 멍한 눈길을 탁자 위에 풀어놓고 있었다. 순욱이 나섰다.

"저도 알고 있습니더. 그 꼴랑 사십억 엔 말이지예? 병원 설립 명목으로 들어온 십칠억 엔은 적십자병원에서 아직 낮잠 자고 있 잖습니꺼?"

"글쎄 말이네. 십칠억 엔이 일차로 들어온 지 일 년이 넘었으니 그 이자만으로도 사십평 정도 되는 협회 전세 사무실은 얻을 수 있는데 말이지. 정부는 우리한테 십 원 한 장 내놓지 않고, 그 돈마저 적십자사가 움켜쥐고 있잖은가. 피폭자 복지센터 건립에 십오억 엔, 등록된 피폭자 회원 이천삼백여 명 중 중증 환자 삼백여 명의 치료비에 일억칠천만 엔 등, 이십삼억 엔이 마저 들어오면 병원 짓고 협회도 그 안에 들어가고, 나머지 돈으로 피폭자 공동묘지를 장만해서 위령탑이라도 세웠으면 좋으련만…… 그 소원이 언제쯤 이루어질지 요원한 실정이니……" 곽이사가 한숨을 내리깔곤 순욱에게 물었다. "자네, 그 방면에 소식이 밝은 걸 보니 일본에서 자국민 피폭자를 어떻게 대접하는 줄쯤 잘 알겠군."

"일본에 협박 반 구걸 반으로 매달리는 우리 정부도 문제가 많지예. 일본이야 패전국이라 자국민 피폭자 문제를 국제기구 어디에 하소연할 수 없겠지마는, 경제대국답게 자국민 피폭자의 치료비는 물론 생계 지원비를 현실적으로 보조해준다고 들었심더. 그들의 사회복지정책을 우리와 어데 견줄 수가 있겠습니꺼. 특히 피폭자야말로 패전의 상징적 존재니까 일본 정부가 특별 우대하겠지예."

"일본 피폭자들에게는 국회가 입법하여 후생성에서 지급하는데, 개인당 의료 특별수당이 자그마치 십이만 엔이 넘어. 우리 돈으로 따지면 칠십만 원쯤 되나. 어디 그뿐인가. 특별수당, 건강관리 수당, 보건 수당, 가족 수당 등 열네 개 항목의 수당까지 지급하고 있지. 물론 피폭자에겐 장례비도 별도로 나오는데, 피폭자가 교통사고와 같은 우발사고가 아닌 피폭 후유증으로 사망할 경

우에는 정부에서 십삼만 엔을 지급해. 그런데 우리는 뭔가. 강제
징용 당해 노예로 끌려가선 미군의 원폭 투하에 많이들 죽고 겨
우 살아남은 사람들만 병든 몸에 빈손으로 조국 찾아 돌아왔지.
그런데 이런 원통한 사실을 하소연할 데도 없으니……" 곽이사
가 울분과 설움으로 말을 더 잇지 못했다.

"일본 피폭 생존자는 대략 삼십육만 명쯤으로 알고 있는데, 우
리나라 피폭자 회원 가입 수는 얼마쯤 됩니꺼? 통계가 늘 들쭉날
쭉해서 종잡을 수 없어예. 최근 통계수치로 피폭 일세대가 몇 명
입니꺼?" 순욱이 잔기침을 하며 물었다.

"일본이야 목돈이 나오니 모두 피폭자협회에 가입하구, 히로시
마 원폭공원에서는 팔월 육일 그날, 거창한 행사도 치르고 있지.
우리야 이승만 시절에는 입도 벙긋 못하다가 한일 국교 정상화가
이루어지고 한참, 청구권 문제가 해결되고도 꿀 먹은 벙어린 양
쓰다 달다 말없는 정부 눈치를 보다 못해 천구백육십칠년에야 한
국원폭피해자협회가 발족하잖았는가. 일천구백칠십년 들어 제대
로 사무체계가 잡혀 피폭자 실태조사를 하고 회원 등록을 받아보
니 오천 명 정도 됐지. 그 후 원폭피해자협회가 정식으로 생겼다
는 게 매스컴을 통해 홍보되자 한때는 구천 명까지 늘어났으나,
얼마 전에 재등록을 받은 결과 이천삼백 명으로 줄었어. 그 원인
을 따져보면, 회원으로 가입해봐야 별 혜택이 없고, 회원이 이사
를 가버리면 소식마저 끊겨. 아무리 연락을 취해도 답신이 없어.
그동안 세상을 떠난 개인 사정도 있을 테구."

"그렇게 숫자가 적다이. 합천군만도 원폭 피해자가 이천 명이

넘는데…… 원폭 피해 이세까지 합친다면 그 수는 엄청날 테지예."

"그동안의 사망자를 뺀다 해도 피폭자 수가 전국적으로 현재 이만 명 남짓 되지 않을까 싶네, 협회는 그렇게 보고 있어. 합천 군에 거주하는 피폭자는 우리 협회가 추정하기로는 이천삼백 명 정도 되는 줄 알고 있네. 그러나 등록인 수는 오백여 명에 불과해. 합천군 오백여 명도 각 도지부 등록인 수의 평균치 두 배에 해당되지."

"저 역시 홍보원으로, 회원 가입에 앞장섰으나 반응이 신통치 못했습니다. 협회에 등록한들 혜택 받는 게 뭐 있냐며 대체로 거절했어예. 핵폭발 때 발생하는 방사능 무서운 줄은 삼척동자도 다 알잖습니꺼. 그렇다 보이 피폭자라면 방사능 보균자로 인식하여 마치 전염병 환자나 되는 줄 여기는 것도 가입을 기피하는 이유지예. 세상인심이 그렇다 보이 피폭자도 피폭 사실을 스스로 숨길 수밖에 없심더. 자녀가 결혼 적령기에 들면 혼처 자리 안 나설까봐 이를 더욱 감출 수밖에 없잖습니꺼. 뒤치다꺼리하는 가족만 평생 속골병을 앓고 지내고 있잖습니꺼."

"자네가 잘 보았네. 피폭자가 합천군에 집중적으로 거주하고 있다는 걸 나도 잘 알아. 한두 사람이 먼저 들어가 히로시마에 정착하여 일가친척이며 동네 사람들을 불러들였지. 그 사람들 연줄로 또 도일하구. 그걸 '사슬형 이민'이라데. 그래서 협회에서도 합천지부에 보조금을 우대하고 있어. 액수래야 쥐꼬리만하지만, 작년에 합천지부에다 의료비와 생계 지원비를 합쳐 일백삼십여만 원을 보냈을걸. 사실 그 정도 액수는 한 사람 의료 보조비도 안 되지. 일본 종교단체 '선린회'와 다른 사회단체, 또 국내 사회단체와 독지가 의연금으로 협회를 운영하다 보니 재정 상태가 말이 아니거든. 일본 정부야 우리 피폭자에게까지 신경을 써주지 않는데다, 우리 보사부에서조차 땡전 한 닢 원호금으로 내놓지 않으니 그럴 수밖에 더 있겠어? 그러나 따져보면 그게 어디 우리 죈가? 나라 잃은 백성의 설움이요, 조선인을 마소처럼 다룬 일본 군국주의 만행 탓 아닌가. 그러므로 피폭자 원호금은 어찌 되더라도, 우리는 히로시마와 나가사키에서 당한 그 수난을 널리 알려야 해. 일본과 우리 정부에게 대책을 촉구함에 십오 년이 걸렸어도 별 성과는 없지만 말야. 일천구백육십오년 대일 청구권 보상으로 과거 한일 관계의 숙원은 모두 종결되었다고 우기는 일본 정부나, 피폭자 파악과 생활 실태 등 기본조사조차 하지 않은 우리 측이나 피장파장이지." 곽이사는 말을 끊고 목이 마른지 보리차를 한 잔 벌컥벌컥 비웠다.

"죽일 놈들." 어느 쪽을 두고 하는 욕설인지 순욱이 중얼거렸다.

순욱을 상대하던 곽이사가 눈길을 돌려 정씨를 보았다.

"내가 협회 일에 오래 관여하다 보니 이 방면의 연혁에는 소상한 편인데, 해방 전 일천구백사십이년에 재일 거류 조선인이 일백육십여만 명이던 게, 일본이 패망한 일천구백사십오년에는 이백삼십여만 명으로 늘어났습니다. 삼 년 동안 탄광, 군수기지 등에 조선인이 그만큼 많이 강제 징용 당했다는 증거지요. 물론 정신대까지 포함해서 말입니다. 원폭이 그해 팔월 육일 히로시마에 투하될 당시, 히로시마 시에 거주한 조선인 수가 물경 팔만 명이 넘었고, 칠만 명이 원폭 투하 때 직접 피해를 입었습니다. 그중 사망자가 삼만오천여 명, 생존자가 그 절반이요, 일본 패망과 더불어 귀국자가 삼만, 일본에 잔류한 자가 오천 명 정도였지요. 나가사키에서는 조선인 삼만여 명이 피폭 당했습니다. 그 절반이 생존했는데, 그중 일만삼천여 명이 귀국하고 이천 명 정도가 일본에 그대로 남았구요. 그게 다 일본 내무성 경보국(警保局)에서 발표한 통계자룝니다. 일본이 조사한 타국민 통계이니 그 신빙성은 제쳐두고 그 통계만으로 따져보면, 양 도시의 한국인 피폭자가 대략 십만 명, 그중 절반이 사망하고 절반이 생존해, 종전과 더불어 귀국한 피폭자가 사만삼천여 명에 이릅니다. 정선생과 나처럼 이렇게 병신이 되어 고국으로 돌아온 피폭자가 말입니다!" 곽이사의 목소리에 힘이 실렸다. "이제 해방된 지 마흔여섯 해, 그동안 그 절반이 피폭 후유증으로 고생하다 천추의 한을 남기고 세상을 떠났다고 봐야지요."

정씨는 곽이사가 들먹이는 숫자를 헤아리기 어려운 듯 고개를 삐딱하니 젖혀 듣고 있었다. 순욱은 다 아는 얘기란 듯 시투렁한 표정이었다. 주문한 음식이 나왔다. 곽이사가 변변치 못하지만 함께 들자며 젓가락으로 짜장을 국수가락에 고루 묻혔다.

"나, 나 소주 한잔할랍니더. 술이 안 들어가모 온몸이 더 아파서……" 정씨가 조심스러운 목소리로 말했다.

곽이사가 소주 한 병을 주문했다. 술병과 술잔이 오자 그는 교회 장로라 술을 마시지 않는다며 정씨 잔에만 술을 따랐다.

194

"정선생, 얘기 좀더 할까요" 하더니 곽이사가 피폭 당시의 신상 이야기를 꺼냈다. "우리 가족은 모두 여섯이었습니다. 일천구백사십삼년 아버지가 전시 노무자로 징용 당해 히로시마로 먼저 건너가고 넉 달 후에 어머니와 우리 형제 넷이 뒤따라 현해탄을 건너갔지요. 우리 가족은 히로시마 항 바닷가 쪽 오시시마모초(吉島町)에 살았습니다. 시내 중심부에서 삼 킬로 떨어진 그 빈민촌에는 조선인 노무자 합숙소가 있었고 조선인들이 많이 거주했지요. 원폭 투하 지점으로부터 제법 떨어져 있었기에 다른 지역보다 희생자가 적었다고 볼 수 있습니다. 정선생, 양력 팔월 육일, 그날 아침을 기억합니까?" 짜장면 가락을 입속에 말아 넣곤 곽이사가 물었다. 노친네치고 목소리가 사근사근한 그는 말하기를 꽤나 즐겼다.

우동 가락을 젓가락질하던 정씨는 말귀를 못 알아들었는지 상대를 멍하니 건너보았다.

"아버지는 그날 이후 기억상실증에 걸려 이전 과거를 모두 잊어버렸습니다. 혼절했다 깨어나니 임시 치료소에 누워 계셨대요. 고향에 있는 여러 피폭자들 증언을 토대로 유추해보면, 아버지 가족은 아마 덴만초(天滿町)에 거주했던 것 같습니다. 원폭 투하 지점에서 사 킬로도 못 되는 거리라 희생자가 많았던 모양입니다." 순욱이 대답했다.

"합천에서 컸다면 아버지 친구분 피폭자들한테 자네도 그런 얘기를 들었을 테지. 후나이리마치초(舟入町), 가와구치초(川口町), 간논초(觀音町), 덴만초에 조선인 노무자들이 많이 살았네. 일천구백사십오년에 들어서서 전쟁 막바지에는 그야말로 모두들 죽지 못해 사는 형국이었어. 고생담을 말로 다 할 수 없어. 겐(玄)죽으로 하루 두 끼를 연명하기도 힘들었으니깐. 미츠비시중공 기계제작소 화부였던 아버지와 히로시마 육군피복지창(陸軍被服支廠) 미싱공이었던 어머니가 영양실조로 기가 빠진 채 새벽같이 일터로 나가고, 당시 열세 살이던 나는 이웃집 조선애들과 함께 고철 주우러 마대를 하나씩 메고 동네 가까이 건설되던 비행장으로 가던 길이었어. 미군 비행기에 폭격 당한 지역을 주로 헤매며 하루 종일 쇠붙이를 주우면 밀가루 반 되 정도는 살 수 있었으니, 막내와 형 빼고 우리 형제는 그해 여름 땡볕에 땀을 팥죽같이 흘리며 늘 그 일에 매달렸거든. 그날 아침이었지. 아침부터 시내 쪽에서 왱왱 하며 경보 사이렌이 울리더군. 칠월 들고부턴 시도 때도 없이 미군 폭격기들이 일백 대, 이백 대씩 하늘을 까맣게 덮고 날아와 무차별 폭격을 해대어 엄청난 사람이 몰살당하곤 했지. 만날 비행기가 하늘을 덮고 날아오는 실정이다 보니 그 당시엔 사이렌 소리에도 만성이 됐어. 그날 아침, 짱짱한 푸른 하늘에 비행기는 안 보이는데 비행음만 모기 소리로 아득하게 붕 하고 들리더라구. 그러다가 여덟시쯤에는 공습경보가 해제되었어. 그런데 잠시 후 수백 대의 비-이십구 비행 편대가 날아오는지 파리 떼 날개 소리 같이 부응부응 하는 비행음이 요란하게 들리더구먼. 일터로 나가던 어른들이 모두 길가 집이나 방공호로 숨어들어, 금세 큰길이 휑하니 비어버렸어. 우리도 길가 가마보코(어묵) 집으로 뛰어들었지. 주인이 라디오를 크게 틀어놓았는데, 비-이십구 편대가 히로시마 동쪽에서 나타났다고 아나운서가 빠르게 말하더구먼. 조금 있으니 다시 해제경보가 울렸어. 지하나 건물 속에 숨어 피했던 사람들이 모두 길거리로 쏟아져 나와 가던 길을 바삐 갔어. 들판에서 밭일을 하던 농부들은 나무 그늘에서 나와 다시 일을 했구. 그때 바로 비-이십구 폭격기 한 대가 방향을 바꾸어 북쪽에서 곧장 히로시마 시내 상공으로 날아들어 왔다더군. 처음엔 나는 그 비행기를 보지 못했지. 나중에야 이야기를 들었어. 그 폭격기가 햇살이 눈부시게 부서지는 하늘 저 높이, 소세이교(相生橋) 상공 쯤까지 날아왔을 때, 비행기가 사람 키의 두 배 조금 안 될 이상한 물체를 지상을 향해 떨구곤 빠르게 사라졌다더군. 그때서야 나는 남쪽 부둣가로 날아가는 점 같은 비행 물체, 말하자면 비행기를 보았지. 비행기가 떨군 이상한 물체는 낙하산에 매달려 소세이교 주택가로 천천히 떨어지더군. 나도 그 물체를 똑똑히 보았어. 저 속에 일본의 항복을 요구하는 삐라를 실었을까, 나는 그저 무심히 그런 생각을 하며 친구들에 싸여 고철 주울 생각만 하며 부지런히 걷지 않았겠나. 비행기를 등 뒤쪽에 두구 말일세. 그때 갑자기 번갯불 같은 수천만 개의 형광등을 일시에 켠 듯한 엄청난 빛이 천지를 뒤덮었고, 꽝 하는 폭발 소리가 지축을 뒤흔들었지. 거대한 화염이 마치 용광로 불덩어리를 머리꼭지에 쏟아붓듯이……" 팔을 한껏 벌린 곽이사의 동공이 크게 열리고 목소리마저 그 장면을 재현하듯 흥분으로 떨렸다.

"이사님, 제발, 제발 그만 좀…… 원자폭탄이 터지는 순간, 그 '빈찍이는 폭발'에 대해선 피폭자들로부터 많이 들어서 잘 알고 있습니더. 그만큼만 해두이소." 순욱이 면발을 들어 올리던 젓가락을 그릇 속에 떨구며 신음을 흘렸다.

"자네, 왜 그러는가?" 곽이사가 물었다.

"이사님, 저도 피폭 희생잡니더. 저 병신 누이도 태어날 때부터 그랬고요. 사실 저는 아버지 문제와 더불어 우리 남매 문제도 함께 따져볼라고 여길 찾아왔심더!" 순욱이 식탁 앞으로 윗몸을 내밀며 다급하게 말했다. 그의 왼쪽 눈꺼풀이 경련을 일으켰다.

"피폭자 이세대 문제? 그 문제라면 우리 협회에선 아무 대책이 없네. 피폭자 이세에게까지 방사능이 유전된다는 그 어떤 의학적인 증거도 없다잖아. 이건 내 말이 아니라 일본의 공식 입장이 그렇다는군." 냉정을 되찾은 곽이사가 차분한 목소리로 말했다.

"진료소에서도 그런 말을 들었심더. 그러나 저는 믿을 수 없습니더. 우리 남매를 보이소. 여기 이렇게 생생한 증거로 앉아 있지 않습니꺼. 저는 고질적인 두통에다 근육 무력증으로 육체노동을 할 수 없고, 시력도 심한 약십니더. 걸핏하면 코피도 터지고예. 제 목소리를 들어보이소. 만성 기관지염으로 목청이 쉬어 터졌고, 안면 근육 이상까지 있습니더. 누이의 상태는 저보다 더욱 나쁩니더. 정신박약, 난청, 좌골신경통, 빈혈, 소화불량…… 병이란 병은 다 저 몸속에 가지고 있고예. 우리 남매도 피폭 후유증을 이어받은 다운증후군을 앓고 있습니더." 순욱의 쉰 목소리가 격해지고 창백하던 얼굴이 상기되었다. "피폭자 일, 이세대인 우리 가족이야말로 하루 세 끼 연명이 힘든, 죽지 못해 겨우 사는 목숨입니더. 차라리 가족이 집단 자살해버리는 게 낫다는 생각을 하루

198

에도 몇 번씩 곱씹습니더!"

"젊은이, 진정하게. 내 자네 말뜻을 못 알아듣는 게 아냐. 충분히 이해하구두 남네. 그러나 아직까지는 피폭자의 몸에 남은 방사능이 유전된다는 그 어떤 명백한 증거도 학계에 보고된 바가 없어. 미국 원폭피해연구소나, 일본 핵금회(核禁會)나, 원폭병원에서도 이를 인정하지 않고 있는 실정이거든. 어디까지나 심정적으로 수긍할 수 있을지는 모르나 결정적인 증거가 없다는 말이네. 자네 오누이의 그런 제반 증세는 방사능 유전과는 관계가 없는, 일반인들에게도 흔히 발견된다는 주장에는 사실 우리로서도 할 말이 없지. 나도 자식을 셋 두었지만 모두 정상인으로 사회활동을 하고 있구. 사내 녀석 둘은 결혼해서 손주들도 잘 커. 모두 아비 닮아 안경을 꼈고, 둘째놈은 축농증 수술을 받은 적이 있지만 그 이유를 들이대어 방사능 유전이니 어쩌니 하구 따질 수야 없잖겠어? 요즘 초등학교 애들 한 반에 삼 할쯤은 안경을 꼈구, 축농증 또한 정상인에게도 비일비재하니 말이야."

"어르신 사모님은 피폭자가 아니겠지예?"

"아니네."

"자녀분들은 사모님 쪽 우성 유전자를 물려받은 모양입니다."

"내 하다 만 말이나 좀더 들어보게." 곽이사는 조금 비감에 젖은 목소리로 멈췄던 과거 이야기를 이었다. "그날로 말일세, 출근했던 아버지와 비행장 건설에 동원됐던 형이 횡액을 당했지. 형나이 불과 열다섯 살이었는데, 소년들까지 부역에 동원했어. 형이야말로 인생의 낙이 뭔지 알기도 전에 허기로 시달리다 원폭

직격탄에 그렇게 죽었어. 두 분은 엄청난 불기둥에 고스란히 녹아버려 시신조차 찾지 못했거든. 나 역시 광풍에 날려 개울 진흙밭에 떨어져 처박혔구. 타고난 명이 길었던지 천신만고 끝에 목숨을 구했어. 어머니와 두 동생과 함께 귀국하기가 그해 구월이었네. 전신마비 증세가 있던 어머니는 그해 겨울 숨을 거두었구, 화상으로 얼굴 근육이 뒤틀렸던 동생은 사일구 나던 해, 꽃다운 나이에 자살로 구차스런 생을 청산하고 말았지……" 곽씨가 손수건을 꺼내더니 안경을 벗고 눈물을 닦았다. 늘 하나님 축복 아래 긍정적으로 살려는 자신이 왜 이 이야기까지 또 꺼내는지 모르겠다며, 곽이사가 설움을 진정하고 안경을 꼈다. "병신이 된 덕분에 징집 면제를 받았던 나는 전쟁 끝날 무렵, 내가 출석하던 교회 목사님 소개로 집사람과 결혼했어. 신심이 돈독하고 생활력이 강한 처 덕분에 여태 큰 걱정 없이 살아왔어. 처가 일찍이 식당업에 손댔지. 협회 회원 과반수가 영세민인 데 비추어 나야말로 하나님 은혜 덕분이라구 믿지."

식당 종업원이 그릇을 거두어 갔다. 곽이사와 순욱만 음식을 조금 남겼고, 정씨와 수임은 국물까지 마셨다. 그사이 소주 반병을 비운 정씨는 따뜻한 난로 옆에 앉은 탓인지 졸린 눈길로 곽이사와 아들을 보며 대화가 끝나기를 기다렸다. 수임은 트림인지 구토 증상인지 목구멍으로 *끄륵끄륵* 소리를 내며 여전히 고개를 숙이고 있었다.

"이사님, 우리 집 경우는 어머니도 피폭자였심더. 누이를 낳자 산고 끝에 별세하셨고예. 어르신 말씀대로라면 피폭 탓이 아니라 산모가 난산 끝에 운명하는 경우가 비일비재하다 하겠지예?" 순욱이 곽이사의 말을 비틀었다.

"그런가?" 곽이사 표정이 굳어지더니 겸연쩍은 미소를 띠며, "그럴 수도 있겠지" 하고 모호한 말로 얼버무렸다.

"이사님, 한국교회여성연합회에서 발행한 『한국인 원폭 피해자』란 책자 보셨어예? 한국 원폭 피해자 이세 실태를 취재한 박수옥 씨의 『핵의 아이들』이란 책도 있습니다. 이사님께서는 그 책에 실린 피폭자 이세대의 건강 실태 조사보고서 결과를 믿지 않으시겠군예? 이세의 삼십오 프로 정도가 원폭 유전인자 감염 후유증으로 앓고 있는데도 말입니더."

"명색이 이사인데 왜 그런 책을 안 읽었겠어. 물론 보았네. 조사방법 선정의 편협함에도 문제가 있다면 있지만, 과장이 조금 심한 편이랄까……" 곽이사가 자신 없는 목소리로 말하다 순욱을 똑바로 바라보았다. "젊은이, 그렇잖은가. 보통 사람도 자주몸이 찌뿌드드해 병원을 찾을 때, 의사가 신경통은 있는가, 식욕부진은 아닌가, 때때로 현기증을 느끼는가, 시력은 정상인가, 이렇게 꼬치꼬치 묻는다면, 아마 한두 가지쯤은 그렇다고 말하잖겠는가. 더욱 자신이 피폭자 이세란 두려움을 가졌다면 과민성 신경증까지 작용할 테고 말이야."

"저는 이사님이 피폭자 이세의 건강 문제를 두고 한사코 방사능 후유증을 부정하는 이유를 다르게 해석하고 싶습니다. 혹시 선생님 자제분에게 심리적으로나 사회적으로 미칠 그 어떤 불이익을 염두에 두고 있는 건 아닙니꺼?"

"그렇지 않아. 내가 말했잖은가. 미국과 일본 연구소에서도 확실한 임상 보고가 없다구."

"피폭자였던 제 어머니가 자식을 낳은 게 기적일는지 모르겠으나 부모가 다 피폭자인 우리 남매야말로 피폭 이세 희생자로서 생존한 증거라고 저는 확신합니다. 누가 뭐래도, 만약 증거를 대라고 우긴다면 제가 할복을 해서라도, 제 모든 장기를 이를 규명하는 데 실험 대상으로 제공하겠다는 각서를 쓰겠습니더!"

"흥분하지 말게. 자네 말은 너무 과격해." 곽이사가 손사래를 치며 의자에서 일어섰다. "자, 이제 감세. 부친도 피곤하신가봐. 협회로 가서 부친 진료 의뢰 확인증을 받게. 서울까지 오셨으니 원하는 대로 종합진찰이나 받아보시게 하구 합천으로 내려가게."

식후 포만증 때문인지, 전철에서 시달린 탓인지 고갯방아를 찧으며 졸던 정씨가 그제야 눈을 떴다.

곽이사가 음식값 셈을 치렀고, 일행은 바깥으로 나왔다. 낮이 되자 영하의 기온이 눅어 양지에는 눈이 녹고 있었으나 바람은 여전히 매웠다. 그들은 물기로 질펀한 얼음판에 미끄러질세라 조심스러운 걸음으로 한길을 건넜다.

어머니는 수임을 낳은 뒤 곧 별세하셨고, 수임과 두 살 터울로 아직 어린아이였던 순욱은 어머니 모습을 기억하지 못했다. 어머니는 생전에 사진 한 장 남기지 않았다. 그러므로 어머니에 관한 이야기는 아버지와 산제 장터 사람들로부터 들었다. 사람들은 어머니를 두고 무척 예뻤다고 말했다. 이웃들이 일감을 맡길 만큼 침선 솜씨가 고운 여자였다고 했다. "소금장수 애비 홍서방이 귀골인데다 게이코가 아이노코(튀기)라서 해사하게 새첩었는지, 갸가 열댓 살이 되자 장돌뱅이들이 군침을 흘렸제." 장터 이웃들은 그렇게 어머니의 용모를 말했다. "게이코가 석녀라고 반포 시댁에서 쫓겨오기는 했지만 얼빙이 똥칠이하고 살림을 채릴 쑥맥은 아닌데, 천생배필은 하늘님이 정해준다는 말이 맞능기라. 석녀가 자슥까지 놓고 똥칠이하고 이태를 의좋게 살았제." "홍서방이 일본 마누라 위해주듯이, 똥칠이도 게이코를 하늘처럼 받들어줬제. 마누래가 좋아한다며 장날이면 양꼬모찌(팥떡)하고 오꼬시(밥풀과자)를 꼭 사가꼬 갔어." 이웃은 이런 말에 곁들여 어머니가 수임을 낳고 닷새 만에 숨을 거둔 뒤의 일화도 입방아에 올렸다. 어머니가 돌아가시자 그렇잖아도 모자라던 아버지가 실성기를 보였다는 것이다. 어질증에 피부병을 앓아 술을 입에 대지 않던 아버지가 그때부터 술을 배웠다고 했다. 식음을 전폐하고 방구석에 박혀 통음과 곡성으로 열흘을 보냈다니, 강보에 싸인 수임이는 이웃이 동냥젖과 미음으로 연명시켰다. 초롱 같은 두 자식을 봐서라도 자네가 이러면 안 된다며 이웃이 아버지를 바깥으로 끌어내었다고 했다. 아버지는 푸줏간 일을 다시 시작했으나 일손 놓곤, "게이코상"하고 죽은 처를 부르며 허공에 대고 대화를 나누었다는 것이다. 아버지가 실성기로부터 깨어나기는 어머니가 죽고 한 달이 지나서였다고 했다. 그해 여름 장마 때, 아버지가 물이 불어난 묘산천을 건너다 실족하여 흙탕물을 한 말이나 먹고 실신했는데, 물을 죄 게워내고서야 가까스로 정신을 차렸다는 것이다. 실성기를 털어내자 아버지는 읍내에서 탈지분유를 구해와 수임을 키웠다. 그러나 수임은 태어날 때부터 난청이라 말귀를 잘 알아듣지 못했고 잔병치레가 잦았다. 그 모든 지난날의 이야기는 철이 들면서부터 자신이 겪었던 사실처럼 그의 머릿속에 자리 잡혔다. 수임은 병치레가 잦은데다 머리가 아둔해 초등학교조차 중도에 그만두었으나 순욱은 면 소재 중학교를 졸업하고 읍내 농업고등학교에 진학했다. 고등학교에 진학할 형편이 못 되었으나 공부를 잘해 농업학교에서 장학생으로 받아주었던 것이다. 그 나이가 되어서야 그는 주위의 피폭자 실태에 관해 눈뜨게 되었다. 반쯤 일본 피가 섞인 어머니에 대한 그리움과 '바보 똥칠이'란 말에도 성낼 줄 모르는 아버지에 대한 연민이 반작용으로 그의 적개심을 분출시켰다. 그때부터 공부하는 틈틈이 원폭과 핵에 관한 서적을 뒤적이기 시작했다. 피폭자 이세로서 후유증 탓인지 신경통과 두통이 심해 삼학년에 들어 휴학을 하게 되자, 이를 기회로 일본에서 귀환한 피폭자가 많이 사는 합천읍과 쌍책면을 찾아다니며 후유증 사례의 취집에 나섰다. 그리고 아버지를 협회 회원으로 등록시켰다.

정씨 가족과 곽이사는 협회 사무실로 돌아왔다. 곽이사는 철제 캐비닛에서 정씨의 신상카드를 찾아내더니 사무원에게 카드를 넘기며, 정씨에게 진료 의뢰서를 발급해주라고 말했다.

"직원이 알아서 조치해줄 겁니다. 그럼 나는 먼저 나가겠습니다. 협회가 하는 일 중에 회원 사망 시 문상하고 장례 절차를 돕는 게 중요하지요. 그럼 일차 진찰 받아보시구, 또 연락을 주세요." 곽이사는 털모자를 눌러쓰고 외투를 걸쳤다.

"이사님, 그렇다면 우리 남매는 무료 진찰을 받을 수 없습니꺼?" 순욱이 마지막으로 물었다.

"그 점은 누누이 말하지 않았던가. 협회는 등록된 회원에 한해서만 진료 의뢰서를 발급해주네. 피폭자라도 회원으로 가입한 자에 한해서 육십만 원 안쪽으로 의료비 지원 혜택을 받을 수 있네."

"알겠습니더."

알겠다는 말이 무엇을 뜻하는지, 곽이사가 의아한 눈초리로 바라보았다.

"그렇다면 일본대사관으로 가볼 수밖에 없겠군예."

그는 자신이 준비해 온 요망서(要望書) 전달에 관해 곽이사와 상의를 한들 별 소용이 없음을 알았다. 우리도 관계 요로에 진정서, 건의서, 항의문, 요망서 따위를 보낼 만큼 보내봤네, 하는 말이나 듣기 십상이었다. 정 보내겠다면 협회에다 두고 가라는 말 정도나 들을 터였다.

"할말이 따로 있는 모양인데 이 자리에서 해보게." 곽이사가 목도리를 두르며 말했다.

"잘 다녀오시이소."

그 말에 곽이사는 더 묻지 않고 협회를 떠났다. 나이 지긋한 사무원이 정씨의 신상카드를 참조하여 협회 회원 확인증을 끊곤 기록대장에 발급 사유를 옮겨 적었다.

"의료보험증은 가져왔수?"

사무원이 묻자 순욱이 점퍼 안주머니에 손을 넣었다. 왼쪽 안주머니에는 지갑이 들었고 오른쪽 주머니에서는 한국인 피폭자

와 관련이 있는 부처 세 곳, 일본대사관, 미국대사관에 제출할 요
망서 다섯 통이 든 봉투와 의료보험증이 만져졌다.

"이걸 소지하고 적십자병원으로 가요. 구호과 김정두 과장을
찾으면 무료 진찰을 받게 조치해줄 거요. 김과장이 피폭자 원호
담당이니깐."

사무원이 확인증을 순욱에게 넘겼다.

"적십자병원 위치가 어디며, 차편은 어떻게 됩니꺼?"

"서대문에 있으니깐…… 보자, 오늘 길이 막힐 테니 버스 타기
는 뭣하고, 지하철을 이용해서 명동역쯤에 내려설랑, 걷기는 멀구,
거기서 택시를 잡는다? 아니지, 숫제 지하철 동대문역에 내려 종
로루 쭉 빠지는 버스를 타는 게 낫겠군."

정씨 가족은 협회를 나섰다. 돈암파출소 앞 큰길까지 나오자,
미아리 쪽 한길과 신설동으로 빠지는 한길이 차로 들어차 주차장
을 이루고 있었다. 차들은 움직일 줄 몰랐다. 교통순경이 호루라
기를 불어댔고, 한쪽에서는 접촉사고가 있었는지 기사 둘이 삿대
질하며 목청을 높였다. 순욱은 적십자병원을 찾아갈 일이 난감했
다. 지하철로 동대문역까지 이동해서 다시 버스 편에…… 힘들게
적십자병원에 도착한다 해도, 의사가 아버지의 진찰을 위해 대기
하고 있지 않을 것이다. 의료보험제도의 전면 실시 이후 대도시
는 종합병원으로 환자가 몰려 초진을 기다리는 데만도 평균 세
시간이 걸린다는 신문기사를 읽은 적이 있었다. 순욱은 아버지의
입원은 고사하고 오늘 진찰이라도 받을 수 있을까 의심이 들었다.
그는 상경 일자를 잘못 잡았음을 다시 후회하며, 지하철역을 향

해 힘없이 걸음을 옮겼다.

"욱, 욱아. 그 뱅원이 한참 먼 모양이제? 또 찡기서 우에 차를 타고 가제?" 지팡이를 짚고 수임의 팔에 달려오며 정씨가 울가망한 목소리로 물었다.

손수건으로 입을 가린 수임도, 속이 울렁거려 차를 못 타겠다는 찡그린 표정으로 순욱을 곁눈질했다.

"어쨌든 가야 합니더. 추위 속에 여게서 그냥 주저앉을 수야 없잖습니꺼."

만약 두 사람을 여기 남겨둔다면 그들은 엄동설한에 묘산 선생 댁도 찾지 못한 채 얼어 죽기 십상이었다.

지하철 출구가 있는 지하도 입구를 저만큼 두었을 때였다. 순욱의 운동화 신은 발이 빙판길에 미끄러져 엉덩방아를 찧었다. 안경이 튕겨나가 떨어졌다. 넘어질 때 땅을 짚은 손바닥이 미끄러져 팔꿈치를 빙판에 찧었다. 손바닥은 찰과상을 입었고 왼쪽 엉덩이뼈는 금이라도 간 듯 통증이 심했으나 통행인 발길에 안경이 박살날까봐 무릎걸음으로 기었다. 안경을 집어 드니 한쪽 알이 떨어졌다. 떨어진 알은 금이 나버렸다.

"안 다쳤나? 괘, 괜찮나?" 정씨가 아들에게 물었다.

순욱은 가까스로 몸을 추슬러 일어섰다. 절름거리며 몇 발을 옮겨 가로등 기둥을 짚고 금이 간 안경알을 테에 끼워 넣었다.

"오선상 집에 가서 오, 오늘은 쉬자. 병원은 내일 아츰에 가든지. 이라다가는 길바닥서 죽겠다."

"병원에 가야 함더. 거게 들렀다 또 갈 데가 있심더."

아버지 말을 묵살하며 순욱은 절름걸음을 걸었다. 아침에 묘산 선생 댁을 나설 때 그는 퇴근 시간 전에 일본대사관을 방문할 작 정이었다. 그곳에 들른다고 무슨 대책이 세워지리라고 기대하지 는 않았다. 그러나 아버지를 모시고 서울까지 온 김에 일본 정부 의 무성의를 따지며 항의라도 해볼 요량이었다. 그는 피폭 희생 자의 책임 소재를 따질 기관으로 다섯 군데를 찍었다. 일본 정부 에 항의하는 것이 우선이지만, 한국 정부도 책임을 면할 수 없었 다. 대일 청구권 문제가 군사정권에 의해 1965년 타결을 보았다 면 우리 정부는 피폭자를 위해 그에 상응하는 보상을 했어야 했다. 그러나 한국인 피폭자의 보상 문제는 일언반구도 언급이 없었다. 때늦은 문제 제기가 되겠으나 외무부와 법무부는 보다 강력하게 정부 차원과 병행하여 민간 차원의 청구권 소송을 일본 당국에 다시 제기하고, 보사부나 원호처는 그 등급에 기준하여 치료비나 생계 보조비를 보조하는 후속 조치가 있어야 마땅했다. 한편, 독 일과 이탈리아가 이미 항복했던 이차 세계대전 말기, 미국이 일 본에 꼭 원자폭탄까지 사용할 필요가 있었는지 따지고 싶었다. 전쟁을 빨리 종결지어 인명과 물자 손실을 최소화하겠다고 원폭 을 투하했다면, 전쟁 상대국 국민은 몰라도 한국인 피폭자에 대 해서는 배상까지는 무엇하더라도 도의적, 인도적 측면에서 미국 이 책임져야 한다는 게 순욱의 견해였다. 그래서 그는 요망서 다 섯 통을 산제에서 작성하여 상경했다.

지하철은 아침 출근 시간대만큼은 아니었으나 여전히 만원이 었다. 승객이 내리고 탈 때마다 정씨는 이리저리 밀려서, 늙은 병자를 잡는다고 앓는 소리를 흘렸다. 혜화역을 지날 때, 순욱은 미끄러져 넘어질 때 다친 엉덩이 통증도 그렇지만 다리에 힘을 줄 수 없었고 두통에도 시달렸다. 한편 뿔틀에 어거지로 끼운 안경알이 떨어질까봐 신경을 써야 했다. 그는 안경을 쓰지 않으면 물체가 제대로 보이지 않는 약시였다.

전동차가 동대문역에 도착하자 순욱은 힘들게 전철을 빠져나왔다. 팔이 자유롭게 되자 그는 점퍼 안주머니에 손을 넣었다. 만원 전철 안에서 느낌이 이상했는데, 아니나 다를까 왼쪽 안주머니가 예리한 칼로 찢겨졌고, 있어야 할 지갑이 없었다. 그는 서울 경비에 충당할 칠만여 원을 소매치기 당했음을 알았다. 지갑에는 칠만여 원과 세 식구 주민등록증이 들어 있었다. 오른쪽 안주머니에는 의료보험증, 요망서 봉투와 함께 아버지 진료 의뢰서가 그대로 있었다. 소매치기는 불룩한 오른쪽 안주머니는 노리지 않고 지갑이 든 왼쪽 안주머니를 골랐던 것이다. 혜화역에 전동차가 멈추고, 동숭동 놀이마당으로 나온 젊은이들이 무더기로 쏟아져 내릴 때, 분명 왼쪽 가슴께에 순간적인 압박이 있었다. 그러나 그는 두통과 금간 안경알에 정신이 팔렸을 뿐 주머니 속 지갑은 잊고 있었다.

순욱은 눈앞이 캄캄했다. 빙판에 넘어진 것부터 일진이 나쁜 날이었고 촌놈 값을 톡톡히 치른 셈이었다. 순욱은 바지 주머니를 뒤졌다. 묘산 선생이 준 삼만 원 중에 차비로 쓰고 남은 돈은 손을 타지 않았다. 전동차에서 등 떼밀려 내리자마자 타일 바닥에 주저앉아버린 정씨와, 아버지를 뒤따라 내린 수임은 순욱이 당한 낭패를 눈치 채지 못했다. 순욱은 아버지에게 소매치기 당한 사실을 말할 수 없었고, 말한다고 잃어버린 돈이 찾아질 리 없었다. 낙담이 너무 커서 죽고 싶은 생각뿐이었다. 삶이 힘들 때 자살도 생각해보았으나 막상 결행에 옮기려면 두려움이 앞섰다. 고등학교를 휴학했을 때, 양식이 떨어져 세 식구가 이틀을 굶은 적이 있었다. 그때, 순욱은 가족 동반자살을 생각했으나 마지막 단계에서 두려움에 휩싸여 포기하고 말았다.

"가야지요. 일어나세요." 순욱이 아버지 겨드랑에 팔을 껴 일으켜 세웠다.

"욱아, 얼어 주, 죽더라도 제발 걸어가제이. 내사 껌껌한 굴속을 찌, 찡기 가는 이런 기차는 더 몬 타겠데이." 정씨가 애원했다.

수임이 애타하는 눈길로 순욱을 치켜다보았다. 순욱은 아버지를 누이에게 맡기고 앞장섰다. 어떻게 마련한 돈인데 그 돈을 잃어버리다니. 그는 기가 막혔다. 칠만 원이라면 세 식구가 보름 끼니를 해결할 수 있었다. 아버지 주민등록증까지 잃어버렸으니 병원에서 아버지의 주민등록증을 요구한다면…… 대책이 서지 않았다. 시골에서는 그래도 똑똑한 축에 들었는데 서울이란 대도시로 나오자 바보가 따로 없었다.

지하도에서 지상으로 올라오자, 순욱은 동서남북을 구별할 수 없었다. 도심지로 들어온 탓인지 도로는 자동차로 들어찼다. 지나다니는 버스는 사람을 빼곡히 싣고 있었다. 순욱은 행인에게 물어 광화문 지나 신촌으로 가는 네거리에 적십자병원이 있음을 알았다. 걸어가기는 거리가 멀다는 말을 들었으나 걷는 게 나을 것 같았다.

셋은 종로 5가를 지나 종로 4가로, 미끄러운 길에 지칫거리며 하염없이 걸었다. 순욱은 저녁밥 사먹고 묘산 선생 댁에 가기로 했던 계획을 수정했다. 묘산 선생이 준 삼만 원으로 서울 생활 이삼 일을 버티어내자면 동전 한 닢도 아껴야 할 형편이었다. 그는 엉덩뼈가 욱신거려 절름걸음을 걷다 돌아보니 아버지가 누이 팔에 잡혀 힘없이 따라오고 있었다. 정씨가 잠시 쉬어가자며 아들에게 졸라 걷다 말고 쉬기도 했으나 발이 시려 다시 걷지 않을 수 없었다.

그들이 적십자병원에 도착하기는 오후 세시 반을 넘겨서였다. 순욱은 복도에 아버지와 누이를 남겨두고 구호과 팻말이 붙은 방으로 들어갔다. 빈 의자도 있었으나 직원 여럿이 사무를 보고 있었다.

"김정두 과장님을 찾아왔습니다." 컴퓨터 자판을 두드리는 여직원에게 순욱이 말을 걸었다.

"과장님은 외출 중이신데, 무슨 용무시죠?" 볶은 머리카락에 헤어젤을 바른 여직원이 턱을 들고 물었다.

"피폭자 아버지를 모시고 합천군에서 왔습니다. 무료 진찰을 받을까 해서예." 순욱은 윗도리 안주머니에서 아버지 신원 확인증과 의료보험증을 꺼냈다.

"과장님은 한두 시간 후 오실걸요. 오늘은 힘들겠어요. 내일 아침에 들르세요." 여직원이 시선을 거두고 다시 자판을 두드렸다.

"어떻게 오늘 진찰이 안 될까예? 아버지 건강이 아주 좋지 않심더."

"피폭자 지정병원이 경희의료원인 줄 모르세요? 여기 구호과는 확인만 해드려요. 내일 아침에 다시 오라니깐요."

지정병원이 경희의료원이라는 데 순욱은 낙심이 컸다. 일본 당국의 한국인 피폭자 보상금 일차 분을 적십자병원이 맡아 관리한다면, 진료와 치료 역시 으레 적십자병원일 거라는 생각이 빗나간 셈이었다. 피폭자 확인은 적십자병원 구호과에서 하고 진료는 경희의료원이라니, 일을 복잡하게 만들어놓은 행정 체계였다. 협회에서 진작 일러주었다면 적십자병원 방문은 내일로 미루고 일본대사관이나 찾아 나섰을 것이다. 순욱은 서울 어디에 붙었는지 알지 못하는 경희의료원을 찾아가야 할 수고에 절망했다. 그는 치솟는 분노를 가까스로 눌렀다.

"그렇다면 경희의료원에서 진찰 받을 수 있는 확인증을 끊어줄 수 없습니꺼? 진찰은 내일 받더라도 말입니더."

"과장님이 오셔야 해요."

"그럼 밤을 새우더라도 기다리겠습니다." 후들거리는 다리를 가누며 순욱이 말했다.

"기다리는 건 자유지만 과장님이 한두 시간 안에 들어온다고 장담할 수 없어요." 여직원이 자판에서 손을 떼고 얼굴을 돌렸다. 순욱의 금간 안경알과 씰룩이는 눈꺼풀을 보곤 조금 놀란 눈치였다. "환자분이 위독하다면 병원 응급실을 찾을 일이지, 그렇게 우기면 어떡해요. 내일 아침에 오시라니깐요. 과장님께 말씀 전해놓지요."

순욱은 하는 수 없이 구호과를 나섰다. 내일 아침에 경희의료
원을 찾아가자면 적십자병원에서 확인증만큼은 오늘 받아두어
야 했다. 김과장이 돌아올 때까지 기다릴 수밖에 없었다. 순욱은
복도에 앉을 의자가 없어 아버지와 누이를 복도 가장자리에 쪼그
려 앉게 했다. 두 사람이야말로 여직원 말대로 응급실부터 찾아
야 할 정도로 녹초가 된 채, 결정권을 쥔 순욱을 애타는 눈길로
쳐다보았다. 정씨는 말할 기운조차 없는지 푸르죽죽하게 언 얼굴
에 게슴츠레 풀린 눈을 감고 있었다. 무료할 때면 하는 담배질도
않았다. 복도 안이 훈훈한데도 수임은 어깨를 떨며 습관대로 고
개를 꺾고 있었다.

"대합실에 의자가 있어요." 지나가던 다른 간호사가 말했다.

세 사람이 약제실 앞 대기 의자에서 한 시간 넘게 기다려도 김
정두 과장은 오지 않았다. 삼십 분쯤 뒤, 순욱이 구호과에 들렀으
나 역시 부재중이었다.

바깥이 어두워진 오후 여섯시가 넘자, 순욱을 처음 면담했던
여직원은 일행을 못 본 척 퇴근했다. 순욱이 쫓아가서 김과장이
바깥에서 곧장 퇴근한 게 아니냐고 물었다.

"기다리시는 김에 좀더 기다려보세요." 여직원이 말했다.

한참 뒤, 순욱은 정리할 사무라도 있는 듯 허겁지겁 돌아온 김
과장을 만났다. 줄기차게 기다린 보람이 있었다. 김과장은 순욱
이 원폭피해자협회에서 끊어온 아버지의 피폭자 회원 확인증을
접수한 뒤, 정동칠 씨를 면담했다. 정씨는 신경통, 두통, 관절염,
위장 장애에서부터, 아프지 않은 데가 없다고 대답했다.

"그렇다면 종합검진을 받아야 한다는 말씀인데, 피폭과 무관한 일반인도 누구나 한두 가지 노인성 질환은 갖고 있습니다. 우리 구호과가 선생님의 모든 신체 부위까지 책임질 수는 없습니다. 제 말 알아들으시겠죠?" 순욱이 대꾸할 말을 간추리는 사이 김과장이 서둘러 결론을 내렸다. "제가 전문의가 아니라 뭐라 말씀드릴 수 없지만, 피폭자를 상대하다 보니 피폭이 원인이 된 관련 병은 몇 가지 유형으로 분류할 수 있겠더군요. 정선생 또한 협회의 합천지부 지정병원에서 진찰을 받았을 테니 그 정도는 알고 있지 않습니까?"

"만약 진찰을 받고 결과가 나빠 당장 입원해야 한다면 어찌 됩니꺼?"

"경희의료원 원무과에서 결과를 이쪽으로 통보하게 돼 있습니다. 통보가 오는 대로 조치를 강구해야겠지만…… 피폭자의 경우 발병 시기가 오래됐고, 여태 살아올 동안 방사능 오염 여부와 무관한 병에 걸리기도 하고, 그러니 주치의조차 판단이 어렵습니다. 아버지 모시구 현 거주지로 다시 가서 그곳 지정병원에 입원하거나 통원 치료를 받는 게 어때요?"

책임을 떠넘기는 김과장 말에 순욱은 피폭자 이세의 난치성 질병과 치료 대책에 대해선 물을 수조차 없었다. 말을 붙여본들 곽이사의 답변 정도가 떨어질 게 분명했다.

김과장은 협회에서 발급해준 확인증에 근거하여 경희의료원에 의탁할 정동칠 씨의 피폭자 진료 의뢰권을 발급해주었다.

"경희의료원에 가면 원무과가 있습니다. 일단 거기에 접수시키

면 무료 진찰을 받게 해줄 겁니다." 김과장은 약속이 있는지 손목
시계를 보곤 자리를 뜨려 일어났다.

정씨 가족이 적십자병원을 나서기는 어둠이 내려 거리 가로등
에 불이 밝을 때였다. 기온이 다시 떨어져 살을 에는 바람이 옷깃
사이로 파고들었다.

3

정운전자 회장 부인 주여사의 초대로 묘산 부부가 강남 삼성동
의 일식집 '어원'에서 저녁식사를 마치고 집으로 돌아온 시간은
밤 아홉시가 지나서였다. 정운전자는 전자 손목시계를 동남아와
아프리카 시장에 수출하는 중소기업이었다. 주여사는 화랑가의
고객으로, 이름깨나 있는 한국화가의 소장품을 열심히 구입하고
있었다. 그네는 묘산이 내설악 단풍을 그린 이백 호 산수화 한 점
을 일천삼백만 원에 매입한 뒤, 잔금 결제를 겸해 저녁밥을 샀던
것이다.

"정운에서 만드는 전자시계가 길거리 좌판에 늘어놓고 이삼천
원에 파는 싸구려 손목시계 아니오? 그걸로 떼돈을 번다니, 원
참." 승용차가 상업은행 포이동지점에서 주택가로 꺾어들자, 이
여사가 혀를 차며 말했다.

"그러니 후진국에 풀어먹이는 게지. 중국과 동구권 시장 개척
에도 성공했다니 물량이 달린다는 말도 맞구려. 기술개발이 낙후

한 그런 나라는 하루 한 번 밥을 줘야 가는 수동식 시계만 차다 전자시계라니 눈이 번쩍 띈 게지. 불경기로 문 닫는 중소기업이 속출하는데, 정운은 운대가 텄어. 그런 기업의 안주인이 그림을 좋아하니 내 그림도 팔리잖소."

"이 양반, 말하는 것 봐. 어디 기업이 잘돼 당신 그림이 팔렸나 요. 내가 소심회 회원 손을 거쳐 연줄을 놓은 덕분이지. 그런데 화랑가 단골 물주인 주여사가 어쩜 그렇게 안목이 제롤까. 도겸 선생 매화 그림은 한물갔는데 삼십 호짜리를 육백만 원 줬다니 눈이 삔 게지."

"도겸 선생 '매화도'는 흔치가 않소."

"여보, 주여사 걸친 목걸이가 얼마짜린 줄 알아요?"

"글쎄, 비싼 거겠지."

"윤회장 며느리가 런던에서 사온 것과 같은 다이안데, 삼천오 백만 원이래요."

사오십대 상류층 부인들로 조직된 소심회의 서예 공부는 호사 취미였고 회원들은 해외 관광과 골프에 더 열을 올렸다. 이여사 는 처녀 시절 대구 '죽제 화방'을 들락거리며 한국화 실습을 익혔 으나 거기서 묘산을 만난 뒤 그림은 포기했다. 그러다 근년 들어 사교 모임으로 소심회 서실로 나다니며 서예를 익히고 있으나 실 은 남편 그림 파는 데 더 공을 들였다.

승용차가 자택 정문 앞에 멈춰 섰다. 기사가 경적을 울리곤 얼 른 내려 뒷문을 열었다.

"내일 서실로 나가야 하니 아홉시까지 와줘요." 이여사가 기사에게 말했다.

현관과 대문에 등이 켜지고 대문 자동개폐기의 작동으로 쪽문이 열렸다. 심씨가 주인 내외를 맞았다.

"정혜 들어왔어요?" 거실로 들어선 이여사가 심씨에게 물었다. 운동권에 휩쓸려 다니느라 늘 귀가가 늦던 딸이었다. 가을 들고부터 서클 활동이 지지부진해졌는지 최근에는 딸의 귀가가 조금 빨라졌다.

"여덟시쯤 들어와 지금 지하방에 있어요."

"뭐라구? 그 떼거지들 만나고 있다구?" 이여사가 놀랐다.

"정씨 일가는 언제 돌아왔소?" 묘산이 코트와 양복 윗도리를 벗으며 심씨에게 물었다.

"따님 오기 직전에 모두 초죽음이 되어 들어왔어요. 따님이 시골 분들 왔느냐고 물어, 그렇다니깐 지하방으로 곧장 내려갑디다. 그분들 몫까지 어서 식사 준비하라 독촉해서…… 따님이 그분들과 식당에서 저녁밥을 함께 했어요."

심씨 말에 이여사가 구슬백을 응접의자에 던지곤 한복 두루마기를 거칠게 벗었다. 응접의자에 앉았던 쫑이 놀라 바닥으로 뛰어내렸다.

"내 따끔하게 한마디 하고, 그 떼거지를 당장 쫓아내야겠어요. 기사한테 줘도 좋은 소리 못 들을 곶감 몇 개 가져와선 아주 눌러붙을 작정이야. 보자 하니 여기가 어디 제 집 안사랑인가. 아무리 촌것들이지만 인두겁 썼다면 염치가 있어야지." 이여사가 분김을 못 참으며 성깔을 냈다. "식당까지 데려온 정혜년두 내 가만두지 않겠어. 정신대 문제로 열을 올리더니, 원자폭탄이라니깐 또 귀가 솔깃해선……"

당장 지하실로 내려가려는 처를 묘산이 말렸다.

"임자도 불같은 그 성질 좀 죽여. 당신 쪽 일가붙이가 대학 입시다, 혼사다 하며 상경해선 대엿새를 묵어도 내 어디 간섭했소? 정씨는 내 손님이라 하지 않았소. 보내도 내가 내보낼 테니 임자는 가만있구려. 정혜도 그렇지, 당신 닮아 고집 센 그애 성질 건드려 무슨 이득이 있다구. 식구래야 셋인데, 좀 조용히 지냅시다. 집안이 시끄러우면 그림조차 제대로 안 돼."

묘산이 모처럼 위엄을 세우곤 넥타이를 풀었다. 그의 말 속에는 주여사가 내놓은 수표 봉투를 자기 구슬백에 챙겨 넣던 처가 못마땅했음도 작용하고 있었다. 재산 관리가 처 소관이긴 했으나 그림값은 일단 자기 손을 거쳐가야 함이 순서였다. 그는 주여사로부터 잔금을 받으면 오백만 원을 분질러서 사야 할 게 있었다. 며칠 전 동양란 전시회에 들렀다 마음에 드는 석란을 보고 왔던 것이다.

"당신이 가겠다면 정혜부터 잡아채 와요. 떼거지가 집 안에 기식하자 개가 갑자기 원폭인지 수폭인지 관심이 쏠리는 모양인데, 더 나서기 전에 싹을 잘라야 해요." 이여사가 안방으로 들어가며 덧붙였다. "떼거지는 내일 당장 여관으로 옮겨요. 방사능 보균자를 한 집에 둘 수 없으니깐. 알았죠?"

"임자, 자꾸 떼거지라 말하지 마. 내겐 귀한 고향 손이오."

"정씨가 피붙이라도 된단 말이에요?"

218

"내겐 그만큼 소중한 분이셔."

묘산이 큰소리치곤 다용도실을 거쳐 지하로 내려갔다. 처에게 말은 그렇게 했지만, 잠만 사흘 정도 재워주면 점심과 저녁은 스스로 해결한다고 약속했는데 집에 와서 저녁밥을 먹었다니, 젊은 친구의 허튼말이 괘씸하게 여겨졌다. 정혜가 정씨 가족을 지하방에서 불러올려 식당에서 식사를 함께했다고 했는데, 만약 그렇지 않았다면 심씨에게 저녁밥을 요구할 작정이었는지, 굶고 밤을 나겠다는 속셈이었는지 짐작이 가지 않았다. 자신이 아침에 삼만 원을 줬음을 상기했다.

묘산이 지하방 방문을 열었다. 안쪽에 정씨와 수임이 누워 풋잠에 들어 있었다. 둘은 마치 이중창을 하듯 번갈아 앓는 소리를 질러댔다. 방 가운데 술상이 놓였고, 정혜와 순욱이 대작을 하는 참이었다. 팔모반에 얹힌 술병은 재작년 도일 초대전이 도쿄 마스다 화랑에서 열렸을 때 화랑 대표가 선물한 브랜디였다. 순욱이 무슨 말인가 하다 끊고 쏘아보는 눈초리와, 뺨이 상기된 딸을 보자 묘산의 심기가 편치 않았다.

"무슨 짓거리야?"

"순욱씨한테 일천구백팔십육년 체르노빌 원전사고 피해 진상을 듣던 참이에요. 생각했던 것 이상으로 그 피해가 너무 참혹해요." 정혜가 아버지의 화난 표정을 읽곤 민망한 미소를 띠며 변명했다. "아빠를 대신해서 손님 대접도 할 겸 한 잔만 했어요. 앉으세요. 제가 아빠한테 한잔 올릴게요."

정바지를 입은 정혜가 무릎을 꿇곤 자기가 비운 빈 잔에 술을 쳤다.

"선생님, 번거롭게 해서 죄송합니더. 잠시 앉으시이소." 순욱이 엉거주춤 일어섰다.

"요즘 젊은이들이 술 마시는 걸 이해 못하는 건 아니지만……" 묘산이 말을 꺼내고 보니 뒷말이 얼른 잡히지 않았다. 정혜를 꾸짖을 이유가 궁했다. "내가 구세대라 그런지 청춘 남녀가 술 마시는 건 꼴불견이야. 정혜, 넌 네 방으로 올라가."

"아빠, 왜 이러세요? 아빠도 순욱씨 얘기를 들어봐요. 체르노빌 원전사고가 있고 사 년 후 통계로, 이백이십만 명이 방사능에 오염됐대요."

"체르노빌과 가까운 민스크 시 한 병원에서만도 갑상선암으로 육천 명이 사망했고예." 순욱이 나섰다. "소련 당국은 공식 발표를 통해 체르노빌 사고로 겨우 서른한 명이 사망했다고 했으나, 차츰 그 진상이 외부에 알려지기 시작했지예. 전문가들 견해로는 방사능 오염에 따른 질병으로 최소한 십만 명은 사망했을 거랍니더."

"사망 원인은 주로 암인데, 갑상선, 입술, 식도, 위장……" 정혜가 순욱의 말을 거들었다.

"그만둬. 빨리 올라가지 못해!" 묘산이 딸의 말을 꺾었다.

아버지의 노기 띤 명령에 정혜가 일어섰다. 묘산의 고함에 가수상태에 빠졌던 정씨가 게슴츠레 눈을 떴다. 그가 묘산을 알아보곤 몸을 일으키려 애썼다. 겨우 힘들게 일어나 앉으며, 오선상 왔구려 했다.

"선생님, 여쭤볼 말도 있고예…… 잠시 앉으시이소."순욱이 말했다.

"나도 자네한테 할말이 있어!"밖으로 나서는 딸을 돌아보곤 묘산이 문께에 앉았다.

"이분들이 고향으로 돌아갈 때까지 우리 집에서 강제로 내보내면 안 돼요."정혜가 방문을 닫기 전에 다짐말을 했다.

묘산은 딸의 말을 들은 척 않았다. 순욱이 묘산 앞에 놓인 잔에 술을 쳤다.

"할말이라니, 무슨 말인가?"순욱이 잠시 망설이자 정씨가 나섰다.

"오선상, 저늠이 말입니더, 내가 소주 한 병 사달라 캐도 말을 안 듣고, 저녁밥도 굶기고…… 선상 따님이 아이였으면 우리는 길거리 헤, 헤매다가 돌아와서 저녁밥도 몬 묵고 굶었을 낌더. 얼매나 걸었던지, 길바닥서 주, 죽는 줄 알았심더. 오선상 집에 들어오이까 이래 핀한데 말임더. 고맙습니더. 은혜는 절대 안 잊겠심니더."정씨가 기침을 콜록이며 말했다.

"자네 말부터 들어봄세."묘산은 순욱이 며칠 더 숙식을 요청하리라 짐작했다. 이를 거절하기로 작정한 참에 정씨의 하소연을 듣자 마음이 흔들렸다.

"제가 듣기론 묘산 선생님께서 고향을 떠나기 전까지 산제 장터에서 사신 줄 압니더. 장터 노인분들 말씀으론, 선생님 큰댁과 저희 외갓집이 담 하나를 사이에 뒀다던데, 그 사실이 맞지예?"

"그랬지 그런데?"기대 밖의 질문이라 묘산의 목소리가 눅어

들었다.

"선생님도 아시겠지만 우리 남매에겐 아버지 윗대가 없습니다. 합천 피폭자들을 수소문한 결과 제 조부대에 밀양에서 히로시마로 건너갔고, 조부님은 히로시마 동양공업회사 토목공이었다고 들었심더. 제가 밀양 군청에 편지를 내고 찾아갔으나 아무 소득이 없었습니다. 해방 직후 귀환할 때 아버지는 나이가 어린데다가 피폭으로 기억상실증에 걸려 합천 쪽 사람들에 묻혀 따라 나왔다 보니 연고 없는 땅에 주저앉아버린 거지예. 선생님께서 혹시 저희 본가 쪽 소식에 대해 그 시절에 뭔가 들은 거는 없습니꺼?"

"기억도 오래되고 해서…… 내가 자네 부친 가계에 대해선 아는 게 없어."

묘산은 정씨의 선대에 관해 들은 바가 없었다. 강소수 씨가 맹한 거지 소년을 읍내에서 데려왔다는 게 다였다.

아들 말을 듣던 정씨는 더 앉아 배길 수가 없었던지 장작개비처럼 모로 쓰러졌다. 베개도 베지 않고 모잽이로 눕더니 앓는 소리를 냈다.

"제 외가 원적은 합천군 봉산면이라 들었습니다. 안가람골이란 츱츱한 산촌으로, 찾아갔으나 외조부모님은 별세하신 지 오래됐고, 사촌 식구도 모두 대처로 나가버려, 해방 전후 사정에 관해 아는 사람이 없습디더. 선생님, 제 외조부모님에 관해 아는 게 있다면 일화라도 들려주이소."

"하도 옛적 일이라…… 그러나 지금에 와서 그건 알아 무얼

해?"

"누구나 자기 뿌리를 찾고 싶은 건 당연하잖습니꺼."

"산제 장터 사람들한테 듣지 않았던가?"

"대충은 들었으나…… 선생님을 뵙게 되면 꼭 물어봐야겠다고 생각했습니더. 집안 내력이 하도 기구해서 그 내용을 글로 정리해보겠다고 마음먹은 적이 있었심더." 순욱이 말끝을 흐리며 아버지 쪽을 돌아보았다.

"자네 외조부모와 모친은 내가 가까이서 지켜보았기에 기억이 나. 자네 외할머니를 장터에서는 그냥 '오카상'이라 불렀어. 자네한텐 외할아버지 되는 홍서방은 처를 '미에상'이라고 불렀구."

묘산의 큰댁과 순욱의 외할아버지 홍서방네가 살던 집은 담장을 사이에 두고 있었다. 나지막한 흙담 아래는 큰 석류나무 한 그루가 섰는데, 홍서방네 집 담장 너머로 기웃이 가지를 늘여 여름한철은 좋은 그늘을 만들었다. 석류나무는 초여름에 피는 도톰한 붉은 꽃이 아름다웠다. 여름이면 홍서방네가 작은 평상을 그 그늘에 놓고, 미에상이 딸 게이코에게 칸무리야마 산기슭으로 원족(소풍) 갔던 이야기며, 일본 삼경(三景)의 하나인 히로시마 앞바다 미야지마 섬의 풍광을 소녀 시절의 그리움을 담아 들려주기도 했다. 묘산은 담장 너머로 모녀의 그런 이야기만 들은 건 아니었다. "미에상, 나 왔소!" 이웃 마을로 소금을 팔러 갔다 돌아온 해질녘이면 목청 좋은 홍서방의 즐거운 외침도 자주 들을 수 있었다. 미에상은 혀 짧은 소리로, "인자아 오이시미켜" 하고 삽짝으로 달려가, 두 손을 모아 쥐고 허리 접는 절로 서방을 깍듯이 맞았다.

"선생님 큰댁과 외갓집 위치를 저도 잘 압니더. 그러나 칠십년 대 새마을사업으로 다 헐어버려, 지금은 우물이며 석류나무가 흔적조차 없어져버렸습니다."

"내가 조실부모하여 큰집에 얹혀산 탓인지, 그 당시 어린 내 눈엔 자네 외조부모의 국경을 초월한 그 도타운 사랑이 부러웠어. 장터 사람들조차 기러기 부부라 했으니깐. 나한테도 저런 부모님과 게이코 같은 친누나가 있었으면 하고 선망했더랬지. 그래서 자네 외가 기억이 오래 남는지도 몰라. 전쟁이 나기 전 어느 해 가을, 내가 석류 달린 가지를 꺾어 미에상한테 선물로 드렸더니 미에상이 보답으로 털실 목도리를 짜주더군. 뭘 선물 받으면 반드시 되갚는 게 일본 사람들 습관이지. 그해 겨울, 자네 부친과 땔나무 하러 산을 오를 때 그 털목도리 덕에 퍽 따뜻했던 기억이 남아 있어."

어느덧 분김은 사라지고 묘산의 목소리가 회고조에 젖었다. 그는 앞에 놓인 브랜디를 한 모금 마셨다.

"외할아버지는 두메산골 가난이 하도 지겨워 스무 살이 되기 전에 집을 떠나 현해탄 건너 히로시마에 정착했다더군예. 그 시절 일화는 없습니꺼? 외가댁이 당한 피폭 과정에 관해서는예?"

묘산이 그 당시 듣기론, 홍서방이 히로시마에서 처음 했던 일은 부두 하역 짐꾼이었다고 했다. 히로시마 시내가 아닌 히로시마현 남쪽 해변의 군항이 있던 구레시 부두였다. 몇 년 뒤, 일본말에 익숙해지자 홍서방은 히로시마 시내로 나와 간장 공장의 콩 삶는 화부가 되었고, 미에상을 만나기는 시내 간장가게 점원으로 일자리를 옮긴 뒤였다. 스시점에서 일하던 미에상이 간장가게에 자주 출입하며 병 간장을 사가곤 했는데, 홍서방 인물이 준수하여 그녀가 그에게 혹했다. 둘이 사랑한 지 얼마 뒤, 미에상이 아이를 뱄다. 미에상 부친은 야키모(군고구마) 장수로 집안이 빈한했으나 딸을 조센징에게 내줄 수 없다고 반대했다. 미에상은 집을 나와 변두리에 사글셋방을 얻어 홍서방과 살림을 차렸다. 게이코가 태어나고, 젊은 부부는 열심히 일했다. 게이코 아래로 사내아이를 두자, 미에상 부모도 그제야 홍서방을 사위로 대접했다. 1945년 팔월, 그들은 히로시마 근교 쿠사스초(草律町)에 살았는데, 원폭 투하로 검은 재가 그 일대를 뒤덮어 미에상과 게이코도 피폭자가 되었다. 당시 전시 징용에 동원되어 히로시마현 후쿠야마 철광소 광부로 일하던 홍서방만 용케 재난을 면할 수 있었다. 그해 게이코는 소학교 이학년이었다. 일본이 연합군에 항복하자, 극심한 식량난이 패전국 시민을 옥죄었다. 홍서방은 처에게 한국 귀환을 종용했다. 원폭 투하로 한순간에 친정 식구를 잃은 미에상도 히로시마에 살고 싶은 마음이 없던 참이라 서방의 뜻을 따르기로 했다. 그해 시월, 홍서방은 처자식을 데리고 고향땅 합천군 봉산면 안가람골을 찾으니 가난한 집안 살림은 예전과 다를 바 없어 식구 끼니 해결이 힘들었다. 초등학교조차 없던 두메라 게이코의 학업 중단이 문제였고, 미에상도 '쪽발이' 일본인에 대한 산골 사람들 눈총을 못 견뎌했다. 이듬해 해동 무렵, 홍서방은 처자식을 거느리고 두메를 나서서 삼거리목 산제에 주저앉아 장디에서 소금장사를 시작했다.

"······자네 외조부는 합천 읍내 도갓집에서 소금을 대여섯 가마 떼어와 장날에는 산제 장터에서, 무싯날에는 소금섬을 지고 근동 마을로 팔러 다녔지. 무척 부지런했어. 술 담배를 안하구 예의가 발라, 장터 사람들 인심을 얻었지. 그럭저럭 입살이가 되어 우리 옆집을 매입했을 무렵, 전쟁이 터졌지. 산제도 한차례 공산세상을 겪어, 우리 큰집네 식구는 산촌 대추골로 피난을 갔지. 산제만 해도 수복된 후로 빨치산들 출몰이 잦았어. 홍서방이 빨치산에 끌려 감자 가마를 지고 그들 산채에 다녀오는 고초를 겪기도 했지. 아마 그즈음부털 거야. 미에상이 불안해서 못 살겠다며 일본으로 들어가자고 홍서방을 졸랐던가봐. 큰집 부엌에 와서 백모님과 그런 말 하는 걸 나도 들었어. 집을 판 돈으로 마산의 밀항선을 타면 된다더군. 그러나 전쟁 중에 누가 집을 사. 자네 모친한테 청혼이 들어오기는 내가 고향을 떠나기 전 휴전 직후였으니, 게이코상 나이가 열예닐곱쯤 됐나. 자네한텐 외삼촌 되는, 내 나이 또래 일동이가 원폭 후유증으로 숨진 후였어. 그즈음 게이코 용모가 새첩어 장터 선머슴애들이 군침깨나 흘렸어. 그런데 장날장에 나왔던 반포골에 사는 어느 홀아비가 우연히 게이코의 용태를 봤던가봐. 반포골은 산제에서 시오 리 들어앉은 산촌이지. 그 홀아비 성씨가 나씨였는데, 나씨가 매파를 넣었지. 나씨는 땅마지기를 지닌 자작농 집안 둘째아들이었는데, 장가가자마자 상처를 해서 달린 자식이 없었어. 병골인 아들을 잃은데다 딸자식도 몸이 약해 시집이나 제대로 갈까 걱정하던 미에상이 나씨 집안의 넉넉한 살림살이에 혹해 그 청혼을 받아들였지······"

게이코가 시집가던 그해 늦가을 어느 날을 묘산은 한 폭 그림이듯 기억하고 있었다. 그날은 마침 농번기 방학이라 학교가 쉬었다. 가을 하늘은 푸르게 맑았고, 석류 열매는 껍질이 터져 알알이 붉은 씨를 보였다. 홍서방네 마당에 차양이 쳐졌다. 한낮에 조랑말을 탄 나씨가 신부집에 도착했다. 신랑은 사모관대로 늠름하게 치장했고, 족두리 쓴 게이코 모습이 아름다웠다. 신부집에서 예식이 있고, 점심 후 게이코는 꽃가마 타고 시댁으로 떠났다. 초롱 든 동자와 기러기 목각을 든 머슴이 앞장섰다. 신랑은 조랑말에 앉아 건들거렸고, 꽃가마와 배행꾼이 그 뒤를 따랐다. 꽃가마 뒤를 쫓던 장터 아이들은 "아이노코 게이코 시집간다"며 놀려댔다. 꼴망태 멘 동칠형과 묘산도 가마를 뒤따라 고갯마루까지 배웅을 했다. 앞으로 게이코 누나를 볼 수 없다는 게 서러웠다. 영마루에 이르니 억새밭이 가을바람에 쓸렸다. "성규야, 그, 그만 가자. 게이코가 마 저래 가뿌린다. 인자 산제에 게이코는 읇다." 동칠형이 말했다. "게이코 누나, 시집가서 잘살아!" 저만큼 언덕 아래로 멀어지는 꽃가마를 보고 묘산이 소리쳤다. 묘산이 집으로 돌아오니 담 너머에서 울음소리가 들렸다. 미에상이 게이코를 부르며 섧게 울고 있었다.

"……자네 외할머니도 원폭 후유증으로 몸이 약해 힘든 일은 못하셨지. 집 안에서 밥 짓고 빨래하는 정도였어. 호흡기가 좋지 않아 어깻숨을 쉬곤 했어. 그러나 아들한테만은 지극 정성을 쏟았어. 일동이가 피폭자로 좀 모자란 아이라 학교를 못 다녔거든. 그 아들마저 잃자, 시름이 커 앓아누운 적이 많았지. 자그마한 키

에 눈이 동그란 전형적인 일본 여자였어. 병약한 딸애를 초혼이
아닌 자리에 출가시킨 미에상 애간장이 오죽 서러웠을까……"

"외조부모님이 일본으로 다시 들어간 게 어머니가 시집간 그해
겨울이었다면서요?" 묘산의 감정 실린 말과 달리 순욱이 취재기
자처럼 물었다.

"겨울이 맞는데, 설 쇠고 나서지 아마. 딸을 시집보내고 나자
홍서방 내외는 사는 재미를 잃었는지 늘 기력이 빠진 모습이었어.
담 너머로 들리던 웃음소리도 사라졌어. 그즈음부터 미에상은 일
본 밀항을 굳혔던 것 같아. 집을 헐값에 팔고 내외가 마산으로 떠
났으니. 떠나기 전날 밤 홍서방이 백모님께 작별인사를 하며, 장
날에 장에 나온 사위 나서방을 만나면 우리 게이코 몸이 약하니
잘 거둬주라는 말을 자주 해달라고 부탁하더군. 미에상은 그저
서럽게 울기만 했구…… 그해 봄에 나는 중학교를 졸업하고 대구
로 나왔으니 그 뒷소식은 몰라."

묘산이 중학교에 다니며 특별활동으로 미술반에 적을 두었을
때, 미술 교사 엄선생은 묘산의 그림 재주를 아꼈다. 백부집에 얹
혀사는 묘산의 가정환경을 알게 된 엄선생은 제자가 고등학교에
진학하기 어려울 것임을 알자 대구에 거주하는 은사의 화방 사동
으로 천거했다. 엄선생 은사가 죽제 선생이었다. 당시 대구에서
는 죽제 그림과 죽농 글씨가 쌍벽을 이루어 '쌍죽'으로 불렸다.
회갑 나이를 넘긴 죽제 화방에는 화생들이 많이 들락거렸다. 묘
산의 중학교 은사 엄선생 역시 화생 중 한 사람이었다. 묘산은 죽
제 화방에서 사동으로 궂은일을 도맡았다. 묘산은 차츰 죽제의

눈에 들어 야간 고등학교에 진학했고 내제자가 되었다. 스승 허락으로 묘산도 화생들과 함께 붓을 잡았다. 고등학교를 졸업할 무렵부터 그의 필력이 빛을 보기 시작했다. 묘산의 「추경산수도 (秋景山水圖)」가 국전 동양화 부문에 특선으로 뽑히기는 약관 스물두 살 때였다. 그즈음 그는 지금의 처를 만났다. 서문시장에서 포목상을 하던 집안의 무남독녀였던 처가 죽제 화방의 화생으로 입문했을 때, 묘산이 처에게 붓 쥐는 법부터 가르쳤다. 묘산은 스물다섯 살에 처와 결혼하자 이듬해 서울로 터를 옮겼다. 국전 동양화 부문 특선 3회를 거쳐 마지막은 차석으로 국무총리상을 받았을 무렵이었다.

"전쟁 직후 살기가 어렵던 때라 그 당시 밀항자가 많았던 것 같습니더. 외할아버지 내외분이 일본에 무사히 도착해서, 그해 초여름 히로시마에서 어머니 시댁 반포골로 소포가 왔다고 들었습니더. 낳을 아기 성별을 몰라 사내애 옷과 계집애 옷을 함께 부친다며. 일본에서 보내온 아기 옷을 받은 나서방 그분이 산제 장터로 나와 자랑을 했던 모양입니더." 순욱이 말했다.

"나씨 그분, 키가 꾸부정하고 몸이 장작개비 같았는데, 모주꾼이란 소문이 있었지. 지금쯤 나씨 연세가 칠순에 가까울걸. 아직 살아 계신지 모르지만."

"몇 년 전 그분을 뵈려 반포골로 들어갔습니더. 어머니에 관해 뭘 좀 알까 하고예. 이미 별세했습디더. 어머니가 고된 시집살이를 했으나 나씨 집안에서 소박맞은 이유는 슬하에 손을 못 두었기 때문이라예. 자식을 못 둔데다 몸이 약해 농사일도 제대로 못했으니 시가댁의 미운 오리가 됐겠지예. 삼 년 만에 시댁에서 쫓겨나 산제로 돌아온 후……"

"일본에서는 계속 편지가 안 오고?"

"어머니가 산제로 돌아온 후 푸줏간 뒤 염색집 아랫방을 얻어 삯바느질을 시작했을 때, 몇 차례 일본과 편지 왕래가 있은 듯합니더. 아버지와 살림을 시작했을 때는 인편으로 돈을 보내왔는데, 거기에 함께 넣은 외할머니 편지에는, 어렵게 홀로 사느니 이 돈으로 밀항선 타고 일본으로 들어오라고…… 그러나 어머니는 이때 아버지와 살림을 차렸기에 포기했겠지예. 어머니가 별세하실 때까진 일본 외갓집과 종종 연락이 있었는데, 그 후론 소식이 끊긴 줄 압니더. 참, 제가 태어나고, 정말 히로시마에서 제 옷을 소포로 부쳐왔습니더. 뜨개질한 털옷은 지금도 집 궤짝에 있을 낍니더. 사오 년 전인가예, 히로시마 시청으로 몇 차례 편지를 낸 적이 있습니더. 한번은 현청 민원실로부터 답장이 왔는데, 신원 조회를 해봤으나 흔한 미에란 이름 중에 조선에서 나온 미에상은 찾지 못했다는 거라예."

"자네 부모님이 살림을 차린 사연이 궁금하군. 백부님 별세 기별을 받고 내가 고향에 가서 처음 그 소식을 듣고 조금은 놀랐지. 벌써 십 년 전이군."

조금은 모자라던 동칠형과 게이코 누나의 결혼 과정이 묘산에게는 궁금할 수밖에 없었다. 텔레비전 드라마에나 나올 만한 우여곡절 많은 이야깃감이 있을 것만 같았다.

"당시 두 분 처지가 여러 점에서 비슷했지예. 사고무친에, 히로시마에서 귀환한 피폭자 신분 아입니꺼. 앞뒷집에 살다 보니 아버지가 먼저 가까이 갔겠지예. 아버지가 남몰래 연정을 품었을 수도 있었을 낍더. 아섭게 떠나버렸던 여자가 다시 산제에 나타나자, 아버지가 사고무친 신세인 어머니 집 땔나무를 해주거나, 물지게로 우물물을 길어주거나, 그렇게 뭘 도와주는 일로 가까이하게 되었겠지예. 어수룩한 아버지의 그런 정성에 어머니가 감복당했겠고……"

"그랬을 수 있지. 심성이 착한 분이라……"

묘산은 정씨를 내려다보았다. 몸을 웅크린 정씨가 잠결에 가랑가랑 앓고 있었다. 평생을 병고에 시달리며 살아온 순량한 노인이었다. 묘산은 내일 아침 정씨 가족 세 식구를 여관으로 쫓아버릴 수 없다고 생각을 바꾸었다. 이제 저승길로 접어든 정씨를 몰인정하게 내친다면 오랫동안 마음의 그늘로 남게 될 터였다.

"어머니가 누이를 낳고 산후통으로 별세하자 장터 사람들은 홀아비가 두 자식을 어떻게 키우느냐며, 째보든 병신이든 각시를 얻으라고 권한 모양입니다만……" 순욱의 깨진 안경알 안쪽의 눈꺼풀이 경련으로 떨리고 목소리가 격해졌다. "전 아버지가 차라리 새엄마를 얻었다면 덜 불쌍하겠심더. 아버지는 푸줏간 칼잡이로 사람 대접 못 받으며, 동냥젖을 먹여가며 홀아비로 우리 남매를 길렀습니다. 커서 제대로 사람 구실 못할 자식 둘에게 바친 희생의 대가가 뭡니꺼? 저와 수임은 아버지 노후를 편케 해드릴 자신이 없심더. 피폭자 이세의 이 꼴을 보이소. 이게 우리 가족이 잘못 살아온 탓입니꺼? 책임을 져야 할 사람이 따로 있심더. 그걸 따지러 서울로 올라왔어예!"

순욱의 절규에 놀라 수임이 눈을 떴다. 오라버니를 보자 사시의 눈동자가 두려움에 질렸다. 순욱이 브랜디 병을 들더니 자기 잔에 술을 쳤다.

"진정하게. 자네 말뜻은 이해가 가네. 술 그만 들고 밤이 깊었으니 그만 자게."

묘산이 몸을 일으켰다. 그대로 앉아 있다간 순욱의 주사를 감당할 수 없을 것만 같았다. 그는 지하방을 빠져나왔다. 문득 정씨에 겹쳐 자신의 생애가 되돌아보였다. 정씨가 피폭자란 사실만 예외로 한다면, 출발점에서는 서로 별 차이가 없었다. 두 사람은 어릴 적에 부모를 잃었다. 만약 큰댁이 없었다면 자신은 중학교를 다니지 못할 처지였다. 중학교에서 엄선생을 만나지 않았다면 평범한 농사꾼이 되었을 것이다. 엄선생 소개로 죽제 선생을 만났기에 화가의 길로 들어설 수 있었다. 그렇게 여러 사람의 도움으로 오늘이 있기까지, 자신은 신세진 그들의 빚을 갚은 게 아무것도 없었다. 자수성가해 오늘에 이른 한국 화단의 대가? 그럴듯하게 들릴는지 모르나 자기 일생이야말로 성공과 영달에만 집착해온 이기적인 삶 그 자체였다.

4

"바깥주인께서 아침식사를 특별히 잘해드리라고 당부하셨어요.

맛있게 많이 드세요."

심씨가 지하방으로 날라온 음식은 생일상을 방불케 했다. 굴비 구이에 갈비찜까지 올랐다. 진수성찬에 정씨가 먼저 놀랐다.

"잔칫상이 따, 따로 없네. 옛날 정으로 우리 식구를 이렇게 대접하누만." 정씨가 입맛을 다시며 밥상머리에 다가앉았다.

세수를 마친 순욱이 얼굴을 닦으며 방으로 들어왔다.

"아버지, 수저 놓으시소!" 순욱이 깜짝 놀라 소리쳤다. "고령 영생병원에서 위 검사할 때 아침밥 굶지 않았습니꺼. 오늘 위 검사하려면 위장을 비워야 해예. 위 검사 땐 의사가 물도 마시지 말라잖았어예."

아들 말에 정씨 표정이 금방 찌무룩해져 울상이 되었다. 말귀를 얼른 알아듣지 못한 수임이 의아해했다.

"니, 말 다했나? 잔칫상 받아놓고 묵지 말라이. 위 검사고 머고 싫데이. 낼 주, 죽어도 좋다. 내사 묵고 죽을란다."

정씨가 숟가락으로 밥을 푸자, 순욱이 달려들어 아버지의 숟가락을 낚아챘다.

"검사 받고 나서 실컷 잡수시이소. 아버지가 밥 자시면 어제 종일 고생한 게 헛수곱니더."

"이 불효 막심한 자슥아. 어제 한길에서 그렇게 떨게 하더니, 니늠이 인자 기어코 애비를 굶가 쥑일라 카는구나."

"절대 자시면 안 되예!" 순욱이 밥상을 들어 문께로 치웠다. "수임이 너나 실컷 먹어."

정씨가 멀어지는 길비섬에서 눈을 떼고, 아들 말에 복종할 수밖에 없다는 듯 물러앉더니 벽에 기대어 고개를 빠뜨렸다. 급기야 어깨 들썩이며 훌쩍이기 시작했다. 순욱은 아버지를 안쓰런 눈길로 보았다. 아버지는 살아 있어도 죽은 목숨과 다름없었다. 병고와 가난에 시달리며 구차하게 목숨을 연명하느니 자는 잠에 편안히 죽을 수 있다면 차라리 행복할 것 같았다. 그는 아버지에게 밥을 못 먹게 하고 자기가 밥상 차지하고 앉을 수 없어 아침밥을 굶기로 했다. 수임이 밥상에 붙어 앉는 걸 보더니 정씨가 힘들게 몸을 일으켰다. 못 먹을 바에야 차라리 성찬을 안 보는 게 낫다고 판단했는지 방문을 열고 밖으로 나섰다. 마당으로 나온 정씨가 대문께 쓰레기통 속을 뒤져 비닐봉지를 주워냈다. 다시 방으로 돌아온 정씨가 딸이 밥을 먹고 있는 밥상 쪽으로 가서 밥 한 그릇, 갈비찜, 굴비, 잡채, 나물반찬을 비닐봉지에 쓸어부었다.

"수임아, 시간 없어. 빨리 먹고 나가자." 순욱이 안경 나사를 손톱으로 단단히 조이곤 점퍼를 걸쳤다. 위 검사를 받고 나서 비닐봉지에 담은 음식을 먹겠다는 아버지의 작태를 더 보아낼 수 없어 순욱은 방을 나섰다. 정원으로 나서니 어제 빙판에 찧은 엉덩짝과 요추가 시큰하게 아렸다. 날씨가 맑은데 정원은 눈에 함초롬히 덮여 있었다. 아침 바람은 차가웠다.

"나와 계시군요." 스웨터 입은 정혜가 인사를 건넸다.

"어젯밤에 결례가 많았심더."

"아버지가 무슨 말씀 안하셨어요?"

"별다른 말씀은 없었심더."

"어젯밤에 말한, 오후의 일본대사관 방문 말이죠. 어르신 거동이 불편하시던데, 택시 편을 이용하세요. 청량리 쪽 길이 막혀 너무 늦게 도착하면 대사관 문이 닫혀 허탕 칠는지 모르니깐요."

어젯밤, 순욱은 정혜에게 경희의료원을 거쳐 오후에는 아버지와 누이를 데리고 일본대사관과 보건사회부를 방문해 준비해 온 피폭자 실태를 알리는 요망서를 전달하겠다고 말했다. 나머지 요망서 세 통은 우송해도 무방했다. 상경할 때는 다섯 곳을 방문하여 관계자를 면담하곤 요망서를 직접 전달하려 했으나 날씨와 아버지 건강이 좋지 않은데다 지갑까지 분실하여 쏘다니고 싶은 마음이 아니었다. 그러자 정혜가 일본대사관부터 방문하자며, 거기서 합류하자고 의견을 냈던 것이다.

"택시기사한테 한국일보로 가자면 돼요. 일본대사관이 그 옆이거든요. 소통 잘되는 길로 기사가 알아서 데려다줄 겁니다. 그럼 네시나, 늦어도 네시 반경에 대사관 앞에서 만나요. 순욱씨 가족 얘기를 동아리에 안건으로 올렸더니 회원들이 도와주기로 했어요."

"그런 도움까진 필요가 없는데…… 원폭피해자협회의 도움을 청할까 하다, 거기도 별 볼일이 없을 것 같아 단독으로 나서볼까 했거든예."

정혜가 접은 편지봉투를 내밀었다.

"뭡니꺼?"

"택시비예요."

정혜가 봉투를 전해주곤 순욱이 미처 말을 꺼낼 틈 없이 현관 쪽으로 걸음을 틀렸다. 순욱은 그런 동정에 자존심 상했으나 따질 처지가 아니었다. 지갑을 소매치기 당한 줄 그녀가 알 리 없겠으나 어제 저녁밥을 굶은 채 늦게 귀가한 처지를 눈치 빠르게 알아챘음이 틀림없었다. 봉투에는 이만 원이 들어 있었다.

정씨는 음식물 담은 비닐봉지를 옆구리에 끼고 지팡이를 짚은 채, 수임의 부축을 받으며 정원으로 나섰다. 이를 보곤 순욱이 현관문을 열었다.

"선생님, 다녀오겠습니다." 현관으로 들어간 순욱이 빈 거실에 대고 소리쳤다. 신발장 위에는 석류 그림 한 폭이 걸려 있었다. 석류 가지가 담장 위로 늘어졌고 껍질 터진 석류 열매 여러 개가 대칭구도를 이루고 있었다.

"오늘 경희의료원으로 간담서?" 덧저고리 차림의 묘산이 안방에서 거실로 나섰다.

"입원 치료까지는 힘들 것 같고, 온 김에 정밀 검사는 받아봐야 할 것 같습니다."

"자네 남매도 진찰을 받는다며?"

"피폭자 이세는 아무런 혜택이 없다니 포기해야지요."

"잘 갔다 오게" 하더니, 묘산이 삼만 원을 꺼내주며 아버지께 더운 점심밥을 대접하라고 했다. 그는 정씨 가족이 귀향할 사흘 동안, 내일까지는 용돈을 주기로 작정했던 것이다.

순욱이 그 돈을 받았다. 정혜 말로는, 강북 회기동에 있는 경희의료원은 돈암동 원폭피해자협회보다 가기가 더 힘들다고 했다. 양재역에서 종로 3가까지 지하철로, 거기에서 경희대학교로 가는 버스가 없으면 지하철을 이용해 청량리역으로, 청량리역에서 다시 버스를 타고 가야 한다고 했다. 그래서 순욱은 어제 길눈을 익힌 대로 종로 3가까지는 버스나 지하철을 이용하고, 돈이 생긴 김에 거기에서 택시를 타기로 했다.

한길은 깔린 눈이 통행인의 발걸음에 다져져 미끄러웠다. 정씨의 걸음은 어제보다 부실하여 발을 땅에 끌 듯 내딛었다. 그는 허기진데다 오금이 당겨 걷기가 힘든데 또다시 만원버스를 타야 하는 부담감에 짜증부터 냈다.

세 식구가 여러 번 차를 갈아타고 경희대학교 부속병원인 경희의료원에 도착하기는 열시를 넘겨서였다. 대학 입구에는 여러 종류의 가게가 밀집했고, 사람과 차량이 뒤엉켜 있었다. 병원은 대학 정문 옆 좁은 터에 고층빌딩으로 올려 주차 공간이 제대로 없었다.

병원 대합실은 대개의 종합병원이 그렇듯 많은 사람으로 북적댔다. 세 식구가 대합실에 들어섰을 때, 정씨는 이미 초죽음이 된 상태였다. 대기용 의자도 빈자리가 없었으나 한 아낙이 정씨가 중환자임을 알아보곤 자리를 내주었다. 순욱은 아버지와 누이를 두고 수속에 나서 병원 각과를 소개한 안내판부터 살폈다. 여러 과의 위치도 중간에 '적십자봉사실'이 눈에 띄었다. 어제 적십자병원 구호과 김과장이 경희의료원 원무과로 찾아가라고 말했는데, 그가 적십자봉사실이 있다는 걸 깜빡 잊었는지도 모른다는 생각이 들었다. 경희의료원 적십자봉사실이라면 틀림없이 적십자병원 구호과와 관련이 있을 듯싶었다. 그는 적십자봉사실부터 찾아 원폭 피해자 진료 과정에 따른 제반 절차를 안내받기로 했다.

적십자봉사실은 지하 일층에 있었다. 지하 일층에는 치료방사선과를 비롯한 여러 과가 있었는데, 손기척하고 적십자봉사실 문을 여니 사무원 셋이 한가롭게 자리를 지키고 있었다. 순욱이 여직원에게 적십자병원 구호과에서 받아온 아버지의 의료 의뢰증을 보이자, 여기는 아무 상관이 없으니 일층 원무과로 가라며 퇴짜를 놓았다.

원무과란 팻말은 병원 현관 안 중앙 홀 가까이에 있었는데 창구 앞에 늘어선 줄이 길었다. 순욱은 줄 꼬리에 붙어 섰다. 차례가 오기를 기다리며 생각해보니 만약 창구 직원이 아버지 주민등록증을 보자면 뭐라고 변명해야 할지 난감했다. 병원으로 오다 지하철에서 소매치기를 당했다면 믿어줄 것 같지가 않았다. 시골에서 상경할 때 챙겨오지 않았다고 변명할 수밖에 없었다. 십분 넘게 기다려 앞쪽에 한 사람을 남겼을 때, 순욱은 앞사람 어깨너머로 수속 과정을 넘겨다보았다. 환자 가족은 플라스틱으로 된 진료카드와 의료보험증을 창구 안으로 넘겨주었다. 창구 안쪽여 경리원이 환자 진료카드의 등록번호를 컴퓨터 화면에 불러내어 찍혀나오는 청구금액을 말하자 수납자가 십만 원권 자기앞수표 여러 장을 창구 안으로 밀었다. 산제에서는 자기앞수표를 잘 쓰지 않았으나 서울은 수표를 지폐처럼 흔하게 쓰고 있었다. 순간, 순욱은 줄을 잘못 섰다는 데 생각이 미쳤다. 봉사실 지시대로 원무과 찾아왔으나 자기야말로 돈을 낼 이유가 없었다. 그제야 원무과란 팻말 아래쪽에 붙은 '외래 수납'이란 작은 팻말이 눈에 띄었다. 긴 줄을 보고 서두르다 미처 아래쪽 팻말을 보지 못했던 것이다. 그는 기다린 시간이 아까워 창구에다 적십자병원 구호과에서 받아온 진료 의뢰증을 밀어 넣었다.

"뒤쪽 원무1과를 찾아가세요." 진료 의뢰증을 본 경리원이 의뢰증을 창구 밖으로 되밀었다.

줄에서 자연스럽게 밀려난 순욱은 원무과 팻말이 붙은 사무실 문을 열고 들어갔다. 그는 입구에서 사무 보는 직원에게 원무1과가 어디냐고 물어 안쪽에 있는 직원을 찾아갔다.

"원폭 환자 담당 맞나예?"

"그런데요?"

전표에 도장을 찍고 있던 안경 낀 여직원이 순욱을 맞았다. 그는 진료 의뢰증과 의료보험증을 내놓았다. 여직원이 정씨의 서류를 검토하더니, 진료 받을 환자 주민등록증 앞뒷면을 복사해 오라고 말했다. 순욱이 걱정하던 문제가 사실로 확인된 셈이었다.

"변명 같습니다만, 어제 경남 합천서 상경했는데 지하철을 탔다가 지갑을 잃아뿌서…… 제 주민등록증과 아버지 주민등록증을 지갑에 넣어 왔는데, 그렇게 됐습니더. 히로시마에서 직접 피폭 당하신 아버지 건강이 지금 몹시 좋지 않습니더. 어떻게 선처를 좀……"

"그럼 주민등록등본이라도 떼어오지 않았나요?"

"없는데예."

"그렇다면 본인인지 다른 사람인지 확인할 수가 없잖아요. 안됐지만 무료 진료는 어렵겠어요."

어직원이 걸려온 전화를 받았다. 친구의 전화 같은데 한참만에야 통화를 끝냈다.

"제가 딱한 사정을 설명하지 않았습니꺼. 그렇다고 주민등록등본 한 장 뗄라고 천리 길 경남 합천까지 어떻게 다녀오겠습니꺼." 순욱은 여기서 물러설 수 없다고, 어떤 어려움을 겪더라도 아버지 진찰을 받게 하겠다고 다짐했다. "제발 어떻게 좀 봐주이소. 돌아가시기 전에 큰 병원에서 마지막 진찰이라도 받아볼라꼬 서울까지 모셔왔습니더."

"규정을 어길 순 없잖아요. 이러시면 제 입장이 곤란합니다."

"곤란한 줄 저도 압니더. 합천으로 내려가는 즉시 등본을 떼어 우편으로 부치겠심더."

여직원이 잠시 기다리라고 하곤 정씨의 진료 의뢰증을 들고 창가 쪽 책상으로 갔다. 체격 뚱뚱한 상급자에게 여직원이 정씨 사정을 설명했다. 상급자가 신원증명서는 차후에 받고 진료증을 끊어주라고 말했다. 순욱은 안도의 숨을 쉬었다. 여직원이 정씨의 진료 의뢰증을 복사했다. '원폭'이란 글자가 뚜렷한 고무인을 원본과 사본에 찍었다.

"과장님 특별 배렵니다. 고향에 전화하셔서 주민등록등본을 속달로 부쳐달라 해서 추후 제출하구요."

"고맙습니더."

"여기 처음 오셨다면 진료카드부터 만드세요. 그리고 초진 외래 진찰 신청서를 쓸 때 '진료과' 난에 '내과'라고 쓰세요."

"어디서 그걸 만듭니꺼?"

"대합실에 가면 우측에 '초진' 팻말이 붙은 창구가 있어요. 내

240

과에서 진찰을 받은 다음 여기 와서 확인 도장을 받아야 다음 과로 회진이 됩니다. 원폭환자는 보통 내과, 피부과는 물론이고 정신과나 신경과에서도 진찰을 받게 되니깐요. 한 군데 들를 때마다 여기서 확인 도장을 받도록 하세요."

"왜 그렇게 복잡합니꺼?"

"환자에게 치료비를 물리지 않고 원폭협회로 계산서를 넘기니 행정 절차가 까다롭습니다."

"내과에서 위 내시경 검사를 받게 됩니꺼? 아버지는 뭐든지 자시면 구토를 합니더."

"그건 내과에서 결정할 문제지요. 담당 의사분께 구토가 심하다고 설명해주세요. 참, 어젯밤 자정 이후 일체 굶었지요?"

"예."

말을 마치고 순욱은 원무과를 나와 대합실로 갔다. 초진 창구와 재진 창구 앞은 늘어선 줄이 원무과 외래 수납창구보다 더 길었다. 이삼십 분 걸려 수속을 마치고 내과로 찾아가면 거기서도 얼마를 또 기다려야 할는지 몰랐다. 여직원이 말했듯, 내과에서 피부과, 정신과, 신경과로 돌자면 또 줄을 서야 할 것이었다. 그렇다면 정오를 넘길지 모르는데 아버지가 그때까지 빈속으로 견디자면 심한 허기로 가사상태에 이를지도 몰랐다. 아버지가 이곳에서 진찰을 받는다 해도 입원이 불가능할 바에야 숫제 진찰을 포기해버릴까 하는 생각이 들었다. 오늘 받는 진찰의 종합결과를 알자면 짧게 잡아도 사나흘은 걸릴 테고, 결과를 알고 거기에 따른 약을 써본들 아버지의 해묵은 난치병이 쉬 고쳐질 리 없었다.

그러나 여기까지 와서 포기해버리기엔 서울에서 이틀 동한 겪은 고생이 너무 아까웠다. 늦어도 오후 네시 삼십분까지 일본대사관 앞에서 정혜씨를 만나기로 했으니 세시 삼십분에는 경희의료원을 나서야 했다.

늘어선 줄 뒤쪽에 독립된 책상이 있고 책상 위에 외래 진찰 신청서 용지가 쌓여 있었다. 순욱은 옆 사람을 따라 푸른 글씨가 쓰인 외래 진찰 신청서에 아버지 이름과 주민등록번호를 쓰고 진료 과목 난에는 내과라고 써넣었다. 그는 아버지 주민등록번호를 몰랐으나 다행히 의료보험증에 번호가 있어 그대로 옮겼다.

순욱은 신청서를 들고 줄 꼬리에 서려다 창구에서 또 퇴짜를 맞을까봐 이번에는 숫제 초진 창구 담당 여직원 쪽으로 갔다. 그는 원폭 도장이 찍힌 아버지 진료 의뢰증을 보이며, 원폭 피해자의 진찰도 줄을 서야 하느냐고 물었다. 여직원은 새 등록 환자는 무조건 진료카드를 만들어 환자 고유번호를 받아야 진찰을 받을 수 있다며 줄부터 서야 한다고 말했다. 그가 줄 꼬리로 가니 그새 두 명이 더 늘어났다.

이십 분쯤 줄을 서서 기다리자 순욱은 뱃속이 쓰리고 허리가 접혔다. 엉덩뼈와 요추가 욱신거려 서서 버티기가 힘들었다. 골치까지 쑤셔 잠시 주저앉았다 일어나, 줄 서기를 누이와 교대하기로 했다. 뒤에 선 아주머니에게 자기 자리를 부탁하곤 줄에서 빠져 대기 의자 쪽으로 갔다. 의자들은 사람들로 채워져 빈자리가 없었는데, 정씨는 수임의 어깨에 머리를 기댄 채 눈을 감고 있었다. 의식이 까라졌는지, 잠이 들었는지, 숨소리조차 내지 않았다. 비닐봉지만은 보물단지처럼 안고 있었다. 순욱은 수임이 일어난 자리에 아버지를 잠시 모로 눕히고 줄을 섰던 자기 자리로 누이를 데리고 갔다. 누이를 대신 줄에 세우고 의자로 돌아와 아버지를 앉혀선 자기 어깨에 기대게 했다.

"인자 다 됐나?" 눈을 뜬 정씨가 힘없이 물었다.

"좀더 기다려야 합니더. 위 검사만 받으시고 밥 잡수시면 돼예."

순욱의 말에 정씨의 파리한 입술에 희미한 미소가 떠올랐다. 정씨는 아들 어깨에 기대어 다시 눈을 감았다.

줄을 섰던 수임의 차례가 되자 순욱은 누이와 교대를 했다. 그는 드디어 아버지의 진료카드를 만들었다. 등록번호는 50587751번이었다.

순욱은 아버지와 누이를 데리고 내과를 찾았다. 내과 앞 복도의 대기 의자 역시 앉을 자리가 없었다. 진찰을 기다리는 사람은 열 명이 넘었다. 순욱은 창구에 진료카드와 진료 의뢰증을 밀어넣었다. 창구 안의 간호사가, 호명할 때까지 기다리라고 말했다. 순욱과 수임은 복도 가장자리에 쪼그려 앉았으나 정씨는 바닥에 퍼질러 앉았다. 이십 분은 좋이 기다려서야 정동칠 씨 이름이 불렸다.

수임을 복도에 남겨두고 순욱이 아버지를 부축해서 진료실 안으로 들어갔다. 간호사가 정씨의 기록장을 만든 뒤, 체중과 혈압을 재곤 담당의사에게 넘겼다. 머리칼 희끗한 중년 담당의가 정씨에게, 어디가 아프시냐고 물었다. 순욱이 아버지의 더듬는 말을 거들어, 위장 장애부터 시작하여 그동안의 병력을 말했다. 잠자코 듣던 의사가 정씨 윗옷을 벗게 하고 속옷을 걷어올리게 했다. 정씨의 윗몸은 어디 한 군데 살갗이 매끈한 데가 없이 흠집투성이였다. 큰 흉터가 있거나 살색이 거멓게, 붉게 변색되어 불에 그을린 개가죽 꼴이었다.

"지금도 피부병을 앓고 있습니까?" 정씨의 피부를 관찰한 끝에 의사가 물었다.

"서, 서른 살꺼정 진물이 나고, 근지럽고, 새로 허, 헐고 하다가…… 난중에 숙지근해져, 인자는 괜찮습니더."

"고생 많았겠습니다."

의사는 청진기를 정씨 가슴에 댔다. 심장의 운동 상태를 관찰하곤 배, 옆구리, 등줄기 여기저기를 손가락으로 눌렀다. 정씨가 앓는 소리를 흘렸다. 의사는 쇠막대로 정씨의 무릎뼈를 쳐보기도 했다. 헌데 자국이 숭숭한 정씨 다리는 막대로 쳐도 자율신경이 반응을 보이지 않았다. 그런 간단한 진찰 뒤 의사는 책상에 놓인 컴퓨터 쪽으로 돌아앉아 자판을 쳤다. 그동안 순욱은 아버지의 벗은 옷을 입혔다. 의사가 정씨 쪽으로 의자를 돌렸다.

"신경과, 정신과, 위 내시경 검사실, 치료방사선과, 네 군데를 들러 진찰을 받으십시오." 의사가 정씨 개인 기록장에 무엇인가 쓰며 말했다.

"그런 다음에는예?" 순욱이 물었다.

"집으로 가도 돼요."

"진찰 결과는 언제쯤 알게 됩니꺼?"

"일주일 후 오전에 여기로 들르십시오."

"입원하여 치료를 받을 수는 있습니꺼?"

"결과를 봐야지요."

의사가 정씨 개인 기록장을 간호사에게 넘겼다. 순욱은 묻고 싶은 말이 많았으나 의사의 사무적인 말에 주눅이 들어 진료실을 나섰다. 간호사가 정씨 개인 기록장과 진료 의뢰증을 순욱에게 넘겨주었다. 순욱은 아버지를 데리고 내과를 나서서야, 아버지의 병세가 어떤 상태인지, 일주일 동안 서울에서 기다릴 처지가 못 된다는 점을 의사에게 말하지 못한 것이 아쉬웠다. 일주일 뒤 종합 진찰 결과가 나오더라도 입원 치료는 원폭피해자협회나 적십자병원 구호과에서 보증을 서줘야 가능할 것 같았다.

"인자 다 됐나?" 정씨가 목을 빼고 기어드는 목소리로 물었다.

"한 곳만 진찰 끝내면 밥을 먹어도 됩니더" 하곤, 순욱이 가는 귀먹은 누이에게 큰 소리로 말했다. "아버지 모시고 여기 있어. 원무과에 잠시 갔다 와야 하니깐."

순욱은 대기실로 서둘러 걸음을 돌렸다. 원무1과 여직원에게 확인 도장을 받아야 네 과 진찰을 차례대로 받을 터였다. 내일 당장 내려가야 하냐, 일주일을 더 서울에서 배겨내야 하냐가 발등에 떨어진 불이었다. 일주일 동안 묘산 선생 댁에 기거하기는 불가능하다고 여겨졌다. 묘산 선생 부인의 경멸 어린 태도를 떠올리자 오늘 저녁에 다시 기어들기에도 마음이 무거웠다. 묘산 선생에게 사흘 정도 머물기로 약속했으니 오늘 밤 자고 나면 내일 아침은 그 집에서 떠나야 할 형편이었다. 아버지와 누이를 내일 산제로 먼저 내려보내고 자신은 종합 진찰 결과가 나올 때까지 서울에 남는 쪽으로 예정을 잡자, 이 차가운 서울 바닥에서 한 주일을 헤매야 할 일이 암담했다. 초라한 세 가족의 형편을 생각하니 절로 한숨이 나왔다. 이 세상 어느 누구도 자기 가족이 당하는 육신의 고통을 이해해주려 하지 않는다면, 차라리 이 세상을 등지는 쪽을 선택함이 낫지 않을까 하는 생각이 들었다. 이런 염세적인 발상은 늘 자신을 닦달질하는 정신적 고통이었다. 어쩌면 그 고통에서 해방되기 위해 죽음을 생각하는지도 몰랐다.

원무1과 여직원으로부터 내과 진료서에 확인 도장을 받자 순욱은 아버지와 누이를 데리고 일층 복도를 따라 피부과 다음에 있는 위 내시경 검사실부터 찾았다. 그곳 창구 앞 복도 의자에는 검사를 받을 환자들이 보호자와 함께 대기하고 있었다. 침대에 누워 팔뚝에 링거바늘을 꽂은 바싹 여윈 환자도 차례를 기다리고 있었다. 순욱은 창구에 아버지 개인 기록장을 밀어 넣었다.

"정동칠 씨 어젯밤 자정 이후 아무것도 드시지 않았죠?" 창구 안에서 간호사가 물었다.

"예, 아무것도."

"호명이 있을 때까지 기다리세요."

마침 문이 열리고 입을 휴지로 막은 채 헛구역질을 하며 나오는 노인이 있어 순욱이 빼꿈 안을 들여다보았다. 안쪽 대기실에도 대여섯 사람이 차례를 기다리고 있었다. 그들 중에는 가족도 있을 터였다.

검사실 복도 의자에서 순욱의 손목시계로 이십오 분을 기다려도 정씨 이름이 불리지 않았다. 그동안 정씨는 아들에게 여러 차례,

이제 다 됐냐고 아이처럼 보챘다. 다시 오 분을 더 기다려 순번이 빠른 사람들의 검사가 얼추 끝났을 때쯤, 간호사가 복도로 나섰다. 순욱은 아버지께, 이제 우리 차례라고 말하곤 의자에서 일어섰다.

"점심시간이므로 대기하시는 분은 오후 한시 삼십분에 다시 와 주세요. 내시경 검사할 분은 그동안 물도 마시면 안 되니 주의해 주시구요." 간호사가 말했다.

순욱은 맥이 빠졌고 울화가 치밀었다.

"보이소. 아버지 상태가 아주 안 좋습니다. 아침밥을 굶어 가사 상태에 이르렀어예. 어떻게 한 사람만 검사를 더 봐주이소."

간호사가 무슨 억지냔 듯 순욱을 흘겨보았다. 마침 위 내시경 검사 담당의사가 가운을 벗고 양복 상의를 걸치고 복도로 나섰다. 졸라봐야 소용이 없음을 알자 순욱은 의자에 다시 앉았다.

"인자 다 됐지러?" 정씨는 이제 수임처럼 귀까지 가버렸는지 간호사 말이 있었음에도 아들에게 물었다.

기운이 빠진 순욱은 대답할 마음이 아니었다. 그는 위장의 무력증 탓인지 배가 고프지 않았고 머릿속을 바늘로 찌르는 듯한 통증만 있었다. 맥이 빠진 순욱은 머리를 벽에 기대어 눈을 감았다.

"정동칠 씨 차렙니다."

간호사 말에 졸던 순욱이 정신을 차렸다. 시간이 얼마나 흘렀는지 몰랐다. 그는 황급히 누이 어깨에 머리를 기대고 잠이 든 아버지를 깨웠다. 정씨는 눈을 뜨지 못했다.

"아버지, 차례가 왔심더! 촬영하고 밥 드셔야지예."

순욱이 아버지를 흔들어 깨웠다. 정씨가 무겁게 눈꺼풀을 열었다. 순욱이 아버지 팔을 잡아채어 대기실로 들어갔다. 간호사가 마취제라며 정씨에게 끈적한 액체를 마시게 하고 엉덩이에 주사를 놓았다.

"정동칠 씨, 들어오세요. 보호자는 거기서 기다려요." 고무장갑 낀 간호사가 말했다.

간호사는 정씨를 부축해서 검사실로 데리고 들어갔다. 잠시 뒤, 검사실 안에서 질러대는 정씨의 가느다란 비명과 헛구역질 소리가 대기실까지 들렸다. 한참 뒤 검사실에서, 정동칠 씨 보호자분은 들어오라고 간호사가 말했다. 순욱이 검사실로 들어갔다. 정씨는 침상에 반듯이 누워 눈을 감은 채 가쁜 호흡만 내쉬었다.

"모시고 나가세요 몸이 워낙 쇠약해서…… 안정을 시키면 곧 회복될 겁니다." 의사가 비닐장갑을 벗으며 말했다.

순욱은 간호사의 도움으로 축 늘어진 아버지를 업었다. 아버지의 몸이 순욱의 등짝에 달라붙었다. 간호사가 가져가라며 정씨 기록장을 손에 쥐여주었다. 순욱은 아버지를 업고 복도로 나서서 누이에게 기록장을 넘겼다. 그는 아버지가 식사를 할 수 있는 장소를 찾아 복도로 빠져나왔다. 비닐봉지와 서류철을 든 수임이 뒤를 따랐다. 복도 끝에 비상구 표시등이 보였다. 뼈만 만져지는 아버지의 엉덩이를 받친 순욱의 손이 축축해졌다. 아버지가 오줌을 쌌음을 알았다. 순욱은 비상구 계단 앞에 아버지를 내려 벽에 기대어 앉혔다.

"아버지, 인제 밥 먹어도 됩니더."

순욱은 매듭을 풀어 비닐봉지를 아버지 샅에 놓았다. 헛구역질하던 정씨가 겨우 눈을 뜨고 봉지의 음식에 눈을 주었다.

"수저를 안 가주고 왔네." 수임이 말했다.

"그냥 먹지 뭘."

순욱의 말에 정씨는 맨손으로 봉지에서 밥 한줌을 집어내어 입으로 가져갔다.

"너도 같이 먹어." 순욱이 수임에게 말했다.

원무1과에서 또 확인 도장을 받아와야 했고 마실 물이 있어야겠기에 순욱이 복도를 빠져 대기실로 나섰다. 그는 여직원으로부터 내시경 검사를 마쳤다는 확인 도장을 받자, 자판기에서 우유한 팩을 사서 마시곤 빈 팩에 화장실 수돗물을 채웠다.

순욱이 비상구 앞으로 돌아오니 수임이 아버지 옆에 쪼그려 앉아 손가락으로 밥을 집어먹었고, 정씨는 갈비찜 뼈다귀를 물어뜯고 있었다.

"물 드시고 천천히 드세요." 순욱이 우유팩을 아버지에게 건넸다. "이제 기운 차릴 만합니꺼?"

정씨는 대답이 없었다.

"오빠는 안 묵어?" 수임이 물었다.

"난 굶어도 돼." 순욱이 계단에 앉으며 말했다. 뱃속은 아무 감각이 없었다. 그는 아버지와 누이의 식사가 끝나기를 기다렸다.

"다 자셨으면 갑시다. 또 검사 받아야 하니깐요." 순욱이 빈 비닐봉지를 꾸깃꾸깃 접는 누이에게 말했다. "먹충아, 아버지 모시고 따라와."

순욱은 신경과, 정신과, 치료방사선과 중 어느 과에 대기 환자가 덜 밀렸을지 따지다 지하 일층 적십자봉사실 가까이에 있던 치료방사선과 팻말을 생각해냈다. 거기는 대기 환자가 없었다. 지하 일층 치료방사선과로 온 순욱은 아버지 기록장을 창구에 넣었다. 수임이 아버지를 부축하고 따라왔다. 먼저 와서 기다리던 삼십대 중반의 남자 둘이 이야기를 나누고 있었다. 순욱이 나른한 몸을 의자 등받이에 기대자 지끈거리며 골이 패이는데, 옆자리 두 남자가 소곤소곤 나누는 말이 귓바퀴를 울렸다.

"……증기 발생기 냉각수를 증기로 바꾸는 관 있잖아. 자네도 견학할 때 밀폐된 창구로 봤을 거야. 그게 늘 말썽이거든. 가느다란 관이 모두 육천칠백칠십칠 갠데, 그게 자주 부식되면 점퍼(보수원)가 뛰어들어 관을 재생해줘야 해. 작년까지 일천이백칠십여 개의 관을 재생하거나 관 막음해줬어."

"방호복 입고 땜질 작업하는데도 방사능이 뚫고 들어온다니. 방사능이 그런 투과력까지 있나?"

"수실 안에서 삼 분 안에 작업을 마쳐야 하는데, 그 시간 안에 못 마칠 때도 있지. 사 분 정도, 아니 오 분도 걸려. 만약 내가 시간 내로 못 마치면 다른 점퍼가 들어가야 하기에, 한번 들어가면 작업을 다 마치고 나올 수밖에. 생명이 위협 받는 일이라 특별수당이야 나오지. 내 경우는 부양가족 많은 게 원수야. 특별수당 밝히다 원자병에 걸리지 않을까 모르겠어."

"자네 같은 점퍼 지원자가 있으니 국민이 안전하게 전기를 쓰는 게야."

"첨단 산업 전사로 사명감과 긍지를 느낄 때도 있긴 해."

"전기 소모량은 매년 십 프로 이상 증가하는데 자원 고갈 시대에 원자력 발전소가 없다면……"

순욱이 듣기에 한 사람은 원자로 격납용기 보수 작업의 점퍼이고 또 한 사람은 점퍼가 되기 위한 견습공인 듯싶었다. 둘은 피폭 검사를 받으러 치료방사선과를 찾아온 게 틀림없었다.

"정동칠 씨 들어오세요."

순욱이 아버지를 옆구리에 끼고 진료실로 들어갔다. 힘을 전혀 쓰지 못하는 정씨가 아들에게 몸을 완전히 의탁했다. 순욱은 간호사와 힘을 합쳐 진료실 간이침대에 아버지를 뉘었다. 나가 계시라는 말에 순욱은 복도로 나왔다. 방사능에 오염된 피폭자를 방사선으로 치료하는 건지, 피폭량의 체내 축적량을 산출해 비교치를 조사하려는 임상 대상인지, 순욱은 아버지의 진료를 예측할 수 없었다. 아버지의 난치병은 어차피 완치가 불가능할 것이다. 머리가 빠개질 듯 아팠다. 잠이 올는지 모르겠지만 아무 데나 누워 한숨 잤으면 싶었다.

"오빠."

수임의 목소리에 순욱이 눈을 떴다. 수임과 간호사가 걸레처럼 늘어진 아버지를 부축해서 복도로 나서고 있었다. 순욱이 등을 내밀어 아버지를 받았다. 그는 아버지를 업고 일층으로 올라와 미리 봐둔 정신과를 찾았다. 정신과 앞 복도의 의자에도 차례를 기다리는 환자와 가족이 열 명 넘었다. 시간은 벌써 오후 두시 반을 넘어섰는데 또 얼마나 기다려야 할는지 몰랐다.

순욱은 삶 자체가 이렇게 끝없는 기다림의 되풀이일지 모른다고 생각했다. 한 고비를 가까스로 넘기면 새로운 고비가 앞을 막는 지루하고 먼 길이었다. 목숨을 연장시키려는 실낱같은 기대도 무너진 끝에 눈앞의 죽음을 알면서도 포기할 수 없는 게 인생이었다. 순욱의 가족이 바로 그런 인생길을 허위넘고 있는 셈이었다.

5

정씨가 경희의료원에서 네 군데 진료를 마쳤을 때는 오후 네 시 반을 넘겨서였다. 결과는 일주일 뒤 내과에서 알아보기로 하고 순욱은 아버지와 누이를 데리고 일본대사관 가는 길을 서둘렀다. 그는 버스를 타면 어디에서 내려 길을 물어야 할지 몰라 정혜가 준 돈으로 택시를 타기로 했다. 무엇보다 아버지가 실신 직전 상태여서 버스를 타는 것은 무리였다. 정씨는 정신과에서 진료를 마치고 나와, 점심으로 먹은 봉지 음식을 죄 토하곤 온몸이 식은 땀에 젖은 채 까부라졌던 것이다. 작년 가을 산제의 잔칫집에서 돼지고기를 과식하고 토사곽란으로 까무러져 이틀을 자리보전하여 운신을 못했다. 이번에도 그때처럼 순욱은 활명수를 먹여 아버지의 뒤집히는 속을 진정시켰다.

병원 광장으로 나서니 저녁 바람이 차가웠다. 택시를 기다리는 사람들의 줄이 길었다. 아버지를 업은 순욱과 수임이 줄 꼬리에 섰다. 빈 택시가 자주 오지 않아 십 분을 넘게 기다려서야 겨우 차례가 왔다. 순욱이네 세 식구가 택시에 올랐다.

"어디로 모실까요?" 택시기사가 물었다.

"한국일보사 가까이에 있는 일본대사관예."

"다섯시가 넘었겠다, 시내로 들어가자면 러시아워에 걸릴 텐데……"

"대사관 문 닫기 전에 도착해야 합니더……"

"여섯시에 문 닫는다면, 그때까진 갈 수 있을까 모르겠네."

기사가 고려대학교 가는 길로 차를 꺾었다. 택시는 신설동으로 빠졌다. 신호등에서 지체하는 것 말고는 차가 의외로 잘 빠졌다. 종로통을 쉽게 통과하여 세종로에서 한국일보사 쪽으로 접어들었다.

"대사관이 저기 닭장차 대기하는 앞이에요. 여기서 내려야겠네." 택시기사가 말했다.

순욱은 택시에서 먼저 내렸고 수임이 아버지를 안아 내렸다.

"여게가 어데고? 묘산 선생 댁이 아인데?" 정씨가 택시에서 내리며 두리번거렸다.

앞쪽에 창문마다 철망을 씌운 전투경찰 수송용 버스 두 대가 대기하고 있었다. 그 앞에 전투경찰 대원들이 추위에 떨며 언 발을 녹이느라 제자리걸음으로 서성였고, 이동식 연탄화로를 놓고 불을 쬐는 대원들도 있었다. 어느 건물이 일본대사관인 줄 몰라 정문에 꽂혔을 법한 일본 국기를 찾느라 순욱이 사방을 살피자, 저만큼에서 정혜가 머리카락을 날리며 뛰어왔다. 그 뒤로 남학생 둘이 따랐다. 시간은 오후 다섯시 사십분을 넘어서서 어둠이 내리고 있었다.

"늦었군요. 고생 많았죠?" 정혜가 말했다. "그런데 아버님이 왜 이래요? 많이 편찮으신 것 같아요."

"아침밥을 굶고 무리하여 여러 과의 진찰을 받느라 지친 모양입니다."

순욱은 막상 일본대사관 앞에 도착했으나 어떻게 정문을 통과해서 어느 부서로 찾아가야 할지 막막했다. 빈사 상태의 아버지를 증인 삼아 꼭 여기까지 데리고 왔어야 했는지 의문이 들었다. 그러나 오랫동안 벼러온 계획이었기에 여기까지 와서 망설여서는 안 된다고 생각했다. 내가 못할 짓을 하는 것도 아니라며, 그는 스스로 용기를 챙겼다.

"우리 동아리 회원들이에요." 정혜가 순욱에게 말하곤 남학생을 돌아보았다. "형들, 인사드려요. 이분이 제가 말한 정순욱 씨고, 이분이 히로시마에서 직접 피폭 당한 아버님 정동칠 씨, 이분은 따님인 수임씨예요."

외투 깃을 세운 학생은 중간 키에 이목구비가 반듯했다. 반코트에 목도리를 두른 학생은 키가 크고 안경을 꼈다.

"저는 정혜와 같은 과인 김영묩니다." 외투 입은 학생이 말했다.

"박창셉니다." 나이가 영무보다 들어 보이는 학생이 책가방을 영무에게 넘기더니, "제가 도울게요" 하며 수임 대신 정씨를 맡아서 부축했다.

"민원 상담 받는 부서를 알아뒀어요. 무역 관계부터 제반 소송 문제까지, 영사부에서 취급한대요." 정혜가 말했다.

그들은 순경 둘이 지키고 선 대사관 정문 앞으로 갔다. 창이 별로 없고, 띄엄띄엄 있는 창문도 바둑판만하게 작게 내어 대사관이 냉동창고 같았다. 대사관 건물 꼭대기에는 일장기가 펄럭였다.

"순욱씨, 주민등록증 가졌죠?" 정혜가 물었다.

"없심더. 주민등록증 때문에 병원에서도 시껍묵었습니다."

"그러면 들어갈 수 없는데요. 큰일이네."

"제가 알아볼게예."

순욱은 택시를 타고 올 때 대사관 출입에 주민등록증이 문제가 될 것임을 예상했고, 출입을 통제 당하더라도 부딪쳐보겠다고 결심했다. 그는 일본대사관에 전달할 요망서를 꺼내 들고 입초 순경 앞으로 갔다.

"대사님이나 영사님께 직접 서신을 전달하고 싶은데예. 주민등록증을 갖고 오지 않았는데, 어떻게 면회가 되겠습니꺼?"

"안 됩니다. 오늘은 일과 끝났어요. 주민등록증 갖고 내일 와봐요" 하곤 순경이 순욱을 훑어보았다. "당신이 대사를 만나겠다구? 대사님은 그렇게 한가한 분이 아니오."

"영사님과 면담을 주선해주세요. 봉투만 전해주면 됩니다. 아버지는 경남 합천 분인데, 주민증을 가지러 거기까지 갈 순 없잖아요?" 정혜가 말했다.

말이 되지 않는 소리란 듯 순경이 한눈을 팔았다.

"영사부에 한국어 잘하는 직원은 있을 게 아닙니까. 그분과 통화를 시켜주세요. 난 주민증 소지했으니깐." 영무가 주민등록증을 내보이며 정문 안으로 들어섰다.

이쪽 대화를 지켜보던 건너편 순경이 쫓아왔다.

"너들 뭐야? 영사부에 무슨 볼일 있어? 학생들 맞지? 좋게 말할 때 돌아가."

"못 돌아가요. 용건이 있어 방문했는데 돌아가라니. 대사관이란 자국 정부를 대신해서 한국에 나와 있지 않습니까. 영사부 책임자를 만나야겠어요." 영무가 대들었다.

"이 새끼, 건방지긴. 영사부 책임자가 친구냐? 용건이 뭐야?"

"저분은 히로시마 원폭 피해잡니다."

정혜가 창세에 의지한 정씨를 지목했다. 정씨는 앓는 소리를 흘리며 눈을 감고 있었다. 정문 안쪽에 있는 안내실에서 제복짜리 안내원이 바깥의 소란을 주시하다가 어디론가 전화를 걸었다.

"원폭 피해자? 그래서 뭘 어쩌겠다는 거야?"

"뭘 좀 따지러 왔소. 댁은 입초나 서요."

"말 다했어?" 순경이 영무 멱살을 쥘 듯 대들었다.

순욱은 입초 순경과 말다툼으로 일을 그르치고 싶지 않았다.

"제가 대사관 측에 한국인 피폭자 실태를 알리는 요망서를 갖고 왔심더. 요망서 전달이 목적이지 농성을 하겠다거나 당장 대책을 세워달라고 따지러 오지는 않았습니더."

"여긴 치외법권 지역으로, 아무나 출입할 수 없소." 순욱의 말에 순경 목소리가 누그러졌다.

이쪽 말다툼을 들었던지 닭장차 쪽에서 무전기를 든 상급자가 이쪽으로 왔다.

"뭐야?" 무궁화 계급장을 단 경위가 입초 순경에게 물었다.

"원폭 피해자 대책 어쩌구 하며 대사님을 면담하겠다구요."

"정신대 대책위와 같은 문제잖아" 하더니, 상급자가 피식 웃었다. "자네들 추위에 생고생하지 말고 돌아가. 원폭이든 정신대든, 다 지난 얘기야. 정부가 일본 측에 성의 있는 대책을 요구하는 마당에 왜 너들까지 나서나. 신문이 떠든다고 너들까지 몰려와서 사회 혼란을 조성해?"

"정부가 해주는 일이 없으니 당사자들이 나서는 것 아닙니꺼. 저와 제 누이도 피폭 이세인데, 보다시피 원폭 후유증으로 반병신이 됐습니더. 대사나 영사가 아니라도 책임 있는 분과 면담하고 싶습니더. 건의할 요망서도 준비해 왔고예." 순욱이 말했다.

"좋게 말할 때 돌아가!" 경위의 명령이었다. 아무도 대답하지 않았고, 그렇다고 움직이지도 않았다. "다시 말한다. 날씨도 찬데 신경 건드리지 말고 꺼져. 요즘 정신대 대책위 아줌마들 데모로 우리도 신경이 날카로우니깐."

"……"

"탄원선지 요망선지 내놔. 내가 알아서 대사관에 전달할 테니."

"직접 만나서 전달하겠심더. 면담이 이뤄질 때까지는 절대 돌아갈 수 없어예."

순욱이 요망서 봉투를 점퍼 안주머니에 넣었다. 그는 경위의 명령에 돌아설 마음이 없었다. 자신의 요구가 정당하므로 연행당한다 해도 두려울 게 없었다.

"돌아가라니까."

다시 경위의 명령이 떨어지자, 순욱이 그 자리에 주저앉았다.

닭장차 쪽에서 전투경찰 대원들이 몰려왔다.

"욱아, 그라모 되나, 순사가 마, 말하는 대로 해야제……" 정씨의 말문이 터졌다.

"끌어내! 이거 순 어거지잖아."

경위 말에 전경 대원이 순욱의 양팔을 잡아 일으켜 세웠다. 순욱은 어차피 대사 면담이 글렀음을 알았다.

"일본 정부 각성하라! 피폭자 원호 대책 조속히 수립하라!" 순욱이 갑자기 잡힌 팔을 버둥거리며 외쳤다.

"일본 정부는 한국인 원폭 피해자를 책임져라!" 뒤에 섰던 영무가 주먹을 내두르며 소리쳤다.

"일본은 책임져라!" 정혜가 뒷말을 외치며, 영무 어깨에 팔을 걸었다. 행인들이 걸음을 멈추고 작은 규모의 시위자들을 에워쌌다.

"안 되겠어. 전원 연행이다!" 경위가 말하곤 앞장을 섰다.

전경 대원들은 훈련된 솜씨로 순욱, 영무, 정혜의 팔을 옴짝달싹 못하게 비틀어선 끌고 갔다.

"우리 욱이 끄, 끌고 가모 안 됩니더!" 정씨가 울부짖었다.

수임이 소리 내어 훌쩍이며 아버지의 내두르는 손을 잡았다. 정씨는 창세에게 잡힌 채 절뚝걸음으로 아들을 쫓았다. 순욱은 끌려가면서도 계속 원폭 피해자의 대책을 강구하라고 고함을 질렀다. 취재를 마치고 돌아오던 한국일보 사진기자가 보도할 만한 장면을 잡았다는 듯 순욱 앞에서 카메라 셔터를 눌러댔다.

셋은 일본대사관에서 이백 미터 정도 떨어진 중학파출소로 연행되었다. 정씨를 부축한 수임과 창세가 파출소로 들어왔다. 파출소 안이 갑자기 어수선해졌다.

순욱은 앞이 흐릿하여 사람을 구별할 수 없었다. 그제야 연행 과정에서 금이 간 안경알이 빠져버렸음을 알았다. 정혜와 영무는 순경을 상대로 연행해온 법적 근거를 따졌다.

"시끄러. 계속 떠들면 너들 둘은 차에 태울 거야." 경위가 윽박지르곤 순욱을 보았다. "네가 장본인 맞지? 여기 앉아." 경위가 철제의자를 책상 앞에 놓고 자기는 책상에 달린 의자에 앉았다.

"주민등록증 꺼내봐." 경위의 즉석 취조가 시작되었다.

"어제 지하철에서 소매치기 당해 지갑째 잃어버렸심더."

"소매치기? 어디서?"

"돈암동 원폭피해자협회에서 전철 타고 동대문역으로 가다가 잃어뿌심더."

"그건 그렇다 치고, 이름과 주민등록번호, 거주지를 대."

경위는 순욱이 불러주는 대로 메모한 뒤 지켜보고 선 파출소장에게 신원조회를 부탁했다. 경위가, 저 노인이 부친이냐고 물었다.

"오십 년 가까이 원폭 후유증을 앓아오다 병이 악화되어 돌아가실 날만 기다립니더. 별세한 어머니도 피폭자라, 누이와 저도 피폭 이셉니더."

한쪽 안경알이 없는 순욱의 눈에 아버지와 수임의 모습이 흐릿했다. 정씨는 얼굴이 사색이 된 채 침을 흘리며 숨을 헐떡였다. 수임은 고개를 빠뜨려 떨고 있었다.

"저치들은 누구야? 자네와 어떤 관계야?"

"우리 가족을 돕겠다고 나선 학생들입니더."

"전부터 아는 사이야?"

"남학생들은 오늘 처음 봤고, 우리 식구는 저 여학생 집에 머뭅니더. 여학생 부친이 고향분입니더."

"일본대사관에 제출하겠다는 탄원서를 꺼내봐."

경위의 말에 순욱은 일이 엉뚱하게 꼬인다 싶었다. 요망서 답변과는 상관이 없는 데모 진압 경찰관에게 그 서류를 보일 의무는 없었다.

"경찰과는 관계없으니 대사관에 직접 전달하겠심더."

"우리가 물리적으로 그걸 압수해야 되겠어? 불온문서일 수도 있으니깐 보자는 것 아냐!"

순욱은 더 버텨야 소용없음을 알고 봉투 여러 개를 꺼냈다.

"요망서 보낼 데가 꽤 많군 그래." 경위가 봉투에 쓰인 수신처를 읽었다. "외무부장관, 법무부장관에, 보사부장관이라. 일본대사관에 전달한다는 것, 여기 있군."

경위가 일본대사관에 제출할 요망서를 읽기 시작했다.

순욱은 요망서에서 경남 합천군 원폭 피해자의 진상과 실태, 피폭 1세대 아버지와 2세대 자식의 피폭 후유증을 밝혔다. 일본 당국에는 세 가지 요구를 했다.

첫째, 일본 정부는 지난 1965년 기본조약과 함께 체결된 재산 및 청구권에 관한 문제는 한일경제협력협정에 따라 무상 3억 달러 유상 2억 달러를 한국 정부에 지급함으로써 대일 재산

및 청구권이 소멸되었다고 주장하나, 한국인 피폭자는 그 사실
조차 당시는 알지 못했다. 1965년 협상 시 일본 측은 태평양전
쟁의 한국인 사망자를 21,919명, 유해 232구라고 자료를 제시
한 바 있으나, 이는 속속 밝혀진 역사적 진실과 사료에 의해 허
위임이 입증된 바 있고, 히로시마와 나가사키 원폭 시 한국인
희생자는 그 자료에서조차 제외되었다. 강제 징용에 동원된 한
국인 피폭자를 일본의 태평양전쟁 수행자로 간주할 때 사망 및
생존자 보상이 이루어져야 마땅하다. 일본 의회가 입법화한 자
국민 피폭자 원호금 지급 규정에 준하여 한국 원폭피해자협회
가 작성한 23억 달러의 배상 책임을 일본은 반드시 져야 한다.

　둘째, 일본 정부는 한국인 피폭자 원조 명목으로 1969년 이후,
일 년에 2명에서 10명 내외로 도일 치료를 주선하고 있으나 이
는 국제 사회 지탄을 우려한 전시효과 생색이다. 일본 당국은
이를 전면 수정하여 한국인 피폭자의 치료 역시 자국민 피폭자
치료 수준에 준하여 동등하게 대우해야 한다. 이는 국가 배상
청구나 개인 배상청구와 상관없이, 이차 세계대전 종결 후 뉘
른베르크 국제군사재판조례(ITM 조례)의 제6조 C항에 규정된
'인도(人道)에 관한 죄'에 해당하기 때문이다. 그러므로 한국 피
폭자 지정병원에서 피폭에 의한 질병으로 진단할 경우, 일본은
인원에 구애됨 없이 도일 치료 초청을 주선해야 한다. 또한, 일
본은 자국 원폭 병원 전문의를 한국에 파견시켜 피폭자의 정기
적 검진과 치료를 담당케 해야 한다.

　셋째, 두 소건에 선행하여 1990년 5월 노태우 대통령 도일

시 일본 정부가 약속한 '인도적 측면'의 단서 아래 원폭 피해자를 위해 회사하기로 약속한 40억 엔을 하루 속히 완결지어 피폭자가 혜택을 받도록 조치해야 한다. 고령자인 피폭자들은 그동안의 병고와 생활고로 속속 사망하므로, 시효를 늦추어서는 안 된다. 세 가지 요구에 대한 일본 정부 당국의 성의 있는 대응을 촉구하는 바다⋯⋯

순욱은 요망서에 외조모는 히로시마에서 피폭 당한 일본인으로, 1945년 한국인 남편을 따라 한국에 나왔다가 1954년 남편과 함께 재도일하여 히로시마 나카히로초(中廣町)에 거주하며, 역시 히로시마 피폭자인 어머니와 서신 왕래가 있었으나 1963년 어머니 별세 이후 소식이 두절되었기에 소재지를 확인해달라는 개인적 부탁말도 달았다.

"자네가 직접 작성한 건가?" 경위가 요망서를 대충 읽고 순욱에게 물었다.

순욱이 그렇다고 대답했다.

"애들 장난도 아니구, 일본대사관이 이 요망서를 접수라도 해줄 것 같아? 이건 정신대 문제보다 더 힘들다는 걸 몰라?"

"국가가 못 따져준다면, 개인이라도 따질 건 따져야지예."

"딱한 젊은이군. 그래, 다른 봉투도 다 이런 내용인가? 미국대사관도 있네, 이건 또 뭐야?"

"미국도 원폭 투하에 따른 책임의 일부를 져야 한다고 봅니더. 한국인의 경우는 제삼의 희생자이기 때문입니더. 당시 한국이 일본에 점령 당했다 해서 한국인을 적성국가 사람으로 취급해서는 안 됩니다. 미국은 적국인이 아닌 한국인에게 '인도에 관한 죄'를 범했기에 한국인 피폭자에게는 도의적 책임이 있으니 마땅히 사죄해야 한다고 봅니더." 순욱은 준비해둔 말이라 거침이 없었다. "또한 제 소견으로, 핵무기는 한반도에서뿐만 아이라 이 지구상에서 영원히 추방되어야 하며, 강대국 미국은 비핵화 운동에 솔선수범해야 한다고 생각합니더."

경위가 순욱을 상대할 동안 파출소장은 정혜 일행 셋에게 신원확인 자술서를 쓰게 했다.

그때, 파출소 출입문을 열고 잠바때기 사내가 찬바람을 몰고 들어섰다.

"소장님, 오랜만에 뵙습니다. 한국일보 최기잡니다. 원폭 피해자들이 일본대사관 앞에서 시위를 벌였다면서요? 사진기자가 그럽디다. 저분 맞아요?"

최기자가 수첩을 꺼내들고 정씨 쪽으로 다가가 인사를 건넸다. 눈을 감은 정씨는 여전히 사색이 된 얼굴로 숨을 가쁘게 내쉬고 있었다.

"언제 어디서 피폭을 당했습니까?" 최기자가 정씨에게 물었다.

"……" 정씨는 반쯤 정신을 놓고 있었다.

"노인이 영 기력을 못 차리니 이 친구한테 물어봐요. 자제분이라니깐."

경위가 말하곤 정혜 일행 쪽으로 갔다. 세 학생은 빈 책상에서 열심히 지술시를 쓰고 있었다. 작성이 끝나자 경위가 셋을 나란히 불러 세웠다. 그는 학생들의 반정부 데모, 각종 반정부 단체와의 연대 투쟁, 통일 문제와 관련된 북측 주장의 동조를 두고 비판했다. 동구권의 해체, 소련의 분할과 공산주의 이념 포기, 한국의 사회 혼란 따위가 그의 연설 속에 끼어들었다. 학생 셋은 머리를 숙인 채 조용히 듣고만 있었다.

순욱은 경위가 자리에서 떠나자 그가 읽은 요망서를 점퍼 주머니에 넣었다. 그는 최기자에게 원폭 피해자의 후유증을 조목조목 설명했다. 기사가 될 만하다고 판단했던지 최기자는 순욱의 말을 수첩에 적었다. 그는 신문사로 전화를 걸어 사진기자를 파출소로 오게 했다. 잠시 뒤, 순욱의 연행 장면을 찍은 기자가 와서 정동칠 씨와 순욱을 필름에 담았다.

"······학생들의 순수한 열정은 이해해. 그러나 교통을 방해해가며 가두에서 난동을 피워서야 되겠어?" 정혜 일행이 다소곳하게 자숙하는 태도를 보여서인지 경위의 웅변조 목소리가 낮아졌다. "민주화됐으니 집회 시위의 자유야 보장해야지. 그런데 말이야, 선진국 보라구. 가두시위를 사전 통보한 후에도 협상으로 타협을 보지만, 시위가 있다 해두 오죽 합리적인가. 거리 질서를 지켜가면서 말이야. 우리도 이제 시위문화를 바꿔야 해. 화염병 던지구, 국민 세금으로 깔아놓은 보도블록 깨서 팔매질하구, 걸핏하면 가두를 점령해서 드러눕구, 그런 작태를 후진적이라구 생각 안해?"

경위 말에 고개 숙였던 세 학생이 얼굴을 들었다. 시큰둥한 표정이었다.

"불만 있어? 내 말 틀렸나?"

"할 말이 많지만 참겠습니다." 창세가 말했다.

"맞아, 사람은 참을 줄 알아야 해. 자네들도 참구, 우리도 참아야지." 경위가 너털웃음을 웃었다. "내 재량으로 훈방 조치하겠으니 앞으로 조심들 해. 학업에 충실하고, 사회에 나와 현실 참여한다 해두 늦지 않아. 알아들었어?"

셋 아무도 대답하지 않았다.

"영감님 건강이 염려되니 자네들이 병원이든 집이든 잘 모셔드려. 그럼 나가도 좋아."

경위의 말에 창세와 영무가 정씨를 부축하여 일으켜 세웠다. 그제야 정씨가 눈을 껌벅이며 정신을 수습했다.

"우, 욱아, 인자 가나?" 순욱이 의자에 앉아 있자 정씨가 채근했다. "퍼뜩 가자. 가서 누버야제."

"자제분은 안 됩니다. 더 조사하고 돌려보내겠어요. 시간이 걸릴 테니 먼저 가세요. 자제분은 자정 안으로 귀가시키겠습니다." 경위가 말했다.

정씨가, 우리 아들 내놓지 않으면 못 나가겠다며 시멘트 바닥에 주저앉아 훌쩍거렸다. 창세와 영무가 정씨를 보듬어 출입문으로 이끌었다.

"순욱씨, 어쩌죠? 우리 먼저 가게 돼서." 수임의 한 팔을 낀 정혜가 돌아보며 말했다.

"제 걱정 말고 아버지나 잘 모셔주이소. 속이 답답하다면 활명수 한 병 사드리면 됩니더."

"형, 미인해요." 영무가 돌아보며 순욱에게 인사말을 했다.

일행 셋은 대사관 정문 앞에서 보여준 용기가 언제였나 싶게, 경위 훈계에 다소곳해져 곱송그리다 훈방 조치되자 잽싸게 빠져나갔다.

정씨의 질척한 울음과 수임의 훌쩍거림이 멀어졌다. 바깥 한길은 색색의 네온사인 간판으로 환했다.

"더 잡아뒀담 송장 칠 뻔했잖아. 원폭 병이 무섭긴 무서운가봐." 경위가 큰 짐을 덜었다는 듯 손바닥을 털었다.

"저도 갑니다." 최기자도 파출소를 나섰다.

"내일 기사 나와?" 파출소장이 물었다.

"지방판은 글렀고 서울판에 끼워 넣게 될지 모르죠."

최기자가 가버리자, 저녁 배식 끝났겠다며 경위가 파출소를 나서다, 알아서 처리하시라고 파출소장에게 아리송한 말을 남겼다.

파출소에는 순욱만 남았다. 이십여 분이 지날 동안 파출소장은 물론, 들락거리는 어느 경찰 하나 순욱에게 관심을 두지 않았다. 신호위반으로 딱지를 뗀 택시기사가 항의차 들어와 분탕을 치다 나갔다. 야간 순찰 나설 방범대원들의 신고가 끝나자, 그들도 조를 짜서 파출소를 떠났다. 파출소 안은 다시 조용해졌다. 온종일 우유 한 팩과 물밖에 먹지 않은 순욱은 의자에 허리 접고 혼곤하게 늘어졌다.

"정씨, 숙소가 그 여학생 집이라며?" 파출소장이 물었다.

"여학생 부친이 동향 출신입니더."

"강남구 포이동이라." 파출소장이 정혜가 써놓은 자술서를 들추며 혼잣말을 하더니, "정씨 가족이 겪은 딱한 처지는 충분히 동정이 가네. 그러나 어떡하겠나. 국가 간 송사거리에 개인이 울분을 터뜨린다고 뭐가 해결되겠어? 우리나라에도 원폭피해자협회가 있다니 그 기관을 통해 건의하면 되잖아? 데모라면 물불 안 가리는 학생들과 접선할 게 아니라, 협회 쪽과 상의하는 방법이 빠를걸."

"······."

"무척 피곤해 보이는데 돌아가 쉬게. 내일 다시 일본대사관으로 찾아오면 그땐 단단히 혼날 줄 알라구. 내 말 알아듣겠지?"

"생각해보겠습니다."

순욱은 파출소를 나섰다. 별다른 용건 없이 자기만 파출소에 오래 잡아둔 이유는 학생들과 격리시키려는 방편이라고 짐작했다.

밤 기온이 뚝 떨어졌다. 순욱이 찬바람을 들이켜자 골에 금이 가듯 통증이 왔다. 어질증으로 발이 허공을 밟는 듯했다. 눈뿌리가 욱신거렸다. 강남 포이동까지 가자면 어디로 가서 몇 번 버스를 타야 할지, 전철역은 어디쯤 있는지 알 수 없었다. 구멍가게가 보였다. 목이 말라 가게로 들어가 우유 한 팩을 샀다. 아주머니에게 가까운 전철역 위치를 물었다. 오른쪽으로 가면 안국역, 왼쪽으로 가면 경복궁역이 나온다고 일러주었다. 순욱이 일본대사관 쪽으로 걷자 뒤쪽에서 누군가, 순욱형 하고 불렀다. 책가방을 든 영무가 골목길에서 튀어나왔다.

"아직 안 돌아갔군예?"

"가다니요. 형을 줄곧 기다렸습니다. 저쪽 뒷길로 가요. 창세형이 그쪽 목을 지키니깐. 다른 일은 없었지요?"

"아버지와 누이는 어찌 됐나예?"

"정혜가 택시로 모셔 포이동으로 갔어요. 어르신 건강이 좋잖아 빨리 쉬게 하고 뭘 드시게 해야 한다면서."

파출소 아랫길을 돌아가자, 생맥주집 앞에서 창세가 장맞이하고 있었다. 셋이 합류했다.

"시장하지요?" 창세 말에 순욱의 대답이 없자, "우리 뭘 좀 먹으며 얘기해요" 하곤 앞장섰다.

셋은 종로 2가 쪽으로 내려갔다. 식당과 술집이 널린 데까지 오자 창세가 한 집을 골랐다. 식당은 직장인들로 북적댔다. 셋은 안쪽 구석자리를 잡았다. 종업원이 물잔을 나르자, 창세가 잡탕찌개와 공기밥을 시켰다. 그는 순욱에게 술을 하느냐고 물어 소주한 병에 빈대떡을 추가했다. 음식이 올 동안 순욱은 안경을 벗고눈을 비볐다. 내일 보건사회부나 일본대사관, 아니면 원폭피해자협회를 다시 방문해야 하느냐 시골로 내려가야 하느냐를 따져보았으나 어느 쪽으로도 결론을 내릴 수 없었다. 엄동의 서울 바닥을 아버지와 누이를 끌고 다닌다는 게 무리라고 생각했다. 역시병원에서 마음먹은 대로 두 사람은 먼저 내려보내야 할 것 같았다.그렇다고 혼자 탄원서를 전달하러 다니자니 어느 누구도 피폭자이세의 고통을 정당하게 인정해줄 것 같지 않았다. 산제로 내려가봐야 으능골 산비탈의 삼청냉돌만 기다릴 터였다. 농협에 빌려쓴 빚은 다달이 이자가 붙는데, 양식 떨어진 지도 오래였다. 또어디서 양식을 빌려다 먹어야 할지 막막했다.

"무척 피곤해 뵙니다." 영무가 생각에 잠긴 순욱을 보며 말했다.

"실인즉 아침부터 굶었습니더."

그 말에 영무가 카운터에다 시킨 음식을 독촉했다.

"여러 장기에 침투된 방사능 유전자가 이세대에까지 치명적일 줄은 몰랐습니다." 침묵 끝에 창세가 말했다.

"일본 의학계도 원폭에 따른 질병이 이세대에 유전된다는 뚜렷한 증거가 없다고 잡아떼지예. 이렇게 현실적으로 당하고 있는데도 말입니더."

"가족 병력이 그렇다 보니 형이 그 방면에 전문가인 줄은 아는데, 한 가지 질문해도 되겠어요?"

"고등학교 쩍부터 관심을 가져 원폭 문제는 일반인보다 낫게 안다고 할까. 그래봐야 아는 지식이 별거겠습니꺼."

"작년인가, 신문에서 봤는데 미국 배우 존 웨인과 수잔 헤이워드 있잖아요. 두 분 다 암으로 숨졌는데, 그게 네바다 주에서「정복자」란 서부영화를 촬영한 결과랍디다. 미국이 오십년대엔 네바다 주에서 핵실험을 했는데, 영화를 네바다 주에서 그 시절에 찍었거든요. 방사능 오염 결과로 두 배우가 숨졌다는데, 순욱형 견해는 어때요?"

"저도 그 이야기를 책에서 읽었심더. 그게 단순히 흥밋거리 추측 기사가 아니라는 걸 여러 증거와 증인이 밝혔더군예. 미국 서부영화는 대부분 네바다 주와 유타 주에서 찍는데, 네바다 주에서만도 오십년대 십 년 동안 핵실험을 백 회나 실시했담더.「정복자」도 그즈음 찍었는데, 감독이 암으로 죽었지예. 촬영 현장에 따라갔던 존 웨인의 누 아늘도 암에 걸렸고요. 유타 주의 야외 촬영에 참여했던 이백여 명 가운데 그 절반이 나중에 암에 걸렸다는 통계가 있심더. 방사능은 특히 백혈병을 유발시키는데, 유타 주의 경우 다른 주보다 백혈병 발병률이 사백 배에 가깝다지 않습니꺼. 그래서 유타 주 도시 주민들이 집단소송을 제기했는데 그곳 법원에서 핵실험 결과가 맞다고 승소 판결을 했답니더."

"장거리 타이탄 미사일을 지키는 경비원 있잖아." 순욱의 말을 받아 창세가 영무에게 말했다. "경비원은 꼭 둘을 짝지어 세운대. 물론 무기를 휴대하지. 엄청난 위력의 미사일을 옆에 두고 밀폐된 건물 속에서 장시간 근무하다 보면 긴장의 연속 아니겠어. 노이로제에 걸릴 만도 하겠지. 그래서 만약 동료 경비병이 미사일에 접근하여 이상한 행동을 보이면 즉각 발사하라는 명령을 받고 있다나. 둘은 서로가 감시자인 셈이야. 부대에 미사일이 배치된 후 경비를 섰던 대원 중에 서른 명이 정신장애를 일으켰다는 보고도 있어."

종업원이 가스판에 찌개 냄비를 올려놓고 밥과 찬으로 상차림을 했다. 소주병과 술잔도 따라왔다. 창세가 잔에 술을 치곤 건배를 제의했다.

"한국전쟁 때 중국이 참전하자 미국이 핵무기 사용 계획까지 세웠다면서요?" 잔을 반쯤 비운 영무가 창세에게 물었다.

"공격 목표 일호는 중국 본토였다지만 한국 내 전투에까지 핵 사용을 심각하게 고려했다잖아. 펜타곤이 완벽한 시나리오를 갖고 대통령 결재 직전까지 추진했다더군."

"그때 만약 이 땅에 핵이 사용되었다면 어떻게 되었을까? 전국토가 방사능 재로 덮이고, 우리도 생겨나지 않았겠죠?"

"그걸 말이라고 물어." 창세가 소줏잔을 비웠다.

"일 메가톤급 핵폭탄 한 발이 터질 때, 순간적으로 폭발하는 게 아니고 공중에서 수십 초 동안 연쇄반응을 일으키듯 계속 터진답니더." 빈대떡 한 점을 집어먹은 순욱이 나섰다. "폭발할 때 엄청난 불덩어리 직경이 물경 2.4킬로니, 오 리가 넘고예. 그 빛이 얼마나 강렬한지 손으로 눈을 가려도 빛이 손바닥을 통과한답니더. 무엇보다 핵폭발의 가공할 위력은 열선(熱線)인데, 수 킬로미터 밖에서도 열선에 닿기만 하면 옷이 불타버릴 정도라니깐, 폭발 지점에 가깝게 있는 건물은 그냥 녹아버리고 맙니더. 거센 불길이 사방에서 바람을 감아올리는 선풍형(旋風型) 화재가 직경 십 킬로 안을 확 쓸어버립니다. 그다음이 폭풍인데, 일 메가톤급 핵이 폭발하면 엄청난 폭풍이 몰아쳐서 폭발 중심부에서부터 시 오 리 안팎은 모든 건물이 그 폭풍을 맞는 순간에 무너지고, 거목은 뿌리째 뽑히고, 일반 집들은 날아가버립니다. 백 리 밖에까지 태풍 이상의 영향을 받게 되지예. 그렇다 보이 폭탄이 도심지 상공에서 폭발할 경우, 십 킬로 이내는 온갖 쓰레기로 뒤죽박죽되어 버립니더……" 순욱의 쉰 목소리가 열기를 띠었고 한쪽 눈꺼풀이 경련을 일으켰다.

순욱의 설명에 영무는 입을 벌린 채 공포에 질렸으나 창세는 덤덤한 얼굴이었다.

"대단한 위력이군요." 영무가 머리를 흔들었다.

"그런네 무엇보다 가장 무서운 기 바로 '죽음의 재'지예. 바람에 실린 방사능 입자가 멀리까지 퍼져나가면 수백 킬로 안쪽 지대에는 사람이 살 수 없게 됩니더. 물도 땅도 방사능에 오염되고, 곤충부터 인간까지 그 물을 먹은 생명체, 그 땅에서 자란 풀이나 나무도 방사능에 오염되지예. 소련의 체르노빌 원전 사고가 바로 실제 예 아닙니꺼. 바람이 동북 방향으로 불어 폴란드, 독일, 프랑스까지 영향을 미쳐 그해 중부 유럽 포도농사를 망쳤다잖아예. 서양 사람들은 포도주를 우리네 숭늉처럼 마시는데, 그해는 포도주를 못 담구었담더."

"찌개가 끓네. 식사부터 합시다." 창세가 찌개 국물을 국자로 앞접시에 담아 순욱에게 넘겼다. "합천 경우 피폭자 생활 형편은 어떻습니까?"

"말이 아님더. 일자무식 농사꾼들이 일제 말기 강제 징용 당해 군수공장 노무자나 막노동으로 생계를 유지하다가 졸지에 피폭자가 되지 않았습니꺼. 그들이 기술이 있나예, 가진 돈이 있었겠습니꺼. 귀국해서 각종 원자병에 평생을 시달렸으이 농사일도 제대로 못했지예. 그러이 영세한 극빈 가정이 태반입니더. 병고와 생활고로 농약 먹고 자살해뿌린 사람도 많습니더."

순욱은 찌개 국물을 안주로 소주잔을 들이켰다. 술기가 오르자 줄곧 패던 골치가 조금 덜했다. 창세의 소주잔이 건너오자 그도 자기 빈 잔을 넘겼다.

셋은 대화를 중단하고 밥을 먹기 시작했다. 순욱은 몇 년 전 자살한 읍내의 영순 아줌마가 생각났다. 네 살 때 히로시마에서 피폭 당한 그네는 일생을 전신마비에 저능아 상태를 벗어나지 못하고 다락방에서만 살다 끝내 목숨을 끊었다. 햇빛을 싫어해 숨어서 누워 지내며 사십여 년을 버텨오다 농약을 마셨다는 것이다. 원폭피해자협회 합천지부 장(葬)으로 지낸 장례식에 순욱도 참석했다. 그런데 이웃들 사이에는, 움직일 수도 없는 영순 아줌마가 어떻게 농약병을 구할 수 있었겠냐, 사십여 년을 그 몸으로 살아왔는데 새삼 자살할 이유가 뭐냐, 그러니 누군가 자살을 사주했을 거란 뒷공론이 돌았다. 사주한 자는 끝내 밝혀지지 않았다. 한 생명이 소중하다지만 순욱은 영순 아줌마가 생을 잘 청산했다 싶었다. 식물인간과 다를 바 없었으니 숨이 붙었다 한들 살아 있는 생명이 아니었다.

"합천군 피폭자 생활 실태를 물으니 하는 말인데, 저 역시 늘 죽고 싶은 마음에 시달리고 있심더. 죽는다는 기, 살아서 하는 그 어떤 일보다 어려븐 줄 아나…… 자기 의지로 죽을 수 있다면 우리 세 식구가 함께 자살하는 길이 편하지 않을까, 그런 생각도 자주 하지예. 생명이 귀중하다는 걸 모르는 바 아니나 우린 이 사회에 아무 쓸모가 없고, 우리를 받아주는 데도 없으니깐예." 순욱은 갑작스런 어질증으로 이마를 짚었다. 더운 음식이 들어가니 구토 증세가 있었다.

"자기 학대가 너무 심하면 염세주의가 되지요." 영무는 술이 약한지 얼굴색이 달아올랐다.

"작년 오월 강경대 열사가 공권력에 피살된 후 광주에서, 안동에서, 서울에서 학생 분신, 투신자살 사건이 연달아 터졌잖습니까." 자기가 나실 배란 듯 장세가 말을 꺼냈다. "보수 논객들이

매스컴을 통해 된통 때렸죠. 감상적 이상주의자들의 허무적 자폭
이라느니, 공산권 붕괴에 따른 좌절이 자기 폭발적 형태로 나타
났다느니, 심지어 죽음의 굿판을 걷어치우고 소아병적 영웅주의
를 청산하라느니…… 그러나 우리는 썩은 기득권자와의 타협주
의에 개의치 않습니다. 분신이나 투신자살은 우리가 지향하는 목
표와 신념의 한 차원 높은 거룩한 승화라고 봅니다. 보수 집단은
학생운동이 반지성적 교조주의에 빠졌다고 몰아붙이며, 자기 존
중, 자기 인식, 자기 통제를 통해 건전한 인생관을 가지라고 그럴
듯한 사변으로 훈계하지요. 그런데 그 '자기'란 말이 뭡니까. 자
기 인식이야말로 개인주의의 출발 아닙니까. 그러나 순욱형, 우
리가 우리 세대의 미래와 이상을 위해서만 투쟁하지 않는다는 것
을 알고 있겠죠. 우리의 현실이 어떻습니까. 썩어빠진 미제 자본
주의가 횡행하는 세상 아닙니까. 순욱형의 가족을 포함한 기층
민중의 소외된 삶과 어깨동무하여 내일을 향해 진군하겠다는 데
학생운동의 참뜻이 있습니다. 그 먼 길에 온갖 난관이 있겠으나
우리는 포기하지 않을 겁니다. 분신자살도 그런 의미에서 자기희
생을 통한 민중해방 투쟁의 한 표현입니다. 그 방법이 과격하고
극단적이란 우려도 있겠으나 그런 희생 없이 진정한 민주화는 달
성될 수 없습니다. 현실에 안주한 기성세력이 자살은 자기 부정
과 인간 증오의 표현이라 매도해도, 저는 분신자살이야말로 자기
긍정과 인간애의 투쟁이라고 봅니다." 정혜가 소속된 동아리 리
더로 대중연설에 단련되어서인지 창세의 말은 거침이 없었다.
　"저는 학생운동의 성격이나 좌파 이론은 잘 모릅니더. 우리 합

274

천군 가톨릭농민회에도 그런 생각을 가진 분이 있지마는 저는 거기까지 어림없심더. 살기가 고달파 그런 공부할 짬도 없고예. 그러나 자살이 일시적 흥분 상태에서 충동적으로 결행된다고 보지는 않습니다." 순욱이 쉰 목을 푸느라 술을 한 잔 마셨다. 그의 목소리가 차츰 열기를 띠었다. "자살자가 아주 절망한 끝에 흥분 상태에서 자살 충동에 사로잡혀도, 마지막 몇 분 몇 초는 냉정하게 계산합니다. 삶과 죽음의 기로에 선 절체절명의 마지막 순간에는 공포가 회의를 불러와예. 정말 세상과 이별할 수 있느냐는 강렬한 회의 말입니다. 저 역시 마지막 순간에 몇 번 실패해봤기에 그 과정을 잘 압니다. 몇 초 사이지만 실로 핵폭발에 버금갈 정도로 엄청난 공포가 엄습해서 결국 포기하고 말았지예."

"그래요. 자살을 두고 쉽게 말해선 안 돼요." 순욱의 말에 영무가 동감했다. 술이 바닥나 영무가 소주 한 병을 더 청했다.

"자살자는 마지막 순간의 공포를 이길 수 있어야 합니더. 높이뛰기 선수가 힘차게 도약해서 바를 넘는 순간에 허공으로 치솟는 마지막 힘이랄까, 그런 추진력이 있어야 자살에 성공합니더." 순욱이 말했다.

"형, 담배 피웁니까?" 창세가 물었다.

"기관지가 나빠 담배를 안 배웠심더."

"담배 좀 피우겠습니다." 창세가 담배를 불붙여 물곤 순욱에게 물었다. "각계에 보낼 요망서는 압수 당했나요?"

"가지고 나왔습니다. 경위 그 양반이 잊고 회수 안한 건지, 방임했는지 모르지만."

"아까 파출소에서 경찰관 앞에 굽실거려 미안합니다. 운동권 전과자다 보니 구류가 떨어지면 당장 다음 할 일을 못하게 되니 임시방편으로 공손하게 굴었죠."

"다음 할 일이라니예?" 순욱이 물었다.

"내일 일본대사관이나 보사부로 갈 작정 아닙니까?"

"아버지 건강이 좋지 않아서……"

"자살처럼 무슨 일이든 결단 내리려면 인간적인 무엇이 장애가 되나 봅니다." 영무가 끼어들었다.

"형, 이건 제 소견입니다만……" 창세가 눈빛을 세웠다. "내일 광화문 네거리에서 피켓 들고 일본대사관 방향으로 가면서 침묵 시위를 벌이는 게 어떨까요? 물론 요망서 전달을 겸해서 말입니다. 우리 '진자(진리와 자유)모임' 동아리를 동원하겠습니다. 피폭자 실태를 널리 공개하는 길은 그 방법이 최선이 아닐까요?"

"그것도 괜찮을 것 같군예." 순욱은 머릿속에 반짝 전등이 켜지는 느낌이었다.

"창세형, 이렇게 해요. 모두 엑스 표시를 한 마스크 쓰고, 하나씩 든 피켓에 일본의 무책임한 행태를 규탄하는 구호와, 미국이 이 땅에 설치한 남한 전술핵 철수를 내걸면 어때요?" 영무의 불쾌한 얼굴이 흥분으로 부풀었다.

"어르신이 앞에 나서면 좋겠지만 건강상 그렇게까지 안 된다면 형과 내가 앞장을 서요. 피켓은 우리 동아리가 준비하겠습니다." 창세가 말했다.

"우리 가족을 도와줘서 고맙심더." 순욱의 눈에 눈물이 맺혔다.

셋은 머리 맞대어 내일 작전 숙의에 들어갔다. 집결 시간은 오전 열시 반으로 정했다. 장소는 광화문 네거리의 일 년째 수리 중인 교보문고 앞으로 정하고, 십오 분 뒤 광화문 네거리 비각 앞에서 경복궁 박물관 쪽으로 출발하기로 했다. 순욱은 아버지와 누이를 데리고 나오기로 했으나 아버지의 외출이 불가능할 때는 누이만 데리고 나오기로 했다. 침묵시위 때 순욱 식구는 피켓을 들지 않고 어깨띠를 두르기로 하고, 그 띠 역시 동아리가 준비하겠다고 했다.

창세와 영무는 동아리 연락망을 점검하고 피켓 만드는 일을 의논했다. 동아리 회원인 정수의 집 지하실에서 피켓을 만들기로 하고, 승용차 편에 피켓을 교보빌딩 지하 주차장으로 아침 아홉시 반까지 운반하기로 했다.

셋은 여덟시를 넘겨 주점을 나섰다. 집이 수유리인 영무가 순욱을 지하철 경복궁역까지 배웅했다.

"형, 차 타고 갈 동안 한숨 푹 자요. 양재역이 종점이니깐." 지하 계단 앞까지 바래다주며 영무가 말했다.

순욱은 취해 있었다. 빈속에 독주를 부어서인지 어질증이 심했고 눈앞은 더욱 흐릿해 빛과 어둠의 윤곽만이 느껴져 난간을 붙잡고 천천히 계단을 밟았다.

순욱은 지하철에서 빠져나와 어떻게 버스를 타고 묘산 선생 집 앞에 도착했는지 정신이 가물가물했다. 골목길에서 생목을 게워냈고 비틀걸음으로 묘산 선생 댁 담벼락에 이마를 기대자, 비로소 바로 찾아왔다는 생각뿐이었다. 초인종을 눌렀다. 한참 뒤 현관과 정문에 외등이 켜지고 쪽문의 잠금장치가 짤깍 하며 자동으로 열렸다. 순욱은 현관문을 닫아걸고 비틀걸음으로 정원을 질러 곧장 지하실로 걷다 후딱 적외선 자동경보장치를 떠올렸다. 적외선에 잡히지 않으려면 자세를 잡고 현관을 향해 똑바로 걸어야 할 것 같았다.

심씨가 현관문을 열고 순욱을 맞았다. 묘산이 기다렸다는 듯 거실 가운데 서 있었다.

"자넨 정신이 있는가. 사경을 헤매는 부친을 팽개치고 어딜 싸다녀!" 묘산의 호통이 떨어졌다. "자네 술 먹었군?"

"조금 취했습니더."

"이리 들어오게."

묘산의 눈에 실내등 불빛에 반사된 백자 화병이 눈에 띄자 앞장서서 화실로 들어갔다. 순욱이 비틀걸음을 걷다 화병이 얹힌 탁자를 건드리거나 술주정으로 그 화병을 떨어뜨리기라도 한다면 보통 문제가 아니었다. 진사유액으로 포도를 처리한 조선 중기 강화요에서 생산된 화병인데 십수 년 전에 손에 넣은 애장품이었다. 그 백자 화병은 함에 담아 벽장에 보관했더랬는데 며칠 전 명한그룹 부회장이 남한강변 신축 별장에 치장할 그림 매입차 방문했을 때 전시용으로 내놓곤 치우지 않았던 것이다.

화실로 들어선 순욱의 눈에 대형 그림 두 점이 흐릿하게 들어왔다. 맞은쪽 벽을 절반쯤 채운 탁구대 절반만한 대형 한국화는 금강산 만물상의 가을 경치가 틀림없었다. 바닥에 세워놓은 큼직한 수묵화 역시 금강산 설경산수였다. 묘산 선생이 과연 금강산에 가보았을까, 순욱은 의심이 들었다.

"정혜가 자네 부친을 모셔와서 약을 먹였으나 소용이 없어. 눈을 못 뜨고, 말문 닫고, 가래 끓이며 헐떡이기에……"

"그런 증세는 자주 있는 일입니더."

순욱은 별로 놀라지 않았다. 산제에 있을 때도 그런 진통을 자주 치렀다. 병원에 모시려 해도 돈이 없으니 약방에서 활명수, 뇌신, 신경안정제 따위를 사다 먹이면 혼곤히 잠에 빠져들곤 했다.

"얼마나 놀랐던지 퇴근한 기사를 다시 불러 부랴부랴 입원시켰어. 은행 근처 클리닉이라나, 정혜와 누이가 따라가더니 아직 안 왔어. 이 추위에 무리해서 원폭병이 도진 게 아닌가 몰라."

"입원까지예?"

"그렇지 않담, 여기서 장례 치를 작정인가?"

"폐가 많습니더."

"자넨 꼭 남의 얘기하듯 해."

순욱은 머리가 빠개질 듯 아팠다. 아버지가 느닷없이 입원했다니 병원비를 걱정하지 않을 수 없었다. 원폭협회를 통해 입원 치료의 무료 혜택을 받아보려 상경했는데 혹 떼려다 붙인 격이었다. 당장 달려가 아버지를 묘산 선생 댁으로 모셔와야 했으나 술에 취한데다 어질증이 겹쳐 분답을 떨고 싶지 않았다.

"사전 약속이 있었나본데, 오늘 우리 딸애를 어디서 만났어?" 묘산이 심문하듯 물었다.

"일본대사관에서예."

"거기서 뭘 했어?"

"따님이 말씀드리지 않습디꺼?"

"대답이 없었어."

응접탁자에 놓인 전화기의 신호음이 울렸다. 묘산이 송수화기를 들었다. 누가 다른 방에서 전화를 받는지 묘산은 듣기만 했다.

"전화통이 불이 날 지경이군, 미친 녀석들." 묘산이 투덜거리며 송수화기를 놓았다.

바깥에서 잽싼 걸음 소리가 났다. 화실 문이 열리고 파랗게 질린 이여사가 들어섰다. 애완견 쫑이 그네를 뒤따라 들어왔다.

"여보, 그 녀석들이 또 준동하는 모양이구려. 이번 전화는 창센가 동아리 회장 녀석이 틀림없어요. 어찌 좀 잠잠하다 싶더니만, 또 이 어미 못 잡아먹어 환장했군." 이여사가 신경질을 내다 순욱 쪽으로 눈길을 돌렸다. "이봐 자네, 내 한마디 해야겠어. 듣기 싫든 말든, 일단 우리 집에서 당장 나가줘. 저 양반 생각해서 여태 참았지만 더는 못 참겠어. 자네 식구가 들어오고부터 집안이 난장판이 됐어. 우리 딸애가 또 날뛰기 시작했구. 이봐, 우리 집이 댁과 사돈에 팔촌이라도 되나? 무슨 대단한 인연이라구 죽어갈 사람을 입원까지 시켜가며 이 곤경을 치러야 해. 세상 물정 모르는 촌사람이기로서니 자네도 나잇살 먹었다면 생각 좀 해봐. 이건 순전히 칼 안 든 강도떼 아닌가!"

"여보!" 묘산이 처의 말을 꺾었다.

"내가 뭐 못할 말 했나요?"

순욱의 얼굴이 분기로 붉게 달아올랐고 한쪽 안경알이 없는 눈꺼풀이 경련을 일으켰다. 묘산은 순욱의 그 눈길이 섬뜩했다. 무슨 일을 저지를 것만 같았다. 액자 유리를 끼우지 않은 화폭에 물감이라도 뿌린다면 낭패였다. 약속한 사흘이 오늘로서 끝이니 내일은 집에서 떠나달라고 말하려던 참인데, 처가 화약고에 불을 댕긴 격이었다.

"어차피 말 꺼냈으니 마저 해야겠어." 이여사도 분김에 어깻숨을 쉬었다.

"실컷 하이소." 순욱이 벋섰다.

"여보, 그만두래두!" 분위기가 살벌해지자 묘산의 마음이 조마조마했다. 그는 처만 나무랄 수 없어 순욱을 보았다. "어른이 말하면 다소곳이 참아야지, 그렇게 째려보면 어쩌겠다는 거야!"

그 말에 순욱의 감정이 폭발해 이여사를 정면으로 삿대질했다.

"돈푼깨나 가졌다고 사람 그렇게 능멸하지 마이소. 출세한 고향 분 찾아와 신세 좀 졌기로서니, 살림이 축나면 얼마나 축납니꺼? 머, 칼 안 든 강도떼라고? 병원에서 죽어가는 사람도 있는데, 아줌마가 멀 얼매나 당했다고 그 발광입니꺼?"

"자네 부친이 죽든 말든 우리와 무슨 상관이야!"

"머라고예?"

"적반하장도 유분수지. 아이구 머리야……" 이여사가 현기증으로 이마를 짚었다.

화실의 소란에 놀란 심씨가 뛰어와 이여사를 부축했다.

"이 사람아, 아무리 취했기로서니 무슨 말이 그래? 내가 돈푼깨나 가지고 산다 치자. 그래, 자네한테 무슨 못할 짓을 했어? 보자 하니 정말 싸가지 없는 놈이로군." 묘산은 만약 순욱이 행패를 부린다면 관할 파출소로 비상전화를 걸겠다고 마음먹었다.

"선생님, 한마디 더 할까예? 이게 모두 선생님 그림 맞지예? 대가들은 늘 이렇게 신선놀음 풍경만 그립니꺼? 밑바닥 사람이 어째 사는지도 모른 채 풍경 좋은 경치만 호작질해서 배불리 잘 먹고 잘산다?" 순욱은 말이 갈 데까지 가버려, 이미 자포자기 상태였다.

"악마 같은 녀석. 여보, 파출소에 당장 연락해서 내쫓구려!"

이여사가 바닥에 주저앉자, 심씨가 청심환을 가져오러 화실을 나섰다.

"네놈이 기어코 막말까지 하는구나. 내 앞에 얼씬 말구 당장 나가!" 묘산이 외쳤다.

"나갈께예. 당장 나가지예. 떠나기 전에 충고 한마디 더 드릴까예? 원폭병 앓는 우리 가족 사정은 당신네하고 상관없겠지만 이 땅에 함께 사는 가난한 사람들 생각도 하며 사이소!" 순욱이 소리치고 비틀걸음을 옮기자 응접의자 옆에서 서성거리던 애완견 쫑이 갑자기 콩콩 짖었다. 순욱이 머리통보다 작은 요크셔테리어를 답싹 집어 들어 이여사 앞에 던졌다.

"개새끼나 잘 키우슈."

쫑이 걸레뭉치처럼 앞에 떨어지자 이여사가 비명을 지르곤 그대로 까무러쳤다. 심씨가 청심환과 물잔을 들고 화실로 뛰어들고, 묘산이 달려들어 뒤로 넘어진 처를 받쳐 안았다. 응접탁자에서는 전화기의 신호음이 길게 울렸다. 아무도 전화를 받을 경황이 없었다.

"저, 저놈을 그냥 둘 거예요? 경, 경찰을 불러요!" 실신 끝에 깨어난 이여사가 화실을 나서는 순욱을 손가락질했다.

농구화를 발에 꿴 순욱이 현관을 나섰다. 뜰을 질러 대문을 열고 골목길을 걸었다. 밤바람이 찼다. 어느새 술기운은 달아났는데 머릿속은 여전히 욱신거렸다. 큰길 쪽으로 걷는 그의 마음이 참담했다. 그렇다고 묘산 선생 댁에서의 짓거리를 후회할 마음은 없었다. 묘산 선생 부인이 아니었어도, 자기 가족과 견주어 상대가 너무 높은 다른 세계에서 살고 있다면 그렇게 희떠운 소리를 해버렸을 것이다.

순욱은 아버지가 입원한 병원을 쉽게 찾았다. 상업은행 포이동 지점에서 삼십 미터 북쪽에 초록색 병원 표시와 '윤성클리닉' 네온사인이 켜져 있었다. 외과, 내과, 소아과, 산부인과, 치과가 합동으로 쓰는 육층 건물이었다. 순욱이 현관으로 들어서자 수위실 작은 창문이 열리고 수위가 용무를 물었다.

"쪼매 전에 노인 한 분이 입원했지예?"

순욱의 말에 수위가 오층 입원실로 가서 간호사를 찾으라고 말했다. 승강기를 탄 그는 오층에서 내렸다. 카운터 뒤쪽 간호사에게 아버지 이름을 댔다.

"보호자 되세요?"

"아들입니더."

"환자분이 위독하니 깨우면 안 돼요."

순욱은 간호사가 일러준 오백오호실 문을 열었다. 좁은 실내에 침대가 절반을 차지했고 전화기가 놓인 탁자와 긴 의자 하나

가 전부였다. 의자에 앉아 침대 모서리에 얼굴을 묻고 있던 수임
이 머리를 들었다. 헝클어진 머리칼에 눈자위가 부어 있었다. 그
녀는 눈물 그렁한 사시의 눈으로 오빠를 보기만 할 뿐 말이 없었다.

순욱은 침대 머리맡으로 다가섰다. 팔뚝에 링거 주삿바늘을 꽂
은 아버지는 잠에 든 채 가쁜 숨을 내쉬고 있었다. 머리칼이 죄
빠진 정수리에 흰 머리칼 몇 올이 형광등 불빛에 반짝였다. 홀쭉
한 뺨 아래 평생을 달고 다닌 검붉은 반점이 안쓰러웠다.

"정혜씨는 가고?" 순욱이 누이에게 물었다.

"쪼매 전에 나, 나갔다 온다 카미……" 수임이 떠듬떠듬 말했다.

순욱은 누이 옆 의자에 앉았다. 입원 치료비 걱정이 돌덩이처
럼 무겁게 눌러왔다. 내일 아침 원폭피해자협회에 전화를 걸어
곽이사에게 딱한 사정을 호소하는 것 외에는 별다른 대책이 없었
다. 비싸다는 서울 물가라 오늘의 입원 치료비만도 십만 원이 넘
을 것이었다. 아버지를 내일 아침에 당장 병원에서 빼내고 볼 일
이었다.

정혜로부터 전화가 걸려오기는 벽시계가 밤 열시에 가까워서
였다.

"여기 화곡동인데 회원들이 모였어요. 아버님 좀 어떠세요?"

"주무십니다."

"의사 말씀이 매우 위독하니 그냥 집으로 모시라구…… 그래
도 하룻밤은 어떻게 입원 치료를…… 아무래도 아침에 퇴원해야
할 것 같아요."

정혜가 잠시 말을 끊었으나 순욱은 아무 할말이 없었다.

"제 카드로 입원비 예납했어요. 여기서 밤을 새워야겠기에, 내일 아침에 병원에서 뵙죠."

전화가 끊겼다. 순욱은 잠에 든 아버지를 보았다. 집으로 모시라고 의사가 말했다니 가망이 없다는 뜻이었다. 오늘 진찰 받은 결과도 알기 전에 아버지가 운명한다면, 죽음을 맞으려 그토록 힘들게 상경했나 하는 생각이 들었다. 콧마루가 시큰했다. 아버지의 버림 받은 한 생애가 머릿속을 훑었다. 그는 아버지 손을 잡았다. 땀과 뼈만이 만져졌다.

손기척 소리가 들렸다. 문이 열리고 심씨가 조심스럽게 들어섰다. 그네는 순욱이 상경하며 지참했던 비닐가방을 들고 있었다.

"우리 집 따님 여기 없어요?"

"지가 왔을 때 없었습니다."

"전화 연락도 없구…… 신축병원이라 일일사도 교환양도 병원 전화번호를 몰라서…… 주인 내외분이 따님 걱정으로 잠을 못 주무시는데……" 심씨가 풀무질 소리로 숨을 내쉬는 정씨를 넘겨다보았다. "차도가 어떠세요?"

"수면제를 썼는지, 잘 주무십니다."

"그만 가겠어요. 따님 오면 집으로 전화부터 하라구 전해줘요. 간호 잘하세요." 심씨가 스웨터 주머니에서 접힌 돈을 꺼냈다. "이거 약소하지만 치료비에 보태세요."

"미안한 말입니다만, 그 돈 받고 싶지 않다고 전해주이소."

"아니에요. 주인 내외분은 몰라요. 사정이 딱해 보여서 이건 제가 드리는…… 큰돈이 이닙니다."

"아줌마 형편이 어려울 낀데…… 그냥 넣어 가이소."

갑작스럽게 떠오른 생각이지만 순욱은 지금부터는 돈이 필요 없다고 생각했다. 서른두 해 동안 돈을 좇으며 살아오지는 않았으나 이제 돈으로부터 자유로워질 수 있음을 깨달았다. 그는 이를 앙다물고 그런 결심을 했다.

순욱의 거절에 심씨가 돈을 주머니에 넣고 밖으로 나갔다. 잠시 뒤, 병실을 나선 순욱은 병원을 빠져나왔다. 쌍둥이빌딩의 높다란 철제 구조물이 우뚝 선 큰길을 따라 어둠을 밟고 걸었다. 잡화를 파는 연쇄점이 나섰다. 연쇄점 종업원에게, 페인트 상회가 부근에 없냐고 물었다. 종업원이 길 건너편에 건재상과 철물점이 있다고 했다.

"지금까지 문을 열어놓진 않았을 겁니다." 순욱의 등에 대고 종업원이 말했다.

순욱은 한참을 걸었다. 머리는 여전히 쑤시고 엉덩이와 요추가 결렸으며 목이 말랐다. 가로는 오륙층짜리 신축 건물이 들어서는 개발 지역인지 건재상, 철물점, 타일점, 벽지점이 나섰다. 페인트 상회도 있었으나 불이 꺼졌고 문이 닫혔다. 순욱이 페인트 상회 철문을 두드렸으나 기척이 없었다. 돌아서는데 안에서, 누구요 하는 남자 목소리가 들렸다.

"내일 새벽일 나가는 페인트공인데 시너 한 통 주이소." 순욱이 문틈에 대고 소리쳤다.

쪽문이 열리고 밤송이머리가 얼굴을 내밀었다. 안쪽에서는, 고라고 외치며 화투장 치는 소리가 났다. 점포 점원들이 모여 화투판을 벌이고 있었다.

"뭘로 드릴까요, 라카, 에나멜?" 밤송이머리가 물었다.

"라카, 작은 통으로."

밤송이머리가 사 리터짜리 플라스틱 시너통을 들고 나왔다.

"요즘 분당 일 바쁘죠?"

분양이 한창인 분당 신시가지와 포이동이 그리 멀지 않은 거리였으나 순욱은 지리를 몰라 대답할 수 없었다. 그는 시너통을 받고 삼천오백 원을 치렀다.

"밑천 떨어지자 금방 자금 생겼네." 밤송이머리가 가겟방에 대고 말했다.

순욱은 돌아오는 길에 연쇄점에 들러 빵과 우유를 샀다. 라이터도 사며, 비닐봉지를 얻어 시너통을 담았다. 병실로 돌아오자 수임이 말없이 멀거니 쳐다보았다. 그는 빵과 우유를 수임에게 넘기고, 가방에 시너통을 담았다. 점퍼 주머니에 든 탄원서 다섯 통도 가방에 찔러넣었다. 화장실 수돗물로 목마름을 풀곤 수임의 옆 의자에 앉았다. 골치는 쑤시는데 머릿속이 명징하여 잠이 올 것 같지 않았다. 벽에 기대어 눈을 감자 살아온 세월의 어두운 기억들이 꼬리를 물고 떠올랐다.

자정이 가까울 즈음 간호사가 회진을 돌며, 정씨의 링거병을 교체하고 체온을 쟀다. 간호사는 정씨의 엉덩짝에 주사를 놓곤, 아침까지 숙면할 테지만 만약 이상 증세를 보이면 간호실로 연락하라고 말했다.

정씨는 한 차례도 깨시 않았고, 순욱은 밤새 잠을 못 이룬 채 새벽을 맞았다. 빵과 우유를 먹은 수임은 아버지가 누운 침대에 얼굴을 모로 대고 잠을 잤다.

6

정혜가 병원에 오기는 아침 아홉시가 다 되어서였다. 그동안 정혜를 찾는 심씨 전화가 세 번 있었다. 순욱은 정혜에게 그 말을 전하지 않았다.

"출근 시간대라 차가 얼마나 밀리는지 이제야 도착했군요." 정혜가 말아쥔 신문을 순욱에게 넘겼다.

"정선생과 순욱씨 사진이 났어요."

순욱이 신문을 펼쳤다. 사회면 아래쪽에 아버지와 자기 얼굴 사진이 나란히 박혀 있었다.

—1945년 일본 히로시마 시에 미군이 원폭을 투하했을 당시 피폭자인 정동칠(58) 씨와 그의 자녀로 피폭 2세인 순욱(32), 수임(30) 남매는 피폭 후유증으로 각종 병고와 생활고를 견디다 못해 경남 합천군 묘산면에서 상경, 일본의 성의 있는 대책을 요구하며 일본대사관 앞에서 가족 시위를 벌이던 중……

순욱은 신문을 접었다.

"시민들에게 나누어줄 전단도 만들었어요. 전단 복사하느라 복사기가 불이 났죠."

정혜도 밤을 새웠는지 눈자위가 붉었고 얼굴에는 피로가 켜켜이 쌓여 있었다.

담당의사가 출근하자, 의사 지시대로 정혜는 정씨의 퇴원 수속을 밟았다. 정씨 치료비와 입원비는 십육만 원이었다. 정혜가 비씨카드로 예치금 십만 원을 뺀 육만 원을 결제했다.

담당의사는 정씨를 집에 편히 모시라고 권했다. 맥박과 체온이 현저히 떨어졌고 요독증으로 복수가 찼으며 배설이 힘든 상태라고 했다. 의사는 며칠을 고비로 보고 있었다.

"어떡하죠?" 정혜가 난감한 얼굴로 순욱을 보았다.

"시간이 다 됐는데, 어쨌든 광화문으로 나가야지예."

"부친은?"

"함께 가야지예."

"어떻게……" 정혜가 침대의 정씨를 내려다보며 머리를 저었다.

"제가 업고 가겠습니다." 순욱이 결연하게 말했다.

순욱은 아버지의 자연사와 타살을 두고 생각했다. 어차피 죽게 될 목숨이라면 소리라도 한번 꽥 지르고 죽는 게 나을 터였다. 그는 그 방법을 실천에 옮기려 하고 있었다. 수임은 증인으로 살아남을 것이다. 누이의 장래는 지금까지 그래왔듯 하늘에 맡기는 길밖에 다른 방법이 없었다. 그는 지금이야말로 이런저런 갈등에 매여서는 안 된다고 다짐했다.

"아버님은 저희 집으로 모시는 게……"

"요망서를 진딜하고 모셔가겠습니다. 눈감아도 고향에서 눈감아야지예."

순욱이 가방을 누이에게 넘기고 혼수상태에 빠진 아버지를 침대에서 끌어내려 추슬러 업었다. 수임이 외투를 벗어 아버지 머리 위에 씌웠다. 그녀는 뺨이 젖도록 눈물만 흘렸다.

네 사람이 병원을 나섰다. 출근 시간대가 지나 택시를 쉽게 잡을 수 있었다. 순욱이 뒷자리에 타선 누이한테 맡긴 아버지의 축처진 몸을 차 안으로 끌어들였다. 정씨는 쌀부대 꼴로 늘어져 힘들게 숨을 쉬는데, 눈은 감고 있었다. 수임이 아버지 옆에 오르고, 정혜가 앞자리에 탔다.

순욱은 창밖으로 스쳐가는 바깥 풍경을 내다보았다. 나흘 전, 서울에 도착했을 때는 눈이 퍼붓고 있었다. 그러나 오늘은 맑은 아침 햇살이 가로의 타일 벽에서 부서졌다. 두려움이 마음을 무겁게 하지는 않았다. 아직도 죽음의 절박함에 이르지 않아서 담담할까 하는 생각이 들자, 지난날 여러 차례 자살의 실패 경험이 되돌아보였다. 대체로 흥분 상태였고 초조함에 쫓겼다. 그러나 지금은 바깥의 찬 기온과 맑은 햇살처럼 마음이 밝았고, 평안이 밝음 속에 깃들었다. 이번은 실패하지 않으리란 예감이 들었다. 운동권 가요의 '승리하리라' 하는 구절이 생각났다. 그 행위가 진정 패배가 아닌 승리일까? 자신의 죽음을 병고와 생활고에 따른 패배라 치부한다면 그야말로 억울했다. 그렇다면 창세가 말한 대학생 분신처럼, 고통 받는 피폭자를 대변한 순교? 그렇다면 승리가 분명한데 그렇게 떠받들여지기는 왠지 부끄러웠다. 그렇다, 패배와 승리라는 이분법적 해석을 떠나 지상의 모든 것으로부터

290

정신과 육체가 자유스러워지는 해방이란 해석이 적당할 것 같았다. 그 순간까지 그 확신이 무너진다면 다시 삶의 유혹이 자신을 붙잡을 거라고 여겨졌다.

택시가 광화문 네거리 교보빌딩 앞에 도착하기는 열시 삼십분을 넘겼다. 순욱은 아버지를 부축하여 택시에서 내리며, 수임이 비닐가방을 가지고 내리는지 지켜보았다. 영무가 달려왔다.

"늦었군요. 모두 저기서 피켓 들고 전단을 돌리고 있어요."

영무 손에도 전단 한 묶음이 들려 있었다. 그들은 네거리 쪽으로 걸었다. 순욱은 등짝에 붙은 아버지가 자신과 한 몸이 된 듯 무게가 느껴지지 않았다.

"전경들은 지켜보고만 있지 전단과 피켓을 빼앗지 않아요. 이런 행복한 가투는 처음입니다. 곧 침묵시위로 들어갈 겁니다." 영무가 말했다.

광화문 비각 앞에 학생 예닐곱이 나란히 피켓을 들고 서 있었고, 그만한 수의 어깨띠를 두른 학생들은 통행인에게 전단지를 나누어주고 있었다. 뒤쪽으로 전경들이 두 줄로 열 지어 있었다. 어제 저녁에 만났던 군복 차림의 경위도 보였다. 그는 무전기로 어디론가 연락을 취했다.

"평화적 시위를 허락받았습니다. 그럼 출발하도록 해요." 창세가 나서더니 정씨를 업은 순욱 목에 어깨띠를 걸어주었다.

―피폭자의 고통을 일본과 한국 정부는 외면 말라!

별로 자극적이지 않은 어깨띠 표어였다. 창세는 수임에게도 어깨띠를 둘러주었다. 수임이 영문을 몰라 하며 띠를 두르곤 겁먹은 얼굴로, 놓쳐서는 안 된다는 듯 제 오빠 옆에 붙어 섰다.

"출발합시다. 구호는 외치지 말고, 질서를 지키도록. 전단은 계속 돌려요!" 창세가 외쳤다.

학생들이 앞장선 순욱의 가족 뒤를 따랐다. 연락이 닿았는지 사진기자 몇이 행렬을 쫓으며 열심히 셔터를 눌러댔다. 전경 대원 한 조는 행렬 앞쪽에서, 다른 조는 행렬 뒤쪽에서 따라왔다.

광화문 네거리의 남북으로 뚫린 길이 푸른 신호로 바뀌자 차량들이 팔차선 넓은 길을 채워 경복궁 박물관을 향해 힘차게 밀려왔다. 행렬이 한참을 걷자 신호가 동서로 뚫린 길로 바뀌어 대로가 갑자기 텅 비어버렸다. 아버지를 업은 순욱이 이순신 동상이 선 네거리 쪽을 돌아보았다.

"아버지 좀 받아줘요."

순욱은 업고 있던 아버지를 창세에게 넘겼다. 창세가 엉겁결에 정씨를 받아 등에 업었다.

잠시 뒤, 푸른 신호가 떨어져 멈춰 섰던 차량들이 저만큼에서 시위대처럼 밀려왔다. 순간, 주춤거리던 순욱이 돌연 옆에 따르던 수임이 든 가방을 낚아채어 길 가운데로 뛰어들었다.

"순욱형!"

창세가 놀라 외치고, 옆에 선 정혜가 비명을 질렀다.

"오빠, 어데 가!" 수임도 울먹이며 외쳤다.

순욱이 차도로 뛰어들자, 달려오던 차들이 경적을 울리며 비상등을 깜박였다. 순욱이 절름거리며 넓은 길을 삼분의 이쯤 건넜을 때, 이미 큰길은 달려오는 차들로 메워졌다. 창세, 영무, 정혜가 차량 사이로 뛰어들다 급정거를 하는 차와 내닫는 차 사이에 발이 묶였다. 전경들이 호루라기를 불며 뛰어왔다.

차량들을 피해 가까스로 세종로 중앙 안전지대에 올라선 순욱이 서둘러 가방을 열고 시너통을 꺼냈다. 그는 제정신이 아닌 중에도 심장이 터질 듯한 엄청난 두려움을 느꼈다. 공포가 근육을 경직시켰고 머릿속을 뒤죽박죽으로 만들었다. 이제 그는 자신이 저지르는 행위를 인식하지 못했다. 시너통 뚜껑을 열어 액체를 머리에 부었다.

순욱이 라이터를 켤 때, 누이의 울부짖음이 귀청에서 메아리쳤다. 순간, 환한 불꽃이 순욱의 전신에 옮아붙으며 순연하게 타올랐다.

(『현대문학』1992년.

『히로시마의 불꽃』, 개정판, 문학과지성사, 2002년)

믿음의 충돌

믿음의

충돌

─하루 종일 딸애 방에 칩거하여 돋보기를 끼고 입속말로 성경책만 읽으시던 어머니가, 이튿날 아침밥을 드시고 나자 고향으로 내려갈 뜻을 비쳤다. 상경한 지 열흘 만에 내려가시겠다는 것이다. 속이 좋지 않다며 아내에게 소화제를 사달라고 말씀하셨다지만 그 속앓이는 귀향 이유가 될 수 없었고, 그런 해수(咳嗽)기는 고향에 계실 때도 자주 있던 일이었다. 삼십 년 가까이 청상으로 살아오신 당신 성격을 잘 아는 나로선 옭맨 그 마음을 돌려세울 수 없었다. 여태 내가 보아온 바로, 어머니는 한번 옭마음을 먹으면 누구 말에도 그 뜻을 쉽게 굽히지 않으셨다. 어머니는 그 이유를 늘 어놓거나 따지는 법 없이 당신의 뜻을 묵묵히 실천에 옮길 따름이었다. 어머니가 교회에 나가시고부터, 집안 제사나 차례를 모실 때 제상 앞에서 절을 하지 않는 정도가 아니라 숫제 음식 만들기조차 거절하여, 집안에 큰 분란을 일으킨 일화가 그 좋은 예였

다. 내가 어릴 적 일이라 기억이 아슴하지만, 관혼상제의 예스런 규범을 철저히 좇던 집안 어른들 앞에서 어머니의 그 막무가내 태도는 친정으로 내쫓김을 당할 처지에 몰렸으나, 어머니는 죽어도 시댁 귀신이 되겠다고 순종하면서도, 끝내 그 고집만은 꺾지 않으셨다. 평소에도 말수 적은 어머니의 그런 옹고집은, 당신의 하나님을 향한 경외심과 오랜 수절을 이겨내는 데 큰 의지기둥이 되었을 터였다.

혼자 사는 데 익숙한 정갈한 노친네라 손주딸과 방을 함께 쓰는 불편은 있겠으나, 눈치 빠른 딸애도 할머니가 서울 집에 계실 동안은 몸가짐을 조심하고, 할머니 모시기에 성심으로 성의를 다했다. 어머니도 그런 손주딸을 어여삐 여겼다. 그럼에도, 어머니의 귀향 결단을 나는 말릴 수가 없었다. 겨울 날 때까지 계실 줄 알았는데, 이 추운 절기에 갯가로 내려가 오두막집을 홀로 지키며 끼니를 손수 끓여 잡수실 수고로움을 떠올리니 내 마음도 편치 않았다.

"예배당에는 동무도 있지러" 하는 말을 고시랑거리며, 어머니는 비닐가방에 당신 허드레 옷가지며 낡은 성경책을 챙겨 담았다. 내가 보기에도 시어머니에게 그동안 세심하게 신경 써온 아내로선, 내가 당신에게 뭘 섭섭하게 해드렸냐는 듯 멍한 얼굴이었다. 아내는 활대처럼 휜 좁장한 어머니 등판을 내려다보며 우두커니 섰을 뿐, 아무 말이 없었다.

여기까지 쓰고 난 뒤, 나는 볼펜을 놓았다. 손끝에 힘이 빠졌다.

소설 속 노친네는 실제 내 어머니와 달랐다. 그러나 노친네를 통해 어머니 생전 모습을 떠올림도 괴로웠지만, 비슷한 소재는 전에도 쓴 적 있지 않느냐는 강박감이 자꾸 머릿속에 맴돌아 필을 멈추게 했다. 물론 고부 사이 세대차에 따른 갈등과, 토끼장 같은 아파트의 협소한 공간을 견뎌내지 못해 서둘러 하향하는 농촌 출신 노인 세대의 이야기를 나는 등단 뒤 초년기에 단편소설로 발표한 바 있었다. 그러나 전에 쓴 그 소설은 배경의 태반이 노친네 아들의 아파트 공간이었고, 이번 소설은 노친네가 고향에서 죽음을 맞기까지 그 순종적 구원신앙에 따른 마음의 이동을 다룰 목적이었다. 그러므로 지금 쓰는 소설은, 십수 년 전 초기에 발표했던 도시 속 노인 소외문제를 다룬 소설과 그 내용이 다를 수밖에 없었다. 예전 그 소설을 쓸 땐 어머니가 살아 계셨고, 어머니 타계하신 지 이제 다섯 해째였다. 소설 속 노친네나 실제 어머니가 열렬한 개신교 신자로서 공통점은 있으나 그 성격과 믿음 자세는 다르게 설정했다. 아니, 나는 어머니와 성격이 다른 여성을 내세웠으나 공통점은 역시 한국 여성의 가히 결사적이라고 할 만한 기독교 신앙관이 될 텐데, 그와 함께 죽음에 따른 구원 문제를 그려볼 작정이었다. 두 여성의 성격을 판이하게 설정했다곤 하나 소설을 진행시키다보면 필경 어머니가 노친네를 통해 모습을 보일 터였다.

내가 몇 해 동안 천착해왔듯, 이번 소설 역시 한국 기독교 문제가 주제이므로, 나는 줄곧 어머니 생전 모습을 떠올리지 않을 수 없었다. 당신은 이미 흰세를 떠났으나 내 생애에 숙명과 같이 따라다닐 대상이요, 내 문학의 뿌리도 따지고 보면 당신에서부터 출발했다 해도 별 틀린 말이 아니었기 때문이다. 그러나 나는 여태 어머니를 내 소설 속에 올곧게 재현시켜본 적이 없었다. 당신 생애를 통해 당신이 받은 상처와 환희를 의사가 개복수술하듯 내장을 열어 까발리기엔 지금 내 입장이 그만큼 냉정할 수 없었고, 당신 믿음에 대해서도 아직은 비판하는 입장에 더 많이 섰지 포용하는 경지에 이르지 못했다. 그러므로 막상 집필을 시작하긴 했지만 당신 생전 모습을 떠올림이 사실 두려웠다.

이번 소설의 노친네는 갯가에서 물질로 평생을 살아온 과수댁이다. 갯가 과수댁의 외로움과 바다를 생업터 삼아온 그 생명력은, 노친네와 어머니에게만 해당되지 않는다. 나 역시 갯가에서 태어나 청소년기를 보냈기에 자라면서 물질로 평생을 살아온 그런 아낙네를 숱해 보아왔다. 하긴 그런 여인들의 삶은 특이한 경우가 아니라, 보편적이라고 말해야 옳다. 한겨울, 영하의 추위와 눈비를 무릅쓰고 새벽 예배에 하루도 빠지지 않는 노인들의 갸륵한 믿음 또한 그동안 내가 쓴 다른 소설에서 삽화로 처리한 적이 있었다. 그 역시 우리 주위에서 흔하게 볼 수 있는 현상이므로 반드시 어머니를 연상할 필요는 없다. 어머니가 별세하신 뒤 나는 어머니 생애의 한 부분, 삼포교회가 불에 탄 그즈음을 소설로 형상화해보려 여러 차례 시도했던 적이 있었다. 그러나 어머니를 모델로 쓰자니 슬픔과 회한으로 스무 장을 채우지 못하고 필을 꺾고 말았다.

이번에 새로 시작한 소설에서 노친네가 귀향을 결심했을 때,

당사자는 이미 하나님의 부름을 예감하고 있었다. 이 지상에서의 핍진(乏盡)한 삶은 천당으로 가기 위한 얼마 동안의 대기 장소로 인정했기에 노친네는 하나님의 부르심을 구원의 축복으로 받아들였던 것이다. 노친네가 받은 계시랄까 방언은 소설 화자로 등장하는 자식인 '나'가 '어머니' 부탁이라며 마을 이장으로부터 전화를 받고 부랴부랴 귀향한 뒤, 죽음에 순복(順服)하는 노친네의 침착하고 화기로운 태도를 통해, 당신이 영생으로 부활하게 됨을 얼마나 확신하는가를 보여줄 예정이었다. 물론 나는 노친네의 철저한 구원론 신봉과 기복 신앙이 올바른 믿음의 자세인가, 오늘의 우리나라 기독교 신앙이 왜 그 명제를 지나치게 부각시키며, 특히 중년을 넘긴 여성 신자들이 목회자 설교가 설령 그쪽에 치우친다 해도 믿음의 본질을 오직 그 두 문제에만 집착하여 충직하느냐를 독자에게 질문 형식을 빌려 제시해볼 심산이었다. 어쩌면 이 소설도 끝을 맺지 못하고 중도에 포기해버릴는지 몰랐다. 두 어머니의 죽음 과정이 달랐고, 다섯 해 세월이 흘러 생전 어머니 모습도 내게는 많이 퇴색되었다. 그러나 필경 끊임없이 심리적 고문을 가해올 살아생전 어머니 모습을 떨쳐낼 수 없어, 내가 먼저 지쳐버릴 수 있기 때문이었다.

나는 담배를 피워 물었다. 창밖, 한층 가까이 보이는 불암산 허리의 거뭇한 바위 사이에 박힌 소나무와, 단풍이 들기 시작하는 떨기나무의 색 섞임이 아름다웠다. 어제 내린 비 때문인지 산색은 더욱 뚜렷했고 구름 없는 하늘은 유난히 맑았다. 오후 네시니 아내가 커피와 석간신문을 들여놓을 시간쯤이었다. 나는 일상

의 삶도 그렇지만 소설 쓰기야말로 참으로 지겹다고, 오후 이 시
간쯤이면 늘 반추하는 우울증에 시달렸다. 저녁밥 때까지 소설은
더 진전될 것 같지가 않았다. 배달된 신문을 뒤적거리고 읽던 책
을 들치며 게으름을 피우는 수밖에, 그렇게 해가 질 때까지 시간
을 죽이기로 작정했다. 수성볼펜 뚜껑을 닫고 나는 책상에서 떠
났다.

　아내가 석간신문과 우편물, 커피 한 잔을 소반에 받쳐 가져왔다.
아내는 그것들을 응접용 탁자에 두고 가며, 시장에 다녀오겠다고
말했다. 내 단편소설이 실렸을 계간 문예지와, 만난 적 없는 젊은
지방 작가의 창작집, 기업체 홍보용 책자 따위의 우편물 중 나는
편지봉투 하나를 집어 들었다. 보낸 곳은 경남 통영시 욕지면 쑥
섬이었고, 보낸 이는 신주엽이었다.

　신주엽이 편지를 보내오기는 석 달 만이었다. 그는 일 년에 서
너 차례 뜬금없이 편지질을 하곤 했다. 내가 그의 편지마다 답장
을 일일이 내지 않았음에도 아랑곳 않고, 그는 잊을 만하면 무슨
통신문처럼 한두 장 끼적거려 보냈다. 그 역시 내게 달리 용건이
없다보니 특별한 내용이 담기지 않은, 발표된 내 소설을 용케 구
해 읽은 짤막한 소감, 자신의 근황 소개 정도였다. 근황은 자신
의 생활보다 종교적 심경의 고백을 주로 담았다. 어떻게 사는 것
이 예수 자신과 그의 말씀을 닮는, 그의 실체에 더 가까이 다가가
는 길일까 하는 소망이 편지 내용을 다 채우기도 했다. 그를 보는
사회적 시선과 신분이 그런지라, 신주엽이 저러다 현세에 재림한
예수라는 헛된 망상에 빠지지 않을까 걱정될 정도였으나, 용케

302

그 함정에는 빠지지 않는 게 다행이었다. 발신지도 욕지도나 쑥섬이었다, 낯선 지방 여관이기도 했다. 여러 지방에서 보낸 편지에는 그 지방 '말씀의 집' 성도를 중심으로 부흥집회를 가는 참이며, 곧 다른 지방으로 이동한다는 자신의 행적이 담겨 있었다. '말씀의 집'은 신주엽의 교단, 교단이란 명칭을 달기에는 무엇한 신주엽 목자를 좇는 집단의 명칭이었다. 그러고 보니 그동안 욕지도와 쑥섬을 발신지로 보낸 편지가 가장 많았고, 그가 남쪽 바다그 섬에서 부지런히 편지질하기는 여섯 해 전부터였다. 욕지도에서는 그가 복지원을 만들어 장애자들과 함께 생활하는 듯, 그들과 귤밭·차밭을 가꾸고 조개껍질 따위로 장신구 만드는 일화를지나가는 말처럼 언뜻 비추기도 했다. 쑥섬은 이십여 가구가 사는 작은 섬이라고 했다. 그가 그곳에 교회나 기도원을 열고 있다면 그 명칭이라도 있어야 했는데, 주소를 정확하게 밝힌 적 없이'쑥섬 신주엽 목자'라고만 썼다. 그 섬에는 그의 기도 처소만 있는 모양이었다.

대학 시절부터 현실·빈곤·신앙의 문제로 고뇌하며 나는 참으로 많이 떠돌았어. 반도 땅 여기저기, 특히 남해에 흩어진 섬마을로 떠돌던 끝에 내가 기도할 만한 마땅한 장소를 발견한곳이 쑥섬이었네. 파도가 발아래 부서지는 바닷가 자연 동굴이쑥섬에 있다네. 오늘로써 엿새째, 단식과 묵상 끝에 문득 자네가 쓴 중편소설 「욥에게 가는 길」이 생각나 민가로 돌아와 필을들었이……

이런 머리글의 편지가 신주엽이 쑥섬에서 보내온 첫 편지로, 벌써 여섯 해 전이었다. 그는 그 뒤부터 전국을 돌며 부흥집회를 하다 욕지도나 그 쑥섬으로 찾아들어, 양쪽 섬 사이를 오가며 몇 달씩 보내고 있음이 분명했다. 어쩌면 내륙 방방곡곡을 떠돌다 몸과 마음이 지치면 남쪽 바다 그 섬으로 들어가 한동안 정양하든가, 더욱 치열한 수행으로 재충전해서 다시 뭍으로 들어오는지 몰랐다.

이번에 보내온 편지 역시 자신의 근황과 아울러 종교적 명상이나 심경의 고백 정도이겠거니 하며, 나는 편지봉투를 찢었다.

성문규 군.

오랜만일세. 이번 서간은 용건만 간단히 적겠어. 자네가 한 번 이곳 쑥섬으로 내려와줬으면 하네. 가을 바다 한려수도 관광도 할 겸, 자네가 찾아준다면 괜찮은 구경거리도 있을 걸세. 그렇지, 자네 고향이 진해 갯가이니 여기가 그곳과 멀지 않지. 통영으로 와서 욕지도로 가는 직행 페리호 말고, 연안 여객선을 타면 세 시간 남짓 만에 쑥섬 봉도 뱃머리에 도착할 수 있어. 통영에서 욕지도 배편이 하루 왕복 2회로 통영에서 욕지도 직행 페리호가 1회고, 오곡도·연화도·우도·봉도(쑥섬)를 들르는 완행 여객선은 오전 1회뿐이네. 내려올 의향이 있다면 반드시 10월 30일, 늦어도 31일까지는 통영 뱃머리에서 오전 열시 삼십분에 출항하는 완행 여객선을 타야 하네. 드물게 해상경보

라도 있어 배가 뜰 수 없다면 어쩔 수 없겠지만. 직장 없는 소
설쟁이라 달리 바쁜 일도 없겠으나 선약이 있다면 무리한 걸음
은 말게. 30일과 31일 봉도 뱃머리에 사람이 기다리고 있다가,
자네가 내리면 안내해줄 걸세. 이만 줄이네. 하느님 가호가 자
네와 가족들과 함께하기를.

목자 신주엽

나와 대학 동기생이요 대학 일학년 때 기독교학생회에서 한 해
남짓 함께 활동했던 신주엽은 편지에서만 아니라 만날 때도 내
게 군이나 자네란 호칭을 썼다. 그를 마지막 본 게 삼 년 전 여름
이었다. 그때까지만도 나는 서초동에 작은 연립주택이지만 내 집
을 가지고 살았다. 그가 모처럼 서울에 들렀다 내려가는 길이라
며 전화를 주어, 나는 강남 고속버스터미널 부근 찻집에서 삼십
분 정도 그와 말을 나눈 적 있었다. 그는 간편하게 상고머리로 머
리털을 짧게 깎았고, 품 넓은 삼베 바지저고리에 검정 고무신을
신고 있었다. 찻집 안 손님들은 그의 여름 조선옷 차림을 보고 웬
도사가 출현했냐는 듯 우리 쪽 자리를 힐끔거렸다. 그의 독특한
풍모도 그러려니와, 그의 옆자리에는 마치 원불교 정녀이듯 더운
여름임에도 검정 모시적삼에 역시 검정색 차림의 주름치마를 입
은 여인 둘이 나란히 앉아 있었다. 한 여인은 나이가 쉰 정도 되
었고 다른 여인은 내 또래였다. 나이 든 여인은 몸집이 컸고 둥그
스름한 얼굴에 눈이 서글한, 부잣집 마님 티가 났다. 나이가 아래
인 여인은 이마가 넓고 턱이 뾰족한 얼굴에 낯색이 창백했다. 신

주엽 맞은편 자리에는 스물 중반의 얼굴이 각지고 눈매가 날카로운 젊은이와, 알머리를 한 서른 중반의 얼떠 보이는 사내가 실없이 히죽히죽 웃고 있었다. 삼십 분 동안 그들은 한마디도 입을 떼지 않고 한가로운 우리 둘의 이야기를 다소곳한 자세로 듣고 있었다. 여인 둘은 두 손을 치마 위에 모두어 잡고 앉은 꼿꼿한 품이, 규율 엄한 종교단체에서 훈련깨나 받은 티가 났다. 신주엽이 그들을 내게 소개하지 않았으므로 나 역시 그들 신분을 묻지 않았다. 주엽 목자를 따르는 '말씀의 집' 성도이려니, 그렇게 짐작했을 뿐이다. 나는 아무래도 생활이 힘들어 서초동 연립주택을 처분하고 시 외곽지대로 나앉아야겠다고 그에게 말했다. "작가는 생활이 곤궁해야 마음에 재물을 쌓지. 그러나 요즘 시대에 생활이 곤궁하다 한들 비 새는 집에 누더기 입고 초근목피로 사는 사람은 없지." 신주엽은 그렇게 말하곤, 경기도 지방 순례 강습을 마치고 욕지도로 내려가는 길이라 했다. "휴가철이라 차표 구하기가 얼마나 힘든지…… 이제 시간이 됐으니 나서봐야겠네." 그가 예의 둥근 목소리로 말했다. 기독교학생회 신입회원으로 그와 처음 인사를 한 날 알게 되었지만, 고등학교에 다닐 때 교회 성가대원이었고 더러 독창에도 뽑혔다고 그는 말한 적 있었다. 그날, 나는 터미널 안까지 그를 배웅하지 않았기에, 그 남녀들이 그를 따라 그 먼 남쪽 섬까지 동행하는지 어쩐지 알지 못했다. "이단이라도 저쯤 되면 보기에는 괜찮군." 추종자 넷을 거느리고 지하도 계단을 밟는 그의 뒷모습을 보며 나는 중얼거렸다. 열흘쯤 뒤인가, 신주엽이 욕지도에서 편지를 보내왔다. 편지 내용에 따르면 그날 그와 욕지도까지 동행한 사람은 낯색이 창백한 여인을 제외한, 나머지 셋이었다. 오십 줄의 부티 나는 여인은 곽전도사고, 눈매가 날카롭던 젊은이는 민군이었다. 조금 얼떠 보이던 사내는 욕지도에서 그가 운영하는 복지원에 입소하게 될 정신박약 장애자였다. 그 뒤 주엽은 편지에 곽전도사와 민군에 대해 더러 언급했다. 곽전도사는 타계한 어느 신학대학 교수의 미망인으로 주엽의 부흥회를 통해 그의 성도가 되었고, 자녀 둘이 출가하자 숫제 가산을 정리하여 주엽을 따라 욕지도로 들어가 복지원 일을 맡아 관장하는 모양이었다. 민군은 신학대학 주엽 후배로, 주엽의 신학적 해석에 감동해 일반 관례인 교단 목회자 길을 포기하고 '말씀의 집'으로 들어와, 주엽의 설교 자료를 취집하여 이론을 보강하고 전국에 흩어진 '말씀의 집' 성도를 관장하는 일 따위를 담당하는 것 같았다. 그러므로 곽전도사와 민군은 신흥 교단 '말씀의 집' 설립자 신주엽을 받치는 두 기둥으로, 그의 손발이 되어 늘 함께 생활하는 모양이었다.

나는 신주엽 편지를 탁자에 놓고 반쯤 남은 커피를 마셨다. 10월 31일이라면 아직 일주일 여유가 있었다. 주엽의 일방적인 초대에 응할 것인가, 내려가지 못하겠다는 편지를 낼 것인가, 나는 단안을 내리지 못했다. 내려가지 않으면 그뿐, 편지를 낼 필요까진 없었고, 나는 그 결정을 며칠 시간을 두고 생각해보기로 했다. 그 어느 쪽도 마음이 내키지 않았다. 그가 운영하는 욕지도의 복지원 규모가 어떤지, '말씀의 집' 본부가 그곳에 있는 모양인데 그렇다면 왜 쑥섬으로 오라는 것인지, 괜찮은 구경거리가 무엇인지, 궁금한 점이 많았다. 그러나 서울에서 통영까지 거리도 그러려니와, 거기서 배를 타고 세 시간을 더 가기란 너무 먼 행로였다.

　나는 소설을 쓸 때 참고자료로 이용하는 지도책을 책꽂이에서 뽑았다. 쑥섬은 통영에서 한려수도 안, 한산도 앞바다를 빠져나가 창창한 남해바다를 건너 욕지도 못미처에 있는, 삼만오천분의 일 지도상으로는 깨알만한 섬이었다. 면청소재지인 욕지도는 제법 큰 섬으로 무인도까지 합친다면 스무 개가 넘는 섬이 주위에 흩어져 있었는데, 쑥섬은 그중 조그마한 유인도였다. 붉은색으로 포물선을 그린 뱃길 표시를 따라가자면, 통영에서 한려해상국립공원에 포함된 오곡도를 거쳐 내해로 빠져나와, 남해바다를 건너 연화도 옆 섬이 우도, 그다음이 쑥섬 봉도선창이었다. 봉도 다음 마지막 기착지가 욕지도 면청소재지 동항으로, 뱃길은 거기까지 이어져 있었다. 머나먼 남쪽, 그 많은 섬 중에 깨알만한 봉도를 주엽이 언제 발견했을까? 문득 그런 의문이 들었다. 대학 시절, 그는 좁혀오는 수사망을 피해 남쪽 바다에 흩어진 섬에서 섬으로 떠돌았다 했는데, 그때 이미 쑥섬에 들렀을까? 아마 그랬을는지 몰랐다.

　저녁밥을 먹고 난 뒤 아들애와 딸애는 각자 제 방으로 가고, 나는 서재로 건너왔다. 서재래야 책꽂이 하나, 책상과 의자, 차 탁자, 등받이가 뒤로 젖혀져 글을 쓰다 잠시 쉬는 의자 하나로 방이 차버리는 부엌 옆 골방이었다. 요즘 읽고 있던 『닥터 홀의 조선 회상』을 펼쳐들었을 때, 아내가 서재로 들어왔다. 낮에 내게 가져온 우편물에서 편지봉투를 보았던 터라 아내가 신주엽 말을 꺼냈다.

"그분 아직 결혼도 않구, 요즘은 어떻게 지낸대요? 쑥섬에서 보낸 편지던데 거기서 또 금식기도하는 모양이지요?"

"그런가봐. 그 친구, 아마 평생 독신으로 지낼걸. 예수가 그랬듯 말이야. 기독교 교파도 많고 신흥 교단도 많은 나라긴 하지만, 그 예를 찾아보기 힘든 특이한 목회자야."

신주엽은 스스로를 목사가 아닌 목자(牧者)라 칭했다. 편지 끝에 기명을 할 때도 늘 '목자 신주엽'이라 썼다. 기성 교단에서 제명 처분을 당한 신분이니 목사란 호칭을 쓸 수 없었던지, 목회자 준말인 목자가 어울린다고 그가 말한 적 있었다. 한편, 목자란 목사와 같은 뜻의 다른 말이기도 했는데, 한국 기독교계에선 쓰이지 않는 사장된 용어였다. 한마디 덧붙인다면, 그는 개신교에서 사용하는 용어인 '하나님'을, 가톨릭에서 천주(天主)로 일컫는 '하느님'이라 썼다. 그의 지론에 따르면, '하느님'은 우리나라 재래 종교에서 널리 쓰여 기독교가 그 차별성을 강조하다보니 하나뿐인 유일신으로 '하나님'이라 부르지만, '하나의 임'이란 사랑하는 여인이나 인칭이 아니더라도 그와 유사한 그 어떤 대상도 하나님이라 부를 수 있으므로, 기독교든 다른 종교든 신(神)을 뜻하는 용어로는 '하느님'이란 표현이 합당하다고 했다.

"전 그분을 도무지 이해할 수 없어요."

아내는 교회에 다니지 않았다. 그렇다고 다른 종교를 믿지도 않았다. 신을 부정하느냐 하면 그렇지도 않은, 어정쩡한 유신론자였다. 이 지상에 살아 있는 그날까지 내세에 들어 부끄럽지 않게 정직하고 성실하게 살아야 한다는 신조에 믿음을 둔 현실론자라 말하면 더 정확한 진단일 수 있었다. 종교 문제와는 본질적으로 다르지만, 봉직하던 학교의 동료 교사 넷과 함께 사직서를 낼 때도 그 결단이 정직한 용기란 긍지를 가졌고, 나 역시 아내의 그런 뜻에 동의했다. 아내는 나로부터 숱하게 신주엽에 관한 말을 들어왔고 그가 보낸 편지를 읽어왔으나, 그를 만난 적은 한차례도 없었다.

"어때요, 쑥섬에서 무슨 신비 체험이라두 했답디까?" 아내가 편지 내용을 궁금해했다.

"통영에서 쑥섬까지 뱃길로 세 시간 남짓 걸린대. 쑥섬에서 특별한 부흥회를 여는지, 자기가 일방적으로 날짜를 정해놓고, 날 보고 거기로 한번 방문해달라는군."

나는 아내에게 신주엽 편지를 넘겨주었다. 아내가 편지를 읽었다.

"이렇게 자기 처소로 방문해달라는 말은 여지껏 없었잖아요?"

"이런 편지는 처음이야."

"바쁜 글이 없담 머리두 식힐 겸 내려가보시죠. 암시조차 하지 않았지만 제 생각으론 작가에게 꼭 보여주고 싶은 어떤 일이 있을 것 같아요. 가을 바다 보러 내려오라고 말할 싱거운 사람은 아니잖아요? 내려가는 길에 모처럼 고향에 들러 성묘도 하시구요. 아가씨 편지에도, 지난 추석에 내려오지 않았다구 외삼촌께서 무척 섭섭해하셨다잖아요."

"글쎄" 하며, 나는 어물쩡 말꼬리를 사렸다.

하나 누이는 삼포에 살고 있지 않았다. 스무 살을 갓 넘기자 부산으로 출가하여, 영도에서 서방과 함께 분식점 가게를 꾸려가고 있었다. 어머니가 별세하신 지 다섯 해째, 나는 그동안 네 차례 고향을 다녀왔을 뿐이다. 길이 멀고 교통 사정이 좋지 않다는 점은 하기 좋은 말로 핑계였다. 사실 고향에 걸음한다는 게 나로서는 수십 근의 모자와 수십 근의 신발을 끌고 나서듯, 마음부터 무거웠다. 부모님 기제사는 외동아들인 내가 서울에서 모셨으나, 한식이나 추석 성묘에도 차마 고향 쪽으로 걸음이 떼어지지 않다. 지난봄 한식 때도 귀향하지 못한 채 넘기자, 기어코 외삼촌의 장거리 전화까지 받았다. 술에 취한 목소리였다. "문규냐? 니는 일마, 부모도 모르는 후레자슥이로구나. 일마, 니는 애비 에미 읎이 하늘에서 생겨난 종자가? 서울대학교? 거게 나오모 그래 해도 갠찮다는 긴가? 고향이 쪼매 멀기로서이 달마다도 아이고 성묘 한분 댕겨가모 다리 몽뎅이가 뿐질라지나? 직장 읎이 집에서 빈둥거린다는 늠이 뭣 때메 고향 걸음 몬해? 고향 사람들한테 빚지고 도망질 갔나? 하는 수 읎이 늙은 내가 한식 날 니 부모님 묘에 벌초했다. 나는 너거들 오누이 커갈 때 한솥밥 묵으미 외삼춘으로 할 데까지 해줬건만…… 니 하는 소행 증말로 섭섭하데이. 인자는 문규 니늠 이민 갔다 생각코 안 보고 사는 기 차라리 속 편하데이!" 외삼촌 목소리가 끝내 울음에 잠겨들더니, 전화를 끊었다. 내가 미처 대꾸할 여유도 주지 않았지만 나는 할 말이 없기도 했다. 늦게나마 고향에 한차례 다녀와야겠다고 벼르며, 마감 기일을 놓치지 않으려 단편소설을 막 끝낼 즈음, 고향으로 내려살 일이 자연스럽게 생겼다. 외삼촌 전화를 받은 지 한 달이 채 못 되어서였다. 어느 텔레비전 연속 기획물로 '작가의 고향'이란 프로가 있었는데, 어떻게 내게까지 할애되어 촬영팀과 함께 2박 3일 일정으로 고향엘 다녀왔다. 내 스스로의 발걸음이 아닌 그런 일로 고향에 내려간다는 게, 고향 사람들이나 외삼촌이 생각한다면 제 실속만 차리는 배운 자의 교만한 이기심으로 비칠 게 분명했기에, 발걸음이 무거울 수밖에 없었고, 부끄러웠다. 그러나 변명이 통하지 않는 어쩔 수 없는 일이었다. 마침 좋은 절기여서 고향 해안의 풍광이 그 어느 때보다 아름다워, 촬영팀 말대로, 화면에 잘 받았다. 고향에서 삼 톤짜리 동력선 한 척을 가지고 연안 어업을 하는 내 유일한 인척인 외삼촌과 외숙모에게 나는 한식 성묘 불참을 사죄했다. 정말 외삼촌 내외야말로 내겐 부모님과 다를 바가 없는 분이셨다.

나는 닷새 동안 원고지 쉰 장을 채우지 못했다. 기업체 대외 홍보용 책자에 수필 한 편을 써주기는 했으나, 소설은 영 풀리지 않았다. 소설이 잘 풀리지 않는 이유는 내 게으름 탓이라기보다 심리적으로 압박해온 어머니 잔영 탓으로 돌릴 수밖에 없었다.

어머니가 위독하다는 전화를 외삼촌으로부터 받고 내가 화급히 고향으로 내려가니 부산에서 누이는 와 있었으나, 당신은 벌써 세 시간 전에 임종한 뒤였다. 특별한 지병이 없었고 말년까지 그 활달한 행동거지로 교회 사찰일을 보며, 교인들 관혼상제를 자신의 일처럼 팔소매 걷어붙이고 뒤치다꺼리할 만큼 건강이 좋은 편이었다. "윤권사 새 고무신은 석 달을 몬 넘기고, 윤권사 고쟁이는 너무 빨리 닳으이 철 바뀔 적마다 걸레로 쓰겠제"란 말이 났을 정도로, 어머니는 평생 좁은 포구를 집 안마당처럼 도다녔다. 작은 예지만 교인이 병들어 아프면 그 가족과 함께 밤새워 기도와 찬송으로 위로했으니, 교회나 교회 식구와 관계되는 모든 일에는 남의 열 몫을 감당할 정도로 적극적인 분이셨다. 그런 분이 갑자기 별세하실 줄은 나로서도 뜻밖이었다. 무엇보다 어머니는 쉰다섯으로, 환갑을 여섯 해 앞둔 창창한 연세였다. 온몸이 불에 탄다며 자꾸 속옷까지 몽땅 벗겠다 해서 임종을 지키던 외삼촌네 식구와 교인들이 애깨나 먹었던 모양인데, 먹은 음식을 죄 토하던 끝에 이틀 만에 덜컥 숨을 멈추었다는 누이의 목멘 말이었다. 나는 그 장례 때, 이틀을 꼬박 뜬눈으로 새우며 생모(生母)가 아닌 망자에게 보인 누이의 곡진한 정성에 감복했다. 어머니는 아버지를 증오했어도 누이만은 친자식같이 거두었기에, 하늘이 산 자와 죽은 자를 비록 갈라놓았으나, 이심전심이란 말뜻을 그때서야 깨우쳤다. "삼포 사람들은 교회가 불탔던 악몽을 권사님이 죽을 시꺼정 한으로 품어 몸이 뜨겁다며 옷을 벗을라 캤던 모양이라 말들 했지러. 나도 생각은 그랬으나 그 미친갱이 짓이 하도 남사시러버 동생이지마는 어데 방에 들어가 앉았을 수 있어야제. 불에 타는 예배당으로 뛰어들었다가 화상 입었을 적, 그때 입었던 속옷이 나이롱이라 화기에 나이롱이 쪼그라들며 살에 붙어 뱃가죽도 흉터가 져서 쭈굴쭈굴하이 변색됐더만. 내사 윗몸을 홀랑 드러낸 그 몸을 죽을 때서야 처음 봤지만 말이다." 외삼촌 말이었다. 마을 의사는 간단히 심장마비란 사망진단서를 끊었다. 그러나 외삼촌과 봉수아서씨는, 병명을 정확히 집어낼 수 없다는 단서를 달았다. 급성 고열을 동반한 괴질병이 맞다며 말꼬리를 흐렸다. 평생토록 지순했던 믿음에 비해 죽음 과정이 너무 황당하다고 삼포교회 교우들이 쑤군거렸다. 어머니가 하나님의 부르심을 입을 때까지 교회를 지켜야 한다며 한사코 고향을 떠나려 하지 않았으므로, 객지에 살던 아들로서 나는 어머니를 모실 기회가 없었다. 어머니는 손주들을 보러 서울 걸음을 했다간 일주일을 못 넘겨 교인 누구네 집 회갑잔치나 결혼잔치가 있다는 핑계를 대어 환고 향하시곤 했던 것이다. 그러했기에 나는 어머니 임종조차 지키지 못한 불효자가 되고 만 셈이었다.

소설 속 노친네 삶의 마지막 과정은 어머니 죽음과 정반대로 고통 없이 편안한, 깨끗한 죽음으로 설정했다. 아들이 지켜보는 가운데 어머니가 정말 그렇게 별세했더라면 싶은 내 간절한 바람인지 몰랐고, 옷을 죄 벗고 싶어했던 어머니의 그 망측스러운 죽음에 대한 생각으로부터, 아니면 내가 어머니께 진 빚을 갚지 못한 죄 밑으로부터 도망가고 싶은 잠재의식이 작용했다고 해석할 수 있었다. 나는 교회를 등진 지 벌써 이십 년에 이르렀다. 살아생전 어머니는 나의 그 점을 두고 아비귀신에 씌었다며 원망했고, 교회에 나가지 않으면 핏줄의 인연마저 끊겠다는 막말까지 했다. 한집안에서 생활했다면 가정의 화평을 위해 아내가 어머니 요구에 순종했을는지 모르나, 어머니는 불신자인 아내를 특히 못마땅하게 여겼다. 어머니는 아마 마지막 숨을 몰아쉴 때까지 아들과 며느리를 하나님 앞으로 인도하지 못한 죄책감에 스스로 가슴에 못질하셨을 터였다. "문규야, 어젯밤 기도중에 홀여이 하나님을 만냈다. 자슥 인도 몬한 죄인이 천당에서 영생불락할 수 읎다는 예수님 말씀 듣고 내가 눈물로 통성기도하메 밤새았다……" 어머니로부터 이런 투의 곡진한 편지를 받기도 불신자가 된 뒤 수십 차례는 될 것이다.

—어머니 간청에 못 이겨, 나는 걸음조차 걸을 수 없는 당신을 업고 바다가 내려다보이는 동산 마루턱 마을 교회로 나섰다. 겨울바람이 드세었다. 단애를 치는 파도 소리와 부서져내리는 포말이 언덕 위까지 들려왔다.

"니 애비가 저 바다에 살고 있으이……" 등에 기댄 어머니가 꺼져가는 소리로 말했다.

"네, 뭐라고요?"

내가 물었으나 목소리는 센 바람에 묻혔고, 어머니는 대답이 없었다. 등짝을 통해 어머니 체온과 가녀린 숨결만 느껴졌다.

나는 바다 쪽에 눈을 주었다. 용섬 주위로 파도가 하얗게 부서져 섬 아랫동을 드러내고 있었다. 짙푸른 바다에 파도가 자잘한 비늘로 튀었다. 내가 초등학교에 입학하기 전, 아버지를 앗아간 바다였다. 아버지 시신을 찾을 수 없어 제삿날은 출항한 이튿날로 잡았다. 넋 나간 어머니는 몇 날 며칠을 방파제에 나가 살다시피 했다. 난바다를 보고 지아비를 부르며 헛소리를 외쳐댔다. 어머니는 지아비의 육신을 삼킨 바다를 저주하고 그 영혼과 육신을 지상으로부터 거두어들인 해왕신을 원망했다. 어머니는 열흘 만에야 겨우 정신을 수습하더니, 남은 세 자식을 키우며 살길이 거기밖에 없었으므로 구럭을 메고 다시 바다로 나가 물질에 나섰다. 어머니는 한동안은 바닷물에 몸을 담그면 해왕신이 당신 육신을 잡아당기듯 몸이 쉬 떠오르지 않고 소름이 가라앉지 않는다더니, 차츰 그런 말을 하시지 않았다. 그 뒤 내가 고향을 떠날 때까지, 고향을 떠났다 한 해 두세 차례 귀향했을 때도, 어머니는 결코 바다와 아버지를 결부하여 지난날 그 절망의 한때를 내게 말한 적 없었다. 무슨 금기처럼 어머니는 그 말을 입에 담지 않았고, 예사롭게 구럭을 메고 물질에 나갔다. 지아비를 삼킨 바다를 저주했다면, 그 악몽에서 헤어나오지 않았다면, 어머니는 일찍 고향을 등졌을 터였다. 아니, 어머니는 아버지 육신이 죽었어도 영혼은 살아 있다고 믿었기에 바다 밑 심저에서 바다 표면으로 놀러 오신 아버지 영혼을 만나러 물질을 나갔는지 몰랐다. "오늘은 날 볼라고 마중 나왔을란지 모르제." 어머니가 혼잣말로 그렇게 구시렁거리며 구럭을 챙겨들고 집을 나선 적도 있었다. 나는 어머니의 그 말을 환청으로 듣지 않았나 여겨져, "어무이, 바다에 아버지가 살고 있다니, 아버지 혼령이 바다에 살아 계시다고 아직 믿으십니꺼?" 하고 물었으나, 당신은 아무 말이 없었다.

아버지를 바다에 잃은 그해, 어머니는 아버지 대신 예수를 받아들였다. 새로 부임한 목사가 어머니의 난파된 마음을 잘 다스린 때문인지, 어머니는 주일마다 교회로 걸음을 옮겼고, 그쪽에 삶의 돛을 올렸다. 성경과 찬송가는 읽을 줄 알아야 되겠다며, 어머니가 한글 공부를 시작하기는 내가 초등학교에 입학하던 해였다. 어머니는 호롱불 심지를 돋우고 나와 함께 국어책을 익히고 연필심에 침칠해가며 공책에 글자를 썼다. 어머니와 머리를 맞대고 그렇게 공부할 때, 어머니 몸에선 짠내 밴 향긋한 해초 내음이 났다.

내가 고향에서 초등학교를 졸업할 동안, 어머니와 함께 주일마다 다녔던 교회는 목조에서 석조로 개축되었으나 예전만 못했다. 콜타르 먹인 깜조록한 목조건물이 시멘트블록으로 개조되었으니, 그전의 정겨움이 남아 있지 않았다. 예배 날이 아니라 교당은 썰렁하게 비어 있었다. 불을 피우지 않아 냉기가 코끝에 묻었으나, 어머니는 한사코 자신을 강대상 앞자리에 내려달라고 어린아이마냥 조그만 소리로 졸랐다. 십자가 성상을 가까이에서 보려 함일까. 어쨌든 여기까지 왔으니 어머니 원을 들어드리지 않을 수 없었다. 어머니는 내 등에서 내리자 맨 앞줄 의자 앞 찬 마룻바닥에 무릎을 꿇었다. 허릿심이 없기도 하겠지만 어머니는 꼬꾸라지듯 이마를 마룻바닥에 기울였다. 모아 잡아 편 당신 두 손바닥이 그 이마를 받았다.

"하나님의 독생자로 이 세상에 오셔서…… 우리 죄를 모두 지시고 십자가에 못박혀 죽으신…… 주님!"

어머니 입에서 기도가 시작되었다. 그 뒤엣말은 내 귀에 들리지 않았다. 교회에 다니지 않는 나로선 기도할 말이 없었다. 귀향을 서둘러 펄펄 살아 혼자 고향까지 내려온 분이 불과 보름 사이에 어떻게 이토록 힘을 못 쓰게 되었는지 알 수 없었다. 속앓이를 금식으로 치유하겠다며 보름 내내 물만 자시고 굶은 탓도 원인일 수 있었다. 어머니를 내려다보며 나는 한가롭게 그런 생각만 했다.

스웨터 좁은 등심이 가늘게 떨림을 보고, 나는 어머니가 흐느끼고 있음을 알았다. 애타게 주님을 찾으며, 아니 주님에게 매달려 당신의 맺힌 원을 하소연하리라. 그 원 중에 가장 큰 소원인, 혈육을 주님 앞에 인도하지 못한 죄를 용서해달라며 속울음을 울고 있을 것이다. 타 종교는 그렇게까지 심하지 않은데 기독교는 왜 가족 중에 불신자를 교회로 인도하지 못할 때 하나님에 대한 충성이 부족하다며 스스로 죄책감을 느낄까? 나 이외 다른 신을 네게 있지 말게 하라고 십계명의 첫 계명으로 가르쳤다. 그러나 십계명 어느 계명에도 전도에 앞장서라는 말씀은 기록되어 있지 않다. 다른 종교보다 유난히 전도를 강조함은 우리나라 개신교만이 갖는 특이한 현상이 아닐까 싶기도 했다. 물론 그 전도열로 오늘의 개신교 신도가 전 인구의 사분의 일인 천만 명을 넘어서는 폭발적 성장을 가져왔지만. 속죄의식 없이 나는 그런 생각을 엮었다. 발가락이 아려오고 무릎이 시렸다. 어머니 기도는 언제 끝나려는지 알 수 없었다.

여기까지 쓴 뒤, 나는 파지만 대여섯 장 내다 볼펜을 놓고 말았다. 그동안 쓴 내용을 읽어보니 우유부단한 역할일 수밖에 없긴 하지만 화자인 '나'의 생각과 행위가 마음에 들지 않았다. 내 소설의 약점으로 지적되는 느린 운행, 사유만 하는 주인공의 소극성, 유머감각이 없는 무거움 따위의 결점은 여전했다. 일인칭 시점이라 그런지, 무엇보다 객관적 냉정성이 결여된 감상적 어투가 거슬렸다. 정감 있는 잔잔한 분위기와 감상적인 것과의 차이는? 명한 마음으로 내게 질문을 던지자, 머리가 쑤셔와 나는 의자에서 일어섰다. 아무래도 처음부터 다시 고쳐 써야 그나마 뒤를 이을 수 있을 것 같았다. 새벽에 일어나야 하는데 시간은 벌써 밤 열두 시를 넘어서고 있었다. 나는 쑥섬으로 내려가기로 결정했던 것이다. 신주엽이 나를 무슨 일로 그 먼 데까지 불러내는지 용건은 알수 없었으나, 그가 말한 구경거리가 지금 내가 쓰는 소설에 도움을 주려니, 막연하지만 그런 예감이 들기도 했다.

30일, 아내가 서둘러 마련해준 새벽밥을 먹고 나자, 나는 나흘정도 일정을 잡아 집을 나섰다. 퇴계원 네거리로 나와 버스를 탈까 하다, 마침 기차 시간에 맞춤한 때라 퇴계원역으로 나갔다. 서울 시내로 들어가 출근 시간대와 마주친다면 버스는 한정 없이 느림보 노릇을 할 터였다. 새벽 이른 시간이라 교외선은 빈자리가 있었다. 창가에 앉아 기차가 떠날 동안, 나는 불암산을 보았다. 미명 속에 산의 모습이 어렴풋하게 실체를 드러냈다. 산 어느 쪽이 앞이고 뒤인지 알 수 없었으나 특별시 사람들 기준으로 따진다면 퇴계원 쪽에서 보는 불암산은 뒤쪽에 해당될 것이다. 이태반 전, 낯선 이곳에 이삿짐을 풀 때 나는 저 불암산을 보며, 언제쯤 저 앞쪽에서 다시 산을 보게 될까를 생각했다. 아내가 복직된다면 어차피 학교 가까운 동네로 옮겨가야 할 것이다. 벌이가 시원찮은 가장으로서의 체면도 망각한 채 그런 상념에 젖어 있었는데, 이제 노조 해체 조건으로 아내 복직이 가능하게 되었으니 아내가 학교 배정을 받는 대로 우리 식구는 다시 학교 가까운 서울 시내로 이사를 가게 될 터였다.

아내가 전국교원노조에 가입함으로써 중학교를 퇴직한 뒤, 우리 가족은 여축했던 돈을 곶감 뽑아먹듯 털어 썼다. 달마다 붓는 주택부금이 힘에 겨워 아내와 나는 어렵사리 마련한 연립주택 스무 평을 팔기로 했다. 공기 좋은 곳에서 글이나 쓰겠다는 핑계를 대어, 서울로 나가기에는 그런대로 교통이 편리한 퇴계원으로 이사를 왔다. 서울 사람이 여벌로 사둔, 마루와 부엌 딸린 방 네 칸 스물두 평 단독주택을 전세로 얻었다. 이사 올 당시 아들은 초등학교 사학년이었고 딸애는 초등학교 이학년이었다. 다른 부모는 자식들 공부를 위해 너나없이 서울로 몰려드는데 우리는 서울에서도 노른자위 팔학군 요지를 자청하여 떠났으나, 어린 자식들은 아버지 집필 여건 핑계를 막연하게 이해하는 눈치였다. "조금만 더 견뎌봐. 도심지 아파트에서 자란 아이들보다 너희들은 자연과 함께 살았던 소년기의 좋은 추억감을 가지게 될 게다." 낯선 학교 생활과 주위 환경에 쉬 적응하지 못하는 애들에게 아내는 이런 말로 위로했다. 퇴계원으로 이사 오자, 생활비는 사 할 가까이 절약되었다. 서른 평 정도 마당이 있어 아내와 나는 늦봄부터 가을철까지 채소를 가꾸어 찬값을 절약했다. 그런 가계 이득보다 서울로 들어갈 처지가 못 되는 사람들이 도란도란 어깨 겯고 사는 근교 읍내는, 주식과 부식값 이외 별로 돈 쓸 데가 없었다. 나 역시 시내로 외출할 일이 뜸해져버렸고, 술을 즐기는 편이 아니니 용돈이라곤 담뱃값밖에 들지 않았다.

강남 고속버스터미널까지 오니 그럭저럭 오전 여덟시를 넘어서고 있었다. 나는 창원행 버스표를 끊었다.

버스는 시내를 벗어나자 다사로운 아침볕을 받으며, 줄곧 가을 경치를 창밖에 담고 달렸다. 야산은 단풍이 고왔고 볏단을 베어 눕힌 들은 풍요롭고 황량했다.

72학번으로 불리는 우리 세대는 대학에 입학한 그해 10월에 유신헌법이 제정됨으로써, 줄곧 유신 치하에서 대학을 다녔다. 불행한 시대에 대학을 마친 우리 세대를 두고 세간에선 '유신 세대' 또는 '민청학련 세대'라 일컬었다.

신주엽과 나는 대학에 입학하자마자 기독교학생회에서 처음 만났다. 저 남도 갯가 출신인 나는 서울 생활에 얼떨떨한 촌뜨기였고, 주엽 역시 서울에서 밀려난 사람들이 모여 사는 변두리 출신이었다. 가정형편이 나보다 더 열악한 환경에서 성장했던 그는 고등학교 삼학년 때 '광주단지사건'이란 기층민 생존권투쟁을 직접 목격한, 지금 성남시에서 통학했다. 나는 언어학과였고, 주엽은 서양사학과였다. 기독교학생회에서의 첫 학기는 선배와 동기생들의 낯익히기 정도로 끝났다. 이학기부터 신입생들은 선배 알선으로 달동네라 불리는 난민촌 작은 교회로 흩어져 야학운동에 참여하게 되었다. 주엽과 나는 활동 지역이 달랐으나, 어머니의 헌신적인 믿음과 닦달 덕분에 일찍부터 교회 문을 들랑거렸다는 공통점을 갖고 있어 자연스럽게 가까워졌다. 다른 점이 있다면 그의 부모는 육이오전쟁 때 가족이 평안북도에서 월남한 실향민이었고, 나는 그 반대쪽 갯가 출신이라는 판이한 원적이었다. 나는 대학 입학 때까지만도 아버지가 있었고, 막노동판을 전전하던 그의 아버지는 1960년대 조 군사정권이 들어설 무렵에 병사했다는 점도 달랐다. 부모 대를 두고 말하자면 공통점도 있었으니, 나의 아버지 역시 이북 출신이었다. 우리가 이학년으로 진급하자, 서슬 푸른 유신헌법 아래 학생운동은 지하로 잠적할 수밖에 없었다. 야학운동조차 당국의 감시를 받았다. 주엽은 그즈음부터 기독교학생연맹에 관여하여 해방신학 쪽으로 경도되더니, 종교의 현실 참여를 지지하며 지하 학생운동 결사에 몸을 담았다. 이학기로 올라가자, 나는 시간제 가정교사에서 입주하는 전담제 가정교사 자리를 구해 자취 생활을 청산했다. 입주 가정교사라 교회 야학 교사마저 그만둘 수밖에 없었고, 그즈음부터 신앙에 회의가 싹터 다니던 교회와 차츰 발길이 멀어졌다. 구체적으로 말한다면 신앙에 회의했다기보다 교회라는 신앙공동체의 무기력함에 회의했다. 교회는 절망적인 현실에 눈감았고 타 종교의 향수권을 철저히 배격하며 오직 예수, 아니 교회를 통한 개인의 기복과 하나님 나라만 읊었다. 공동체 삶을 외면학고 사랑의 실천에도 소극적인, 종교의 집단 이기주의에 나는 정나미가 떨어졌다. 그 점에 있어 주엽과 내 견해는 일치되었다. 내밀하게 숨긴 부분을 털어놓는다면, 사실 나는 그제서야 어머니 영향권에서 벗어났다. 그러나 내가 교회에 나가지 않는다는 말은, 귀향했을 때 당신에게만은 감출 수밖에 없었다. 어머니는 다른 어떤 점보다 그 점만은 결단코 용서하지 않을 분이었다. 그렇다고 주엽처럼 "그 나라의 의(義)와 자유를 구하라"는 성경 말씀을 좇아 군사 독재정권을 상대한 투쟁에 적극적으로 나서기엔, 그럴 만한 정의감과 열정이 끓어오르지 않았다. 단호한 의분심과 치열한 공격성이 결여

된 내 성격 탓으로 돌릴 수밖에 없었으니, 현실이 극악할수록 나는 내면화되어 심해어처럼 수면 아래로 깊이 침잠했다. 소설 쓰기에 매달리기 시작하기가 그즈음부터였다. 현실과 신앙 사이에서 끊임없이 회의하며 질문하는 희망 잃은 젊은이의 고뇌가 내 소설 주제로 자리 잡아갔다.

일반적으로 '민청학련사건'으로 알려진 '인민혁명당 재건위원회 및 전국민주청년학생총연맹사건'이 터진 것이 1974년 4월이었다. 당시 중앙정보부 첫 발표에 따르면, 수사를 받고 있는 사람이 모두 240여 명에 이르는 엄청난 공안사건이었다. 구속 인원은 그 뒤로 계속 불어났다. '공산 계열 노선에 따라 학원가에 침투해 온 불순세력'의 주동자 중에는 대학생이 다수 포함되어 있었다. 군사 독재정권을 계속 유지하기 위한 방편으로 날조된 이 사건에 관련되어 신주엽도 수배를 당하는 몸이 되었다. 당시 구로공단 완구공장에서 일하던 그의 누나와 신촌 레스토랑에서 일한다는 누이는 주엽의 행방을 쫓던 수사관에 연행당했고, 나 역시 가정교사로 입주해 있던 집까지 형사가 찾아와 임의동행을 당하기도 했다. 나는 이틀 밤을 대공분실 모처에서 눈 한번 붙여보지 못한 채, 주엽의 소재를 밝히라는 수사관의 집요한 신문 끝에 물고문까지 당하고 겨우 풀려났다. 사실, 당시 나는 신주엽 소재를 알지 못했다. 관련 혐의자 1,024명 중 253명이 긴급조치 4호 위반으로 구속 송치되고 180여 명이 기소된 그 사건은, 그해 9월 7일 비상고등군법회의 일심에서 사형 9명, 무기 17명, 12년 이상 33 닝의 중형 선고가 떨어졌다. 그중 대학생이 114명이었다. 어디론가 감쪽같이 잠적한 신주엽은 거기에 끼이지 않았다. 그가 나를 찾아오기는 그해 가을이 깊어서였다. 허름한 점퍼 차림에 까치머리로 이슥한 밤에 나를 찾아왔을 때, 그는 이미 제적당한 몸으로 그때까지 쫓기고 있었다. 그는 그동안 저 남쪽 바다 섬으로 떠돌아다녔다고 말했다. "용케 동지와 소식이 닿아 어머님이 위독하다 해서 잠시 올라왔지. 내일 누이 만나보구 또 내려갈 참이야." 준수했던 그의 용모는 간곳없고, 까맣게 탄 초췌한 얼굴로 그가 말했다. 그는 하룻밤을 내 방에서 자고 이튿날 아침에 떠났다. 그렇게 쫓기면서부터 그는 자신의 진로를 신학 쪽으로 바꾸지 않았나 생각된다. 하룻밤을 자며 그는 내게, 수배가 해제되면 신학대학으로 학적을 옮기겠다고 말했던 것이다. 그러나 그는 그해 끝무렵 욕지도에서 끝내 체포되어 서울로 압송되었다. 이듬해 2월 15일, 특별사면을 받은 148명에 섞여 그도 출감했다. 특별사면을 받은 학생들 중에 과 동무도 있었기에 나는 안양교도소로 마중을 나갔다. 나는 그때 주엽 가족 중에 그의 누이동생을 처음 보았다. 입술과 속눈썹의 화장이 짙고 검정 코트에 진자주색 목도리를 한 세련된 용모였다. 그제서야 나는 언제인가 주엽이 들려줬던, 집안 가난을 견디다 못해 고등학교 때 가출해 직업전선에 나선 누이가 어머니 속을 썩인다는 말이 생각났다. 밤에는 술을 파는 카페 호스티스가 됐다는 주희가 바로 그녀였다. 알머리의 주엽은 엄청 말라 있었다. 취조 과정에서 얼마나 고문을 당했던지, 그는 그 악몽을 떨쳐내기라도 하듯, 폭력 없는 사회를 만드는 데 헌신하겠다고 앞으로의 포부를 내게 말했다. 그리스도의 적(敵), 이는 인권 탄압의 마지막 현장인 고문실이라 했다. 그 다음해 3월, 그는 입시를 거쳐 장로교 교단 신학대학 일학년에 다시 입학했다.

나는 졸업하던 해, 암울한 현실에 등을 돌린 신을 찾아 방황하는 젊은이를 주인공으로 한 단편소설로 문단에 발을 내디뎠다. 그 소설은 유신시대를 침묵한 나 자신에 대한 변명이기도 했다. 졸업 후 군대를 마치고 나는 모 여론조사기관에 취직되었다. 어느 국책기관이 거액을 협조한 대가로 통계를 조작하는 것을 목격하고 그 직장을 그만둘 때까지, 나는 이태 동안 신주엽을 이따금 만났다. 광주단지 모란시장 길바닥에 속옷과 양말 따위를 팔던 주엽 모친이 별세하기는, 그가 신학대학 삼학년 때였다. 연락이 없어 나는 조문하지 못했다. "미군 공습을 피해 오십년 십이월 그 엄동에 가족을 잃고 남으로 내려오셔서 동향 출신의 아버지를 만나 결혼하셨는데, 고생만 하시다 돌아가셨지." 모친이 별세한 일 년쯤 뒤, 그가 내게 들려준 말이었다. 끝내 미아리고개 너머 창가(娼街)로 전락한 끝에 그의 누이 주희가 자살로써 생을 마감했다는 말을 듣기도 그때였다. 어머니 별세보다 누이 자살이 그에겐 충격이 더 컸던 모양으로, 그날 나는 주엽의 우는 모습을 처음 보았다. 삶의 운명론을 받아들이는 순간 같아 그의 모습이 다른 어느 때보다 쓸쓸했다. 그는 자신의 신학적 견해를 밝히진 않았으나, 내가 보기에 대학 시절과 달리 착실한 복음주의자로 돌아간 듯 보였다. 그는 신학대학에 다니며 광주단지 난민촌 개척교회 청년회에서 봉사활동을 했다. 그는 내게도 교회로 다시 나가기를 권유했다. 나는 그의 말에 긍정도 부정도 하지 않았다. "네 소설을 보면 넌 운명적으로 하느님으로부터 떠날 수 없어." 그의 말이 그랬듯, 내 소설은 인간과 믿음의 관계에 매달려 있었고, 마치 이교도가 비판 구실을 찾아내듯, 성경 말씀의 비유를 꼼꼼하게 읽고 이를 후기자본주의 시대의 현실 관계망으로 얽어 소설이란 틀에 담아냈다. 그 작업은 뻔히 질 줄 아는 싸움이었고, 그렇게 암중모색하긴 지금도 마찬가지이다.

창원 고속버스터미널에 내리자 이미 오후 세시가 가까웠다. 마산과 붙은 창원에 공단이 들어선 뒤 군항과 벚꽃으로 알려진 진해시는 거대한 공업도시권의 외곽을 형성하여 시내버스가 사통팔달 횡하니 달렸다. 내 고향은 진해에서 해안을 따라 동으로 늘어진 이십 리 길 갯마을이었다. 선배 작가 소설로「삼포 가는 길」이 있다. 그러나 작가가 내 고향을 두고 그런 지명을 붙이진 않았을 것이다. 그 소설이 발표될 당시는 창원공단이 생기지 않았고, 삼포와 이웃 갯마을 함포는 지금도 청소년기 내가 살았던 그 모습에서 별로 변하지 않은 작은 어촌으로 머물러 있었기 때문이다. 소설 속의 삼포는 땅 끝이 아니라 땅 끝에서 다시 배를 타야 하는 섬이었다.

나는 시외버스 주차장으로 가서 삼십 분 남짓 기다린 끝에 삼포로 직접 가는 완행버스를 탔다. 낙동강 하구둑의 완성으로 마산과 부산을 잇는 해안국도가 완성된 지도 오래였다. 그러나 삼포는 국도변에 있는 죽곡동에서 바다 쪽 지방도로를 따라 다시 삼 킬로를 내려가야 했고, 삼포는 더 나갈 데 없는 땅 끝이었다.

삼포행 완행버스에 몸을 싣고 가며, 나는 내가 걸어다녔던 낮

익은 산과 강을 보았다. 그동안 숱한 세월이 흘렀고, 재래의 농경 사회에서 도시 중심의 공업국으로 탈바꿈한 뒤, 내 고향 주변이야말로 창원공단이 들어서서 천지개벽을 거친 시간대도 제법 지났건만, 변하지 않는 것은 오직 자연뿐이란 느낌이었다.

고향에서 초등학교를 졸업하자, 나는 진해의 중학교에 입학해 삼 년 동안 구 킬로 길을 걸어다녔다. 새벽밥 먹고 도시락을 책보에 챙겨 담아 집을 나설 땐 걸음이 그렇게 가벼울 수 없었다. 해질 무렵 삼포에 도착하면 집으로 들어가는 걸음이 발뒤축에 닻이라도 단 듯 무거웠다. 고주망태 된 아버지는 방 안에 아무렇게나 쓰러져 잠들어 있기 예사였고 어머니 악패는 소리가 그치지 않았기 때문이었다. "하나님이 와 저 악귀를 지옥불에 처넣지 않노. 원수를 사랑하라 캤지마는 저 원수야말로 차라리 안 보는 기 낫다이. 안 보모 인생이 불쌍해서 자선할 맘이 생길란지 모르제. 외인들은 하나님께서 심판하이 악한 자는 너거나 내쫓아라 캤으이께, 사탄아 물러가라, 썩 물러가라!" 숙취로 곯아떨어진 아버지가 듣지 못할 텐데 어머니는 성경 말씀을 빌려 아버지에게 저주를 퍼부었다. 그 사설에도 지치면 무슨 계시라도 받은 듯 손뼉을 치며 큰소리로 찬송가를 불렀다. 그래도 가슴에서 치미는 미움의 감정이 쉬 가라앉지 않는지, 철야기도를 하겠다며 휑하니 교회로 달려갔다. 예수와 천당이란 성체의 미혹에 빠진 그런 어머니를 두고 삼포 불신자들은 광신자라 쑤군거렸고, 반대로 신자들은 타고난 주의 종이라며 어머니의 열렬한 신앙심을 기렸다. 나와는 열 살이나 터울 진 이복누이는 방구석에 토구려앉아 서럽게 울기만 했다. 내가 중학교에 다닐 그즈음, 부모님은 한 지붕 아래 살고 있을 뿐 남남 관계였다. 내성적이던 나는 흉살(凶煞)로 들어찬 집안 분위기에 납작 눌린 채 숨소리조차 낮추어, 오로지 공부에만 매달렸다. 공부는 울증과 잡념을 잊게 해주었고, 좋은 결과로 나타나는 성적표는 소년기 특유의 억압된 감정·울분·외로움·슬픔에 위로가 되었다.

내가 진해 명문 고등학교 시험에 합격하자, 외삼촌은 삼포에도 수재가 났다고 기뻐하며 중고품 자전거 한 대를 사주었다. 자전거를 사준 고마움 정도는 사실 외삼촌으로선 작은 선심에 불과했다. 외삼촌은 생활력 잃은 아버지를 대신하여 우리 집 살림을 떠맡다시피 했고 나와 누이 학자금도 당신 주머니에서 나왔다. 교회일을 보지 않을 때면 어머니는 덕장으로 나가 장두칼로 쥐치 배를 째고 조개류를 땄으나, 그 벌이는 우리 식구 끼니 잇기도 빠듯했다. 그런 우리 식구에게 봉수아저씨가 늘 쌀말값을 보태주기도 했다. 어머니는 성령의 은사만으로도 능히 육신을 지탱할 수 있다는 확신에 차 있었고, 무엇을 먹고 입을지 하는 생각은 뒷전이었다. 오늘 걱정은 오늘로 족하다는 성경 말씀대로 자기 자식 끼니마저 챙겨주지 않는 분이셨다. 어머니는 이 지상의 누더기 같은 삶에 지쳤음인지 천당 환상만 좇았기에, 우리 오누이는 한 집안에 산다는 핑계로 외삼촌네 밥상에 숟가락을 얹고 지낸 형편이었다. 어머니 지청구 탓인지, 당신 성향으로 봐서 그렇게 될 수밖에 없었던지, 아버지의 본격적인 가출이 시작되기는 내가 고등학교에 입학한 뒤부터였다. 내가 초등학교에 입학하자, 아버지는 봉수아저씨와 함께 일 년 남짓 울산으로 가서 객지살이를 하기도 했다. 그때는 가출이 아니었다. 아버지는 훌쩍 집을 나가버리면 열흘이나 보름 동안 소식이 없었다. 객지를 무위도식으로 떠돌 동안 남루한 행색과 함경도 말투가 책잡혀 간첩으로 오인당하기도 했는지 삼포지서에서 아버지 가출 사유와 행적을 물으러 순경이 집으로 찾아온 적도 있었다. 아버지가 거지와 다를 바 없는 초라한 행색으로 귀가하면, 그동안 어디서 무엇을 하고 다녔는지 아무에게도 말하지 않았다. "그냥 객지에서 죽어뿔지 와 집구석에 기어들어와! 차라리 이북에라도 넘어가뿌리지 뭣 때메 삼포를 찾노. 문규와 문옥이가 보고 싶다모 자슥들한테 애비 노릇을 해야지러. 애비 노릇도 몬하민서 자슥 낯짝 볼 맘이 생겨? 거리귀신 들린 임자 꼴 보기 싫어서라도 내사 인자 아예 예배당에서 살끼다." 어머니는 아버지를 마치 악귀나 이방인 대하듯, 하나님의 저주받은 그 어떤 대상으로 몰아붙였다. 아버지는 어머니의 그런 모욕을 고스란히 받으며, 외삼촌 권유로 마지못해 배를 탔다. 당시 거룻배 한 척으로 연안어업을 하던 외삼촌을 도와 그물질하기를 한 달쯤이면, 늘 술에 젖어 지내던 아버지가 어느 날 돌연 삼포에서 사라졌다. 아버지의 그런 가출을 두고 외삼촌은 어떤 의원도 고칠 수 없는 병인 삼팔따라지 역마살로 치부했다. 국군 포로가 될 적부터 아버지는 팔자를 그렇게 타고났다는 것이다. 나는 외삼촌이 사준 자전거를 타고 삼 년 동안 진해로 통학했다. 내가 고등학교 이학년 때서야 삼포에서 진해까지 하루 두 차례씩 다니는 버스 노선이 생겨, 비가 오는 날이면 버스를 이용할 수 있었다. 그러므로 어디쯤 가면 무슨 야산 모퉁이를 돌아 삼포 쪽 바다가 보이고, 어느 마을에 진해여고에 다니는 이마 맑은 소녀가 살고, 어느 마을 앞 홰나무 옆에 마른 목을 축이던 공동우물이 있는지 잘 알고 있었다. 늘 우울했고 허기졌던 그 시절의 통학길은 서울 생활에 길든 뒤, 귀향 때마다 내게 연민을 자아냈다. 고등학교 시절만 해도 집에 들어가기가 늘 죽기만큼 싫었지만, 내향적 성향의 사춘기가 그렇듯 이상만은 갈매기가 창공을 차는 높이만큼 높았다. 현실이 싫었으므로 나는 그 보상심리로 삼포를 벗어날 궁리에만 골몰했는지 몰랐다. 삼포 어른들도 모범생인 내게 큰 기대를 걸어, 서울대학교에만 합격하면 어촌계를 헐어서라도 등록금을 대겠다고 부추겼다. 운이 좋았다고나 할까, 아니면 선택한 학과가 이 사회에서 크게 활용되지 않는 전문적 영역이어서인지, 나는 고향 사람들 성원대로 서울대학교에 합격했다. 그러나 고향 사람들의 기대처럼 나는 판검사나 중앙관서 관리가 되지 못했다. 삼포 사람들은, 문규가 하다못해 경남 도청 내무국장 자리나 이 지방 군수라도 되었다면 향토 발전에 크게 이바지했을 거라고 안타까워했다. 고향에서는 소설가를 '글로 쓰는 이야기꾼' 정도로 알았지, 내 소설을 읽어본 사람이 없었다. 직장 없이 소설이란 걸 써서 삼시 세 끼 밥 먹을 수 있느냐는 걱정까지 했다. 심지어 외삼촌마저 내 유일한 장편소설인『믿음에 관한 질문』을 두고 "내사 책도 안 보지마는 재미가 있어야 억지로라도 읽어보제" 하며, 자식들 책꽂이에 꽂아두었다. "문규 처가 문규 나온 대학 후배라 서울 시내에서 선생질함더" 하는 자랑마저 이제 네 해째

쑥 들어가고 말았다.

　버스가 작은 동산 허리를 돌아가자, 고향 포구가 눈앞에 드러났다. 바람이 센지 파도가 겹을 이루어 밀려왔다. 갈매기도 어디에 숨었는지 보이지 않았다. 새마을사업 전만 해도 초가들이 좁장한 갯가에서 언덕바지로 타고 올라 올망졸망 맞대어 있었다. 초가지붕이 기와나 함석으로 바뀌었을 뿐 삼포는 예전 모습 그대로였다. 버스 정류장에 내리자, 해가 아직 서산 위에 걸려 있었다. 고향 사람 어느 누구와도 만나고 싶지 않은 쑥스러운 내 마음을 읽기라도 하듯 날선 바닷바람이 코트 자락을 말아올렸다. 고향땅만 밟으면 늘 그렇듯, 나는 참담한 마음으로 잠시 발치를 내려다보고 서 있었다. 살아생전 아버지와 어머니 환영이 내 마음을 더욱 위축되게 했다. 먼 세월이 지나고 내 허리 굽고 지팡이에 무력한 다리를 의지했을 땐 어떨는지 모르지만, 나는 아직도 고향을 사랑할 수 없음을 깨달았다. 고향이 나를 버리지 않았으나 아무리 마음을 돌리려 해도 내 마음속에 고향이 고향으로 정답게 닿아오지 않았다. 외로움, 황량함, 덧없음, 불효자로서의 귀향, 배교도(背敎徒)로서의 낙심만이 휘휘한 마음을 가득 채웠다.

　몇 년 전부터 포구 쪽으론 산뜻한 이층 건물들이 들어서서 창원공단 사람을 받는 대형 횟집도 여러 채 생겼다. 나는 그쪽을 둘러볼 마음이 없었다. 언덕 쪽으로 오르는 길을 잡아 공터를 빠져나갔다. 잡화점·음식점·맥줏집·차 수리점·약국·전자제품 대리점 따위가 널린 공터 주변 풍경은 예전 그대로였다. 지난봄까지만도 대식이네 신발점이던 점방은 새로 치장하여 노래방 간

판이 붙어 있었다. 노래방이 벌써 삼포에까지 들어왔으니 세속의
변화가 그만큼 빨랐다. 대식이는 초등학교 동창생으로 지난봄까
지 신발가게를 우두커니 지켰다. 순박한 촌사람인 그가 가업으로
물려받은 점방 문을 닫고 노래방을 차릴 위인이 못 되었기에, 그
역시 식솔을 데리고 농어촌 젊은이들이 대처로 떠나듯 고향을 등
졌겠거니 여겨졌다.

　나는 푸줏간에서 한우로 쇠고기 세 근을 살까 하다, 두 근만 샀
다. 아내가 쇠고깃국을 끓여 밥상에 올린 지 두 달은 좋게 된 듯
했다. 우리 집은 육류가 일주일에 한 차례쯤, 돼지고기나 닭고기
가 주로 밥상에 올랐다. 한창 자라는 아이들에게 그 정도 칼로리
는 섭취시켜야 한다는 게 아내 주장이라, 모처럼 식탁에 오른 그
육류마저 나는 젓가락을 그쪽으로 쉽게 옮길 수 없었다. 비닐에
고깃덩이를 뭉쳐 싸는 푸줏간 주인은 낯선 얼굴이었다.

　외삼촌네가 사는 집은 손바닥만한 갯가 평지에서 골목길을 외
뚤비뚤 오르는 언덕바지에 있었다. 외할아버지 사십대 중반, 대
목을 데려다 함께 지었다는 위채 세 칸, 아래채 두 칸짜리 그 집
은 내 생가이기도 했다. 1953년 6월에 거제도 포로수용소에서 함
께 석방된 봉수아저씨와 낯선 땅 삼포에 정착한 아버지는 1977년
마흔일곱으로 타계할 때까지 처가살이를 했던 셈이다. 나는 바닷
바람에 떠밀리다시피 허적허적 언덕길을 올랐다. "이 바다르 삥
둘러서 가믄 내 고향 포구에두 닿겠지르. 여게느 정이 안 붙어.
문규야, 내 타관서 이렇게 살다 그냥 죽느 게지. 너한테만 하느
말인데 사실 나 말이야, 포로 교환 때 이남 땅이 아니구 제삼국을

선택할까 했지러. 그랬다믄 너들 남매르 못 두구 말았잖겠어. 지금두 더러 그 생각이 들구느 하지. 만약 그렇게 되었다믄 조국 땅은 영영 밟기가 힘들었겠지. 그래 맞어. 너들 남매 낳구 살았다느 증거나 남기구서 함경도 아즈바이 경상도 포구에서 숨 거두느 게야." 아버지의 술 취한 헉헉대는 소리가 바람에 섞여 귓전을 때렸다. 아버지는 반공포로로 석방되자 봉수아저씨와 함께 똑딱배 편에 거제도에서 정북향 뭍으로 건너와, 삼포에 주저앉았다. 동갑내기인 외삼촌이 아버지가 삼포에서 사귄 첫 동무였고, 당신은 외갓집 식객으로 외할아버지와 외삼촌과 한 조를 이루어 서투른 어부 생활을 시작했다. 외할아버지는 아래채 헛간을 방으로 만들어 아버지를 한식구로 삼았다. 그해 가을, 아버지와 어머니는 삼포교회 목사 주례로 교회에서 결혼식을 올렸다. 두 분이 그렇게 맺어지기는 아무래도 한집에 살게 되어 아침저녁으로 얼굴을 보는 인연 때문이었을 것이다. 아버지가 삼포에 정착한 뒤, 바다로 일 나가지 않는 주일날이면 무료함을 달랠 심산인지 교회를 기웃거렸다는 말도 들었다. 아버지가 몇 달 동안 교회에 나갔는지는 모르지만, 예배 시간 교당 뒷자리에 우두커니 앉았다 목사 축도가 있을 마지막 순서쯤, 예배 끝나고 교당을 나서는 교인들과 인사하기가 쑥스러워서인지 홀로 먼저 빠져나오곤 했다는 것이다. 해방 후 공산당이 북조선을 차지하자 교회를 모두 폐쇄했기에 아버지는 남한 교회 의식을 구경삼아 나갔는지 몰랐다. 아버지 집안은 대대로 종교라기엔 무엇한 유교 의식을 가례(家禮)로 삼았다 했는데, 해빙 후 들어선 사회주의 국가가 종교를 인정하지 않았기에, 남한 교회 예배 의식이 영 낯설다고 아버지는 외삼촌에게 말했다고 한다. 어쨌든 아버지의 그 발걸음이 당시 초신자로서 열성적이던 어머니 마음에 들었을 수도 있었다. 남한에 외돌토리로 떨어진 외로움에 찌든 남자 하나를 내가 구원해 주님 품에 인도하자는 자비심에서, 어머니는 부모와 오라버니의 적극 권유를 받아들였으리란 추측이 가능했다. 아버지는 어머니와 혼례를 올리자 골방을 증축하여 신방을 꾸미고, 식객이 아닌 공식적인 처가살이를 시작했다. 그러나 어머니는 신랑은 안중에 없고 교회일에 더 열성이라, 문턱이 닳도록 교회 출입이 잦고 집 안에서는 찬송가 소리가 끊이지 않았다. 어머니가 그렇게 열성을 띠자, 아버지는 교회에 발을 끊고 말았다. 어머니가 권유하면 할수록, 나 같은 삼팔따라지는 무신론자가 제격이라며 교회와 철저히 등을 돌렸다. 그로부터 삼포에서의 스물네 해 동안 아버지는 차츰 술에 빠져들었으니, 한마디로 남한 사회에 끝내 적응하지 못한 채 허무히 세상을 떠난 셈이다.

작은 갯마을은 어느 집이나 그렇듯, 아직도 대문을 열어두고 살았다. 나는 외삼촌 집 안마당으로 들어섰다.

"문규 오빠 아입니꺼."

진해에서 여고를 졸업하고 집안일을 돌보는 외삼촌 막내딸 경희가 대문께 인기척에 부엌에서 나오며, 나를 반겼다.

"잘 있었니. 외삼촌과 숙모님은?"

"어장에 나갔어예. 인자 들어오실 때 됐심더."

아무래도 내일 새벽 일찍 나서야 했기에, 나는 성묘부터 다녀오기로 했다. 뒤쪽 언덕길로 조금 더 오르면 마을이 끝나는 언덕 위에 교회가 있고, 부모님 무덤은 거기에서 산허리를 돌아 공동 묘지에 있었다. 십 분 남짓이면 도착할 수 있는 가까운 거리였다. 경희에게 쇠고기 두 근을 넘겨주고, 나는 성묘부터 하고 오겠다며 집을 나섰다. 언덕길을 오르다 빈 양동이를 들고 맞은편에서 내려오는 병도 형을 만났다.

"자네 문규 아인가. 텔레비전에서 자네 봤지러. 삼포가 텔레비에 다 나오이 자네 덕분일세. 오래간만에 고향 걸음했군그래?"

나는 목례하며, 집안 두루 무고하냐고 안부를 물은 뒤 헤어졌다. 단층 교회는 시멘트 담장 안에 붉은 벽돌로 지어져 있었다. 앞쪽 현관은 서양 중세의 성루를 흉내 낸 듯 요철형으로 상단을 장식한 삼층 옥탑이 있고 종루는 그 위에 철골로 삐죽이 따로 세워, 그 모양새가 한갓진 어촌에 어울리지 않고 소담스런 맛이 없었다. 교회 안에는 큰 나무라도 심었으면 좋았으련만, 담장 따라 개나리와 철쭉 따위가 고작이었다. 교회가 불에 전소된 1971년 당시 박목사가 권위주의적이란 말이 돌았듯, 그분 인품을 짐작케 하는 그때 새로 세운 교회 건물이 나는 영 마음에 들지 않았다. 불에 전소되기 전 교회는 탱자나무 울타리에 콜타르 먹인 목조건물이었다. 함석에 검정칠한 뾰족한 종탑이 있었고, 교회 주위로 해송과 플라타너스가 어른 키보다 높이 자라 경치가 좋았다. 시골 교회당다운 분위기였고, 그곳은 어린 시절 나와 누이의 놀이터이기도 했다. 그 소중한 추억의 그림이 자취도 없어지기는 아버지 탓이었으니, 내 마음이 너욱 착잡했다.

열려 있는 교회 정문 앞에서 나는 한차례 몸을 떨었다. 세찬 바람 탓만 아니었다. 어머니와 말다툼 끝에 만취한 아버지가 교회당으로 올라가 불을 질러버린 사건은 내가 고등학교 삼학년으로 대학 입시 공부에 한창 매달렸던 이맘때쯤 밤이었다. 결혼한 뒤 신앙 문제로 두 분 다툼은 줄곧 그치지 않았는데, 늘 그 시작은 어머니의 타박이었고, 교회로 나가자는 어머니 강요에 아버지는 등을 돌리고 묵비권을 행사했다. 아버지가 유물론에 입각한 종교 부정론자는 아니었으나, 당신 눈에 광신도로 비칠 법한 어머니의 신앙 자세만은 결단코 받아들이지 않았다. 아버지는 남한에 홀로 떨어진 고아 의식으로 괴로워했기에 당신 마음을 모성으로, 또는 누이같이 따뜻하게 품어줄 아내를 기대했는지 몰랐다. 사실 아버지는 영육으로 고독과 불안에 찌들어 있었으나 어머니의 종교가 결코 위안이 될 수 없었음은 틀림없었다. 세례를 받고 교회에 열심히 다녀야 천당에서라도 이북 식구를 만날 수 있다는 어머니 말은 오히려 아버지로 하여금 종교에 대한 증오심만 갖게 했던 것이다. 그러나 어머니의 그런 애원과 힐책도 아버지가 울산에서 누이를 데려온 뒤부턴 그치고 말았다. 그때부터 아버지는 어머니의 원수가 되어버렸다. 어머니는 자주 성경 마태복음 말씀을 인용하며 아버지를 능멸했다. "내가 온 것은 사람이 그의 아비와, 딸이 어미와, 며느리가 시어머니와 불화하게 하려 함이니 사람의 원수가 자기 집안 식구이라 아비나 어미를 나보다 더 사랑하는 자는 내게 합당치 아니하고……" 그 구절을 곧이곧대로 해석한 듯, 어머니는 더욱 예수와 교회만을 사랑했다. 식구 중에 원

336

수가 하나 있다는 말로 악퍼질렀으니, 이는 누가 들어도 아버지를 지칭하는 말이었다. 아버지가 끝내 사건을 저지른 그날 밤, 세찬 해풍에 목조건물은 걷잡을 수 없는 불길에 휩싸였고 교회당을 에두른 큰 나무에까지 불길이 옮아 붙었다. 어두운 하늘에 갈기를 이룬 불길과 딱총 소리를 내며 터지던 불티는 무서웠다. 언덕바지에 살던 마을 사람들이 양동이로 물을 나르고⋯⋯ 성상을 꺼내온다며 불길 속으로 뛰어든 어머니는 온몸에 화상을 입은 채 외삼촌에 의해 구출되었다. 어머니가 기절해버린 그 현장에 아버지는 없었다. 아버지는 불을 지른 그길로 선창에 내려가 다시 술을 마셨다 했다. 앞으로 얼마나 더 살며 어떤 일을 당하는지 모르겠으나 내가 살아온 사십 년 세월 중에, 교회가 전소되었던 그날 밤은 너무나 전율적이었고, 참으로 떠올리고 싶지 않은 기억이었다.

  앞마당에서 어린이 몇이 노는 교회 안으로 들어가볼까 하다, 나는 시멘트 담장을 따라 곧장 공동묘지로 향했다. 해는 이미 서쪽 산을 넘어버렸고, 솔수펑을 흔드는 바람 소리가 세찼다. 검푸른 색깔로 변한 바다에 떠 있는 작은 섬들은 아직 저녁 잔광을 받고 있었다. 어릴 적부터 눈에 익은, 변함없는 풍광의 응달섬·소섬·소쿠리섬이었다. 그 뒤쪽 거제섬은 굵은 띠를 이루어 어렴풋한 윤곽만이 잡혔다. 살아생전 아버지는 곧잘 소주병을 들고 올라와 이 언덕바지에 홀로 앉아 술을 찔끔찔끔 마시며 침침한 눈길로 바다 건너 거제섬을 바라보곤 했다. 좌우익으로 편이 갈려 살육으로 지새운 수용소 생활의 익몽을 떠올리며 그렇게 강소주를 마셨다. 어릴 적 나는 그런 아버지를 이해하지 못했다. 내게는 중학 시절까지, 아버지가 가장임에도 벌이를 앉는 주정뱅이로 보였을 뿐이었다.

공동묘지 주변은 억새풀이 우거져 있었다. 나는 아버지 무덤에 먼저 절을 올렸다. 교도소에서 출감하고 돌아가실 때까지 아버지는 철저히 말을 잃었다. 잠을 자지 않는 시간은 몽혼상태에서 술만 마셨다. 하고 다니는 꼴이 타지 사람이 보면 완연한 거지였다. 머리카락은 헝클어졌고 세수를 하지 않은 깜조록한 얼굴에 옷은 늘 찌들어 있었다. 여름철이면 길거리나 갯벌에 아무렇게나 쓰러져 자는 아버지를 외삼촌과 내가 업고 오기도 여러 차례였다. 어머니는 아버지의 주정뱅이질을 철저히 방관했다. 삼포 사람들은 아버지가 실성기에 들었다 말했고, 어머니는 사탄의 피를 저렇게 마시니 하나님 저주가 붙었다고 악담했다. 전방부대에 복무 중이어서 나는 아버지의 임종을 지키지 못했다. 외숙모 말에 따르면 당신은 혼수상태에 들기 직전까지도 꺼져가는 목소리로 술을 찾았다고 했다. 당신은 외숙모가 숟가락으로 넘겨주는 소주를 달게 음미하며 의식을 놓았고, 몇 시간 뒤 잦아지듯 숨을 거두었다는 것이다. 임종을 지키지 못했지만 아버지가 숨을 거두기 직전의 모습이었을, 앙상하게 마른 당신의 저승꽃 핀 깜조록한 얼굴이 암암하게 떠올랐다. 아버지 병명은 오랜 폭주로 인한 영양실조와 간경화증이었다.

아버지가 삼포에 정착하고 외할아버지를 도와 뱃일을 열심히 하기는 외할아버지 별세할 때까지였으니, 여섯 해 정도라 했다.

"니 아부지는 마음이 여리고 심성이 고분 사람이라. 그래서 내가
필녀를 짝지아주는 데 적극 나서지 않았겠나. 다행히 필녀도 싫
어하는 눈치가 아니었고. 같이 삼포로 들어왔지마는 봉수 그 사
람은 술을 마시도 늘 정도껏 마시는 기라. 그런데 니 아부지는 끝
이 없어. 술이 자꾸 늘어가이께 몇 년 지나자, 다음날 일 나가기
가 부칠 정도로 작취미성이라. 어차피 이북으로 안 가고 이남 땅
에 남기로 했으이께, 봉수는 여게서 장개들고 처자슥 잘 다독거
리며 정착했는데, 니 아부지는 대여섯 해를 지내자 술주정뱅이가
돼서 뱃일을 거으 놓다시피 했지러. 심성이 여려 술만 취하모 어
대진인가 하는 저 함경도 고향 포구 부모 성제 말만 횡설수설 주
절거리고……" 내가 철이 들었을 무렵, 외삼촌이 내게 들려준 말
이었다. 뱃사람은 술힘으로 바다에서 산다는 말이 있다. 거대한
자연과 맞설 때 느끼는 인간의 왜소함을 잊기 위해서일까, 어부
와 술의 상관성이 그런 모든 이유를 함축한다고 여겨진다. 알코
올의 습관성은 그 어떤 기호식품보다 빠르게 중독 증세로 이어졌
으리라. 그러나 아버지 경우는 그 점보다 남한에 홀로 떨어졌다
는 실향민으로서의 외로움, 어머니와의 성격적·종교적 갈등이
술을 벗하게 된 더 큰 요인이었을 것이다. 아니, 나와 봉수아저씨
만이 알고 있는 아버지의 비밀, 그 괴로움을 잊기 위한 방편도 당
신이 술을 가까이하게 된 원인 중 하나란 짐작도 가능하다. 내가
전방 근무 중 '부친 별세 급래'란 관보를 받고 귀향해 아버지 시
신을 공동묘지에 묻고 났을 때, 봉수아저씨가 나를 호젓한 솔밭
으로 따로 부르더니 그런 말을 들려주있나. "내사 양친부모가 일

찍 죽구 사고무친으루 추가령 일대 산판을 떠돌던 몸이라 이북에
가봐야 낙볼 일이 없지만서두, 네 아버지는 일정 때 보통학교두
나왔구 군에 나오기 전엔 군(郡) 운송조합 지도원을 했다더라. 고
향에 부모 형제간두 있구. 그런데 네 아버지가 왜 북조선으로 가
지 않구 남한 사회에 남은지 아는가?" 삼포에 정착한 뒤 처음으
로 내게만 발설하는 말이라며, 봉수아저씨가 그 사연을 들려주었
다. 이제 장본인이 이승을 떠났고 자식도 장성하여 제 아비를 이
해할 나이가 되었으니 털어놓는 말이라 했다. 한창때는 17만 명
의 인민군 포로를 수용했던 거제도 포로수용소 중에 제 76 · 77 ·
78수용소와 제60장교수용소는 극렬 공산주의자들이 장악하여 저
들의 해방구가 되었고, 제76수용소에서는 거제도 포로수용소장
도드 준장을 면담하겠다는 핑계를 대어 납치까지 했다는 것이다.
수용소 안은 친공포로와 반공포로의 충돌이 심각해, 친공 테러로
회유 · 협박 · 고문 · 살해가 대낮에도 횡행할 때였다. 까막눈이
태반인 포로병들 중 아버지는 일어에 달통한데다 쉽게 익힌 영어
도 기본적 의사소통이 가능했으므로, 제60장교수용소에서 서무
보좌일을 보았다고 했다. 수용소 안 정보를 빼내기에 혈안이 되
었던 미군 측에, 포로장교 중 적극 친공에 나서는 자의 동태를 아
버지가 더러 일러주었던 모양인데, 그 사실이 알려지자 친공포
로들로부터 프락치로 몰렸다. 아버지가 그들 인민재판에 회부된
끝에 린치로 사경을 헤맬 때, 미군 공정대 순찰조에 발견되어 공
포까지 쏘아 겨우 구출되었다는 것이다. "너 아버지는 말두 잘하
구 똑똑한 인물이었지. 그런데 얼마나 몰매를 맞았던지 그 후부

340

터 반벙어리가 되구 말았잖는가. 뇌를 다쳤는지 어쨌는지, 입이 천금같이 무거워졌구 남의 눈치만 살피는 겁 많은 사람으로 변했어. 포로 교환이 시작되자 너 아버지는 이북으로 가구 싶어두 갈 수 없는 처지가 되어버렸지. 반동으로 찍혔으니 북으로 돌아간들 저쪽 보복이 두려울 수밖에. 석방 전 한동안 남도 북도 아닌 제삼국행두 궁리했던가봐. 그러나 언젠가 통일되면 북쪽 식구를 만나려니 하구 차선책으루 남한을 택한 게지. 네 엄마와 사이두 그렇구…… 네 아버진 공산 세상에서두 민청이나 내무서 지도원은 착실히 할 사람인데, 사실 뱃일이 기질에두 맞지가 않았어." 봉수아저씨로부터 그런 말을 듣자 아버지가 남한을 선택한 이유에 수긍이 갔다. 그러나 아버지가 술에 탐닉되기는 그 무엇보다 원만치 못한 부부관계가 가장 큰 원인이었을 것이다. 믿음에 너무 몰두한 어머니에 대한 반발과 소외감·열등의식이 함께 작용하여 쌓인 억하심정을 술로 해소하고, 현실로부터 잠적하는 방법을 선택했으리라. 남한 생활과 가정에 정을 붙이지 못했던 그런 아버지와 달리 봉수아저씨는 삼포에 정착하자 어물장사를 하던 가난한 과수댁의 야무진 딸을 얻어 장가를 들었고, 생활력 강한 이북 사람의 전형을 보듯 성실과 근검으로 이제 이십 톤급 어선을 세 척이나 가진 '어장애비'로 삼포 유지가 되었다. 그런데 봉수아저씨 역시 어머니의 필사적인 권고가 있었으나 교회에는 나가지 않았다. "봉수 저 사람만 전도했으모 니 애비도 교회에 나갔을 텐데" 하던 어머니 말을 어릴 때 들은 적이 있었다. 봉수아저씨와 달리 자의로 선택하지 잃은 아버지의 남한 정착은 당신 살아생전 말

그대로, 실패한 인생으로 치달았다. 마흔일곱으로 생을 마감한 아버지의 죽음은 너무 빨랐다. 방화과실치상으로 감옥에서 보낸 일 년 육 개월이 아버지의 죽음을 재촉한 원인일 수 있었다.

나는 어머니 무덤에도 절을 올렸다. 절을 하며, 분묘나마 자주 찾아와 뵙지 못하는 허물을 용서해달라고 읊조렸다. 외삼촌이 가까이에 살며 묘소를 돌보다보니 두 분 묘는 뗏장이 잘 가꾸어져 있었다. 어머님은 당신 소원대로 천상에 계실까. 열렬히 하나님을 섬겼고, 많은 불신자를 전도했고, 아버지가 타계하신 뒤 과수댁이 되어 십수 년을 교회 사찰로 헌신했으니, 당신이 늘 소망하던 대로, 어머니야말로 천당에 계시리라. 어머니는 이제 아버지의 슬픔과 고독을 이해하고 그 허물을 용서하셔 자신이 받은 탤런트로 아버지를 천당으로 모셔가 함께 살고 있으리라. 비판의 꼬투리를 찾지 않고 그렇게 생각하니 내 마음이 편했다. 화상으로 왼쪽 뺨이 흉하게 뒤틀린 어머니 얼굴이 짙어오는 어둠 속에 우련하게 떠올랐다.

삼포에 처음 교회가 세워지긴 해방 직후였다. 마산에서 신학교를 졸업한 젊은 목사가 부임하여, 천막을 치고 개척교회를 시작했다고 했다. 전도에 어려움이 많을 수밖에 없었다. 갯가 사람들은 대체로 기독교와 멀었다. 그들은 사철 바다를 바라보고 바다에서 생활하므로, 바다와 관련된 토속신앙에 의지했다. 바다가 노하지 말아야 했고, 흉어기가 들지 않아야 했으므로 해신(海神)을 위해 굿을 하고 해신에게 기원을 드렸다. 교회에 신자가 붙기는 육이오전쟁이 터진 뒤였다. 전쟁 때, 삼포까지 인민군이 들어오진 않았으나 피난민이 많이 몰려들었다. 논밭이 귀한 삼포는 수산물을 진해나 마산에 내다팔아 양식을 사다 먹었다. 전쟁 불경기는 삼포도 예외가 아니어서 굶주리는 집이 많았다. 그때, 교회에서 나누어주던 밀가루나 탈지분유는 대단한 선심이었다. 교회에서 그런 양식감과 헌옷을 나누어주자 삼포 사람 절반이 주일이면 교회로 몰려갔다. 어머니도 그때부터 교회로 나가기 시작하여, 세례를 받았다. 삼포에는 초등학교가 없었고 죽곡에 학교가 있었다. 일제강점기 삼포에서 죽곡보통학교에 딸애를 입학시킬 만큼 깨친 어른이나 가세가 튼튼한 집은 없었다. 어머니는 까막눈이었고 교회를 통해 한글을 익혔다. 어머니는 곧 열성적인 신자가 되었다. "밀가루며 탈지분유 타는 재미로 니 어미가 예배당에 나댕기더마는 두 달쯤 지나고부텀 아주 미쳐뿌렸어. 정지에서, 밤중에도 손뼉을 치며 찬송가를 부르고 새북기도를 나가고…… 사람이 우째 그래 달라져버리던지." 외삼촌 말이 그랬으나, 나는 지금도 교회의 어떤 점이 어머니 영혼을 한순간에 잡아끌었는지 이해하지 못한다. 그물로 고기를 잡듯 예수는 한순간에 자기 영적 세계로 선택한 인간을 잡아들인다고 해석하면 그만이다. 그러나 누구나 베드로가 될 수 없고, 인간은 고기가 아니므로 그렇게 사로잡힌 뒤에도 그 그물을 찢고 나와 제 발로 떠나버리기도 할 터이다. 나 역시 그런 자 중의 하나이고, 교회 문턱이 닳도록 들랑거린 자들 중에도 예수의 참정신을 알거나 깨우치지 못한 신자가 많다. 그러나 어머니는 쉰다섯으로 소천하실 때까지 처음 그 믿음에 변함이 없었다. 어머니는 많은 삼포 사람을 교회로 인도

했다. 전쟁이 끝날 즈음 교회 구호품이 그치고 신자가 갑자기 떨어져 나가자, 어머니는 목사보다 더 열성으로 그들의 식어버린 신심을 돌려세웠다. "이 핑계 저 이유를 대며 주일을 빠지는 여자들을 억지로 끌어냈으이께. 밤마다 집집으로 찾아댕기며 가정예배도 봤지러. 지성이모 감천이라고 문규 엄마 열성에 내가 졌다 카미 예배당으로 다시 나가는 사람이 많았어. 그래도 니 아부지는 끝내 전도를 몬했지러."

외삼촌의 그런 말씀이 아니더라도, 나는 어머니와 아버지의 부부의 정이 어떻게 식어버렸는지 짐작할 수 있었다. 서로 믿음이 다르거나, 한쪽이 지나치게 종교에 몰입해서 파산되는 가정이 우리 사회에선 흔하기 때문이다. 그러나 어머니가 아버지를 지옥불에 떨어질 대상으로, 입에 담기 거북한 말로 욕질하게 되기는 아버지가 핏덩이와 다를 바 없는 누이를 포대기에 싸안고 집으로 들어온 뒤부터였다.

박정희 군사정권이 들어선 1960년대 초, 삼포는 내리 이태째 흉어기를 맞고 있었다. 삼포 남정네들은 일손을 놓고 놀 수밖에 없어 비수기면 타지로 나가 몇 달 동안 막일로 품을 팔아 양식을 지고 오기도 했다. 박정권이 제1차 경제개발계획을 발표한 1962년, 시로 승격된 울산은 무역항으로 발돋움하려 축항공사가 한창이었다. 봉수아저씨는 아버지를 설득하여, 두 분이 함께 그쪽으로 돈을 벌러 떠났다. 철이 바뀔 때쯤이면 사나흘 틈을 내어 삼포에 왔다 가기도 했으나, 아버지가 울산부두 축항공사 막노동일로 보낸 기간은 일 년 남짓했다. "부두거리 주막 작부였지. 시골 출신으루 어떻게 거기까지 흘러들어왔으나 어린 나이에 순진뜨기루 심성이 무척 착했어. 문규 아바이가 홀딱 빠졌지. 살림까지 차렸다구 말할 순 없으나 어쨌든 몇 달 문규 아바이는 나와 떨어져 그 계집애와 함께 살았구, 거기서 생긴 딸애가 문옥이야. 문옥이 어미가 문옥일 낳구 달포가 지난 후 고향을 다녀오겠다더니, 영영 소식이 없지 않았겠어. 알구보니 부산 다른 술집으루 팔려간 게야. 문규 아바이가 젖도 안 뗀 그애를 맡을 수밖에. 내가 고아원에라도 넘겨버리자 했으나 혈육의 정에 포원이 진 탓인지 아이를 끔찍이두 보듬어, 일 나갈 때는 옆집 할머니한테 우윳값두 주구 아이 거두는 삯두 주구……" 봉수아저씨가 외삼촌에게 들려준 말을 내가 곁귀로 듣기가 초등학교 사학년 때였다. 울산이 1963년 개장항으로 공시될 무렵, 아버지는 문옥이를 포대기에 싸안고 삼포로 돌아왔다. 그날, 학교에서 돌아온 나는, 어머니가 음행의 죄를 범한 아버지 멱살을 잡고 흔들며 악퍼지르는 소리를 들었다. 아버지는 말이 없었고, 어머니 고함과 넋두리는 밤내 계속되었다. 어머니가 분에 겨운 통곡을 쏟다 끝내 자실하자, 아버지는 문옥이를 외숙모께 안기고 어판장으로 내려가 조합 사무실에서 잠을 잤다. 문옥이를 데리고 오며 아버지가 속죄라도 하듯 어머니에게 울산에서 일 년 남짓 저축해 모은 돈을 내어놓은 모양인데, 어머니는 이튿날로 그 부정한 돈을 가용으로 쓸 수 없다며 몽땅 삼포교회에 헌금으로 바쳐버렸다. 어머니의 그 행위에 분기한 아버지가 삼포교회 목사를 찾아가, 피땀 흘려 번 내 돈을 내놓으라고 대들었고, 어머니는 자신에게 넘어온 돈을 바쳤으므로 그 돈을 돌려주기를 한사코 반대했다. 그 돈은 삼포의 병든 자를 둔 극빈가정을 도우는 일과 교회 어린이놀이터 만드는 데 사용됨으로써, 아버지는 어머니와의 싸움에서 졌다. 아버지는 삼포에 머물러 있었으나 한 달 넘게 집으로 돌아오지 않았다. 술에 취해 살았고, 어업조합 사무실이나 향토예비군 숙소에서 잠을 잤다. 외삼촌과 봉수아저씨 설득으로 아버지가 겨우 집으로 들어오긴 했으나, 그 때부터 부부는 한집 생활을 했을망정 별거 상태와 다를 바 없었다. 하나님이 맺어준 혼인서약을 인간이 마음대로 파기할 수 없다는 성경 말씀에 발목이 잡힌 어머니는 아버지에게 온갖 험구를 늘어놓아도 이혼이란 말은 한 차례도 꺼낸 적 없었다. 그러나 아버지를 영육으로 받아들이지 않겠다는 당신의 고집만은 그 뒤로도 일관되게 지켜졌다. 그럼에도 어머니에게는 또 다른 일면이 있었으니, 술에 절어 사는 아버지를 허구한 날 욕질하면서도 문옥이에게만은 길 잃은 어린 양을 대하듯 그 목숨을 가엾게 여겨 타박하지 않았다. 문옥이는 철이 들어 자신의 출생 연유를 알 때까지 어머니 손에서보다 외숙모 손을 타고 자랐다.

낮이 짧은 절기라 금세 사방이 어둑해 왔다. 나는 공동묘지를 등지고 오솔길로 되돌아왔다. 집으로 돌아오니 외삼촌과 외숙모가 막 도착한 참이었다.

"문규로구나." 시무룩한 표정에 억양 없는 외삼촌 말이었다. 처음은 누구에게나 감정을 밖으로 드러내지 않는 외삼촌의 버릇이었다.

어머니 전도로 교회에 나가기 시작한 외숙모는 교회에 오랜 충성 끝에 권사가 되었다. 외숙모는 나를 반겨 두 손을 맞잡고 서울 식구들 안부를 물었다. 저녁 밥상을 물린 뒤에야 외삼촌 표정이 풀어졌고 나를 대하는 태도도 한결 누그러져, 입을 뗐다.

"퇴계원이 어데고? 거게 시골 맞제? 그래도 배울 만큼 배왔다는 젊은 내외가 촌구석에 들어앉아 우째 사노? 니 처는 안죽 그냥 놀고 있나?"

나는 그렇다고 대답했다.

"신문 보이께 학교 팽개쳤던 선생들이 다시 학교로 모두 들어간다 카데?"

"그런 모양입니다."

"너그 식구 생각하모 맑던 하늘도 금방 찌푸려지는 기분이다. 니 서울서 대학 댕길 때 삼포서는 수재 났다고 기대가 컸는데……"

담배를 태워 문 외삼촌이 내가 스스로에게 느끼는 연민만큼이나 직장 없는 조카 처지를 측은하게 생각했다. 외삼촌은 올해 예순셋 나이였다. 짧은 머리칼은 하얗게 세었고, 단 햇살과 바닷바람에 달구어진 오지 같은 살색도 깊은 주름이 골을 팠다.

"지금까지 그냥저냥 살아왔지요. 제 원고료 수입이 일정하진 않으나…… 식구들 건사할 만큼은 됩니다."

구차한 변명이었다. 소설가가 되고 그동안 나는 소설책 세 권을 출판했다. 중단편집 두 권과 장편소설 한 권이었다. 중단편집은 초판 1쇄 삼천 부만 찍은 채 2쇄를 찍지 못했다. 오늘의 출판 풍토에 재미없는 소설집이 팔릴 리 없었고, 나 정도 소설가에겐 인세 주는 출판을 맡아줌만도 고마웠다. 장편소설 『믿음에 관한 질문』은 기독교 잡지에 일 년 동안 연재했던 소설을 작년에 단행본으로 출판했다. 장기수 흉악범이 감옥 생활 중 예수를 영접한 뒤, 진실한 신앙인이 되어 많은 재소자를 교화하고 주의 제단으로 인도한다. 그는 감형 혜택을 받아 십이 년 만에 출옥하자, 빈민촌에 전도관을 세우고 복음 전파에 앞장선다. 빈민촌에서 밑바닥 생활을 하며 복음을 전파하기란 갖가지 어려움에 봉착하게 마련이다. 소설 마지막은, 선천성 심장병에 걸려 사경을 헤매는 가난한 교우가 어린 자식을 업고 병원으로 가다 뜻밖의 교통사고를 당해 뇌 파손으로 기억상실증 환자가 되어 천진하고 순박한 어린아이의 지능지수로 돌아간다는 줄거리였다. 이 소설은 3쇄를 찍어 칠천 부가 팔렸다. 그로써 인세 수입이 끊어졌다. 내 원고료 수입은 한 달 평균 오십만 원꼴이었다. 오히려 아내가 시간제로 고교 입시생 동네 애들 몇을 모아 개인지도를 하고 있어 가장 수입 정도의 돈을 보태었다. 그러나 외삼촌에게 그 말까지 할 필요는 없었다. 분명한 점은, 저축할 여유는 없으나 빚내지 않고 살림을 꾸려간다는 자부심이었다. 애들이 아직 초등학생과 중학생이었고 식구들이 용케 병치레를 않으니 생활비의 육 할이 먹거리에 쓰였다. 퇴계원으로 이사 오고 우리 가족은 외식 한 차례 해본 적 없었고, 여름휴가에 나서본 적도 없었다. 아닌 말로 먹고 입고 공부시키는 데 바쳐온 몇 년 동안의 생활이었다. 마음속으로는 어떨는지 모르나, 내 앞에서만은 아내와 자식들이 내놓고 불만을 투덜거리지 않았다. 나 역시 소설가란 이유를 붙여 가난을 당연하게 받아들이진 않았다. 그러나 다른 어느 직종이 아닌, 소설가이기 때문에 누구보다도 가난을 이해하고 견뎌낼 수 있다고 생각했다. 오락물로서 읽을거리를 생산하는 소설가라면 지금의 가난이 억울하게 여겨질 수 있었다. 그러나 나는 내가 선택한 소설과 그 내용을 숙명의 멍에로 생각했기에, 이를 꼭 노동의 대가로 따질 성질은 아니었다. 한편, 이웃을 둘러보면 우리 식구만이 그렇게 살지 않았으니, 채소나 과일장수, 건축현장 노동자, 하급 공무원, 비닐하우스로 소채류나 꽃을 재배하는 사람, 고만고만한 가게나 대리점 경영자 등등, 내 이웃의 생활수준이 대체로 키를 맞춘 듯 비슷했다. 그들 역시 근면하게 생활했고, 우리처럼 형편이 조금 나아지면서 서울특별시 시민이 되겠다는 꿈을 안고 살았다.

"문규 니도 텔레비 연속극 같은 거 써보지그래. 학벌 좋겠다, 그런 거 몬 쓸 거 머 있노. 그거 쓰모 돈도 잘 번다 카데."

외숙모 말에 내가 대답을 못한 채 민망한 미소만 띠자, 경희가 나섰다.

"엄마는 목사님 말씀도 몬 들었어예. 오빠 소설이 훌륭하다고예. 오빠가 서울 어느 교회 나가시냐고 묻기에 요새는 나가지 않는 것 같다고 대답했지만……"

"그래도 목사 그 양반은 문규 소설을 읽는 모양이군." 외삼촌이 시퉁하게 받았다.

"오빠가 보내준 책을 제가 목사님께 빌려줬어예."

"문규야, 교회 꼭 나가거라. 외삼촌이 담배 몬 끊고 술은 마셔도 주일이모 교회 출석은 안 빼묵는다. 성필이·성호 가족도 모두 교회에 잘 나가고. 성님 평생 소원이 그거 하나였는데 자식 된

도리로 그 소원은 풀어줘야제. 지난 추석절에 성묘하러 문옥이가 댕겨가미, 기도할 적마다 서울 오빠 교회로 인도해달라고 주님께 소원한다는 말 들었데이." 외숙모의 간절한 말이었다.

성필이·성호는 외사촌으로, 젊은이들이 죄 농어촌을 떠나듯 그들도 마산과 부산으로 나가 산업역군이 되었다.

"쟈도 표나게 교회당에 나가지사 않지만 늘 하나님 말씀 안에 살고 있는 기라. 지난봄 문규가 텔레비에 나올 때 진행하는 사람이 그런 말 안하더나. 쟈가 쓰는 소설이 주로 사람과 하나님 관계를 파고드는 기라고." 외삼촌이 아는 체 나를 편들고 나섰다.

그런 화제가 가라앉자 나는 내일 통영 출발을 두고 외삼촌에게 물었다.

"통영에서 열시 반 배라. 그라모 넉넉잡아 세 시간 전에는 나서야겠구나. 새북에 마산으로 괴기 넘기로 가는 배가 있을 끼다. 그거 타고 마산에 나가모 마산서 통영까지사 한 시간밖에 안 걸린다. 요새 질 하나는 어데로 가나 훤히 뚫어 포장해놓았잖아."

"새벽에 죽곡까지만 택시를 타고 나가겠습니다. 죽곡서 버스 타고 마산으로 들어가지요."

배를 얻어타게 된다면 어차피 고향분 신세를 지게 되는 게 나는 싫었다.

나는 경희가 잠자리를 보아둔 아래채로 건너왔다. 경희가, 오빠 잘 방에 연탄불을 피웠으니 금세 따뜻해질 거라고 말했다. 방안은 썰렁했다. 예전 우리 가족은 아래채 이 방과 옆방, 두 개를 썼다. 어머니와 누이가 이쪽 방을 썼고, 아버지와 내가 지금은 어구(漁具)와 허드레 물건을 놓아두는 옆방을 썼다. 경희가 지방 석간신문을 내 방에 들여놓을 때, 바깥에선 "나 그럼 나갔다 올게" 하는 외삼촌 말이 들렸다. 내일 새벽에 출발해야 했기에 나는 일찍 이불 속으로 들었다. 신문을 펼쳐들었으나 글자가 눈에 들어오지 않았다. 라디오와 녹음테이프에서 쏟아지는 목사 설교와 찬송가 소리가 환청으로 들렸다.

어머니의 말년, 내가 일 년에 두세 차례 귀향을 했을 때, 어머니는 라디오 종교방송에 주파수를 고정시켜놓거나 이름이 알려진 목사의 설교 테이프나 찬송가 테이프를 카세트에 넣고 소리를 한껏 크게 틀어놓았다. 새벽에 눈뜰 때부터 잠들 밤중까지 그 소리가 그치지 않았다. 어머니는 찬송가를 틀어놓고 박수를 치며 삼매경에 들어 따라 불렀다. 어찌나 큰소리로 따라 부르는지, 그랬다간 쉬 목이 쉬겠다고 내가 말하자 어머니는, 이렇게 불러야 막힌 가슴이 확 트인다고 대답했다.

그 환청이 가라앉자, 바깥의 바람 소리가 들렸다. 그 바닷바람 소리야말로 귀에 익은 고향 소리였다. 바람을 타고 뒤란 대숲 서걱이는 소리가 고향집과 얽힌 여러 추억을 불러일으켰다. 오한이 느껴지는 가년스런 기억들이었다. 토마스 울프의 소설 『그대 다시는 고향에 못 가리』가 문득 생각났다. 센바람을 타는 대나무처럼, 장년의 나이에 들어서도 고향 바람은 내게 마음의 추위로 엄습해 왔다. 푸른 잎을 떨구지 않고 겨울 추위마자 버티어낸 끝에 내년 따뜻한 철이 돌아오면 새 죽순과 새 잎을 피워낼 대나무에 비해, 나는 객시살이마서 늘 추위에 옴츠려 떠돌 것만 같았다. 그렇다고 고향으로 돌아올 마음은 없었다. 고향이 그립지도, 돌아와 살고 싶지도 않았다. 이렇게 잠시 고향에 들러도 사람들의 눈을 피해 자꾸만 숨고 싶고, 어서 떠나고 싶은 마음은 먼 훗날까지 변하지 않을 것 같았다.

청년기를 넘기기까지 나는 부모님의 성격 차이와 갈등을 이해하려 하지 않았고 어느 쪽이나 다 결점이 두드러진, 존경스럽기는커녕 도무지 애정을 느낄 수 없는 부모로 인식했다. 가정이란 부부 당사자만 아니라, 그들 사이에서 태어난 자녀도 동등한 인격체로서 함께 산다는 사실을 두 분은 망각하고 살았다. 두 분은 우리 오누이를 박토의 음지식물이나 저 툰드라 지방에서 자라는 이끼류 식물 정도로 내동댕이쳐버렸다. 그러나 내 청년기에 들어 소설 습작에 몰두할 즈음, 작가가 소설 속 악인조차 이해하고 사랑하려고 노력하는 것처럼, 먼저 나는 실향민으로서 아버지의 황폐한 마음을 이해하려 노력했다. 당신이 늘 뱉던 푸념인 '내 인생은 잘못된 실패작'이란 말이 그제서야 마음에 닿았다. 당신이 비록 자식에겐 상처를 준 실패한 인생이었을망정, 윗대의 실패한 인생을 위무해줄 책임이 자식에게 있음을 깨달았다. 그러나 그 깨달음은 너무 늦어버렸으니, 그때 이미 당신은 이 지상에 살아 있지 않았다. 어머니 경우도 그랬다. 당신 버릇말처럼 '너들 애비와는 주님의 뜻에 합당치 않은 잘못 맺어진 부부'라는 선택의 실수 탓으로, 어머니는 이 땅에서의 행복을 포기한 대신 천당의 구원만을 좇았다. 어머니는 한 가정의 주부로서 그 가정을 행복한 요람으로 가꾸는 데 무능했던 분이었다. 당신은 집보다 교회와 관계된 일로 보내는 시간이 더 많았다. 자신의 탯줄을 끊고 나온 하나 자식마저 고통 많은 이 세상에 태어난 가련한 목숨으로 인식했고, 죽어 구원 받으려면 예수를 통해 죄씻음을 해야 한다고 생각했다. 세계에서 기독교 강국으로 자처하게 된 오늘의 한국 교회 성장사를 나름으로 공부할 때, 나는 어머니와 닮은 전력투구형의 열렬한 복음주의자를 많이 접할 수 있었다. 그런 목회자들은 신과 교회의 일치를 주장하며 교회에의 충성이 곧 하나님에게의 충성임을 신자들에게 주입시켰다. 틀린 말은 아니지만 선후 차례를 따질 때 그 강조가 지나쳤다. 목회자만이 아니라 평신도도 교회를 천당행 특급열차쯤으로 우러러 그 차를 놓치면 곧 지옥불에라도 떨어질세라, 성경 말씀의 참뜻은 뒷전이고 오로지 교회 충성만이 제일이란 세뇌에 빠져 물질과 몸을 열성으로 바치는 자가 수두룩했다. 공동체 사회 속에서의 교회가 아니라 교회를 통하지 않는 모든 사회 현상은 하나님의 권능에 부정한 그 무엇으로 치부했다. 일 년 내내 새벽기도, 주일 낮 예배와 밤 예배, 구역 예배와 구역 교인 심방, 계절마다 열리는 며칠 동안의 철야기도회와 부흥회, 신자들의 병문안, 신자들의 길흉사 참례 따위로 교회는 어머니같이 신심 돈독한 신자를 교회 행사에 거의 묶어두다시피 했다. 사회구조와 생활환경이 단순했던 초대교회 시절부터 근대 이전까지는 교회 일이 곧 생활의 한 부분일 수 있으나 오늘의 시대는 교회 일이 직업인 신분과, 사회에서 직업을 가진 평신도를 구별해야 한다. 그러나 오늘의 한국 교회는 평신도에게 장로·권사·집사 직분을 넘터기 씌워 수일이 아닌 날도 계속 교회로 불러들였다. 그 부름에 응하지 않으면 신심을 의심받게 되므로 바쁜 세상일은 뒤로 물려야 한다. 세상일에 몰두함 역시 주님의 뜻에 어긋난다니, 그 청을 당연하게 여겨 적극 나서야 한다. 어머니가 그런 예의 대표적인 '교회의 종'이었다. 어머니는 교회의 그 모든 행사에 하루도 빠지지 않았고, 더 적극적이었다. 알라신을 믿는 이슬람교 국가들이 나라의 경영에서부터 개인의 일상까지 종교가 중심에서 간섭하듯, 한국의 열성적인 기독교인들도 교회만을 절대적인 생활의 보금자리로 인식했다. 나는 그런 어머니를 한동안 이해하지 못했으나, 나도 자식을 두게 되자 어머니를 이해하려 노력했다. 내 청소년기의 가정이 비록 화목하지 못했으나 신심이 유달랐던 어머니로선 어쩔 수 없는 선택이라 여겨, 그 지순한 신앙심을 수긍했다. 청소년기에 한동안 어머니를 원망했던 자신을 두고 뒤늦게 해량을 바라는 마음이었다.

한시절 어머니의 체취를 맡으며 설핏 잠이 들었는데, 바깥의 두런거리는 말소리에 나는 눈을 떴다.

"들고 가기 귀찮아하던데…… 바로 서울 가는 길도 아이잖소."

외숙모 목소리였다.

"냄새 나는 메루치젓도 가주고 갔는데 이기사 어때서 그래."

외삼촌 말을 듣자, 지난봄에 귀향했을 때 약술 담그는 큰 유리병에 새로 담근 멸치액젓을 외삼촌이 보자기에 싸준 일이 생각났다. 무겁고 귀찮았으나 집에 가져가니 아내가 무척 반겼다. 김치를 담글 때 그 액젓을 쓰자 나는 오랜만에 고향집 김치 맛을 떠올렸고, 사양하다 못해 들고 오기를 잘한 일로 여겼다.

"여물게 묶어 싸거라." 외삼촌이 그 말에 달아 말했다. "문규 친가래야 하다몬해 사촌이라도 있나, 혈육이라곤 부산 문옥이밖에 읊으이…… 우리 양주 눈감을 때꺼정은 그래도 쟈들 남매만은 늘 신경 써줘야 해."

잠시 뒤, 위채 안방 문 닫히는 소리가 들렸다. 나는 콧마루가 찡했다. 외삼촌의 그 넉넉한 마음 씀씀이가 화롯불처럼 따뜻하게 내 마음을 적셨다. 정말 당신 내외는 어릴 적부터 우리 남매를 친자식같이 거두었기에 내 살아생전 그 은공을 잊는다면 개자식과 다를 바 없었다. 그러나 마음만 그럴 뿐 내가 그분들에게 해준 일은 아무것도 없었다. 이 년 전, 외삼촌이 회갑을 맞았을 때 삼십만 원 들고 환고향했던 정도가 고작이었다.

빈속으로 그냥 보낼 수 없다며 외숙모가 새벽밥을 지어 밥상을 아래채 방으로 들이밀었다. 늦은 아침 밥상에 길들여진 나는 몇 숟가락을 뜨다 말고 밥상을 물렸다. 떠날 채비로 코트를 걸치고 밖으로 나오니, 동쪽 하늘이 뿌옇게 트여왔다. 저 아래쪽, 밤내 파도를 일으키며 어둠 속에 뒤척이던 바다가 맑게 살아나고 있었다. 파도 없는 잔잔한 가을 바다였다. 외삼촌도 점퍼를 입고 마당으로 나섰다.

"문규야, 짐이 되더라도 이거 가주고 가거라."

외숙모가 멸치 한 포와 보자기에 싼 납작한 꾸러미를 내놓았다.

"이거는 니 좋아하는 대구 아가미젓이다. 비니루로 여러 분 쌌으이께 냄새는 안 날 끼다."

나는 쭈뼛거리며 무슨 말인가 하려다 어젯밤 외삼촌 내외의 바

깔 말소리가 생각나, 고맙게 먹겠다며 그 물건을 받았다.

"어서 가자. 충무서 배 안 놓칠라 카모 서둘러야겠다." 외삼촌이 말했다.

"따라 나오지 마시이소. 봉수아저씨 댁에 잠시 들러 인사드리고 택시 잡아 떠나겠습니다."

"곽서방 내외는 포항 사는 아들네 집에 갔다. 경주서 단풍놀이하고 온다 캤으이 내일쯤 도착할란강 모리겠다. 니 안부는 내가 전하꾸마."

나는 봉수아저씨 둘째아들이 포항제철에 근무한다는 말을 들은 적 있었다. 이제 내외분은 노년을 타지로 떠난 자식네 집으로 나들이 다니며 한유하고 살았다. 힘있을 때 열심히 벌어 여축한 재물이 넉넉하니 타지에 사는 자식들 집 구입하는 데도 돈을 보태주어, 자식 집 나들이를 다녀도 귀찮은 노인네로 하대받지 않는다 했다. "문규야, 너그 성제간 어릴 적부터 곽서방이 너그 집 많이 도와준 거 니도 알제? 사람이 자기 에려불 때 도와준 은공 잊아뿔모 짐승 한가진 기라. 고향에 오거던 다른 사람은 몰라도 곽서방한테는 부모 보드키 꼭 인사 채리야 한다." 외삼촌이 언젠가 말했다. 외삼촌의 그런 당부가 아니더라도, 나는 봉수아저씨 은혜 역시 잊을 수 없었다.

마루로 나선 경희가 하품을 끄며, "오빠 잘 가이소. 언니한테도 안부 전해주고예" 했다.

외숙모는 새벽 예배에 참석할 참인지 성경책을 들고 나섰다. 외삼촌은 내 만류에도 앞서서 아랫길로 내려갔고, 외숙모는 교회가 있는 윗길로 올라갔다.

삼포에는 택시가 세 대 있다고 외삼촌이 말했다. 택시가 새벽부터 운행하지 않기에, 외삼촌은 정류장으로 내려가는 길에 한 집에 들러 젊은 택시기사를 데리고 나섰다.

"니 정수 알제? 야가 갸 동생이다."

외삼촌이 젊은 기사를 내게 소개했다. 나는 앞서 걸었고, 외삼촌은 정수 동생과 무슨 말인가 나누며 뒤처져 따라왔다.

"문규야, 이거 얼마 안 되지만 올라갈 때 아아들 과자라도 사다 주거라."

기사가 시동을 걸자, 외삼촌이 접은 만 원권 몇 장을 차창 안으로 내밀었다. 멸치와 젓갈은 몰라도 외삼촌에게 그런 돈까지 받을 수 없었다. 내가 한사코 사양하자, "마 넣어가라 캐도" 하며 외삼촌이 돈을 돌려받지 않고 내 무릎에 떨어뜨렸다. 나는 택시에서 내렸다.

"이러시지 마세요. 우리 애들 과자는 제가 사겠습니다. 가용에 보태십시오."

외삼촌이 돈을 되받아 잠시 생각하는 눈치더니, 아무래도 안 되겠다는 듯 내 허리를 잡고 코트 주머니에 돈을 쑤셔넣었다.

"니를 그냥 보내모 내 마음이 펜치 않다 카이. 많은 돈도 아이고 아아들 과자값인데 멀 그카노." 말을 마친 외삼촌은 뒤돌아보지 않고 정류장 공터를 떠났다.

나를 태운 택시가 출발했다. 신새벽에 고향 사람 몰래 떠나는 내 꼴이 마지 빚+러기 같았다. 그 언제인가 기쁜 마음으로 돌아와,

고향 사람들의 아쉬워하는 전송을 받으며 기쁜 마음으로 떠나가
리라. 마음은 그랬어도 그날이 언제일는지 몰랐고, 그런 날이 결
코 내 생애에 올 것 같지 않으나, 고향 앞바다를 보며 하염없이
중얼거렸다.

택시는 삼 킬로 정도인 삼거리목 죽곡동까지 삼 분도 채 안 되
는 시간에 도착했으나, 좌회전하자 내처 진해 쪽으로 내달았다.
정수 동생은 어르신한테서, 형님을 진해 시외버스터미널까지 모
셔주라는 부탁을 받았다고 말했다. 이른 아침이라 차량 통행이
뜸한 널짱한 준고속도로를 택시는 단숨에 달려, 나를 진해 시외
버스터미널에 내려주었다. 정수 동생은 어르신께서 차삯을 내기
로 했다며, 내가 건네주는 돈은 한사코 받지 않았다. 돈을 받았다
간 자기 입장이 난처하다는 것이다. 택시는 빈 차로 돌아갔다. 나
는 멸치 포대와 작은 보퉁이를 들고, 통영으로 가는 시외버스를
찾았다. 통영행은 시간이 맞지 않아 곧 출발할 마산행 버스를 타
기로 했다.

진해에서 마산으로, 마산에서 다시 통영으로, 시외버스는 쉽게
연결되었다. 내가 통영 연안여객선 부두에 도착하기는 아침 열시
남짓, 알맞은 시간이었다. 욕지도로 가는 완행 여객선은 사십 톤
급의 제법 큰 배였다. 여객선은 수족관을 적재한 소형 트럭 두 대
까지 이물 쪽 갑판에 실었다. 아래층 객실은 마룻바닥에 비닐장
판을 깔았는데 이십 평이 넘었고 위층 객실은 열 평 정도였다. 객
실에는 난로를 피워두고 있었다. 낚시꾼에, 가을 행락에 나선 배
낭족 젊은이들까지 합쳐 승선 인원이 쉰 명에 이르렀다. 비닐장

판 방에 자리를 잡자 부두에서 사온 술과 안주로 술판을 벌이는 남정네들도 있었다. 뱃멀미를 염려해서 일찌감치 구석자리 차지하여 눕는 사람들도 있었다. 여객선은 정시에서 오 분 뒤 뱃고동 소리를 울리며 천천히 부두를 빠져나갔다.

　나는 아래층으로 돌며, 나처럼 신주엽으로부터 연락을 받고 쑥섬으로 들어가는 사람이 없나를 살폈다. 그들이 평상복을 입었다 해도 어느 점에서든 남다른 그 어떤 분위기를 풍길 것 같았다. 성경책을 꺼내 읽는다든가, 조용히 묵상하는 태도를 취하고 있다거나, 어쨌든 종교적인 체취를 풍기는 사람이 있으리라 짐작되었다. 삼 년 전 여름, 고속버스터미널 부근 찻집에서 보았던 검정 치마 저고리 입은 여인을 연상하자, 그런 차림의 여인이 배에 탔다면 틀림없이 신주엽을 따르는 '말씀의 집' 성도일 터였다. 승선자들이 모두 코트나 사파리 점퍼 따위의 겉옷을 껴입어 검정 치마저고리를 입은 여인을 쉽게 발견할 수 없었다. 또한 입성이 도시 사람, 갯가 사람을 구별할 수 없을 정도로 보편화되었으므로 낚시꾼이나 배낭족은 쉽게 판별할 수 있을까 나머지 승선자들은 특징이 없는 서민들이었다. 끼리끼리 모여 도란도란 이야기를 나누는 아낙네들이 네댓 패 있었는데, 그중 뇌성마비 장애자 둘이 섞여 있는 패가, 내 소설가적 직감으로는 '말씀의 집' 식구 같았다. 욕지도에 있는 신주엽 운영의 복지원이 떠올랐기 때문이었다.

　나는 멸치 포대와 젓갈 꾸러미를 아래층 객실 구석자리에 두고 갑판으로 나왔다. 갑판에는 한려해상국립공원의 가을 경치를 구경하려는 승객들로 난간이 비좁았다. 나는 담배를 피워 물었다.

여객선은 수면 잔잔한 통영 앞바다를 빠져나가는 참이었다. 연안은 소나무숲과 단풍 든 떨기나무숲이 어우러져, 한 폭의 그림 같은 아름다운 풍경을 이루고 있었다. 이제 조금 뒷면 이순신 장군 승전 유적지인 한산도 제승당 앞바다를 빠져나갈 터였다. 점점이 널린 섬으로 절경을 이룬 연안 풍경을 조망하며, 나는 쑥섬에서 기다릴 신주엽을 생각했다. 그를 찾아 이 먼 곳까지 나섰다는 게 마치 무엇에 홀린 듯한 느낌마저 들었다. 기독교의 사분오열된 그 많은 기성 교단 중에 그를 목사로 인정하는 교단은 없었다. 그러므로 그는 사실 목사 자격이 없었고, 그가 소속된 교단으로부터 목사직을 박탈당한 지도 햇수로 벌써 십 년이 넘었다. 교계가 한결같이 이단·신흥 교단·사교(邪敎)·사이비 교주라고 비방과 질타를 했지만 그는 '하느님'의 사역꾼임을 포기한 적이 없었다. 그는 목사직을 박탈당했으므로 스스로 목자라 칭했고, 그를 목자님이라 부르며 따르는 일단의 무리가 있었다. '말씀의 집' 성도가 전국적으로 얼마인지 모르나 그들은 신주엽을 결코 이단으로 생각지 않았다. 사회적 물의를 일으키는 사교 역시 그 신자들은 교주를 이단으로 생각지 않을 터였다.

벌써 오래전 일이다. 신주엽이 소속 교단으로부터 제명 처분을 당하고 그의 제명 사유가 신문 종교란에까지 실렸을 즈음, 나는 그로부터 편지 한 통을 받았다. 봉투 속에는 그의 사신이 없었고, '신주엽 목자 부흥집회' 전단 한 장이 접혀 들어 있었다. 전단에는 그의 사진이 인쇄되어 있었다. 마른 얼굴에 콧대가 뾰족했고 무언가 쏘아보는 퀭한 눈은 성직자 직분보다 라스콜리니코프

역할을 맡는 무대배우가 어울릴, 그즈음 교계로부터 몰매를 맞던 자신의 고뇌를 담뿍 담고 있는 모습이었다. '팔백만 개신교도의 잠든 신앙에 폭풍을 몰고 온 청년 부흥사 신주엽 목자 대집회'라는 선전 문구 아래, 그의 부흥집회 장소는 안양시 비산동에 있는 염곡극장이었다. 부흥집회 기간은 이틀이었는데, 주엽의 설교는 오전·오후·밤, 이렇게 세 차례씩 모두 여섯 번이었다. 주엽이 따로 사신을 넣지 않고 전단만 보낸 이유는, 문규 자네가 내 설교를 직접 듣고 자신이 과연 이단인지 어떤지 판단해달라는 암시로 읽혔다.

신주엽은 목회학을 전공한 신학대학 졸업자가 수련 기간으로 거치게 마련인 교회 전도사 과정을 생략한 채 총회의 출판 홍보 부문에 봉직하다, 몇 차례 부흥집회의 찬조 설교자로 나선 것이 계기가 되어, 여러 특별기도회나 부흥집회에 초청받기 시작했다. 그가 강단에 서기 시작한 초기에 나는 그의 설교를 두 차례 들은 적이 있었다. 그의 목소리에는 깊고 그윽한 울림이 있었다. 설교는 평이했으나 비판의 대목만은 날카로워, 듣는 이의 폐부를 찔렀다. 그래서 그가 참가하는 집회에는 신자와 비신자를 합쳐 사람들이 몰렸다. 구름같이 몰렸다는 직유가 어울릴 만큼 그의 인기가 날로 높아갔다. 그가 목사 안수를 받고 전문적인 부흥목사로 나서고 난 뒤부터, 그의 설교 내용을 두고 여기저기서 비판의 소리가 터져나오기 시작했다. 그즈음 주엽 소식은 아내의 직장 동료 여교사가 그의 부흥집회에 참석했다 전한 말을 통해 짐작했고, 그도 내게 편지질로 자신의 근황과 신잉적 고뇌를 알려오기도 했다. 그의 대중적인 인기와 교단 본부의 반응이 이따금 신문 종교란에까지 실리기도 했다. 신문에서 읽은 짧은 기사로는, 신주엽 부흥목사가 어느 집회의 설교 자리에서, 하나밖에 모르는 자는 아무것도 모르는 자와 같다며 불교·이슬람교·힌두교·유대교, 심지어 도교까지, 종교는 상대적 가치관을 지닌다는, 기독교와 동격론을 폈다는 것이다. 종교는 지역과 민족에 의해 나누어지나 어느 믿음이든 본질은 같다는 논조의 종교 다원주의 설파는 기성 교단을 분노케 했다. 어느 집회에서는 공자의 인, 불교의 자비, 기독교의 사랑을 상호보완 관계로 설파하며 그 역시 동격에 놓음으로써 성경 말씀을 모독했다는 비판도 받았다. 교단에서는 여러 차례 신주엽 목사에게 경위서와 반성문을 제출케 했으나 본인이 이를 거부했으므로 교단이 제명 결정을 내렸다는 요지였다. 요즘도 아닌 십 년도 넘는 세월, 당시 보수 교단의 그 제명 처분은 유일신을 믿는 열정적인 평신도들이 수긍할 만한 합당한 결정이었고, 이의를 제기하는 측이 있을 수 없었다.

신주엽의 부흥집회 전단을 본 아내는 동료 교사의 권유까지 있던 터라 호기심이 동했던지, 저녁 예배에 나와 동행하고 싶어하는 눈치였다. 그러나 그때 아내는 둘째애를 배고 있는데다 두 살배기 큰애까지 데리고 나서기엔 무리였다. 나는 신주엽이 안양에서 부흥집회를 시작한 첫날에는 가지 못했고, 이튿날 점심밥을 손수 차려먹자 퇴근하고 돌아올 아내에게 편지쪽지를 남겨두고 아들놈을 데리고 집을 나섰다. 비산동은 안양시에서도 변두리였다. 버스에서 내리니 길가 벽이나 전신주 곳곳에 신주엽 목자의 부흥집회를 알리는 광고물이 붙어 있었다. 염곡극장에 도착하고 나서야, 어느 교회도 그에게 장소를 제공하지 않았으므로 변두리 극장을 세낼 수밖에 없는 그의 고충을 이해할 수 있었다.

한국은 개신교 전도에 기적을 이룬 땅이란 말이 있듯, 신주엽은 이미 기성 교단으로부터 파문당했음에도, 어디에서 그렇게 모여들었는지 극장 안은 초만원이었다. 통로에까지 사람들이 빼곡히 앉아 있었다. 초가을의 서늘한 날씨인데도 극장 안은 사람들 훈기로 후텁지근했다. 부흥집회가 그렇듯 후줄그레한 차림의 아녀자와 늙은이로 채워졌을 법한데, 의외로 젊은 층의 남녀도 많이 눈에 띄었다. 젊은이 하나가 단상에서 집회를 이끌고 있었다. 그는 두 손으로 강대상을 박자 맞추어 치며, 마이크에 대고 찬송가를 불렀다. 청중이 박수를 치며 열심히 따라 불렀다. 찬송가는 일반 교회에서 널리 쓰는 합동찬송가였다. 열띤 분위기가 장내 공기를 상승시켜 나는 손수건으로 목덜미에 괴는 땀을 닦았다. 누구인가 나를 유심히 볼까 부끄러워 나는 아들을 목마 태운채 일층 뒷자리에 서서, 무의식 최면에 걸린 듯한 집단의 흥분을 숨죽여 지켜보았다. 법석을 떠는 분위기를 싫어하는 내 체질과는 정반대의 현상에 주눅이 들어, 나는 신주엽 설교 강연을 듣기도 전에, 언제쯤 여기에서 빠져나갈까 조바심을 쳤다. 이윽고 그가 단상에 나타났다. 검은 양복에 검은 티셔츠 차림이라 신부 복장을 연상케 했고, 손가락으로 아무렇게나 빗어 넘긴 머리카락이 헝클어져 있어 정장 차림으로 단정함을 애써 가꾸는 여느 목사들과 달라 보였다. 주엽은 스스로 성경 구절부터 읽었다. 당시 갓 번역된 공동번역 성서였다. 마태복음 18장 1절부터 5절까지였다.

그때에 제자들이 예수께 와서 "하늘나라에서는 누가 가장 위대합니까?" 하고 물었다. 예수께서 어린이 하나를 불러 그들 가운데 세우시고 "나는 분명히 말한다. 너희가 생각을 바꾸어 어린이와 같이 되지 않으면 결코 하늘나라에 들어가지 못할 것이다. 그리고 하늘나라에서 가장 위대한 사람은 자신을 낮추어 이 어린이와 같이 되는 사람이다. 또 누구든지 나를 받아들이듯이 이런 어린이 하나를 받아들이는 사람은 곧 나를 받아들이는 사람이다" 하고 대답하셨다.

신약 여러 곳에 보이는 이 말씀이야말로 색다른 주석이 필요 없는, 가장 알기 쉬운 간단한 내용이었다. 인용된 성경 구절은 문장 서너 토막에 불과했으나, 여러 예증을 풍부히 인용한 그의 설교가 삼십 분 정도 이어졌다. 은근하고 부드러운 목소리였고, 쉬운 비유로 그 말씀의 뜻을 풀이했다. 내가 듣기에 그의 온화한 어조만큼이나 평이한 주석에는 문제될 만한 아무런 혐의점이 없었다. 어떤 면에서는 그의 나이가 이제 서른에 이른 만큼, 초보적이고 보편적인 설교였다.

"……예수님이 제자들 앞에 불러 세운 어린이란 누구입니까. 미처 자라지 않아 몸집이 작고, 아직 교육을 받지 않아 지식이 없고, 대인 관계가 넓지 못하므로 세상살이에 대한 경험이 없습니다. 어린이는 폭력을 싫어합니다. 힘이 없으므로 누구를 이길 수 없습니다. 그래서 세상 사람들은 조금 모자라는 어른을 두고, 천지를 모르는 바보 같은 사람, 또는 순진하기가 어린애 같은 사람이라고도 말합니다. 요컨대, 세상 때가 묻지 않은 천진스럽고 순결한 마음을 가진 시기가 바로 어린 시절입니다. 순결한 마음이라 함은 이 세상에 보이는 것, 보이지 않는 것까지 포함하여 그모든 것에 대한 욕심이 없는 깨끗한 마음입니다. 재산에 대한 욕심, 출세에 대한 욕심이 없습니다. 어린이는 남을 이기려는 마음, 거짓말로 속이겠다는 마음, 남의 것을 빼앗겠다는 마음, 남을 투기하는 마음도 없습니다. 그런 어린이 마음을 가진 어른을 보면 사람들은 좀 모자라거나 천치나 바보라고 돌아서서 흉을 봅니다. 많은 재산과 높은 지위와 온갖 명예를 내팽개치고 순진무구한 어린이 마음으로 돌아가려는 사람이 만약 있다면, 여러분들도 그가 미쳤거나 바보라 비웃겠지요? 그런데 예수님은, 우리에게 바로 그런, 너무도 선량한 바보가 되라고 말씀하셨습니다. 어린이와 같이 순결한 마음을 가진 자가 하늘나라에 들어간다고 말씀하셨습니다. 그런 아이 하나를 받아들이는 사람이 예수 당신을 받아들이는 사람이라고 분명히 이르셨습니다. 그럼 우리는 어떻게 해야만 그런 천진난만한 바보가 될 수 있을까요? 여기에서 먼저 생각할 점이, 주님은 어린이와 같이 자기를 낮추라 했습니다. 주님 말씀대로 먼저 자기를 낮추어야 합니다. 재물을 가졌다면 재물을, 권세를 가졌다면 권세를, 명예를 가졌다면 명예를 낮추어야 합니다. 낮춘다는 것은 겸손을 뜻합니다. 겸손은 뽐내지 않는 것입니다. 겸손은 자랑치 않는 것입니다. 겸손은 나보다 못한 사람을 도와주는 데 있습니다. 누가복음 십사장 칠절에 아무 때라도 원하는 대로 나보다 못한 사람을 도와주고 나누어주라고 말씀하셨습니다. 마가복음 구장 삼십삼절에도 누구든지 첫째가 되지 말고 꼴찌가 되어 모든 사람을 섬기는 자가 되라고 예수님께서 말씀하셨습니다. 높은 자리에 앉았다가 그 자리를 내놓으라면 부끄러워질 테니 낮은 자리에 앉으라는 말씀 역시 겸손의 가르침입니다. 그러나 보십시오. 오늘의 이 세상이 어디 그러합니까? 재물을 가진 자는 더 치부하고, 권세를 가진 자는 그 권세로 낮은 자를 억압하고, 명예를 가진 자는 그 명예를 높여 세속적인 황금 면류관을 쓰려 합니다……"

신주엽 말이 점점 빨라지고 목소리도 높아갔다. 청중 속에서 '아멘'과 '주여'를 외치는 소리도 들렸다. 생활고로 삶에 지친 가난한 사람, 육신이 병들어 비관하는 사람, 자신이 무능한 바보이므로 생존경쟁의 세상살이에서 탈락되었다고 낙담하는 사람들이야말로 주엽의 설교는 가슴에 닿을 만했다. 성경의 말씀을 빌려 그는 그런 사람들의 고통을 위로하고, 그들이 선망의 눈으로 쳐다볼 수밖에 없는 세속적인 영광을 입은 많이 가진 자, 높이 된 자는 어린이의 마음이 되어 겸손으로 자신을 낮추지 않는다면 천국에 들어가기가 심히 어렵다고 규탄했다. 그는 부흥집회에서 곧잘 볼 수 있는 안수기도로 병 고침을 받는다는 따위를 언급하지 않았고, 하느님께 바치는 돈, 또는 하늘에 쌓는 재물이라 비유하는 헌금에 대해서도 일절 언급하지 않았다. 내가 보기에 기성 교단의 비난을 면치 못할, 그다운 설교 요지가 가장 잘 드러난 대목은 역시 뒷부분이었다.

"……이 세상을 살아갈 동안, 어린이 생활을 마감하고 어른이 된 후 죽을 그날까지 성경 말씀에서, 예수님께서 해서는 안 된다고 선포한, 죄를 짓지 않고 사는 사람은 없습니다. 반드시 행하라고 말씀하신 선을 그대로 실천하기도 어려움이 많습니다. 보십시오. 기독교인은 물론 다른 종교를 믿는 사람이나, 무종교인이나, 말씀대로 행하고 지켜야 할 일, 하지 않아야 할 일을 올곧게 실천하지 못함은 모두 마찬가지입니다. 사실, 성경에 기록된 말씀대로 공동체 사회 안에서 한 점 티끌 없이 예수님처럼 살기는 힘듭니다. 그렇게 살자면 불편한 점도 많고 괴로운 점도 많습니다. 공동체 생활이다 보니 자기 자신과 가족 이익을 지키려 본의 아니게 남에게 어려움과 괴로움을 주게 되는 경우가 많습니다. 어린이가 되려는 마음을 실천하려 해도 당장 남의 웃음거리가 됩니다. 저 역시 어린아이 마음을 오래전에 잃어버렸으므로, 여러분에게 모범을 보인 스승으로 이 성경 말씀을 이야기할 자격이 없습니다. 저 역시 날마다 알게 모르게 죄를 짓고 있으며, 늘 회개해야 할 죄인이기 때문입니다. 그러므로 목회자라 하여 여러분보다 높임을 받아야 할 이유가 없습니다. 목회자라고 천국행을 남먼저 보장받는 것도 아닙니다. 성경 말씀 속에 살려는 마음을 갖지만 그 실천이 어려워 회개하는 마음은 누구에게나 마찬가지입니다. 그러므로 간절한 회개를 통해 주님의 도움을 구하는 겁니다. 주님 응답이 있기를 바라는 것입니다. 그 응답을 성경 말씀을 통해 은혜 입게 되는 것입니다. 주님은 히개히는 마음, 신정한 회개를 통한 뜨거운 참회를 어여삐 여기십니다. 그 고민을 사랑하십니다. 또한 회개의 반성 속에 참다운 믿음이 싹틉니다. 제가 주님 목소리를 말씀을 통해 만날 때 기쁨이 샘솟듯, 여러분도 회개 과정에서 그런 체험을 했기에 여기에 모였습니다. 제가 죄를 회개하며 주님의 용서를 간절히 바랄 때 마음에 평화가 찾아들듯, 여러분도 주님에게 눈물로 호소하면 주님이 그 마음의 순결을 알고 이루어주시며 용서해주실 것을 믿기 때문에 회개의 기도를 합니다. 그 시간은 영(靈)의 주님을 만나는 시간입니다. 그 만남의 시간은 교회가 아니어도 상관없고, 목회자 앞이 아니어도 상관없고, 이렇게 여럿이 모인 자리가 아니어도 됩니다. 예수님은 골방에서 홀로 간구함이 더 귀하다 말씀하셨습니다. 여러 성도님들, 예수님께 죄 사함을 간구하고 말씀대로 살겠다는 고백의 기도를 하고 나면 마음이 후련하지요? 이는 마음이 평안을 느낀 때문이며, 더 열렬히 주님께 간구하고픈 소망이 싹튼다는 증거입니다. 그런데 왜 나만이 그 소중한 말씀의 뜻을 깨우치며 그 말씀을 통해 평안과 소망의 기쁨을 가져야 하나 하고 안타까울 때, 주님을 모르고 사는 사람들에게 주님을 만나는 참기쁨을 알게 해주려는, 전도하고 싶은 마음이 생깁니다. 주님이 십자가에 못박혀 이 땅을 떠나신 후에야 따르던 제자들이 주님의 살아생전 믿음의 확신을 가지지 못했던 자신의 소행을 회상하며 부끄러워했습니다. 제자들은 주님이 승천한 후에야 그분이 위대했음을, 자신들이 그분의 위대함을 미처 몰랐음을 두고 후회했습니다. 그 회개가 제자들 마음에 평안과 소망의 기쁨을 주었습니다. 제자들은 주님의 말씀을

통한 평안과 소망의 기쁨을 전도하기로 마음먹었습니다. 제자들
이 갖은 박해를 견디며 순교할 수 있었던 것은, 그 말씀을 전하는
데 기쁨이 있었기 때문입니다. 그 기쁨을 주님이 주신 것입니다.
우리나라 천주교 전래 과정에서 기해박해 · 병인박해를 겪으며
많은 순교자를 낼 수 있었음도 주님의 말씀이 얼마나 위대한지를
깨닫고 그 말씀대로 믿고 순복하며, 이를 전도하는 사명이 목숨
보다 더 큰 영광임을 알았기 때문입니다. 그렇기에 말씀을 모르
고 백 년을 살기보다 말씀 속에 하루를 사는 기쁨이 있으므로 전
도의 보람이 있는 것입니다. 저와 여러분의 이런 만남 또한 말씀
의 기쁨을 함께 나누기 위해서입니다. 그러므로 예수님의 말씀을
이 땅 끝까지 전하는 일에는 목회자와 평신도의 구별이 없습니다.
말씀을 복음 그대로 정확하게 전달하느냐 그렇지 않느냐의 문제
만이 있을 뿐입니다. 성경에 기록된 말을 자기 식대로 해석하거
나, 전체를 보지 않고 부분의 말씀만으로 해석해선 아니 됩니다.
여러분, 역사를 보십시오. 콜럼버스가 서양인으로서는 처음으로
아메리카 대륙을 발견하고, 서양인들이 남북 아메리카 땅을 정
복했습니다. 그들은 땅 끝까지 예수님의 복음을 전도해야 한다
는 사명감만 너무 앞세우고, 내 앞에 다른 신을 두지 말라는 말씀
에만 너무 집착한 나머지, 그 대륙에 살던 원주민들을 이교도라
는 명목으로 무차별 학살했습니다. 마태복음 이십이장 삼십칠절
에서 주님이 뭐라고 말씀하셨습니까. 율법교사가 예수를 시험하
려 물었을 때 주님은, 네 마음과 목숨을 다하여 하느님을 사랑함
이 가장 큰 으뜸 계명이요, 두번째가 네 이웃을 네 몸같이 사랑하

라고 말씀하셨습니다. 그런데 그들은 살육을 저질렀습니다. 어린이같이 되라는 말씀을 잊어버렸기 때문입니다. 어린이야말로 재물의 넉넉함이 주는 안락과 육신의 쾌락이 무엇인지 알지 못합니다. 어린이에게 인간이 인간을 죽이는 살인이란 상상도 할 수 없는 어른들의 세계요 악행입니다. 또한, 주님은 우리들에게 물질의 축복을 주시려 이 땅에 오시지 않았습니다. 주님은 여러분 자식의 입시 합격이나 남편의 승진, 건강과 재물의 축복을 주려 이 세상에 종으로 오셔서 말씀을 펴지 않았습니다. 물질과 육신으로 더럽혀진 영혼을 구원하기 위해 이 땅에 오셨습니다. 마음과 영혼의 구원에 대해 말씀하셨지, 썩어 없어질 육신에 대하여, 입으로 들어가는 탐욕과 물질에 대하여, 풍족한 자에게 더 많은 풍족을 주시기 위해 이 땅에 오시지 않았습니다. 마음과 몸이 이 세상의 학대에 견뎌내기 심히 어려운 자의 고통을 마음으로 덜어주기 위해 주님은 상전의 지배자가 아닌, 종의 신분으로 이 세상에 오셨습니다. 감히 제가 말합니다. 영혼의 갈증을 느끼는 자, 그 마음이 너무 가난하고 육신의 삶이 너무 고달파 주님께 매달려 간절한 구원을 바라는 자만 남고 나머지는 이 자리에서 나가십시오. 물질의 축복을 받기 위해 오신 자들은 그가 지금 굶고 있더라도, 주님은 당장 축복을 내리지 않습니다. 육신이 병들어 곧 죽게 된 자 역시 주님이 그 병부터 고쳐주시지는 않습니다. 그가 진정으로 자신의 죄를 참회하여 하느님을 구세주로 받아들이기를 맹세하고 어린이의 마음으로 돌아가 그 마음이 깨끗하게 되었을 때, 주님은 비로소 그의 몸에 치유의 능력을 보이십니다. 그러므로 먼저 어린이같이 정결한 마음과 예수님의 말씀을 통해 영혼의 가난부터 말씀으로 채우겠다는 분만 남아서, 저와 함께 주님께 간구합시다. 미움이 없이 우리가 서로 사랑하자고. 물질이 풍요하고 육신이 건강한 자보다 말씀대로 행하는, 마음이 깨끗한 자가 되자고. 나보다 낮은 자에게 베푸는 선을 행하자고. 그런데 그런 복음 전파에 종이 되어야 할 사명을 띤 오늘의 교회에, 그 교회를 관장하는 목회자들 중에, 주님의 말씀을 자기 뜻대로 해석하는 많은 분들이 있습니다. 주님이 어린이와 같이 되라고 말씀하신 그 낮춤의 참뜻을 오히려 묵살하며, 보란 듯 성전에 재물과 권세와 명예를 높이 세우고 이를 보란 듯 하느님이 내리신 물질의 축복이라 말합니다. 교회로 나와 열심히 믿고 헌금만 하면 여러분에게도 주님이 그 배로 물질과 명예의 축복을 주며 하늘나라를 보장해준다고 말합니다. 믿음이 너희를 부유케 해준다는 말씀은 마음의 넉넉함이 먼저이고 물질의 축복은……"

그때, 뒤쪽에서 돌연 여러 고함이 터져나왔다.

"목사도 아닌 놈이 목사님을 비방하다니!" "이단은 물러가라!" "사이비 신가 놈을 강단에서 끌어내려라!"

나는 청중들이 빽빽이 서 있는 출입구 쪽을 보았다. 중년 사내 여럿이 극장 무대에 대고 주먹을 내두르며 성토했다. 그곳에서 수십 장의 전단이 공중으로 뿌려졌다. 계획적인 집회 훼방꾼들이었다.

"잡아내라. 저놈들을 모조리 극장 밖으로 끌어내!" "네놈들이 왜 들어왔어. 듣기 싫으면 안 들으면 될 것 아냐!"

신주엽을 옹호하는 쪽도 만만치 않았다.

전단은 계속 뿌려졌다. 뒤쪽은 온통 수라장이었다. 내 어깨에 목마 탄 아들이 그쪽을 보다 놀라 울음을 터뜨렸다. 나는 마치 내가 봉변을 당하는 듯 느껴져, 그 자리에 더 있을 수 없었다. 떠날 기회가 드디어 왔음을 알고 나는 서둘러 극장을 빠져나왔다.

"⋯⋯여러분, 주님은 어린이와 같이 자기를 낮추는 사람이 하늘나라에서 위대한 사람이라고 말씀하셨습니다. 겸손한 자는 여러 성도들이 간구할 때 주님의 응답이 당장 없더라도 믿음의 소망을 갖고 기다리며 참고 견디는 자입니다⋯⋯"

극장 안의 소란에 아랑곳없이 신주엽의 설교는 계속되었다.

신주엽을 편드는 사람들에 의해, 전단을 뿌리며 성토하던 열명 남짓한 훼방꾼은 극장 밖으로 밀려났다. 그들은 극장 밖에서도 전단을 뿌리며 계속, 신주엽은 이단이라고 외쳐댔다. 나는 그들이 뿌린 전단 한 장을 주웠다. 먼저 눈에 띄는 큰 글자가, "신주엽은 여성 신도 여러 명과 간음했다" "신주엽은 신도들의 술·담배를 인정한 사탄이다"였다. 정말 그럴까? 그때 나는 그런 의문을 가졌다. 물론 나는 그날 그를 만나지 않았다.

나는 여지껏 편지에서나마도 안양 부흥집회에 참석했던 일을 그에게 밝히지 않았다. 그로부터 일 년 뒤, 그에 대한 비방이 매스컴으로부터 사라졌다. 그가 회개하고 기성 교단에 복귀한 것이 아니라, 그 자신이 세상의 이목으로부터 잠적해버렸다.

예수 이후, 어느 선지자나 목회자도 이 세상 모든 사람을 그분의 말씀대로 인도할 수 없었다. 그 말씀이 위대한 만큼, 그 위대함은 인간의 마음으로는 감히 이르기 힘든 최고의 선(善)을 지향했기에 그 말씀의 적도 많았다. 예수 정신 안에 이 세계는 통일되지 않았고, 인간은 이기적 욕망을 키워왔기에 불화는 계속되었다. 기독교의 전성 시대인 서구 중세에도 인간들은 나름대로 예수를 인간의 잣대로 해석했다. 그 뒤로도 이 세계의 현상과 공동체 삶의 관계망은 예수의 본질인 그 말씀에서 차츰 멀어져 갔다. ……나는 이제 세속을 떠나 당분간 숨기로 했다. 얼마 안 되는 식구를 데리고, 우리만의 말씀의 작은 집을 세워 예수의 말씀대로 실천하는 삶을 살기로 했다……

이런 내용의 신주엽 편지를 받기가 그즈음이었다.

뱃고동 소리가 연달아 울리고 발동기 꺼지는 소리가 들렸다. 배가 천천히 회전을 시작했다. 난간에 팔을 짚고 섰던 내 왼쪽으로 갑자기 섬이 다가왔다. 통영 앞바다의 다도해를 빠져나가기 전 마지막 섬인 오곡도였다. 하얀 등대가 보였고 해안으로 완만한 언덕을 타고 오른 갯마을이 나섰다. 마을 뒤로 솔밭 울울한 산이 어깨를 세우고 있었다. 포구에는 거룻배·주벅배·너벅선·야거리들이 버릿줄에 매인 채 닻줄을 내리고 정박해 있었다. 여객선이 천천히 몸을 틀어 꼬리를 선창에 붙였다. 하선객은 뭍에서 생필품을 사다 나른 어촌 주민 예닐곱과 낚시꾼 승객 대여섯이었다. 쌀가마·석유 드럼통 따위의 하물도 내려졌고, 수족관을 적재한 트럭 두 대도 배에서 빠져나갔다. 배에 오르는 승객은 아낙네 둘이었다. 여객선은 십오 분 정도 정박했다 선창을 떠났다.

여객선은 이제 한려해상국립공원을 빠져나가 망망대해로 들어섰다. 가까이로 섬이 보이지 않았다. 날씨가 쾌청하고 파도가 잔잔하여, 가을 바다의 물빛이 더욱 짙푸르다. 난간에 기대섰던 승객도 찬바람 탓에 얼추 떨어져 나가버렸다. 고물 쪽을 바라보던 나는 저만큼 앞쪽 난간에 팔을 걸치고 바다를 바라보는 한 여인에게 눈길이 머물렀다. 뒷머리를 타래한 그 여인은 분명 낯이 익은 얼굴이었다. 그랬다. 삼 년 전 여름, 강남 고속버스터미널 부근 찻집에서 보았던 이마 넓고 낯색 창백한 내 또래의 그 여인이었다. 저 여인이야말로 나처럼 날짜에 맞춰 쑥섬으로 가는 '말씀의 집' 성도였다. 나는 여인에게 다가갔다.

"아주머니, 저를 알아보시겠습니까. 삼 년 전 여름 고속버스터미널 앞 찻집에서 신목자와 함께 뵈온 적이 있지요."

"네, 그랬었지요." 여인이 알은체 목례를 했다.

"신목자로부터 쑥섬에 한번 다녀가라는 편지를 받고 나선 길입니다. 그런데, 그곳에서 무슨 특별한 성회라도 있습니까?"

"사실은 저두 자세헌 내용은 모른 채 전도관장님 부름을 받구 나선 길입니다. 오늘 신목자님께서 사십 일 금식기도가 끝나는 날인 줄은 압니다만……"

"전도관장님은 그때 뵌 나이 든 곽이란 여자분입니까, 아니면 민군입니까? 그때 찻집에서 함께 뵈었지요."

"여자분이십니다."

"전도관은 욕지도에 있습니까?"

"네, 성도들 헌금으루 작년에 전도관을 복지원 옆에 완공했지요. 목자님은 순회 말씀회루 각 지역을 순방하시지 않을 땐 그곳에 계신답니다."

"그렇다면…… 아주머니께선 '말씀의 집' 어느 지역에 살고 있습니까?"

"경기도 수원입니다."

"수원에도 '말씀의 집' 전도관이나 회당이 있습니까?"

"'말씀의 집'은 욕지도 전도관 말구 전국 어디에두 회당을 가지구 있지 않습니다. 회당이나 교회가 무엇 때문에 필요합니까." 여인의 목소리가 냉랭했다. 신목자 오랜 친구란 분이 그것도 모르느냐는 힐책이 다분히 섞여 있었다.

"주일은 지켜야 할 텐데, 그렇다면 수원에 사는 '말씀의 집' 성도들은 어디서 예배를 봅니까?"

"구역 성도들끼리 주일마다 각 가정을 돌며 예배 보지요. 전도관에서 일주일마다 우송되는 테이프에 그 주일 예배 순서와 목자님 육성 설교가 녹음되어 있습니다."

여인의 말을 듣자, 나는 그동안 '말씀의 집'에 관해 너무 무지했음을 깨달았다. 신주엽은 편지에 욕지도에 전도관을 완공했다느니, 전국 각 지역 주일 예배를 직접 관장할 수 없으므로 녹음테이프를 통해 통신 예배를 본다느니 하는 내용을 일절 밝힌 적 없었다. 나 역시 편지에 '말씀의 집' 운영 방법을 질문한 적 없었다. 내가 '말씀의 집' 성도가 아니므로 우리 둘 사이에 그런 사무적 보고와 질문이 필요 없기도 했다. 신주엽이 기성 교단에서 목사

직분을 제명당한 뒤 우치무라(內村鑑三)의 영향을 받아 김교신·함석헌 등이 조직한 '성서연구회'처럼 무교회주의를 지향하고 있지 않느냐는 정도는, 그가 보낸 편지 내용으로 대충 짐작하고 있었다. '말씀의 집'이란 간판을 욕지도 복지원에 걸어놓고, 주기적으로 십 년 전 안양에서처럼 극장·예식장·군민회관을 빌려 전국 각처에 부흥회를 열며 다닌다고 생각했을 따름이었다.

"수원 지역에 '말씀의 집' 성도가 얼마인지 모르나 교회란 구심점이 없다면 아무래도 개인의 신앙심이 해이해질 테고, 성도들의 결속력이나 전도에 지장이 많을 텐데요?" 신주엽의 통신 예배 형식을 대충 이해할 수 있었으나 나는 모른 체, 질문을 밀어붙였다.

"오직 말씀의 실천에만 충실허는 우리 교단은, 우리 믿음의 뜻을 이해허구 찾아오는 성도를 받아들일 뿐입니다. '작은 예수님의 집'을 목표로 허지요. 회당은 물론 회당에 딸린 각종 사무부처가 없기에 애써 헌금을 거두지두 않구요. 신목자님 친구시니 잘 아시잖습니까. 목자님을 두고 신흥 교단 교주라 비방허는 말두 있으나 목자님께선 말세에 재림한 예수님으로 자처하시지두 않구, 성경 말씀을 왜곡되게 해석하시지두 않을뿐더러, 오히려 당신을 종의 종이라 낮추시며 오직 말씀대루 살며 순복과 회개를 되풀이하십니다. 기성 교단이든 신흥 교단이든 툭허면 현세를 사탄이 지배하는 연옥이라 허구 천당을 예수님이 계시는 복락원이라 설교허지요. 목자님께서는 그런 천당행을 면죄부루 파시지 않구, 예수님으루부터 신유의 은사를 혼자 받은 듯 뽐내며 병자를 불러 모으지두 않습니다. 진실한 믿음과 그 소망의 힘이 육신고(肉身苦)

의 치유에 도움이 된다는 말씀은 허셔두, 주님의 권능을 갖지 않 았기에 안수기도루 병자를 낫게 헌다구 말씀허진 않으십니다."

"실례지만 '말씀의 집' 수원 지방 성도 수는 얼마쯤 됩니까?"

"성도의 많구 적음이 중요허지 않지요. 주님 말씀을 깨닫고 이 를 만분의 일이라두 올곧게 실천하는 믿음의 자세가 중요허지요. 쭉정이 곡식보다 한 알의 확실한 알곡을 주님은 원하십니다." 여 인의 대답이 옹골찼다.

"주일마다 찻집에서 모여 성경공부를 겸한 예배와 토론회를 가 지는 모임이 있단 말은 들었어도, 평신도를 상대로 한 무교회주 의가 전국적인 조직망을 가진다는 건 한국 현실에 비추어볼 때 아무래도…… 정보 · 전산 · 통신 시대다 보니 통신을 통한 예배 는 종교방송국이 그 일을 하고 있지 않습니까?"

"방송국이 신목자님에게 설교 시간을 할애해줍니까. 우린 방송 국을 세울 능력두 없구, 그걸 원치두 않습니다. 교회조차 원치 않 는 작은 공동체 모임이니깐요. 믿음을 통해 나 개인과 주님의 말 씀이 만날 수 있는데, 교회에 떼지어 모여야 주님을 만납니까. 이 제 한국 교회는 기업 형태를 띤 사업쳅니다. 오늘의 자본주의 사 회구조를 본따 자기들 편리에 따라 종교 중소기업과 대기업을 만 들어냈지요. 사회구조가 너무 복잡해졌구 빨리 변허기두 합니다 만, 오늘의 교회는 진정한 주님의 공동체 모임 역할을 허구 있지 못합니다."

"비약이 너무 지나치십니다. 저 역시 교회의 대형화에는 비판 하는 쪽이지만, 신교 전래 이후 이 나라에서 기독교의 공적을 무시할 수 없습니다. 한국의 기독교인이 이 나라 발전에 많은 공헌을 했고, 오늘의 무너지는 도덕과 윤리 면에서도 이 정도로 사회를 정화시키고 지탱해주는 힘은 기독교인, 아니 종교인의 역할이 크다고 봅니다."

내 속뜻과는 다른 논조지만, 여인의 말을 끌어내려 반박했다. 말하는 투로 보아 여인의 교양 정도에 짐작이 갔고, '말씀의 집' 수원 지방 책임자 정도의 신분임을 직감할 수 있었다.

"목자님께선 욕지도 전도관마저 필요 없다구 말씀허셨으나 우리 전국 성도들도 일 년에 한두 번씩 함께 모여 말씀을 직접 듣고 합동하여 기도헐 처소가 있어야 했기에 성도회 발기루 이태 동안 한 끼 덜 먹고 옷 한 벌 안 사기 운동을 벌여 모금한 돈으루 눈비와 바람 피헐 만한 전도관을 지었지요. 초라헌 전도관이라 돈두 그렇게 들지 않았습니다. 복지원 식구들의 기도 처소루두 활용하려구요." 여인이 난바다를 바라보며 처연하게 말하더니 잠시 침묵 뒤 뒷말을 달았다. "목자님이 화려한 성전을 결단코 반대허시는 분이시라…… 우리에겐 천 년을 지탱헐 견고헌 성전이 필요헌 게 아니라 천 년이 다시 지나두 불변헐 말씀을 마음으루 닦는 수행이 더 중요허지요." 멀리로 두 개의 섬이 물이랑 너머에 떠 있었다. 배의 요동에 따라 그 섬이 물속으로 잠겼다 떠올랐다 자맥질했다. 갈매기 한 마리가 뱃전을 빠르게 지나쳤다.

"복지원 식구는 몇입니까?"

"이제 일흔 명에 가까울걸요. 이 배에두 새루 입소할 두 분이 탔더군요. 우리 전국 성도회에선 교회 운영에 대부분이 쓰이는 일반 교회의 그런 헌금 대신, 이 세상에서 버림받은 그들을 위해 복지원으루 적은 금액이나마 송금헙니다."

"이런 질문이 어떨는지 모르지만…… 만약 신목자가 하느님 부름을 받고 타계한다면 '말씀의 집'은 해체되겠군요?" 그제서야 여인이 바다에서 얼굴을 돌려 나를 말끄러미 바라보았다. 그 질문의 대답을 예비해둔 듯 여인이 서슴없이 말했다.

"그 점에 대해서 전도관장님은 이런 말씀을 허셨습니다. 어느 시대에 주님 말씀을 온몸으루 실천헌 주님 종이 있었고, 그분과 뜻을 함께한 한 무리의 성도가 있었다. 주님 종이 소천할 동안 그 성도들은 하느님의 영광을 입구 짧은 이 세상을 행복한 믿음 의식으루 함께 살다 하늘나라루 갔다."

"듣자 하니 지금 하신 그 말씀, 장엄한 시구(詩句)나 설화적 동화 같군요."

"저는 물론, 성도들이 모두 외구 있으니깐요. 우리 '말씀의 집'은 목자님의 후계자가 없습니다."

"그렇담 신주엽 목자야말로 살아 있는 유일한 예수의 제자란 뜻 아닙니까? 전에는 있었는지 모르지만 그가 죽고 난 뒤에는 아무도 없다는…… 그런 독단은……"

"바람이 차갑군요. 그럼 이만 실례허겠습니다." 내 반론이 말 같지 않은 소리란 듯, 갑자기 여인이 정색하여 냉랭하게 말했다.

여인은 내게 목례하곤 아래층 내실로 들어가버렸다. 뱃멀미 탓인지 속이 붐편하여 나는 다시 담배를 불 댕겨 물고, 여인의 이력을 나름대로 상상해보았다. 여인은 서울 변방 내가 사는 동네에서 흔히 만날 수 있는 평범한 주부의 외양을 하고 있었다. 대학, 또는 여고를 졸업하고 한 남자를 만나 시집갔을 것이다. 남편은 교사·공무원·사업가·자영업자·비닐하우스로 꽃이나 소채를 재배하는 독농가라도 좋았다. 여인은 초등학교나 중학교에 다니는 자녀를 두셋쯤 두고 있으리라. 동네 교회를 열심히 나가던 중 수원에서 부흥회를 연 신주엽 설교를 듣고 귀가 크게 열려, 그의 집회를 쫓아다니다 추종자가 되었을 것이다. '말씀의 집'의 열성적인 신자가 되자 수원 지방 지역책을 맡아 오늘에 이르렀으리라. 그런데 전도관의 부름의 받고 이렇게 남해 쑥섬까지 내려오자면, 짧게 잡아도 네댓새 집을 비우게 될 터였다. 그동안 집안 식구 끼니는 남편과 자녀가 협동해서 해결할 것이다. 아니면, 시어머니가 맡든 친정어머니를 모셔둘 수도 있었다. 어쨌든, 여인의 남편이 '말씀의 집' 성도가 아니라면 아내가 이상한 기독교에 빠졌다며 평소에 말다툼이 잦을 게 뻔했다. 이번 경우도 여인은 남편과 한바탕 티격태격하고 가출하듯 집을 나섰을 수 있었다. 주부가 이삼 일, 일주일 정도 가정을 비우는 경우는 비단 '말씀의 집' 집회에만 해당되지 않는다. 한국 대형 교회는 신자의 막대한 헌금에 힘입어 선교사 해외 파송 지원, 교회 가족을 위한 공동묘지 매입은 물론, 깊은 산처에 별도의 기도원이나 수양관을 가지고 있다. 그런 기도원은 연중무휴로 운영되며, 특별 부흥집회와 금식기도 주간을 수시로 개최한다. 그 외에도 이 땅 산협에는 신라와 고려시대 사찰이 들어서듯, 크고 작은 많은 기도원이나 수양관이 산재해 있다. 그런 기도원과 수양관 중에는 '말씀의 집'처럼 기독교 어느 교단도 인정하지 않는, 이단이나 신흥종교로 지목받는 유아독존의 교주가 이끄는 곳도 있다. 그런 기도원에 가보면 신령한 목사의 안수기도가 불치의 병을 고친다는 소문에 따라, 목사의 말씀 능력이 신통력을 가졌다는 선전에 혹하여, 단식의 특별한 효험, 또는 아닌 말로 그곳 지하수가 성수(聖水)라 효력이 있다는 권유를 받고 몰려든, 영육의 병을 앓는 무리를 만날 수 있다. 자식 입시 합격이나 남편 승진, 질병을 신탁에 의지해보려는 아녀자, 며칠 동안 세속잡사로 난마가 된 머리도 식힐 겸 성령 은사를 받으러 찾아온 아녀자를 만날 수 있다. 어쨌든 그런 처소의 이용자는 여성이나 병자가 대부분이다.

나는 여기까지 추리하다, 부군이 '말씀의 집' 신자냐고 여인에게 묻지 않은 게 후회되었다. 그런 의미에서 내 소설적 추리도 한계가 있었으니, 나는 무의식중에 그 여인을 통해 어머니 생전 믿음의 자세를 연상했기 때문이었다. 어머니와 그 여인은 열정적으로 믿음을 좇는다는 점에서 닮은 데가 있었다. 그런 어머니를 두고 불신자가 어떻게 평가하든, 정직·성결했다는 데 흠집을 낼 자는 없을 것이다. 내 성장기가 부모로 하여 불우했다는 단정 아래 내가 어머니를 정죄할 수 없듯, 조금 전 여인의 쑥섬행 역시 그 여인의 신심을 두고 이러니저러니 간섭이나 충고할 자격을 가진 자 역시 아무도 없을 터였다.

나는 난바다를 바라보며, 신주엽이 세운 '말씀의 집'과 쑥섬에서 그가 보여줄 '괜찮은 구경거리'를 두고 한동안 생각했다. 그가 세운 교단에 대해선 이해할 수 있는 부분과 이해할 수 없는 부분이 나누어졌으나, 쑥섬으로 나가지 불러들인 이유만은 의문이 풀리지 않았다. 설령 사십 일 금식기도가 끝나는 날을 기념한다 해도, 나까지 초청할 그가 아니었다.

난바다에는 배 한 척이 떠 있었다. 내가 탄 여객선은 포말을 일으키며 힘차게 나아가는데, 멀리 떠 있는 배는 바다 가운데 멈춰 있는 듯 보였다. 배 가까이 섬과 같은 고정된 물체가 있다면 배의 진로 방향과 속도를 짐작할 수 있을 터였다. 거리가 멀어 배 크기나 종류는 알 수 없었다. 신주엽이란 존재 역시 내게는 난바다의 먼 배와 같았다. 내가 그에 대해 여지껏 알고 있는 지식은 그야말로 껍데기였고, 그 수박 겉핥기식 인식이야말로 그에 대해 아무것도 모르고 있음과 다름 아니었다. 소속 교단으로부터 배척받아 이단, 신흥종교로 내몰린 끝에 무교회주의자로 입신한 단독자로서 그의 외로움과 고뇌를, 그리고 전도를 전혀 고려치 않은 듯 복지원과 전도관을 뭍으로부터 뱃길 세 시간 넘는 남해 섬에 설립한 동기를 내 상상력으로는 따라잡을 수 없었다.

갑자기 객실 안에서 노랫소리가 들렸다. 합창으로 부르는 찬송가였다. 바닷바람을 한껏 마신 터라 나는 아래층 객실 안으로 들어갔다. 이물 쪽 귀퉁이에 열두세 명이 동그랗게 원을 그려 둘러앉아 찬송가책을 펴놓고 찬송가를 부르고 있었다. 그들 중에는 나와 대화를 나누었던 여인은 물론, 뇌성마비 장애자 둘도 섞여 있었다. 장애자는 삐딱하게 돌아간 턱을 흔들며 어둔한 발음으로 찬송가를 열심히 따라 불렀다. '말씀의 집' 각 지역 책임자로 짐작되는 일행 중에 남자는 장애자 둘을 합쳐 모두 넷이었고 나머지는 여자들이었다. 처녀 티 나는 여자도 있었으나 대체로 중년 아낙네들이었다. 그들의 차림은 동대문시장에서 흔하게 만날 수 있는 서민풍이었다. 맵시를 낸 옷에 화장기 있는 착색에 귀고리 따위를 단 여성은 없었다. 서른 초반의 넥타이를 맨 젊은이가 있었으나 시골 면서기나 벽지학교 선생 티가 났으니 와이셔츠는 꾀죄죄했고 넥타이는 유행이 지난 폭 넓고 칙칙한 색상이었다. 찬송가 한 곡이 끝나자 점퍼 차림의 중년 남자가 '이백오십육장' 하고, 다른 찬송가 번호를 대어 노래를 선도했다.

　눈을 들어 하늘 보라 어지러운 세상 중에 / 곳곳마다 상한 영의 탄식 소리 들려온다 / 빛을 잃은 많은 사람 길을 잃고 헤매며 / 탕자처럼 기진하니 믿는 자여 어이할꼬……

　나도 그 곡을 잘 아는, 「눈을 들어 하늘 보라」는 2절로 이어졌다. 그 찬송가는 육이오전쟁 중 부산 피난 시절, 당시 고난스러운 시대를 배경으로 석진영이 작사하고 박재훈 목사가 곡을 붙인 노래였다. 척박한 현실에 소망을 잃은 세상 사람을 향해 믿는 자의 복음 증거를 외친 가사와, 쉽고 애절한 곡조로 전후에 널리 애창된 찬송가였다. 내가 중고등학교 다닐 때 삼포교회에서도 그 찬송가가 많이 불려졌다. 주일날이면 언덕길을 오르며 열심히 교회에 나갔던 스물몇 해 전, 그 시절이 아련히 떠올랐다. 믿음에 대한 회의가 없던, 믿음을 개인 이기주의로 받아들였던 시절이었다. 나는 고향 탈출을 늘 꿈꾸었고, 그 방법은 오직 서울 명문대학에 합격하는 길밖에 없었다. 목수 아들로 구유에서 태어난 예수는 가난한 갯가 젊은이의 소망을 실현시켜주리라 굳게 믿었다. 어린아이같이 약하고 선량해 보이지만 감히 범접 못할 굳셈이 눈빛에 살아 있는 당신의 모습을 보면 애젊은 한 영혼의 간절한 기원을 반드시 이루어줄 것만 같았다. 주일이면 어머니가 어린 누이 손을 잡고 언덕길을 오르고, 내가 그 뒤를 따랐다. 어머니에겐 아버지를 포기한 대신 자신 소생은 아니지만 누이를 주님 앞으로 인도했다는 긍지가 엿보였다. "예수를 믿어도 저쯤 돼야 한다." 삼포 불신자들마저 그렇게 말했을 정도로, 어머니는 아버지를 미워했어도 아버지가 안고 들어온 누이를 구박하지 않았다. 어머니 성질대로라면 음행한 죄의 씨앗인 누이를 볼 때마다 모멸감과 투기심으로 울화가 들끓었을 텐데, "불쌍한 자슥, 우리 주님은 버려진 니 겉은 아아를 사랑하며 안아주셨을 끼다" 하며, 늘 측은하게 여겼고, 당신은 금식한다며 굶으면서도 심방 갔다 얻어오는 떡·감자·고구마·전붙이 따위의 주전부리감을 자기는 먹지 않고 누이에게 챙겨주었다.

찬송가 합창이 점점 열을 띠어가자, 손뼉으로 박자를 맞추는 아녀자도 있었다. 나는 그들 속에 어머니가 섞여 앉았으면 꼭 어울리겠다 싶었다. 찬송가를 부를 때면 늘 신명이 오르던 어머니였다. 나는 문득 내가 쓰는 소설 속 어머니를 떠올렸다. 그 노친네 역시 믿음은 반석같이 굳건하나 여럿이 모인 자리에서 손뼉을 치며 찬송가를 부르는 모습만은 어울리지 않을 것 같았다. 나는 주인공 노친네를 어머니 반대편에 세우기로 했기에, 오른손이 하는 일을 왼손이 모르듯 골방에서 홀로 성경책을 읽고, 기도하고, 찬송하는 모습이 더 어울릴 터였다. 나는 왜 소설 속 노친네를 어머니 반대편에 세우려 할까. 당신 유형의 독실한 믿음이 가정불화의 빌미를 제공했고 내 성장기에 고통을 준 탓일까. 아니면, 당신을 묘사할 때 내가 받을 회한과 슬픔을 두려워해서일까. 생각이 여기에 이르자, 나는 아직도 어머니를 전폭적으로 이해하고 사랑하기에는 많은 걸림돌이 앞을 가로막고 있음을 알았다.

"여기가 예배당이 아니잖소. 남도 좀 생각할 줄 알아야제. 참는데도 한계가 있구면." 가운데쯤에 신문지를 깔고 판을 벌여 술을 마시던 남정네 중에 나이 지긋한 사내가 시큰둥 말했다.

마침 찬송가 4절이 끝났다. 성도들은 어차피 침묵할 수밖에 없었다. 대중사회에 노출을 꺼리는 특별한 종교집단의 폐쇄적인 태도랄까, 술주정꾼 간섭이라 여겼던지, 아무도 그쪽을 바라보지 않았고 대꾸하는 성도가 없었다.

"구주가 심판하는 날 곧 가까이 임했다? 그렇다모 우리 같은 술꾼이 젤로 먼첨 심판받겠구면. 심판받아 지옥불에 떨어지모 한배 탔던 정을 생각해서 밧줄이라도 내리주소." 찬송가 구절을 새겨들었던지 턱석부리 젊은이가 말했다. 그는 소주잔째 털어넣듯 술을 마시곤 금박지에 싸온 물오징어 다리를 집어 초장에 찍어 먹었다.

"모두 묵도합시다." 찬송가를 선도했던 사내의 말에, 성도들이 머리를 숙였다. 중얼부언 옳던 가자의 기도 소리가 차츰 높아갔다. 그중 뇌성마비 장애자의 알아듣기 힘든 발음은 괴성이요 고함에 가까웠다. "주여, 오, 주님이시여……" 하고 외치는 남자 말에 섞여, "목자님이 어려운 일에 당하셨다면 그분을 도우소서" "신목자님 믿음을 우리가 본받게 하옵소서……" 하는 아녀자들의 간절한 기원도 있었다. 묵도가 이 분 넘게 이어지다 선도하던 사내가 '아멘'으로 묵도를 끝내자, 나머지 성도들의 중얼거림이 잦아들었다.

여객선이 연화도 연화선착장 방파제에 닿기는 해가 중천에서 설핏 기울었을 때였다. 선착장은 갈매기 떼의 우짖는 소리로 시끄러웠다. 배에서 내리는 사람, 배에 오르는 사람이 오곡도보다 늘었고 부려지는 하물이 많았다. 두 시간 가까이 먼 바다를 건너왔으니 이제 빤히 건너다보이는 우도를 거쳐, 우도에서 뱃길 십 리가 채 못 된다는 쑥섬이 서쪽 물이랑 너머로 눈에 잡혔다.

우도는 연화도 반밖에 되지 않는 작은 섬이었다. 선착장 주위의 갯마을도 어림잡아 서른여 호 정도 되어 보였다. 배에서 내리고 타는 사람이 열 명 안쪽이었으니, 오곡도와 연화도를 들렀다 올 동안 통영에서 탔던 승객이 얼추 빠져나간 셈이었다. 젊은 배낭족과 낚시꾼들도 어느새 자취를 감추었고, 술 마시던 패도 연화도에서 내려버린 뒤였다. 남은 승선객은 아래위층 합쳐 스무 명 정도여서 쑥섬에서 내릴 신자를 빼면 나머지 일반 승객은 몇 되지 않았다. 이 여객선 종착점이 욕지도 동항이지만, 통영에서 면청소재지 욕지도 배편은 페리보트 직항이 따로 있기에 욕지도로 갈 사람은 그 배를 이용할 터였다.

뱃고동 소리가 울리고 덕판이 거두어질 즈음, 선창에서 흰 위생복 입은 남녀가 승선하러 바쁘게 쫓아왔다. 왕진 가방을 든 젊은 의사와 붉은 십자표가 그려진 약품상자를 든 간호사였다. 욕지도 주위에 흩어진 작은 유인도마다 보건소를 따로 둘 형편이 못 되므로 욕지면 보건소에서 부근 섬마을로 순회를 도는 공의(公醫)이리라 짐작이 갔다. 그들은 쑥섬에서 내릴는지, 욕지도로 바로 들어가려는지 알 수 없었다.

쑥섬은 행정 명칭이 봉도였다. 연화도의 사분의 일, 오곡도 절반밖에 되지 않는 작은 섬이었다. 쑥섬은 어미에 딸린 자식처럼 더 작은 두 섬을 거느렸으니, 북쪽 바로 머리맡에 돌팍산 무인도가 있었고, 동쪽으로 파도막이 삼아 귓바퀴 모양의 척도가 있었다. 척도에는 샘이 있어 십여 가구 어민이 살았다. 여객선은 척도를 돌아 쑥섬머리에 있는 봉도선착장으로 뱃고동 소리를 울리며 닿아갔다. 바위와 소나무가 야트막한 언덕을 감싼 쑥섬은 단풍 든 떨기나무까지 섞여 한 폭의 그림 같은 경치를 이루어, 운치 있는 수석을 바다 위에 옮겨놓은 듯했다. 모래사장 건너로 스무 채 남짓한 집들이 올망졸망 늘어앉아 있었다.

갑판에 섰던 나는 선착장에 마중 나와 도열해 있는 사람부터 살폈다. 열 명 남짓했는데 아이들 두셋을 빼곤 대체로 아녀자였다. 아녀자 중에 검정 치마저고리를 입은 아낙네가 셋이어서, 그들이야말로 '말씀의 집' 성도임을 한눈에 짐작할 수 있었다. 샅샅이 살펴도 그들 속에 신주엽 모습은 보이지 않았다.

배 안에서 둘러앉아 찬송가를 불렀던 성도들이 먼저 나무덕판을 밟고 우르르 건너갔다. 뇌성마비 장애자 둘은 신자들 부축을 받고 조심스레 덕판을 건넜다. 보퉁이를 이고 진 봉도 주민 셋과 의사와 간호사를 앞세워, 나는 끝으로 선착장에 내려섰다.

"성문규 선생님, 안녕하십니까."

흰 두루마기 자락을 펄럭이며 상고머리 한 젊은이가 내게로 다가왔다. 삼 년 전, 고속버스터미널 부근 찻집에서 보았던 눈매가 날카롭고 왜소한 민군이란 젊은이였다.

"신목자는 어디 있습니까?"

"오늘로 금식 사십 일째, 마지막 날입니다."

이제 군으로 불리기에는 무엇한, 서른 살을 넘겼을 민군은 내가 들고 있는 멸치 포대와 납작한 꾸러미를 보았다.

"주십시오. 제가 들고 가겠습니다." 내가 사양했으나 그는 빼앗다시피 내 짐을 맡았고, 나는 신주엽에게 줄 선물이라도 가져온 듯 쑥스러웠다. 민군과 나는 모래펄을 따라 앞서 몰려가는, 여객선에서 내린 성도들과, 검정 조선옷 입은 세 여인과, 그들에 둘러싸여 걷는 의사와 간호사를 예닐곱 발 거리를 두고 뒤따랐다. 여객선이 뱃고동 소리를 울리더니 발동기 소리도 요란하게 선착장에서 물러났다.

"신목자가 금식을 끝내고 뭘 합니까?"

아무래도 무슨 일이 있긴 있는 모양이구나 하고 생각하며, 신주엽이 나를 쑥섬까지 끌어들인 이유를 물을 때가 되었다고 판단했다. 신주엽 측근인 민군은 그 내막을 알 터인데 말이 없었다.

"신목자가 보여줄 게 있다는 게……"

"뱃길이 멀지요? 멀미하지 않았습니까?" 민군이 내 말을 꺾고

딴전을 폈다.

"배가 크고 파도가 잔잔해서, 그런데……"

내가 다시 그 질문을 꺼내려 했을 때, 앞서가는 무리 중 하나가
조금 높은 소리로 반문하는 말이 바람 소리와 파도 소리에 섞여
설핏 내 귓가를 스쳤다. 아녀자 목소리였다.

"할례(割禮), 할례라니요? 그렇다면……"

그 반문이 마치 바늘처럼 내 정수리에 박혔다. 할례와 신주엽
과 무슨 관계가 있는지, 후딱 짚이는 게 없는데도 그 말은 예리하
게 따끔한 통증을 전달했다. 유대교 가정은 사내아이가 태어나면
여드레째 되는 날 반드시 종교적 의례로 할례를 받는다. 아브라
함이 그랬다고 구약에 기록되어 있다. 나는 군대 시절에 포경수
술을 받았다. 피로가 누적될 때면 귀두를 싼 껍질 안쪽에 이똥 같
은 찌꺼기가 끼여 냄새를 풍겼고, 오줌을 눈 뒤 바지섶 지퍼를 급
히 올리다 보면 어쩌다 귀두를 싼 껍질이 지퍼에 끼여 쩔쩔맨 적
이 많아, 제대 말년에 내 발로 의무대를 찾아가 포경수술을 자청
했던 것이다.

"신목자가 할례를 받습니까? 지금 나이가 몇인데 할례라니, 그
게 무슨 뜻입니까?"

나는 신자들 무리에 묻혀 가는 의사와 간호사의 펄럭이는 위생
복 자락을 보았다. 메스·의료용 가위·피·실이 달린 봉합용 바
늘이 두서없이 떠올랐다. 사십 일 금식 끝에 할례를 받는 일이 무
슨 이적(異蹟)이나 되듯, 성도를 불러모으고 나까지 초대한 신주
엽의 의도를 나는 이해할 수 없었다.

"그런 할례가 아니라, 곧 목자님의 남성을…… 제거하는 의식이 있습니다." 민군이 말하기가 거북한 듯 말을 쉬어가며, 그러나 확신에 찬 어조로 말했다.

"남성을 제거하다니! 성기를 절단한단 말입니까? 도대체 그럴 수가…… 그 일을 신목자가 자청했습니까? 왜, 무엇 때문에 꼭 그래야만 합니까?"

나는 가빠지는 숨길을 가누며 걸음을 멈추었다. 한마디로, 민군의 말은 충격적이었다. 신주엽과 나는 동갑내기로 올해 만 사십이었다. 그는 결혼을 하지 않았으므로 자식이 없었다. 십 년 전 안양에서의 부흥회 때 뿌려진 그에 대한 비방 전단에는 여신자와 간음했다는 음해가 쓰여 있었다. 그 뒤로도 그는 자신을 따르는 주위 여신자와 내연의 관계라도 맺어왔단 말인가. 그런 부정에 대한 죄 씻음으로 이제 와서 할례가 아닌, 성기 자체를 제거하기로 했단 말인가. 이게 무슨 일인가. 성경에는 어느 구절에도 제사장·사제·목사의 남성 제거는 언급되어 있지 않았다. 나는 도무지 민군 말을, 그 말을 실천하겠다고 나선 신주엽의 마음을 이해할 수 없었다.

"육신의 고(苦)를 제어하겠다는 목자님의 거룩한 뜻입니다. 말하자면 육신의 거듭나기지요." 앞서서 걸음을 옮기며 민군이 의미심장하게 말했다.

"정욕을 원천적으로 끊겠다는 뜻은 이해할 수 있으나 그 방법의 선택만은……" 나는 그 사실을 납득할 수 없어 머리를 흔들었다.

남녀를 불문하고 성인이 된 뒤 금욕하려는 자신의 의지와 상관없이 솟구치는 정욕을 절제하는 데는 많은 인내의 어려움이 따른다. 남성의 경우 결혼하기 전도 그렇고, 결혼을 한 뒤에도 성적 유혹의 기회는 사방에 널려 있다. 농경 시대가 아닌 도시 산업화 시대 사회구조가 그런 은밀한 장소와 기회를 더욱 잦게 제공한다. 성의 개방과 성적 환락에 따른 섹스산업은 후기자본주의 사회로 접어들수록 팽창일로에 있다. 본인이 그걸 밝히지 않아도 그럴 경우에 부닥칠 때가 비일비재하고, 그럴 때 불현듯 성적 욕구가 끓어오름은 건강한 남성이면 겪게 되는 당연한 충동이다. 아흔아홉 번을 잘 참아도 한 번은 실수 아닌 유혹에 넘어가기도 하도, 설령 백 번 모두 상대방 유혹이나 자신의 정욕 충동을 극기로 이겨냈다 해도 그 욕망은 신체와 정신의 내면에 잠재해 있게 마련이다. 요컨대 신주엽은 그 잠재적 욕망까지 뿌리째 제거하겠다는 생각으로 성기 제거를 결심했음이 틀림없었다. 그러나 성기 단절이란 음욕을 채울 수 없는 신체적 불구일 뿐 정액을 생산하는 기관이 폐품화되지 않는 한 그 욕망까지 잠재울 수는 없으리라. 아니, 성기 접촉을 통해 성적 쾌락을 누릴 수 없다는 사실 자체가 그 욕망의 유혹마저 끊게 만들 수는 있다. 그런 심리적 현상을 인정한다면, 성적 대상으로서의 여성을 포함한 모든 인간을 예수의 말씀대로 '사랑'이란 폭 넓은 이름으로 감싸안을 수 있는 순수한 욕망까지 퇴행시킬 가능성마저 있다. 유추가 꼬리를 물자 나는 차츰 미로에 빠져드는 느낌이있다.
　"이번 결행은 목자님 단독으로 결심한 일이며, 누구도 그 뜻을 꺾을 수 없었습니다."

"그러나 온전한 몸으로도 음욕을 제어할 수 있어야만 말씀의 은총을 입었다고 할 수 있잖겠습니까? 가톨릭의 신부나 수녀가 종신서원하듯이 말입니다."

"목자님과 별도로 담소를 나누실 기회가 있겠지요." 민군이 날카로운 눈매로 돌아보며 언급을 회피했다.

해안을 따라 이어진 모래사장이 끝나고 잘 닳은 몽근 돌밭 저쪽에 바람 센 바다 쪽 한 면을 비닐로 막은 대형 천막이 쳐져 있었다. 천막 앞에는 장작더미와 큰 솥이 보였고, 천막 안은 휴대용 자리를 깔고 많은 성도가 무릎 꿇어 통성기도를 읊고 있었다. '말씀의 집' 성도 중에 특별히 뽑혀 왔을 법한 그 수가 얼추 서른 명이 넘었다. 바람과 추위를 막느라 대부분 목도리나 수건으로 머리통을 싸맨 여자들이었는데, 먼저 와 있던 그네들 중에 검정 치마저고리를 입은 아녀자도 더러 섞여 있었다. 허리를 숙였다 폈다 하며 울부짖는 그들의 통성기도가 자갈밭을 치고 오르는 파도 소리에 섞여 갈매기 떼의 우짖음같이 시끄러웠다. 천막 앞에서 검정 치마저고리를 입은 여인 둘과 목발 짚은 중년 사내가 의사와 간호사에게 무엇인가 열심히 설명하고 있었다.

"성선생님도 입회하시죠. 십오 분, 아니 이십 분 정도면 의식이 끝날 겁니다. 목자님은 저쪽 벼랑 앞에 있는 동굴에 거처하고 계십니다." 민군이 손가락질했다.

자갈밭이 끝나는 데서부터 바다가 말굽쇠처럼 홈을 팠고, 그쪽은 삼층 높이의 바위 절벽을 이루고 있었다. 신주엽이 쑥섬에 자주 찾아와 묵상한다는 동굴이 그쯤 어디에 있는 모양이었다.

"내가 꼭 그 장면을 봐야 할까요?"

나는 걸음을 멈추었다.

"목자님께서 성선생님 입회를 특별히 허락하셨습니다."

"신목자가 그렇게 말했더라도…… 전 사양하겠습니다."

나는 그제서야 신주엽이 나를 쑥섬까지 끌어들인 이유를 깨닫했다. 편지에 차마 그런 말을 쓰기엔 구차했으리라. 그러나 나는 신주엽의 성기가 절단되는 장면을 보고 싶지 않았다. 참으로 희귀한 구경거리가 될 만했고, 내가 비록 소설가라곤 하나, 그 장면을 보아둠이 앞으로의 창작에 도움이 될 거란 생각은 들지 않았다. 한마디로 신주엽의 발상은, 하느님으로부터 어떤 계시를 받았건, 확고한 신념에서 우러나온 결단이든, 잔인한 자해 행위였다. 그 자해 행위는 그가 편지에 쓴 '괜찮은 구경거리'란 농말로 넘길 수만은 없었기에, 나는 순간적으로 바다 건너 쑥섬까지 그 이유를 알지 못한 채 쫓아온 대책 없는 여행을 후회했다.

"목자님께서 선생님을 여기로 부르신 이유가 그 입회에 있는 듯한데요?"

"물론 그렇겠지요. 그러나 전 입회하지 않겠습니다."

"정 그러시다면, 선생님이 쑥섬에 도착하셨다는 말만 목자님께 전하겠습니다. 저기, 천막에서 잠시 기다리시죠." 말을 마친 민군이 멸치 포대와 꾸러미를 든 채 천막 쪽으로 갔다.

나는 손을 코트 주머니에 찌른 채 망연히 천막 쪽을 바라보았다. 아녀자들이 대부분인 그 천막으로 가서, 광신자들의 미혹에 빠진 주술 속에 섞이고 싶은 마음은 없었다. 민군이 천막 앞 장작더미 옆에 도착하자, 민군과 함께 검정 치마저고리 입은 여인 둘, 목발을 짚은 사내와 두루마기짜리 하나, 의사와 간호사가 벼랑 쪽으로 걸음을 옮겼다. 두 여인 중 한 명은 전도관장인 곽여인이었다. 의사와 간호사는 신주엽의 성기 절단과 그 뒤처리 의료 행위를 담당하고, 나머지 사람들은 전도관과 복지원 간부로서 입회자 역할을 할 터였다. 그러고 보면 신주엽의 사십 일 금식 마지막 날에 면 보건소 의사가 쑥섬을 순회 진료하는 것은 우연의 일치가 아닌, 사전에 이야기된 일임을 짐작할 수 있었다. 나는 갑자기 내 성기라도 절단당한 듯 하복부가 뜨끔해 왔다. 어쨌든, 신주엽의 해괴한 의식과 그 의식에 참여한 무리까지 합쳐, 내 눈앞에서 벌어지는 광경은 불쾌하다는 말 이외 달리 감정을 표현할 말이 없었다. 뭍으로 떠나는 배가 있다면 그 배를 타고 신주엽과 그를 따르는 무리들로부터 떠나고 싶었다. 그러나 오늘 통영으로 떠나는 배가 있을 것 같지 않았다. 해는 언덕 위 솔수펑 뒤로 넘어가버렸고 모래펄에 그림자가 길게 깔렸다.

문득, 의료 행위를 담당할 의사 태도에 내 생각이 머물렀다. 매독 따위의 악성 성병으로 성기가 썩어간다면 몰라도 정상적인 성기의 절단은 본인 요청이 있었다 하더라도 불법 의료 행위에 해당될 수 있었다. 그러므로 의사는 수술 요청을 거절하며 신주엽에게, 뒷날 반드시 후회할 테니 좀더 심사숙고해보라고 만류했을 법도 했다. 그러나 의사가 '말씀의 집' 성도라면 교주의 요청을 뿌리치기 힘들었을 것이다. 다른 한편으로, 의사가 거절했다 하더라도 신주엽이 거듭 설득했을 수도 있었다. 아니면 성기를 절단하는 일은 성도 중 한 사람이 담당하고, 지혈과 봉합수술만 의사가 처치하는 것으로 합의를 보았을 수도 있었다. 신목자가 사십 일 금식기도 끝이니 진찰을 부탁하여 의사를 끌어들이고 성도가 성기 절단을 실행하면, 의사는 직분이 그러하므로 어차피 지혈과 봉합수술을 맡지 않을 수 없으리라. 그러나 성도들이 그런 식으로 유인했다면 사정을 모르는 의사는 수술용 실이며 바늘, 마취제를 준비하지 않았을 가능성도 있었다. 그렇다면 이번 일은 성기 절단에 따른 전 과정을 의사에게 일임하고, 의사의 사전 동의를 받아낸 계획된 것으로 보아야 마땅했다.

바닷바람이 드세어 힘들게 담뱃불을 붙이고 나자, 내가 그 자리에 홀로 멀뚱히 서 있을 이유가 없음을 깨달았다. 신주엽의 그 의식은, 민군 말대로라면 이십 분이면 끝난다고 했다. 우선 나는 여 성도들의 아우성에 가까운 통성기도를 더 들어낼 수 없었다. 청소년 시절, 시작했다 하면 이십 분은 넉넉히 끄는 어머니의 통성기도 소리에 진저리쳤던 나였다. 신주엽의 의식이 그를 따르는 성도들에게 어떤 종교적 황홀감을 성취시키는지 모르지만, 이 먼 바다 건너 섬까지 쫓아와 울부짖는 그들이야말로 내 눈에는 열성적 믿음을 넘어 광신자 집단으로 비쳐 보였다. 나는 선착장 쪽으로 걸음을 돌렸다.

선착장 앞 공터에 잡화점이 있고, 그 옆이 봉도수산물조합 사무소였다. 그리고 사무소 옆으로 봉도식당이란 허름한 간판을 건 밥과 술을 파는 집이 있었다. 나는 미닫이문을 젖히고 식당 안으로 들어갔다. 흙바닥 술청에는 다리 긴 포마이커 술상이 여럿 있었고, 마을 중늙은이 둘과 내 또래 장년 둘이 막걸리 추렴을 하고 있었다. 열린 뒷문 밖 부엌에서 아낙네가 나를 보았다.

"뭐, 요기할 것 있나요?"

나는 비로소 점심을 걸렀다는 걸 깨달았다. 뱃속이 쓰려왔다.

"밥은 한참 있어야 되고 라면은 퍼뜩 됩니더."

나는 라면을 주문하곤 의자에 앉았다. 내가 나타나자 잠시 말을 끊었던 마을 남정네들이 다시 화제를 이었다.

"오늘 둘이나 여게 안 내리더나. 그 불구자들도 내일 욕지도 복지원으로 들어갈 꺼로."

"그라모 복지원에는 그 불구자들 밥해 믹이고 돌보는 신자도 꽤 되겠네?"

"아무라모. 열댓이 넘는다 카데."

"불쌍한 사람 모아다가 믹이주고, 좋은 일 하누만."

"차밭과 귤밭이 이천칠백 평이라 카던데, 그 농사일 하고 조개껍데기로 머 맹그는 그런 것 가꼬 대식구들 묵고살기는 힘들 꺼로?"

"그라이까 전국 각처에서 욕지우체국과 농협·수협으로 송금이 적잖게 온다 카인께예. 한 주일마다 복지원에서 우체국을 통해 녹음한 테이프를 전국적으로 부치는 모양인데, 그거 값으로 신자들이 돈을 보내는 기라예. 저 여편네들이 다 내지서 들어온, 돈 부쳐주는 열성 신자들 아인가베예."

나는 술을 잘 마시지 못했다. 집에선 일절 술을 마시지 않았고 일주일에 한 차례 정도 서울로 들어가 잡지사 직원이나 문우를 만나도 되도록 이차 술차리는 피했다. 소주 두세 잔만 마셔도 낯색이 충혈되고 머릿속이 어질거렸다. 주인아주머니가 라면을 끓여올 동안 기다리기에 무료하고 섬마을 사람들의 힐끔거리는 눈길이 거북했다기보다 쓰린 속을 달래려, 나는 막걸리 한 병을 주문했다. 아니, 갑자기 입 안에 신물이 고이고 속이 매슥거려 소주 한 병으로 주문을 바꾸었다. 가슴을 채워오는 그 매슥한 증세를 독주로 씻어내야 할 것 같았다. 뱃멀미 탓이 아니었다. 배 안에선 줄곧 속이 거북하여 줄담배를 피웠고, 식욕은 도무지 없었다. 그러나 배에서 내리자, 매슥한 증세가 가라앉는다고 느낄 틈도 없이 위장은 편안한 상태로 환원되었다. 매슥한 증세는 분명 신주엽의 그 이해할 수 없는 의식 이야기를 듣고부터 다시 시작된 심리적 현상이었다. 아주머니가 소주 한 병, 잔 하나, 열무김치와 젓갈과 젓가락을 담아왔다. 소주 병마개를 따고, 잔에 술을 쳐 나는 서둘러 한 잔을 마셨다.

"그 말 들었습니꺼? 면소에는 소문이 쫙 났던데예. 지난 추수감사절 때 복지원에서 막걸리 몇 통을 담갔다 카는 거 말입니더. 예수 믿는 사람들이 막걸리 담가서 마신다는 기 말이 되는 소립니꺼. 잔치판은 묵고 마시고 즐겁게 논다 카지마는, 아무라도 예수 믿는 사람들이 말입니더."

"예수 믿는 기 똑같기는 천주교도 마찬가지 아이가. 그런데 그 신자는 물론이고 신부까지 술 마시고 담배 피아도 안 되더나?"

"어쨌든 예수 믿는다고 뭉쳐 모인 사람들이 술 담가 마시는 거사 욕 들어도 쌉니더."

"그라이까 욕지도 예배당 목사들이 신목자를 두고 사이비 예수
쟁이라 성토한다 안캅디꺼."

"신부님은 술 잘 마시고 개고기도 잘 묵던데? 복지원 그 사람
들도 어데 주사 부릴 정도사 마시겠는가. 포도주 한잔 하드키 막
걸리도 그래 마시겠제."

"하여간에 요새 시상에 보기 힘든 괴짜 목사야."

"요새 시상이 어떤 시상입니꺼. 막가는 시상 아입니꺼. 노래하
는 아이들 지랄발광하는 텔레비 프로 보이소. 서양 아이들은 귀
신 머리에 옷도 벗고 얼굴에 해괴한 황칠까지 하고 나와서 귀 째
지게 연주하고 노래부르지 않습디꺼. 그런 비디오테이프가 마구
들어와 우리 젊은 아아들도 망치는 기라예."

내 쪽을 힐끔힐끔 넘겨다보며 말하는 남정네들은 분명 내가 들
으라고 하는 소리였다. 그들은 낯선 객인 나를 신주엽의 성도 무
리 중 하나로 짚고 있음이 틀림없었고, 소주를 마시는 나를 빈정
대어 하는 말이었다. 그들의 대화를 듣자 추수감사절 때 신주엽
이 포도주 대신 막걸리를 담가 하느님께 제사를 올렸고 성도들도
한두 잔씩 나누어 마셨음이 틀림없었다. 그런 점도 어떤 측면에
선 기성 교단의 힐책을 받아 마땅했다. 내가 알기로 술과 담배를
엄격하게 금기시하기는 우리나라 기독교만의 관행이 아닌가 싶
기도 했다. 사실 만취할 정도가 아니라 서로 담소하며 기분이 유
쾌할 만큼만 마신다면 술은 그다지 문제될 것도 없다. 그러나 술
꾼들이 더 잘 알겠지만, '정도껏 마시기'란 실천이 매우 힘들다.

그런 의미에서 예컨대 오른뺨을 때리거든 왼뺨을 내밀라는 말씀
처럼, 예수의 모든 가르침을 올곧게 지키고 실천하기가 더욱 어
렵다. 술에 취해 정신이 몽혼하면 음란 마귀의 유혹을 받기 쉽다
는 말은 맞는 말이고 이슬람교도 술을 금기시하지만, 믿음이 확
고하다면 남녀가 정욕을 스스로 조절 내지 제어함과 마찬가지로,
술을 마시고도 그 유혹을 이겨내야 한다. 신약 기록에는 그 가르
침까지는 없으나 믿는 자라면 그런 면까지 이겨내는 모범을 보여
야 한다. 가톨릭 신부가 그 예이다. 생각해보면 술과 관계없이 음
행에 빠지는 자도 많다. 담배만 해도 그렇다. 담배는 습관성이 있
다는 점을 제외하곤 마약이나 술처럼 이성을 잃게 할 정도로 정
신을 몽롱하게 만들지는 않는다. 담배를 피우는 게 건강에 아주
좋지 않다는 것은 이미 상식이다. 그러나 신자의 건강을 증진한
다는 이유만으로 종교가 이를 금기시할 이유는 없다. 술과 담배
만 아니라 무엇이든 과하게 탐닉해서 건강에 좋은 것은 아무것도
없다. 과욕 없이 순리에 맞게 무엇이든 '적당히' 함이 심신에 좋
다는 말은 종교에서만이 아니라 인간이 지켜야 할 도리이기도 하
다. 일제 강점기 국채보상운동, 근검운동과 함께 기독교가 편 술
과 담배 배척의 실천운동은 아무런 유익함이 없는데 돈 써가며
무엇 때문에 그걸 애써 찾느냐는 충고를 담고 있다. 그러나 달리
생각해보면, 인간사가 유익함만 애써 좇고 살 수는 없는 일이다.
가진 것 없는 비움의 철학 역시 세상이 유익하다고 좇는 것을 과
감하게 버리는 정신에서 출발한다. 종교 또한 세상이 세속적으로
좇는 유익함과는 일정한 거리를 두고 있다. 소설가로서 나의 이

런 편의주의적 생각이야말로 기성 교단의 지탄 항목이리라.

　나는 쑥섬 사람들의 술자리 대화에 무관한 체하며, 그들 말을 못 들은 척 내 잔에 술을 쳤다. 나는 그쪽 자리에 더 신경을 쓰지 않기로 했다. 화끈한 목구멍을 열무김치로 씻어내렸다. 신주엽이 하려는 의식에 대해 처음 들었을 때의 당혹감과 불쾌감이 어느 정도 진정되자, 나는 신주엽에 대해 다시 생각했다. 내가 그의 자해 행위를 이해할 수 없음으로써 나는 그에 대해 아무것도 모르고 있음을 다시 한번 깨우쳤다. 그와 관계를 튼 지 스물한 해째, 햇수는 오래이나 우리는 그동안 자주 만나지 않았다. 그럼에도 그는 나에 대해 얼마만큼 알고 있을까. 그는 멀리서 내 소설을 읽음으로써 내 문학적 태도는 어느 정도 파악하고 있을 터였다. 기도와 명상을 오래 하다 보면 지혜의 깨달음에 이르듯, 그는 나를 다시 만나지 않아도 멀리 있는 내 일상과 마음을 들여다보고 있는지 몰랐다. 그런 자부심에서 그는 나를 쑥섬으로 불러들였으리라. 그러나 그는 내가 그 의식의 입회를 거부하고 의식 자체를 불쾌하게 생각하는 줄까지는 예측하진 못했다. 아니, 그는 이런 사태까지 이미 짚고 있는지 몰랐다. 그래서 내 반발을 회유(誨諭)할 대안을 준비하고 있을 수도 있었다. 물론 자신의 자해 의식을 직접 보여주는 것 말고는, 나의 어떤 반응에도 침묵을 선택할 수 있었다. 한편, 나는 신주엽에 대해 어느 정도 알고 있는가. 그가 한국 기성 교단의 해악을 질타하며 오로지 말씀 중심의 예수 시대로의 회귀를 꿈꾸는 중뿔난 복음주의자란 점 이외, 별로 아는 게 없었다. 그는 남미 해방신학에 경도되어 민청학련사건에 깊숙이 개입했지만 정보부에서 당한 치욕적인 고문 이후, 어떠한 폭력도 배척하는 비폭력주의자로 돌아섰다. 비폭력주의야말로 예수가 설교한 전통적 복음사상과 일치하므로, 그는 서양 역사학 공부를 과감하게 청산하고 신학 쪽으로 진로를 바꾸었다. 종교의 적극적 현실참여에서 그의 정치성 또한 수정되었다…… 여기까지 엮다, 나는 문득 꿈 많은 나이에 자살로써 병든 현실과 자신을 청산해 버린 그의 누이 주희가 떠올랐다. 주엽이 인간의 성적 대상으로서 육체를 증오하기는 그때부터가 아니었을까, 하는 생각이 들었다. 내 생각이 지나친 비약이라면, 누이가 카페 호스티스로 출발하여 몸을 파는 직업으로까지 전락했고 끝내 자살하자, 그때부터 그는 여자와 성적 관계를 갖지 않겠다고 맹세했을 수 있었다. 창가에서 뭇 남자의 몸을 받았던 누이를 떠올림은, 그 욕망을 증오하며 다스릴 수 있는 교훈적인 무기가 되었을 터였다. 그래도 어쩔 수 없는 몽정을 통해 정욕이 자신 속에 잠복해 있음을 느낄 때, 아예 그 뿌리조차 제거하겠다고 결심했을까…… 나는 그의 과거를 뒤지는 생각을 중단했다. 누구에게나 자신의 삶에서 아름답지 않은 추억의 회상이야말로 괴로움 그 자체이다. 나는 그의 결단을 종교적인 해석 쪽에서 찾아보려 했다. 민군은 신주엽의 의식을 두고, 육신의 고를 제거한다고 말했다. 종교적 의미에서 육신의 고란 비단 누구에게나 자연발생적으로 분출되는 음욕만이 아닐 것이다. 신체에 통증을 주거나 끝내 죽음에 이르게 되는 갖가지 질병, 선천적·후천적 신체의 장애, 가난에 따른 굶주림, 신체적 구속 상태인 감옥 생활 따위도 육체의 고이므로, 음욕의 도덕적 억제 또한 그 고 중에 하나로 보아야 했다. 성기가 있으므로 그 대상을 갈구하는 음욕이 끊임없이 끓어오른다면, 그 음욕을 신심으로 억제하기보다 근원적으로 근치시킴 또한 가능하다? 내 생각은 다시 원점으로 돌아가 여지껏 반추해온 정욕, 또는 음욕의 자기조절 기능과 그 억제의 인위적 고충에 매달렸다. 그렇다고 성기를 제거함이란 신주엽이 어떤 이론으로 나를 회유한다 해도, 한마디로 그 논리야말로 억측 부리는 변명에 다름 아니었다. 나는 여성의 할례에 관해 시사 주간지에서 읽은 적이 있었다. 지금도 아프리카에서는 한 해 약 이백만 명의 열 살도 채 안 되는 어린 소녀들이 전통의식이란 이름 아래 여성 성기 절제수술을 당한다고 했다. 고대 이집트 파라오 시대부터 유래된 의식으로, 외음부를 면도칼로 잘라내는데, 마취가 되지 않은 상태에서 음핵은 물론 소음순도 제거한다는 것이다. 심지어 실이나 가시를 사용해 요도만 남겨두고 외음부를 봉합해버리는 경우마저 있다 한다. 그 의식의 목적은 성감을 감퇴시키고 순결을 지키자는 데 있음은 물론이다. 그 결과 결혼 뒤 남편과 잠자리를 함께할 때 통증은 물론, 면역성 약화에, 일부는 불임의 고통과 출산 때 엄청난 산고를 치른다는 것이다. 물론 남성의 경우 아프리카 소녀 할례와 비슷한, 비인간적인 성기 제거 사례를 역사를 통해 볼 수 있다. 구한말까지 궁중에서 내시가 그랬다. 이는 궁중의 성적 문란, 즉 성적 욕망에 주린 궁녀의 음행을 방지하려는 목적으로 궁중에 주거하는 신하를 환신(宦臣)화함은 권력자의 호도책이었다. 그러나 서양 중세나 동양 왕정 시대에 간음의 죄를 범한 자에게 그런 벌칙을 내렸다는 이야기는 흔하나 이를 법제화하여 시행했다는 기록을 읽은 적은 없다. 수도승에게 그런 금욕 방법을 권장했다는 기록 또한 나는 읽지 못했다. 금세기에 들어와 부패한 자본주의 사회가 극도의 성적 타락 현상을 보이고 남성의 여성 성폭행도 다반사되니, 상습범에 한하여 성기를 거세한다는 식의 입법화가 추진될 소지는 있다. 그러나 무엇보다 그런 식의 남성 성기 거세는 자의가 아닌 타의에 의한 강제성으로 집행된다. 그렇다면 성경에서, 네 손이나 네 발이 너를 범죄케 하거든 찍어 내버리라고 단언한 기록대로, 신주엽이 음행의 죄를 범하게 되자 크게 뉘우친 바 있어 그런 결단을 스스로 내렸단 말인가? 나는 세속적인 그런 해석만은 신주엽에게 적용시키고 싶지 않았다. 안양 부흥회에서 뿌려진 전단처럼 나까지 그를 음해할 수 없었고, 신주엽이 그런 사이비 교주로 내 마음에 자리 잡고 있었다면 나는 결코 쑥섬까지 내려오지 않았을 것이다. 한편으로, 대속(代贖)을 생각할 수도 있었다. 인간을 죄에서 구원하기 위해 예수가 십자가에 못박혔듯, 신주엽은 에이즈까지 창궐할 정도로 타락한 오늘날의 성문란을 두고, 인간이 음욕으로 저지르는 죄를 스스로 대속하겠다고 그 의식을 자청하지 않았을까 하는 점이다. 그러나 신주엽 자신이 무엇이기에? 예수처럼 대속할 자격을 가진 자라고 스스로 자부한다면, 이는 과대망상증 환자이다. 자신의 행위가 오늘의 성문란에 일대 경종을 던져줄 만큼 그는 지명도 높은 인사가 아니다. 아니면, 육체의 고에서 자신이 해방된다고 얼마만큼 성결해질까? 나는 차츰 논리의 미궁에 빠져들었다. 생각을 바꾸어보기로 했다.

나는 신주엽의 신앙적 태도를 많은 부분에서 긍정하므로 그를 이단이나 사이비 교주라고 생각해본 적이 없다. 그런데 그가 스스로 자신의 성기를 거세한다는 말을 들었을 때, 나는 왜 갑자기 그를 혐오하게 되었을까? 열광하는 성도들 모습에서 어머니를 떠올린 탓일까? 그 점은 부차적인 문제이다. 내가 그의 행위를 어떤 종교적 신념에서든 정상인으로서 감히 저질러선 안 된다고 비판하는 이면에는, 내가 진보를 지향하는 체하면서도 내면에는 보수의 틀이 굳건하게 터를 잡고 있지 않나 반성해볼 수도 있다. 그렇다면 내 기독교관의 경우, 진보는 겉멋의 관념이고 사실은 기존의 틀에 안주하겠다는 보수로 규정해야 마땅할 것이다. 그런데 듣기 좋은 해석이 그렇지, 기독교에서 진보와 보수란 용어는 또 무엇인가? 다른 말로 진보란 이미 신성한 종교적 영역을 떠난 세속화된 가치요, 보수란 이천 년을 이어온 불변의 정통적 예수사관일 수도 있다. 어쨌든, 기독교 기성 교단의 목회자들이 그의 거세를 두고 손가락질한다고 생각하자, 나는 마치 오물을 뒤집어쓴 듯 자신이 싫었다. 심지어 신주엽의 성경 말씀 중심의 예수관이야말로 그로 하여금 말씀 자체를 온몸으로 실천하려는 의욕이 지나쳐, 자신이 예수와 일체감을 이루겠다는, 더 나아가 자신을 예수와 동일시하려는 만용으로까지 여겨졌다.

"그게 바로 살아 있는 예수의 재현이 아니고 무엇이냐? 예수의 재림 실현의 시도야말로 사이비가 아닌가?" 나는 힐난조로 중얼거리며 머리를 흔들었다.

나는 다시 소주 한 잔을 마셨다. 아주머니가 끓인 라면 냄비를 내왔다.

"형씨, 형씨도 저 사람들처럼, 그 신돕니꺼?" 혼자 술잔을 비
위내는 내 신분이 궁금했던지 남정네 중 연하의 내 또래가 더 참
을 수 없다는 듯 불쑥 물었다.

"신목자를 만나러 왔으나, 그의 신도는 아닙니다."

"아, 그렇습니꺼. 그라모 기자 양반?"

"기자라기보다…… 그 비슷한 사람입니다."

나는 섬 사람들에게 소설가란 신분까지 밝힐 필요는 없을 것
같았다.

"욕지도 복지원에 가봤능교? 전도관도 새로 지었다 카던데."

"아닙니다. 쑥섬도 첫걸음입니다."

"그라모 그렇제. 예수 믿는 사람이 낮부터 혼자 쏘주 마실 리가
있는강" 하며 중늙은이가 머리를 끄덕였다.

"그런데 서른 명이 넘는 저 신자들이 이 섬에서 먹고 잠잘 데는
있습니까?" 내가 물었다.

"손바닥만한 섬에 그런 데가 어데 있겠어예. 낚시꾼 민박시키
는 집이 있으이까, 예닐곱이모 몰라도. 저 사람들, 아매 오늘 잠
안 자고 밤을 새울 꺼로예. 두고 보이소. 저기 자갈밭에 불 피아
놓고 밤새도록 찬송하고 기도할 낍니더. 금식이라 카며 저 사람
들 밥 굶는 기사 다반사로, 독한 사람들 아닌교." 중늙은이가 담
배를 피워 물며 대답했다.

"이번에는 무슨 행사가 있는지 아십니까?" 나는 김이 오르는
라면 가락을 젓가락으로 휘저었다.

"목사 그 양반이 저쪽 동굴에서 사십 일 금식기도를 한다나 어쩐다나. 그 양반을 늘 모시는 젊은이하고 여편네 둘이 마실에 방두 칸을 얻어 한 달 넘이 숙식하는 기라예. 신도들은 보름 금식만 하곤 바꿔가미 욕지도를 들랑거리기사 하지만, 아매 오늘 그 신목자 양반으 금식이 끝난다고 신자가 저래 모인 모양이라예." 다른 중늙은이가 대답했다.

마을 사람들은 신주엽의 그 의식을 모르고 있었다. 쑥섬으로 부름받은 배 안에서의 여인조차 몰랐으니 그들이 알 리 없었다. 내가 더 말을 붙이지 않고 라면을 먹자, 섬 사람들은 다시 저희들끼리 이야기를 이어갔다.

"그 목사 양반이 쑥섬으로 처음 들어오기가 아매 이십 년쯤은 될 꺼로. 그때사 어데 통영서 여게로 날마다 배가 댕겼는가. 사나흘에 한 분쯤 들르고 날씨가 쪼매 나빠도 제멋대로 결항했으이께. 자네사 그때 군대 갔으이 목사 양반을 몬 봤을 끼라."

"정호 아재가 간첩인 줄 알고 무선전화로 면소 지서에 신고할라 캤다면서예?"

"장본인이 쫓기는 몸이라미 이실직고하고 학생증까지 보이줘서, 봉도교회 목사 말에 따라 마을 사람들이 숨가주기로 했제. 우리도 후환이 두려분께 오래 머물지 말고 떠나라 캤고. 그래서 열흘쯤 있다가, 미역 실어 나르던 병조 두대박이 타고 욕지도로 몰래 들어갔으이께."

신주엽이 그 뒤 쑥섬을 찾아오기가 신학대학을 졸업하던 해 여름방학이라고 그들은 말했다. 학생 다섯과 함께 와서 어활(漁活)

활동을 착실하게 하고 돌아갔다는 것이다. 그 뒤로 신주엽은 이 태 만에, 또는 수삼 년 만에 뜬금없이 찾아와 초등학교 분교 운동 장에서 섬마을 사람을 모아놓고 강론 집회를 가졌다 했다. 예나 지금이나 봉도에는 작은 장로교회가 있고 부임한 젊은 목사가 이 삼 년을 못 채워 떠나긴 하지만, 믿는 가구수는 늘거나 줄지 않 은 상태로 대여섯 가구가 있다 했다. 신주엽의 강론은 기성 교단 을 비방하지 않았고, 교회에 꼭 나가야 한다는 전도 목적의 부흥 회라기보다, 성경책에 기록된 말씀이 어느 말씀보다 값지니 그 가르침대로 생활함이 얼마나 보람이 있는 삶이냐고, 말씀 해석에 충실했다는 것이다. 이를테면 신주엽은 이승의 죄업에 따른 구 원론과 내세론보다 생활종교를 역설한 셈이었다. 신주엽이 자기 패거리를 거느리고 이 섬에 들어와 파도의 침식으로 형성된 깊 이 이십 미터 정도의 구럭동굴에서 본격적인 참선기도를 시작하 기가 여섯 해 전부터라 했다. 욕지도에 전도관에 짓기 전까지는 일 년에 네댓 차례 쑥섬으로 건너와 열흘 또는 보름 정도 구럭동 굴에서 보냈고, 올해는 이번이 세 차례째라는 것이다. 올 때는 꼭 신자 네댓 사람이 수행한다고 말했다.

"지난봄에도 말이데이, 한서방 집에서 물통으로 물을 얻어가길 래 한서방댁이 따라가보이께, 여자들은 안쪽 높은 데, 남자들은 입구 파도 안 들이칠 만한 낮은 데, 그 요새 텔레비에 안 나오나, 요간가 먼가, 그런 폼으로 딱 버티고 앉았더라 안카나. 우째 그래 안 묵고, 밤에는 세빕 추불 낀데 푸대기 한 장만 두르고 견디내는 강 모르겠어. 예수가 먼지, 대단한 사람들이야. 예수가 마음속에서 시키이께 그래 하제, 보통 사람이사 택도 읎다."

마을 사람들은 내가 기자와 비슷한 직종이라 짐작했던지, 순박한 사람들이 항용 보이는 친절로, 자기네 말을 참고하라는 간접적인 전달이었다. 나는 참견 없이 꾸역꾸역 라면 그릇을 비워내며, 술을 한 잔 더 마셨다. 소주 두 잔에 이미 얼떨떨한 취기를 느꼈으나, 라면 가락이 뱃속으로 들어가자 느글거리는 거북함이 뒤따랐던 것이다. 젊은 의사로선 그가 몇 살까지 그 직업에 종사하든 처음이며 마지막이 틀림없을 기이한 수술인 성기 절단 장면이, 수술용 가위에 가차없이 잘려지는 살토막이 라면 그릇 앞에 줄곧 떠올랐다. 지혈 목적으로 성기 뿌리는 생고무줄로 묶어두었겠으나 지금쯤, 간호사가 쏟아지는 피를 약솜으로 닦고, 의사는 요도만 남긴 채 봉합용 바늘로 피부 봉합 짜깁기를 하고, 입회자는 그 광경을 숨죽여 내려다보고 있을 터였다. 여성 신도는 그 광경을 차마 볼 수 없어 눈을 감고 돌아서서 통곡의 기도를 쏟을는지 몰랐다. 수술이 끝난 뒤, 잘려나간 살토막을 의사나 입회 신도가 어떻게 처리할지 나는 궁금했다. 고(苦)의 표본물로, 생물 표본실에서 볼 수 있듯 방부제로 처리하여 유리병에 넣어 보관할까? 아니면, 고깃밥이 되게 바다에 던져버릴까? 그러나 이미 육체의 한 부분으로부터 떨어져 나간 그것의 존재가치야말로 쓰레기에 불과했다. 성기 없는 사내를 목욕탕에서 본다면 얼마나 흉측할까 하는 생각까지 들었다. 나는 토할 듯한 증세로 끝내 라면 냄비를 다 비우지 못하고 젓가락을 놓았다. 땀 밴 이마를 훔치며 의자에서 일어섰다.

"통영으로 들어가는 배는 내일 몇 시에 쑥섬에 들르나요?"

"아침 열시쯤입니더." 동년배가 말했다.

"오늘 밤 숙식할 집은 구할 수가 있겠죠?"

"혼자 주무실라꼬예?"

"오늘은 글렀고, 저 혼자라도 어차피 내일 통영으로 들어가야 하니깐요."

"자네, 황영감님 댁에 이바구해주제그래." 중늙은이가 젊은 축에게 말했다.

"저는 신목자를 만나고 올 테니, 방을 부탁드리겠습니다. 나중에 황영감님 댁을 찾아가지요. 저녁밥과 내일 아침밥까지 준비해 주셨으면 합니다."

나는 주인아주머니에게 라면 값과 소주 한 병 값을 계산했다. 소주병의 술은 절반 넘게 남아 있었다. 황영감 댁이 어느 집이냐고 내가 묻자, 이발관 뒷집이라고 주인아주머니가 일러주었다. 나는 식당을 나섰다. 찬 바닷바람이 울렁거리는 속과 얼떨떨한 머리를 시원하게 씻어주었다. 나는 천막이 쳐진 자갈밭 해안 쪽에 눈을 주었다. 천막 앞쪽에 큰 솥을 걸어놓고 불을 지피고 있는 게 보였다. 나는 그쪽으로 걸었다. 파도가 제법 높게 일었고 모래톱을 차오르는 밀물이 기운찼다. 천막 쪽은 그늘이 길게 내렸는데, 노랫소리나 통성기도 소리는 들리지 않았다. 성도들은 움직임 없이 동굴 쪽을 향해 조용히 무릎 꿇고 있었다. 신목자가 지금 어떤 의식을 치르는지 신도 모두 이제 알고 있는 듯했다. 신주엽, 의사와 간호사, 입회사 모습은 보이지 않았다.

나는 천막 어름에서 걸음을 멈추었다. 아낙네 둘이 한 솥 가득 죽을 쑤고 있었다. 큰 돌을 괴어 솥을 얹고, 한 아낙네는 불을 보았고 한 아낙네는 큰 주격으로 묽은 흰죽이 눋지 않게 젓고 있었다. 플라스틱 사발이 수북이 쌓인 것으로 보아 성도들이 먹을 죽인 모양이었다.

내가 뒷짐 지고 동굴 쪽을 보고 한참 서 있자, 먼저 민군의 흰 두루마기가 벼랑 모퉁이를 돌아 나왔다. 바위벽을 따라 난 좁장한 모래톱을 끼고 오십 미터쯤 나오면 자갈밭이었다. 성도들은 숨소리를 죽인 채 그쪽을 뚫어지게 보고 있었다. 이어, 의사와 간호사가 나타났다.

"목자님이 나오신다!"

"사십 일 금식기도 끝에…… 걸어 나오신다."

"어쩌면 저리도 태연하게……"

"신장을 기증하신 지 이태밖에 되지 않으셨는데 또……"

성도들 입에서 감탄과 염려의 말들이 터져나왔다. 꿇어앉았던 무릎을 세워 두 손을 모으는 아녀자가 많았다. 그들의 울부짖음, 감격에 복받친 기도, 번들거리는 눈물은 신주엽을 진심으로 존경하는 마음에서 비롯된 종교적 성취감의 몰입이겠으나, 내 눈에는 신기(神奇)를 신비화한 집단 최면 현상으로밖에 보이지 않았다. 교회 없이 사회와 격리된 채 숨어 집회를 갖는 그들 무리가 음지 식물 군락을 연상케 했다. 그들을 보며 나는 문득 내가 쓰는 소설에서 머뭇거리던 한 문제점에 분명한 단안을 내렸다. 나는 소설 속 노친네가 비록 교육 정도가 낮은 평신도이나 그네들 같은 집단 종교 의식의 최면에서 철저히 떼어놓음은 물론, 지나치게 열성적이었던 어머니와도 일정한 거리를 두어 오로지 단독자로서 예수와의 만남을 통해 말씀의 실천적 삶과 영적 신비와 구원의 확신을 체험하는 과정을 보다 충실히 보충해 넣기로 마음먹었다. 그네의 어린아이 마음과도 같은 소박한 맹신적인 구원론도 그 비판을 자제하기로 했다. 믿는 이가 과연 다르구나 하는 행실의 모범을 불신자조차 충분히 수긍할 수 있게, 자기보다 더 낮은 자에 대한 사랑과 헌신을 충실히 그리기로 했다. 그런 결정을 내리자, 소설을 그런 쪽으로 몰고 간다면 불신자나 평신도용 부교재 역할밖에 더 되겠느냐는 반론이 내 마음 다른 한쪽에서 머리를 쳐들어 나를 다시 곤혹에 빠뜨렸다. 어쨌든 어느새 내 마음은 완강한 보수적 복음주의자로 회귀하고 있었다.

"자, 오백육장을 힘차게 부릅시다." 우렁찬 남자 목소리가 천막 속에서 들렸다.

예수 더 알기를 원함은 크고도 넓은 은혜와 / 대속해주신 사랑을 간절히 알기 원하네 / 내 평생의 소원 내 평생의 소원 / 대속해주신 사랑 간절히 알기 원하네……

씩씩하게 부르는 찬송가가 2절로 이어졌다. 간호사를 뒤따라 신주엽은 누구의 부축도 받지 않고 천천히 걸어오고 있었다. 그 뒤로 검정 치마저고리 차림의 여인들, 목발을 짚은 사내, 두루마기짜리가 뒤따랐다. 신주엽은 산승(山僧)처럼 누비 두루마기에 검정 고무신을 신고 있었다. 흔들거리는 걸음으로 그의 모습이 차츰 가까이 다가오자 여신도들의 흐느낌과 '아멘'과 '할렐루야' 소리가 절규로 쏟아졌다. 그럴 수밖에 없었으니, 신주엽의 얼굴이야말로 피골이 상접하여 해골이 다 된 몰골이었다. 사십 일 금식기도 끝이라 눈자위는 우묵하게 꺼졌고 뺨은 복숭아씨라도 뽑아낸 듯 홀쭉하게 패었다. 잇바디와 턱뼈는 사십 일 동안 손보지 않아 수염치레를 했고 머리카락은 덤불처럼 부스스했다. 살점과 물기가 빠져버린 얼굴은 허물 벗듯 살갗이 보푸라기를 일으켰다. 파리한 입술은 갈라터진 주름마다 피딱지가 배어 있었다. 그런 고행의 참담한 모습이 성도들에겐 더욱 존경심과 연민을 유발시켜, 마치 부활한 예수를 맞듯 엎드려 절하는 아낙네도 많았다. 그 광경이야말로 사교의 카리스마 현상 그 자체였다. 나는 전율했다.

"마을회관에 여기 환자들이 모였을 겁니다. 그럼 우리 먼저 갑니다." 열광하는 성도들을 두리번거리던 젊은 의사가 입회했던 성도들에게 허둥지둥 말했다.

입회했던 곽전도관장은 말아 뭉친 담요와 성경책을 들고 있었다. 신주엽은 나와 눈이 마주치자 파리하게 웃어 보였다. 그는 곧 천막 앞쪽에 있던 여인들에게 둘러싸였고, 앞쪽 자리의 특별히 마련된 방석에 부축받아 앉혀졌다. 곽전도관장이 담요로 그의 어깨를 둘러주었다. 박수를 치며 부르는 찬송가 소리는 이제 천막을 날려버릴 듯 바람 소리보다 더 높아갔다. 성도들의 악쓰는 절규와, 번들거리는 희열에 찬 눈동자와, 어깻짓과, 손뼉 치는 소리는 가히 광적이었다. 오직 나만 이방인이었다. 신주엽과 단독으로 대면할 기회가 한동안은 마련될 것 같지 않았다. 그렇다고 멀건 죽 한 그릇을 얻어먹겠다고 우두커니 서 있을 수도 없었다. 나는 성도들의 열광에 공포감을 느꼈고, 술 탓도 있겠지만 머리가 터질 듯 쑤셨다. 나는 자제력을 잃고 걸음을 돌렸다.

"성선생님!"

뒤에서 민군이 부르는 소리가 들렸으나 나는 듣지 못한 척 선창 쪽으로 허적허적 걸었다. 의사와 간호사는 이미 보이지 않았다. 젊은 의사를 만나 신주엽의 성기 절단 전후 상황을 묻고 싶었으나 이미 성기가 절단된 마당에 그런 물음이야말로 부질없는 질문이 될 터였다. 나는 지금이라도 통영으로 들어가고 싶었다. 그러나 내일 아침까진 어쩔 수 없이 섬 안에 갇혀 있을 수밖에 없는 몸이었고, 이 작은 섬에서 내가 찾아갈 곳은 민박집밖에 없었다. 나는 이발관 뒤 싸리대문 문설주 위에 민박이란 팻말이 붙은 여염집을 찾아들었다. 마당에서 어망을 손질하던 노인이 일어서며 내게, 손님이 있다는 말은 들었는데 아직 방이 차가울 거라고 말했다. 황영감은 아래채 두 칸 방 중에 안쪽 방문을 열었다. 한켠에 이불과 요와 베개가 쟁여 있었다.

"저녁답에나 오실 줄 알았는데 일찍이도 오셨소" 하더니 황영감은, 곧 연탄불을 넣겠다고 말했다.

방으로 들어온 나는 코트를 벗고 요때기를 깔자 곧바로 누웠다. 골이 패어 눈을 감았다. 귀에는 찬송가 절규가 환청으로 악머구리 끓듯 들려왔다. '대속해주신 예수'란 찬송가 가사와 함께 예수의 얼굴과 껑더리된 신주엽 얼굴이 겹쳐 떠올랐다. 외견상 신주엽은 십자가에 못박히기 전 예수 모습의 재현이었다.

"손님, 식사 왔심더."

바깥의 말에 나는 방문을 열었다. 바깥은 땅거미가 내리고 있었다. 깜박 잠이 든 사이 시간이 제법 흘렀음을 알았다. 술기운은 말짱 달아났고 머릿속도 개운했다. 나를 깨운 이는 어망을 손질하던 황영감 처였다. 작은 섬까지 연탄이 수송되어, 방바닥이 따뜻했다. 천장에 형광등이 달려 있어 불을 켰다. 전기를 내지에서 끌어올 수 없을 테니 자체 발전시설을 갖춘 모양이었다. 민박철도 아니고 작은 어촌이라 찬이 보잘것없다며, 할머니가 밥상을 방 안으로 들여넣었다. 할머니 말은 인사치레였고, 찬은 생태국·도라지 나물·김치·김·자반 두 토막으로 손님 대접하는 정성을 느낄 수 있었다. 밥을 먹고 나자 나는 밥상을 위채 부엌으로 옮겨주었다.

"잠시 잠이 들었나 봅니다. 그동안 누구 찾아온 사람은 없었습니까?"

할머니는 아무도 오지 않았다고 대답했다. 신주엽이 내가 온 사실을 깜빡 잊을 리 없겠고, 아직도 성도들로부터 빠져나오지 못하고 있음이 분명했다. 어쨌든, 그를 찾아나서기에는 마음이 찌뿌둥했고, 그를 대면할 일도 꺼림칙했다. 그를 만나더라도 나는 아무런 할말이 준비되어 있지 않았다. 그의 해괴한 의식을 두고 토론을 벌일 마음 역시 없었다. 차라리 그가 나를 찾지 않으면 싶은 마음이기도 했다. 그러나 오늘 내가 섬을 떠날 수 없음을 그는 알 터이고, 좁은 섬바닥에서 나를 찾는 일이란 이웃집 나들이 정도로 쉬울 것이었다.

　초저녁부터 다시 잠을 청하기도 무엇하여 나는 코트를 걸치고 마당으로 나섰다. 사방은 어느새 깜깜해져버렸고 파도 소리와 바람 소리가 귓바퀴를 후려쳤다. 삽짝을 나서려다 발 앞조차 분간할 수 없이 깜깜해서 나는 할머니로부터 손전지를 빌렸다. 민군이 채어가다시피 한 멸치 포대와 젓갈꾸러미라도 찾아다 놓아야 할 것 같았다. 신주엽과 그 성도들은 틀림없이 내가 도착한 여객선 편으로 내일 욕지도로 들어갈 것이다. 뭍에서 온 성도들은 욕지도 전도관에서 이틀이나 사흘쯤 단합대회를 겸한 부흥집회를 갖고 다시 뭍으로 떠날 게 분명했다. 물론 나는 그들보다 먼저 뭍으로 가는 배편에 쑥섬을 떠날 작정이었다. 신주엽이 내게, 욕지도로 들어갔다 며칠 쉬고 상경하라고 붙잡는다 해도 나는 그럴 마음이 없었다. 아니, 그는 나의 별로 유쾌하지 않은 마음을 읽을 터이므로 동행을 애써 권하지 않을 것이다. 그는 자신이 행한 그 자해 의식의 종교적 견해와 심경을 내게 설명하지 않을는지 몰랐다. 내가 느낀 부피만큼 내 마음속에 잠재해 있다 어느 때인가 내 소설에 먼 우회를 거친 상징으로 나타나기를 기다리며, 그는 대범한 마음으로 침묵할 수 있었다. 전국에 흩어진 '말씀의 집' 성도의 마음을 그가 잡고 있듯, 그는 내 마음 한 부분쯤 훤하게 읽을 만한 위인이었다.

　선착장으로 나서서 불안을 떨치지 못한 마음으로 천막 쪽에 갈까 말까 망설이며 그쪽을 보는 순간, 나는 걸음을 멈추었다. 여러 군데 모닥불을 피워 거센 바람에 불길이 활활 타오르고 있었다.

사십 일 금식 끝에 그래도 말할 기운이 남아 신주엽의 강론이 있는지 그쪽은 조용했으나, 어둠 속에 불티를 날리며 타오르는 불길을 보자 섬뜩한 느낌이 들었다. 실제로 본 적은 없으나 조로아스터교(拜火敎)의 집전을 연상케 했다. 어쩌면 그 연상보다, 나는 불에 대한 공포감을 갖고 있었다. 담배를 피우기 위한 라이터불이나 연탄불 따위는 몰라도, 식당에서 사용하는 가스판에 점화가 쉽지 않을 때도 그랬고, 갈기를 만들며 거세게 타오르는 불길을 보면 가슴이 뛸 정도로 겁이 났다. 불에 대한 공포감은 그해 늦가을, 아버지의 방화로 삼포교회가 불탔던 악몽에서 비롯되었다. 길길이 뛰던 어머니가 불길 속으로 뛰어들었을 때, 어느 누구도 제지하지 못했고 가까이 있던 나조차 말릴 틈이 없었다. 나 역시 뒤쫓아 뛰어들어 어머니를 구해내야 했는데 어마지두해진 나는 우두망찰 서 있기만 했던 겁보였다. 나는 그 순간을 오래 두고 부끄러워했다. 불에 덴 왼쪽 뺨이 붉은색 접착제로 황칠한 듯한 어머니의 흉터를 볼 적마다 나는 그때의 후회막급한 기억을 떠올리지 않을 수 없었다. 방화죄로 아버지는 구속되었고, 실화가 아님이 인정되었으므로 실형을 살았다. 불신자로서 아내에게 늘 구박받았고 술김에 분기하여 불을 질렀다는 아버지의 법정 진술은 전혀 설득력이 없었다. 만기 출옥 뒤 아버지는 폐인이 되었으나, 교회를 전소시킨 불은 그렇잖아도 냉랭했던 우리 집안을 파국으로 몰아넣은 셈이었다.

내가 모닥불의 두려움을 떨쳐내더라도, 내 발로 천막을 찾아가서 신자들 틈에 섞여 앉아 있을 마음은 없었다. 아침에 잠시 신주엽 얼굴이나 보고 떠나면 되리라 싶어, 나는 발길을 돌렸다. 돌아서자, 모닥불 광채를 쪼던 내 눈앞에 더 넓은 어둠이 펼쳐졌다. 하늘에는 별무리가 쏟아져 내릴 듯 영롱했다. 넓은 하늘에 박힌 그 숱한 별들을 보기도 오랜만이었다. 칠흑의 어둠으로 덮인 바다 끝에서부터 야트막한 동산 사이, 내 시야에 들어오는 공간 칠 할을 하늘이 채우고 있었다. 그 하늘에 무수한 별이 박혀 제가끔 빛을 내고 있었다. 그것은 이미 하늘이 아니었다. 늘 보아왔던 창밖의 하늘이나 집 마당에서 보는 하늘이 아니라, 나는 광활한 우주를 보고 있는 셈이었다. 성경 말씀대로 정말 이 우주를 하나님이 창조했을까? 인간의 능력으론 도저히 우주를 창조했다고 증명할 수 없기에, 하나님이란 그 어떤 절대자의 권능을 인간이 창조하지 않았을까? 사람의 형상이 아니요, 그 어떤 생명체의 형상에서도 따올 수 없는, 무형의 존재자에게 인간은 하나님이란 그럴듯한 이름을 붙여주지 않았을까? 그러나 인간의 지혜는 한계가 있으므로, 모를 일이다. 이 우주는, 가까운 예로 지구와 지구를 싸고 있는 대기를 보더라도 그 운행 궤도에는 일정한 질서가 있다. 질서에 의해 움직이며 생성과 죽음의 생명체가 존재하고, 그 모든 운행을 주관하는 그 어떤 신비로운 존재가 있다고 감지된다. 인간이 과학으로 그 신비를 풀 수 없으므로 권능의 존재자가 반드시 있고, 그 존재에 하나님이란 이름을 붙여 존경과 두려운 마음으로 섬기게 되지 않았을까? 선창 쪽으로 걷는 나 역시 우주 속에서는 생명체이기 전 하나의 모래알에 다름 아님을 깨달았다.

민박집 방으로 돌아가도 쉬 잠이 올 것 같지 않았다. 나는 전짓불을 켜고 선창을 싸돌다 추위 탓에 봉도식당으로 들어갔다. 손님이 아무도 없었다. 빈 술청에서 나는 갯장어 찌개에 막걸리 한 병을 주문하여 쉬엄쉬엄 마셨다. 조금은 초라해진 마음으로 내 기독교관을 다시 반성했고, 어머니의 생애와, 내가 쓰고 있는 소설 속의 노친네와, 신주엽에 대해, 그들의 신앙적 태도를 비교하며 따졌다. 이것이다, 하며 나를 사로잡는 어떤 명제는 없었다. 인간의 초월적인 믿음에 관해 정답을 찾아낸다는 게 헛수고임을 알면서도 나는 되풀이해 궁색한 질문을 던지고, 변명과 항의를 이끌어내었다. 생각이 흐릿해지고 제자리를 맴돌 정도로 얼큰한 취기에 잦아들 즈음, 플라스틱 술병도 바닥나버렸다. 술을 좋아하지도 않는 내가 웬 술을 이렇게 마시는지 모르겠다고 투덜거리며, 나는 식당을 나섰다. 내 처소로 허튼걸음을 걸으며 돌아왔다. 내 방은 형광등을 끄고 나왔는데, 옆방 형광등은 켜져 있었다. 옆방 쪽마루 앞에는 신발이 없었고 방 안에서는 인기척이 느껴지지 않았다. 위채 방문이 열리더니 황영감이 내다보며, 흰 두루마기 입은 젊은이가 와서 선생을 찾더라 했다. 전해줄 물건을 가져왔다기에 선생 방에 들여놓았다며, 옆방은 그 젊은이가 잡아두고 갔다고 일러주었다. 신주엽이 잘 방일 터였다. 주엽과 대화를 나누기에는 밤이 깊었고 나는 취해 있었다. 방으로 들어온 나는 형광등도 켜지 않고 코트를 벗어던졌다. 옷을 입은 채 요바닥에 쓰러졌다. 저녁때 보았던 천장의 사방연속무늬가 바람개비처럼 돌았다. 어지러운 머릿속에 여러 상념이 불쑥불쑥 떠올랐다간 한마디씩 내뱉곤 사라졌다.

"어머니처럼 미친 성도들이다. 주엽 또한 미친놈이다. 아니다, 이 시대가 미쳤다. 세속적 욕망과 전자 문명에 미친 시대에, 지금 끼적거리고 있는 노친네의 착실한 믿음과 천당 타령 소설은 완성해봐도 아무런 뜻이 없다. 그런 교훈적 신앙 체험담은 이미 수십 권의 책으로 시중에 널려 있지 않은가. 또한 나라는 인간은 도대체 무언가. 지식노동자인 체, 진보주의자인 체하는 보수주의자, 속물근성의 소시민이 아닌가. 그렇다면 이제 재주나 능력에 한계가 왔으므로 종교적 소재에서 손을 떼야 한다. 그리고…… 신주엽과 성도 무리와 어머니를 비판할 자격이 내겐 없다. 그들은 그들 나름대로, 그들 영혼을 사로잡은 하나님을 찾았으므로 행복하지 않으냐. 그렇다면 하나님을 저주했던 아버지는, 하나님을 앎으로써 느끼는 행복을 체험할 수 없었기에 불행한 생애였을까? 봉수아저씨처럼 하나님을 모르는 자의 세속적 행복은 진정한 의미에서 불행한 인생을 살고 있음일까……"

나는 횡설수설 중얼거리다 주정조차 맥이 빠져 잠 속으로 잦아들었다.

"선생님, 주무십니까?"

바깥에서 방문 두드리며 부르는 소리에, 나는 잠에서 깨어났다. 민군 목소리였다.

"예, 들어오시오."

나는 자리에서 일어나 형광등을 켰다. 방문 앞에 멸치 포대와 젓갈꾸러미가 눈에 들어왔다. 흐리마리한 정신을 수습하며 요때기를 걸었다. 민군이 방으로 들어와 두루마기 자락을 걷고 꼿꼿이 앉았다.

"목자님께서 곧 오실 겁니다. 사십 일 동안 불와(不臥) 금식하셔서 이제는 쉬셔야 하는데, 성도들이 놓아주지 않는군요."

나는 말없이 담뱃불을 붙여 물었다. 머릿속이 개운하지 못했고 눈꺼풀이 무거웠다. 그들의 믿음을 비판할 자격이 없다고 잠결에 중얼거린 듯한데, 단정한 자세로 앞에 앉은 민군을 보자 심통이라도 부리고 싶은 마음이었고, 심기가 불편했다.

"육체의 고를 제어한다 했는데, 신목자가 꼭 그런 방법으로 실천해야 옳습니까?" 마치 내 괴로움을 하소연하듯 내가 물었다.

"재작년에 목자님은 복지원 한 성도가 신부전증으로 생명이 위태롭자 당신 콩팥 하나를 그 성도에게 기증했습니다. 타인을 위해 자신의 몸을 바친 말씀의 실천이었지요. 이번 의식은 이 세상 사람들의 타락한 욕망을 대속하여 어느 특정인에게가 아닌, 하느님에게 자신의 몸 일부를 바치신 겁니다. 사십 일 금식으로 극도로 허해진 몸이었으나 의사 권유도 뿌리치고 마취 없이 수술에 임하셨습니다. 이는 사람의 능력이 아닌, 하느님의 뜻이 당신 몸을 통해 보이신 것입니다." 민군 표정은 경건했고 목소리는 침착했다.

"어쨌든 좋아요. 말세적 현상을 보이는 오늘날 성의 문란에 경종의 뜻으로 신목자가 그런 결단을 내렸다 칩시다. 그러나 공개적인 그런 의식은 모방자를 만들 수도 있습니다. 그리고 신목자가 설령 하나님 계시를 받았더라도 성기 절단이야말로 끔찍한 기행이 아닐까요? 다른 목회자라면 또 몰라도 신흥종교가로 내몰린 신목자가 그래서야 더욱 안 된다는 안타까운 마음에서 하는 말입니다." 그의 행위를 두고 비판 없이 묻고 싶은 말이었다.

"예수님이 십자가에 못박혀 육신이 이 지상에서 떠났다 해서, 지금까지 예수님의 십자가 고행을 모방한 성도는 거의 없습니다. 그런 의식은 하느님이 예비하셨고, 그 한 분으로 그쳐야 합니다. 목자님의 이번 의식은 십자가에 못박히심이 아니고, 그 의식을 우리 성도들은 아무도 끔찍한 기행이라고 생각지 않습니다. 물론 전도관장님과 저는 목자님이 그런 뜻을 세웠을 때 간곡히 만류했더랬습니다. 우리는 목자님이 세상 여느 사람과 똑같은 육신과 영혼을 가진 채 주님의 말씀을 말씀 그대로 실천하시는 종으로 남기 바랐습니다. 그러나 그분의 마음을 돌려세울 수 없었습니다. 두 끼니를 열매와 채식으로 잡수시고, 복지원 성도들과 함께 노동하시고, 그분들의 불편한 손이 되어 손수 먹이시고, 용변을 받아내시고, 목욕시키시는 목자님의 공동선의 실천적 생활이야말로, 이 세상 사람들의 허물과 죄를 대속하신, 말씀의 거룩한 실천입니다."

"부모가 버리고 국가마저 책임지지 못하는 중증장애 고아를 입양하여 자기 자식 이상으로 정성껏 돌보는 외국의 양부모도 있습니다. 그것도 장애 고아 하나가 아닌 여럿을."

"그런 분이야말로 성자입니다. 목자님이 바로 그 길을 걷고 있습니다. 장애 고아는커녕 정상 고아조차 받아들이기를 꺼리는 이 나라 땅에서." 내가 할 말을 궁리하는 사이, 민군이 말했다. "목자님의 이번 의식을 두고 깊이 묵상한 후 저와 전도관장님이 도달한 결론은, 이번 의식은 목자님의 육신의 순결, 또는 동정(童貞)의 마지막 완성이라는 것입니다. 목자님은 수 년 전부터 이 세상의 현상과 인간 사이의 문제를 모두 예수님 말씀 그대로 사랑 안에 포용하셨습니다. 타락한 현실을 욕하거나 기성 교단을 비방하지 않으십니다. 내가 전하는 말씀만이 주님의 뜻에 가장 합당하다고 강론하시지도 않습니다. 시편의 다윗 왕처럼, 나 자신을 향한 회개와, 회개 끝에 도달하는 자신의 완성에만 집착해왔습니다. 삼백여 권 책과 세 벌 옷뿐, 그분이 이 지상에 소유한 것은 아무것도 없습니다."

나는 할말이 없어 민군의 얼굴만 바라보았다. 그를 통해 신주엽에 대해 좀더 구체적으로 알 기회를 놓치고 싶지 않아 침묵했다.

"목자님은 우리 '말씀의 집'에 들어왔다 다시 기성 교단으로 돌아가는 성도를 붙잡지 않으십니다. 믿음이야말로 개인의 신앙관에 따라 자유로워야 하지 않겠습니까. '말씀의 집' 역시 우리 성도들이 어느 교단보다 목자님 신앙관을 진심으로 존경하기에 만들어진 작은 기독교 공동체입니다. 그러므로 우리는 세속에서 은둔한 중세의 수도처처럼…… 그런 종교 체험만을 내세우지는 않습니다." 민군이 하던 말을 중단했다. 바깥에서 인기척이 났다.

문 앞에 앉았던 민군이 방문을 열었다. 신주엽과 그 뒤쪽에 곽 전도관장이 서 있었다. 어둠과 바람 속에 축 처진 자세로 서 있는 신주엽의 담요 두른 모습이 꼭 유령을 보는 듯했다. 꺼풀진 피부와 퀭한 눈이 더욱 그러했다.

"들어오게."

신주엽이 아니라 곽전도관장을 맞느라고 나는 엉거주춤 일어섰다. 방으로 들어온 신주엽과 곽전도관장이 자리를 잡자, 나는 주엽에게 신둥부러진 말부터 던졌다.

"신목자가 이제 아주 성자의 길로 들어섰나봐."

"허허, 그렇게 보여?" 신주엽이 실소를 지었다. "이 세상에 어느 분이 성자인지는 몰라도, 구도자야 많고 많지. 이를테면 자네까지 포함해서."

주름마다 피가 터진 입술에서 흘러나온 신주엽의 예의 부드럽고 둥근 목소리였다.

"내일 아침 배편으로 통영으로 떠나겠어."

신주엽과 마주앉아 그의 모습을 보자, 나는 그 말밖에 달리 할 말이 없었다. 천사는 남녀의 구별이 없는 중성이란 말이 있듯, 이제 신주엽 모습이 내게는 예전의 그가 아니었다. 그렇다고 그가 내시로 보이지 않았고 천사와 인간, 그 중간에 위치해 있지도 않은, 홀연히 세속에 나타난 중세의 기괴한 수도승 모습으로 비쳐졌다.

"욕지도 들러서 며칠 쉬다 가지 않구?"

"아니, 그곳 복지원은 가보지 않아도 알만해. 자네가 어떤 실천을 하는가를 짐작하니깐. 또, 자네가 편지에서 말한 괜찮은 구경거리는 이 정도로 충분하고. 서울로 돌아가서 자네에 관한 생각을 다시 정리해봐야겠어."

"무언가 충격이 컸고, 실망 또한 컸나보군." 내 대답이 없자, 신주엽이 잠시 뜸을 들인 뒤 처연하게 말했다. "말씀의 진리를 찾는 과정으로 이해해주게. 자네에겐 조금은 이 세상일답지 않은, 엉뚱한 의식으로 보였을는지 모르지만……"

"진리를 찾는 과정?"

내가 반문하며 신주엽의 얼굴을 건너다보았다. 그의 피폐한 얼굴에 겹쳐 어머니의 흉터 진 얼굴이 떠올랐다. 분명 어머니도 말씀의 진리를 열성 다해 좇았다. 그러나 당신은 육신의 죽음을 앞에 두고도 하나님의 부름을 평화스럽게 받아들이지 못했다. 믿음의 반석 같았던 평소 당신의 뜻대로라면 그 마지막 시간에는 자의든 타의든 그래서야 안 되었다. 하나님의 역사하심을 나 같은 인간이 깨우치지 못하는지도 몰랐다. 그러나 어쨌든 어머니는 잊어야 할 죄 많은 이 세상의 고난을 다시 떠올려 교회가 불탔던 순간을 한 번 더 체험하며, 뜨겁다고 헛소리를 치며 옷을 죄 벗으려 했다.

"진리란 이 땅에 살아 있을 동안은 쉽게 찾아지지 않겠지. 그러나 구도자가 진리를 찾아 회개하며 헤매는 고행의 과정도 분명 진리 속에 포함될걸세. 인간의 일에 따른 판단은 하느님만이 할 수 있으니깐. 세상 사람들이 읽으면 따분한 내용이지만 자네가 믿음에 관한 여러 질문을 하느님께 던지며 괴롭게 질문하는 행위도 그런 과정이 아닐까?" 신주엽은 말 속에 내 소설의 제목을 끌어댔다.

신주엽의 말을 광의로 해석하자면, 나는 지금 쓰는 소설을 더 진전시킬 필요가 없었다. 소설을 독창적 해석과 발견이란 측면에서 수용하자면, 내가 쓰는 소설은 너무 평범하고 흔한 내용과 주제요, 그 소재 자체가 진부했다. 그러므로 내가 그의 마음에서 비켜서려면 괴로운 집필 행위는 물론 고뇌는 더욱 가중될 터였다.

"목자님, 이제 그만 쉬셔야 합니다. 주무셔야 해요. 이렇게 버티시다간 큰일 납니다. 의사 선생도 그렇게 말하지 않았습니까."

곽전도관장이 조심스럽게 대화에 끼어들었다. 긴장하고 있던 민군은 숫제 엉거주춤 무릎을 세우고 있었다.

"오랜 금식 끝에 그 의식까지 치렀으니 내가 붙잡고 있기도 미안하군. 이번 의식은 자네 뜻대로 이루었으니 이제는 편안히 쉬게. 자네에겐 지금 무엇보다 휴식과 안정이 필요하네. 자신의 생명을 잃은 후 이 세상에 그보다 귀한 게 뭐가 있겠는가." 신주엽의 모습이 안쓰러워 내가 말했다.

"내가 편지를 따로 내지. 여기까지 먼 길 오느라 수고했어. 잘 자게."

신주엽이 곽전도관장과 민군의 부축을 물리고 기우뚱 혼자 힘으로 일어섰다. 그는 담요자락을 끌며 천천히 방을 나섰다. 곽전도관장과 민군이 그를 뒤따랐다. 옆방 문이 열렸다 닫혔다. 잠시 뒤, 그럼 새벽에 뵙겠어요 하는 곽전도관장 소리가 들리고 발걸음이 싸리문 쪽으로 멀어졌다. 자갈밭 천막 쪽에서 높이 부르는 찬송가 소리가 바람에 묻혀 아스라이 들려왔다.

이튿날 아침, 나는 혼자 쑥섬을 떠났다.

(『현대문학』 1994년 4월호)

정화(淨化)와 사랑의 윤리학

서경석(문학평론가 · 한양대 교수)

1. 정화의 다층성

이 작품집에는 네 편의 중편소설이 수록되어 있다. 1987년에 발표된 「깨끗한 몸」(『현대문학』), 1990년 발표작인 「마음의 감옥」 (『현대소설』), 1992년 『현대문학』에 「그곳에 이르는 먼 길」로 처음 발표되었고 2002년에 개정 출간된 「히로시마의 불꽃」(문학과지성사), 그리고 1994년 발표작인 「믿음의 충돌」(『현대문학』)이 그것이다.

집필 시기가 1980년대 후반에서 1990년대 초반에 모여 있다는 점이 우선 공통적이다. 이 시기는 한국 현대사에 뿌리 깊게 각인되어 있던 정치적 · 사회경제적 억압이 노골화되고 이에 1987년 6월 항쟁으로 대표되는 국민적 저항이 본격적으로 분출하기 시작하던 때이다. 시대에 대한 작가의 응답이 문학작품이라 한다면

이러한 시기적 특수성은 이 작품들의 창작 동력 속에 한 계기로
서 잠재해 있다고 할 수 있다. 발표 당시 「마음의 감옥」이 불러일
으켰던 반향을 생각한다면 이 작품들은 작가의 실존적인 사유의
궤도와는 별도로 이미 한 시대에 대한 작가의 책임감 있는 반응
으로 독자들에게 읽히고 있었다.

이 작품들에 대한 당대의 평가 역시 이런 맥락에 놓여 있다. 분
단 시대의 아픔을 감당하며 모진 삶을 꾸려가는 주인공들이 이
시대적 모순에 얼마나 '전투적으로' 응전하는지가 종종 작품 평
가의 기준으로 작동했다는 말이다. 그러나 김원일 소설을 읽다
보면 한 시대의 공통적인 준거나 평가 잣대를 넘어서는 작가만의
어떤 부분이 당연히 존재한다. 이는 분단 체험을 녹여내는 작가
특유의 윤리학일 수 있는데, 이 작품집에 실린 소설들은 그 윤리
학을 분별해낼 수 있는 결정적인 증거들이다.

「깨끗한 몸」이 보여주는 상상력은 독특하다. 이제 성인이 된
화자는 1952년 겨울 어느 날을 회고하고 있다. 초등학교 오학년
인 어린 소년이 어머니 손에 이끌려 여탕에서 때를 벗기고 있다.
부끄러워 죽고 싶을 지경이다. 어머니는 어린 아들을 욕탕에 넣
어 때를 불리고 삼베 때밀이 수건으로 필사적으로 때를 닦아낸다.
귓바퀴의 미로에조차 손가락을 쑤셔 넣는 어머니의 그 청결벽을
어린 소년은 감당하고 있다. 아주 모질게 때를 씻기는 어머니의
모습은 구도자의 그것에 가깝다. 그런데 어머니는 여기에서 그치
지 않는다. 이 어린 장남을 후미진 곳으로 데려가 성실성과 정직
함의 부족을 질책하며 회초리를 든다. 그러나 정결성, 성실함과

정직함이란 누구에게나 또 언제나 부족한 것이다. 성인이거나 죽음을 무릅쓴 성자급 인간이 아니고서야 누가 이의 완전함을 가능하게 하겠는가. 그 요구는 충족되기 어려운 '불가능함' 자체이다.

어머니는 왜 이러한 요구를 감행하는가. 지고선(至高善)을 강조하는 것은 이 선을 강박하는 '악'이라는 배후 없이는 가능하지 않다. 그 악이란 무엇인가. 이는 죄 많은 한국 현대사의 상처에서 비롯된 것이다.

전쟁이 끝난 어느 날 소년의 아비는 인민복 차림으로 쌀 한 가마니를 집에 들이고는 행방불명되었다. 이후 어려운 살림에 아이들을 모두 거둘 수 없었던 어머니는 장남을 고향 장터 국밥집 울산댁에게 맡겨 키웠다. 일 년에 한두 번 고향 나들이를 할 때면 온몸에 이가 끓는 아들에게 목욕과 매질로 죄 없는 정직한 삶, 정결한 삶을 가르치려 했다. "더러운 세월 만나 애비 읎는 설움으로 니가 비록 남으 집에 얹혀 얻어묵고 있지마는 씻은 몸처럼 늘 마음도 깨끗하게 지녀야 하니라. 깨끗한 몸맨쿠로 정직한 마음으로 어른이 돼서……"(64쪽)라고 어머니는 엄숙하게 그러나 절규에 가깝게 호소하고 있다. '더러운 세상'을 헤쳐나가기 위해서는 "우짜든동 니가 열심히 공부해서 훌륭한 사람이 되는 길"(65쪽)밖에 없으며 성실하고 정직하게 사는 일이 그 방편이라는 것을 강조한다.

좌익 아비의 죄는 가난과 불결함으로 드러난다. 그 불결함은 씻겨져야 한다. 한국 현대사가 어머니에게 입힌 트라우마에서 비롯된 이 죄의 구조는 속죄의 구조도 내포한다. 어떻게 이 죄를 씻을 것인가. 무지막지하게 때를 벗겨내는 목욕에서 은유되고 있는 것은 무한하게 스스로를 정화하는 태도이다. 목욕의 플롯에 한국 현대사가 녹아든 이 유례없는 구성법은 '속죄'의 구성이 된다. 어머니는 말없이 말한다. 몸과 마음을 훼손한 아버지를 대신하여 아들인 네가 그 죄를 떠안으라고, 아버지를 거울삼아 스스로를 무한히 정화하라고. 끝에 닿을 수 없는 이 욕망은 따라서 '무한 정화(infinite purification)'라는 주제에 닿아 있다. 십계명에 표현되어 있고 철학자 칸트가 자주 강조한 최고선에 대한 점층적인 접근의 태도란 바로 이런 것이다. 최고선은 언제나 인간에게는 부정적으로밖에 확인되지 않는 것이다. 도달에 실패하고 죄의식을 느끼면서 그 가치를 내면화하는 것이다. 김원일의 분단 소설은 뒤집어보면 종교 소설이 될 수도 있다는 생각은 이 작품 속에 그 단초가 존재한다.

2. 무한 사랑의 윤리학

분단의 상징인 아버지를 배경으로 「깨끗한 몸」의 어머니는 이러한 '종교적' 윤리를 작동시킨다. 그러나 그 윤리적 강박은 일종의 '증상'으로 찾아온 것이며 그 윤리적 '욕망'은 아들에게 청결성을 강요하는 형태로 전이된다. 이를 감당할 수 없던 소년은 그것을 "어머니의 청결벽은 병적이라고 말해야 옳았다"(18쪽)라고 정리한다. 그렇다면 아들이 주인공이 되어 이 윤리를 실행한다면 어떤 양상으로 드러나는가. 「마음의 감옥」이 바로 그것을 보여준다.

이 작품에서 화자인 '나'는 동생 박현구가 죽음에 이르는 과정을 그리고 있다. 현구는 1970년대 후반에 첫 징역을 살았다. 재개발지 철거 분쟁에서 철거민들을 위해 싸우다 폭력 혐의에 연루되어 현재는 세번째 옥살이를 하고 있다. 그런 그가 간암 판정을 받아 병원으로 '감정유치'되었고 집안의 장남인 '나'는 그를 보기 위해 대구로 향한다. 대구에 도착해서 동생을 만나고 이러저러한 일에 휘말린다. 그러나 결론부터 말하자면 이 작품의 주제는 다음의 글 속에 응축되어 있다.

어머니가 살인한 자식조차 조건 없이 사랑하듯, 그런 마음을 가지지 않곤 하루인들 여기서 배겨내지 못해요. 그러니 처음은 벗에게 봉사한다는 정신에서 출발하여, 한몸이 되어 함께 뒹굴며 희생하다 보면, 대가를 바라지 않는 사랑의 실천과 종된 자로서의 겸손이 최상임을 깨닫게 되지요.(94쪽)

'조건과 대가 없이', 즉 어떤 목적을 실현하기 위한 헌신, 심지어 대의를 위해 자신을 희생하는 희생적 사랑이 아니라 '사랑 자체가 목적인 사랑'이야말로 박현구가 빈민촌에서 몸소 행하는 실천의 본질이다. 자신의 행위를 아버지의 죄를 대신 씻는 것으로 여기는 차원도 아니고, 모계 가부장의 상징이었던 어머니의 응시 속에서 이루어지는 것도 아닌, 사랑 자체가 목적인 사랑의 실천이다. 이제 어머니는 아들에게 군림하며 선행을 강요하는 아버지의 대리인이 아니라 아들의 지원자 역할에 한정된 독실한 기독교인으로 등장한다. "여기도 그렇게 영육의 괴로움으로 신음하는 사람들만 모여 산단다. 그러나 주님은 언제나 그렇듯, 부자를 보지 않고 불쌍한 이웃들을 지켜보고 계시지."(91쪽)

분단의 체험에서 빈민의 현장으로 진전되어가는 그 변화에 결정적인 역할을 수행한 것은 어머니의 '무한 정화'에서 아들의 '무한 사랑'으로의 전화이다. 분단 체험 이후에 한국 사회의 일상사가 민중에 대한 긍정적인 계기로 작동하는 희유한 예를 우리는 「마음의 감옥」에서 보는 것이다. 기독교적 세계관의 공유가 이에 결정적인 역할을 했다. 이는 작품의 말미에 현구의 사태를 원목사의 말을 빌려 "예수께서 성전에서 매매하는 자를 내쫓고 돈 바꾸는 자며 비둘기 파는 자들 의자를 둘러엎으셨다"(129쪽)는 장면과 오버랩시키는 데서도 적실히 드러난다.

그렇다면 이 작품은 현구라는 인물의 성인전인가. 그렇지만은 않다. 이 작품의 또 다른 축은 화자의 사일구 체험이다. '그해 학생들과 함께 경무대 앞까지 진출한' 화자는 "그러나 사일구가 순수하고 정직한 젊은이들의 의분만으로 사령탑의 전략 전술 없이 시작되었고 끝났기에, 참여자 대부분은 본래의 자기 직분으로 돌아갈 수밖에 없었다"(103쪽)고 술회하고 있다. 그는 기자로 다시 해직기자로 그리고 양서를 내려 노력하는 작은 출판사 사장으로 일생을 살아왔다. 그러나 사일구에 참여했던 자들은 한편으로는 혁명의 주역을 자처하며 정권에 유착되어 영달에 급급했다고 적고 있다. 목표를 달성하기 위한 전략을 구사하지 않고 순수하고 정직한 의분만으로 악에 대항했던 그 정신은 평범한 생활인으로 산 화자에게 깊이 각인되어 있었던 것이다. 일상을 살면서도 그

저변에 놓인 이러한 정신은 일상의 정직함을 지탱하는 기둥이 되었지만 한편으로 일상의 무의미함을 강변하는 근거이기도 했다. 이 작품의 저변에 은근하게 흐르는 우울증의 색조는 이런 구조에서 왔을 것이다. 혼수상태에 빠진 동생이 운명하기 전에 '거주제한구역'인 병원에서 탈출시키려는 빈민촌 주민들과 경찰이 충돌하고, 나와 누이, 그리고 어머니가 이 탈출 행위에 가담하는 마지막 장면에서, '나'는 사일구 당시의 벅찬 흥분을 다시 한번 느끼는 것이다.

3. '이웃'이란 무엇인가

이렇게 보면 현구와 학생혁명 시기의 '나'는 작품의 말미에서 정서적으로 연대한다. 그러나 '나'는 현구가 무조건적으로 헌신했던 불행한 이웃에 대해서 어떤 입장을 취할 것인가. 「히로시마의 불꽃」은 이 불행한 이웃에 관한 이야기이다.

이 작품은 원폭 방사능으로 고통 받는 인물들을 본격적으로 다루고 있다. 이 주제에 대한 이 작품의 논의는 진정 선구적인데 1979년 「도요새에 관한 명상」을 발표하면서 보여주었던 작가의 선견을 다시금 보여주는 작품이다.

주인공은 화가로 성공하여 거부로 살고 있는 묘산. 그의 집에 갑작스럽게 고향 사람들이 들이닥친다. 히로시마 원폭 피폭자인 정동칠과 그의 아들 순욱, 그리고 딸 수임. 근 사십 년 만에 만난 정동칠과 수임은 불구자에 가까웠고 역시나 병색이 역력한 순욱은 공격적이었다. 아내 이여사와 외제 사료를 먹는 강아지 쫑은 평온을 깨는 그 이질감에 반발하고, 묘산은 일면 동정적이지만 그들의 돌발 행위에는 민감하게 반응한다. 운동권이던 딸 정혜만이 이들을 도우며 우호적인 관계를 유지한다.

정순욱이 상경한 것은 마지막 호소를 위해서였다. 그들의 처지는 비참했고 원인 모를 질병과 고통에 시달리고 있었다. 사회적인 도움은 미미했고 이들에 대한 정부의 대책도 지극히 형식적이었다. 일본 측은 책임 회피에 급급했고 따라서 이들은 거의 '살아 있는 시체'와 다름없는 생활 속에 허덕이고 있었다. 이들의 처지는 최악의 상황으로 치닫고 결국 정순욱이 분신자살을 감행하는 것으로 작품은 끝이 난다. 작품의 전개 과정에서 피폭자들의 처절한 생활이 상세하게 묘사된다. 일본의 후쿠시마 원전 사고로 이제는 너무도 현실적이 되어버린 피폭자 문제가 1992년 시점에서 이미 상세하게 묘사되고 있는 것만으로도 이 작품의 가치는 빛난다. 그러나 작가는 이 수준에 그치지 않는다. 주요 주제는 오히려 '이웃'이란 무엇인가에 대한 고민, 정확히는 "이웃을 네 몸처럼 사랑하라"는 기독교적인 주제이다. 이 작품은 이질적이고 낯설며 심지어 공격적일지 모를 이웃에 대한 사랑이 가능한가 하는 문제를 고민하고 있다.

프로이트는 『문명 속의 불만』에서 "네 이웃을 네 몸처럼 사랑하라"는 성서의 명령을 처음 들은 듯이 다시 생각한다. 이웃에 대한 사랑은 '나'에게 의무를 부과한다. 그들에게 헌신하고 희생해야 하는 의무이다. 내가 사랑하는 사람이 '나'보다 훨씬 훌륭하다면 그래서 내가 그 사람을 사랑하는 나 자신의 모습을 사랑할 수 있다면 그 이웃은 사랑 받을 자격이 충분하다. 그러나 낯선 자이고 인격적으로나 정서적으로 별 의미가 없어 보이는 이웃을 사랑하기는 어렵다. 더 나아가 낯선 사람은 간혹 '나'에게 적개심과 증오를 불러일으키기도 한다. 그는 나를 거들떠보지도 않거나, 나를 해치는 것이 자신에게 이롭다면 그런 행동을 서슴없이 실행할 가능성도 있다. 상당한 공격성을 본능적 자질로 부여 받은 피조물인 탓에, 인간은 인간에게 늑대이다. 프로이트의 이러한 유대교적 이웃은 불가해한 타자이며 괴물이다. 이웃은 이해 불가능한 수수께끼의 현존으로 존재하며 이러한 이웃의 현존은 나를 신경증적으로 만든다.(지젝 외, 『이웃』, 도서출판 b, 2010)

주인공 묘산이 예민해지는 장면은 이러한 맥락에서 이해할 수 있다. 작가는 도와주어야 하지만 그 이질감과 묘하게 풍겨오는 공격성으로 인해 도저히 가까이할 수 없는 이웃을 설정하여 '이웃 사랑의 실험극장'을 만들어놓았다. 사실 이웃 사랑은 사랑하는 대상의 특출함 여부에 따라 결정되는 것이 아니라 사랑 그 자체에 의해 결정된다. 이웃은 모든 사람이며 모든 구별이 사라진 사람이기에 사랑은 사랑 그 자체에서 연유한다. 따라서 진정한 사랑은 그 대상이 차이를 드러낼 만한 분명한 특질을 전혀 가지지 않으며, 따라서 대상의 특이성을 전혀 무시한 사랑으로만 확인할 수 있다. 이것이야말로 최고의 완전성이다. 완전한 사랑은 사랑하는 대상에 철저하게 무관심해야 한다.(지젝, 『지젝이 만난 레닌』, 교양인, 2008) 이것이 가능한가. 말하자면 이 불가해한 타자와의 견딜 수 없는 만남을 감당할 수 있는가. 있어야 하지만 있을 수 없는 일이 아닌가. 이웃에 대한 무관심 혹은 적대는 현대 사회에서는 구조적 차원에 의해 규정된 것이 아닌가. 현대의 생활은 타인의 경험에 대해 눈감는 것이다. 서로를 정중히 무시해야 한다. 프라이버시를 캐는 일을 삼가야 하고 적당한 거리를 두어야 한다. 모르는 사람에게 그들의 사적인 영역을 질문하는 것은 예의에 어긋나는 일이다. 즉 현대 사회는 서로의 프라이버시를 존중하는 개인들로 구성되어 있다. 사생활 보호는 최고의 윤리적 덕목이다. 묘산의 아내인 이여사는 그러한 의미에서 현대 사회의 '윤리적 인간'이다. 그러나 그것은 한편으로 타인에 대한 냉정함이자 거리 두기이기도 하다.

이웃에 대한 이런 현실적 맥락을 그려내는 작가적 안목 속에는 인간과 사회의 위험스러운 본질적 심층, 휘말려 들어가면 스스로 헤어나올 수 없는 블랙홀, 그 불가해한 운명에 대한 힘겨운 사유가 내재되어 있다. 묘산은 애써 거리를 유지하지만 이 거리는 작가에 의해 인위적으로 만들어진 것에 불과하다. 작가는 이여사와 정혜를 묘산의 양편에 배치하여 불행한 자들을 사랑하는 일의 현실적 맥락을 고민하고 있는 것이다.

4. 믿음에 관하여

「믿음의 충돌」에서는 본격적으로 기독교적 주제를 다루고 있다. 믿음이란 무엇인가에 대해서 논의하는 것이 아니라 한국 사회에서 기독교적인 '믿음'은 어떤 방식으로 작동하는가, 그리고 신자인 '나'는 그것을 받아들일 수 있는가에 대해 다루고 있다. 이렇게 주제화된 믿음의 문제는 우리의 역사와 어우러지며 우리의 곤궁한 삶에 개입되어 있는 것이기에 '믿음'의 진정한 본체에 대한 탐구라 해도 과언이 아니다.

이 작품에는 두 명의 어머니와 두 명의 '나'가 등장한다. 주인공인 소설가 '나'가 있으며 그가 쓰고 있는 '소설 속의 나'가 있다. 그리고 주인공인 소설가 '나'의 어머니와 이 어머니를 소설 속에서 가공해낸 소설 속의 어머니가 존재한다. 그러나 이 두 어머니도 실은 어머니를 그려내는 작품 속 소설가의 어머니이지 작가 김원일의 어머니는 아니다. 그것은 '나'의 경우도 마찬가지이다. 작품의 주인공인 소설가 '나'는 작가 김원일이 아니다.

이런 중층적 구조는 마치 세 명의 나와 세 명의 어머니를 한 작품에 동시에 등장시킨 것과 마찬가지이다. '나'는 자신을 여러 '나'와 견주며 끊임없이 스스로를 상대화하고 반성적으로 사유한다. 독실한 기독교 신자인 '어머니'라는 대상은 그야말로 다각적 탐구의 대상으로 승화된다.

그 구조 속에 놓여 있는 것이 바로 하느님 말씀에 대한 '믿음'이다. 이 '믿음'의 또 다른 구현자는 신주엽이다. '나'의 대학 동창이자 기독교학생회 동기인 그는 신학대학을 졸업하고 목회의 길로 들어섰으며 지금은 교단에서 파문 당하고 남해의 고도에서 장애인들을 돌보며 '말씀의 집'을 꾸려가고 있다. 신주엽은 철저한 복음주의에 입각해 교회를 세우지 않고 가난한 자들과 함께하는 생활을 한다.

　작품은 어머니와 신주엽의 믿음을 견줘가면서 그들이 지니고 있는 초월적 믿음의 상을 구체적으로 그려낸다. 구체적이라 함은 그 '믿음'의 계기를 각 개인의 삶의 궤적 속에서 상세히 살피는 것을 말한다. 반공포로 출신이자 남한 사회의 부적응자인 지아비가 어머니의 '믿음'의 타자라면, 겸손치 못하고 '재물과 권세'에 치우친 기성 교회가 신주엽의 '믿음'의 타자로 존재한다. 이 타자의 존재가 '나'를 혼란케 한다. '나'는 "어머니의 생애와, 내가 쓰고 있는 소설 속의 노친네와, 신주엽에 대해, 그들의 신앙적 태도를 비교하며 따졌다. 이것이다, 하며 나를 사로잡는 어떤 명제는 없었다. 인간의 초월적인 믿음에 관해 정답을 찾아낸다는 게 헛수고임을 알면서도 나는 되풀이해 궁색한 질문을 던지고, 변명과 항의를 이끌어내"(418쪽)고 있다. 이 과정 속에서 작가는 이미 결정적인 답을 하고 있다. 신에 대한 믿음을 합리적으로 이해하고 나서 믿는 자들은 진정한 신자가 아니라는 것. '믿음'은 믿은 연후에 그 정체가 밝혀진다는 사실을 이 작품은 음화로서 보여주고 있다. "무릎을 꿇고 믿으면 너는 믿게 될 것이다"라는 파스칼의 경구가 연상되는 인상적인 작품이다.

작가의 말

　중편소설집 세 권 중 「마음의 감옥」이 수록된 소설전집 23권은 80년대 말과 90년대에 걸쳐 활발하게 작품 활동을 하던 내 문학의 중기, 장편소설에 주력하다 틈틈이 떠오르는 짧은 이야깃감이 있으면 쓰게 되었던 소설들이다.

　「깨끗한 몸」은 몇 군데 소설적 장치를 활용했을 뿐, 완벽한 자전소설이다. 어머니의 청결벽은 하도 남달라 언젠가 한번 글로 써보려고 벼렀는데, 세상을 떠나신 후에야 필을 들게 되었다.

　「마음의 감옥」은 80년대 후반 민주화운동의 열기가 그 어느 때보다 고조되어, 연일 학생과 노동자 시위가 이어졌던 가파른 현실, 그 대열에 동참하지 못했던 나의 괴로움이 응축된 소설로, 원고지에 눈물깨나 떨구며 썼던 기억이 새롭다. 소설의 촉매제는 당시 민주화운동에 헌신하다 위암으로 사망한 김병곤(1953~1990)님의 생애를 돌아보며 그를 추모하는 마음에서, 다른 한편으로는 경북대부속병원에 입원했다 혼수상태로 퇴원해선 간경변증으로 사망한 막내아우 김원도(1950~1975)의 마지막 죽음 과정을 오버랩하여 완성했다.

「히로시마의 불꽃」은 발표 당시는「그곳에 이르는 먼 길이었다」(1992)로, 같은 제목의 단편소설집에 수록했다가 단행본으로 분리하여 개정판을 내며「히로시마의 불꽃」으로 제목을 고쳤다(2000). 개정판 서문에 나는 다음과 같이 썼다. "내가 즐겨 선택하는 소재는 소외 · 억압, 또는 결핍과 관련된 삶이다. 갇힌 자, 병든 자, 굶주린 자를 선택할 때 어떤 이야깃감이 떠오른다. (⋯⋯) 소설에 착수했을 때 주인공을 분신이란 극한까지 몰고 갈 의도는 없었다. 그러나 결과적으로 그렇게 쓰이고 말았다. 객관성과 냉철함을 확보하지 못한 게 아닌가 하는 반성도 들었으나 그들을 살려내어 그 어떤 희망도 줄 수 없었다. 그들은 여전히 소외 · 억압 · 결핍 속에 방치된 상태이다. '산 자의 매장'이란 말이 새삼스럽게 마음을 울적하게 한다."

나는 1970년 일 년 동안 어느 기독교신문 주간지의 기자로 일한 적이 있었는데, 뒷날 성공회 신부가 된 동료 기자분이, 어떤 목사님의 기행담을 들려주었다. 기성 교단으로부터 이단으로 비판 받아 파문당한 어느 목사가 자신의 신앙적 결단으로 자기 몸의 중요한 한 부분을 제거했다는 일화였다. 물론 그분은 새로운 종파를 만들어 교주가 되었으나「믿음의 충돌」의 신주엽과는 신앙관이 달랐다. 그 일화는 오랫동안 잊히지 않았다. 세월이 많이 흐른 후 1992년 봄, 문우 여럿과 함께 작고한 이청준 형의 안내로 전라남도 해안 지방과 섬을 두루 여행했다. 그 여행 중에 나는 예전에 들었던 어느 목사의 일화를 회상했다. 서울로 돌아오자 곧 「믿음의 충돌」에 매달렸다. 소설을 쓸 때, 어떤 식으로든 해답을 찾아 내 신앙관을 펴겠다는 마음은 애초부터 없었다. 그러므로 이 소설에서 흘린 작가의 주장이라 할 만한 대목을 독자가 엿보았다 해도, 그 뜻이 작가의 신앙관과 일치된다고 생각하지 말아주기 바란다. 신앙에 관한 질문이란 양파처럼 아무리 벗겨도 밖과 안이 똑같아, 마지막 알갱이를 찾을 수 없다. 그러기에 성경 말씀은 신비로운 영혼의 기록인지도 모른다. 나는 아직도 그 길목에서 양파를 벗기는 초신자이다.

2012년 4월
김원일